玛丽娅和努尔丁驾着小船,一路顺风,终于驶近了亚历山大港,看到了城市的标志,看见了港口上的标杆。

《第八百八十四夜》(利昂·卡雷 绘)

洗染匠艾卜·吉尔和剃头匠阿布·绥尔商定离家远行。二人登上一条大船,踏上了远行谋生的征途。
《第九百三十二夜》(利昂·卡雷 绘)

众奴仆立即把剃头匠阿布·绥尔摁倒在地,洗染匠艾卜·吉尔抢起棍子,朝阿布·绥尔的背上打了一百棍。

《第九百三十四夜》(利昂·卡雷 绘)

阿卜杜拉用尽周身力气,才把网拉上岸来。他仔细一看,发现这一网打上来的竟然是一个人鱼。

《第九百四十一夜》(利昂·卡雷　绘)

人鱼阿卜杜拉·白海里的女儿面似皓月,长发披肩,眼眸乌黑,身材苗条,臀部丰隆,腰肢纤细,但周身一丝不挂,长着尾巴。

《第九百四十五夜》(利昂·卡雷 绘)

哈里发带着大臣打扮成商人模样,趁月明风清的夜色,步出王宫,来到底格里斯河畔,一个歌女边弹边唱的琴声和歌声传入耳际。

《第九百四十七夜》(利昂·卡雷 绘)

这座花园是人世间绝无仅有的美丽花园,名叫"珍珠园"。园里树木繁茂,椰枣树高大挺拔,溪水潺潺流淌,百鸟鸣唱枝头,声音清脆悦耳。

《第九百五十六夜》(利昂·卡雷 绘)

易卜拉欣定睛望去,只见贾米莱小姐周身珠光宝气,立刻深深为小姐的美貌所吸引。

《第九百五十七夜》(利昂·卡雷 绘)

只见珠宝商和宝石匠们坐在自己的店铺里,每个人的面前都摆放着一只大篮筐,里面满放着各种宝石,但宝石店的主人都是石头人。

《第九百八十二夜》(利昂·卡雷 绘)

我发现自己已置身于一座巍峨的宫殿中,有无数个如花似玉的宫女站在那里,当中有一位女子坐在一把镶嵌着珍珠、宝石的赤金椅子上。

《第九百八十四夜》(利昂·卡雷　绘)

马鲁夫目光呆滞地站在那里,一时不知如何是好。直到太阳从东方升起,他才抬脚向山下走去。走到山脚下,果然看见那里有一座城。

《第九百九十一夜》(利昂·卡雷 绘)

整个京城沉浸在一片欢悦的气氛之中。新郎马鲁夫端坐高椅,接受各种艺人的祝贺。司库边送银子,马鲁夫边大把大把地撒给众人。

《第九百九十三夜》(利昂·卡雷 绘)

王子长大成人,结了婚,旋即被立为太子。从此以后,国泰民安,马鲁夫国王及王后生活幸福,太子夫妇家庭美满,直至天年竭尽。

《第一千零一夜》(利昂·卡雷　绘)

阿里巴巴爬上一块巨石旁的大树,藏在浓密的树叶中,暗暗观察那队人马。

《阿里巴巴与四十大盗》(利昂·卡雷 绘)

麦尔加娜的舞姿显得格外优美,时而拔出腰间的匕首显示出自己的英姿,时而又像要把匕首插向自己的胸膛,使人眼花缭乱。

《阿里巴巴与四十大盗》(利昂·卡雷　绘)

妖术师念起咒语，霎时间天昏地暗，大地抖动，顷刻开裂，露出一块方形石头，中间有一只铁环。阿拉丁见此情景，吓得魂不附体。

《阿拉丁与神灯》（利昂·卡雷 绘）

阿拉丁骑着高头大马，前呼后拥，浩浩荡荡向皇宫进发了。只见阿拉丁相貌堂堂，风度翩翩，引得众人赞声不绝。

《阿拉丁与神灯》（利昂·卡雷　绘）

布拉克本全译本

一千零一夜

ألف ليلة وليلة

[阿拉伯]佚名 著
李唯中 译
[法]利昂·卡雷 [英]达尔齐尔兄弟 等绘

北京燕山出版社

CONTENTS
目录

3835	第九百四十七夜	3913	第九百六十四夜
3837	第九百四十八夜	3917	第九百六十五夜
3841	第九百四十九夜	3921	第九百六十六夜
3845	第九百五十夜	3925	第九百六十七夜
3850	第九百五十一夜	3930	第九百六十八夜
3853	第九百五十二夜	3934	第九百六十九夜
3859	第九百五十三夜	3939	第九百七十夜
3863	第九百五十四夜	3943	第九百七十一夜
3867	第九百五十五夜	3947	第九百七十二夜
3872	第九百五十六夜	3951	第九百七十三夜
3875	第九百五十七夜	3955	第九百七十四夜
3880	第九百五十八夜	3961	第九百七十五夜
3884	第九百五十九夜	3964	第九百七十六夜
3890	第九百六十夜	3970	第九百七十七夜
3897	第九百六十一夜	3976	第九百七十八夜
3901	第九百六十二夜	3986	第九百七十九夜
3905	第九百六十三夜	3990	第九百八十夜

3995　第九百八十一夜
4001　第九百八十二夜
4006　第九百八十三夜
4012　第九百八十四夜
4017　第九百八十五夜
4022　第九百八十六夜
4027　第九百八十七夜
4031　第九百八十八夜
4035　第九百八十九夜
4041　第九百九十夜
4047　第九百九十一夜
4052　第九百九十二夜
4058　第九百九十三夜
4064　第九百九十四夜
4070　第九百九十五夜
4074　第九百九十六夜
4080　第九百九十七夜
4084　第九百九十八夜
4090　第九百九十九夜
4095　第一千夜
4100　第一千零一夜
4104　尾声

附录

4106　阿里巴巴与四十大盗
4134　阿拉丁与神灯
4236　睡着与醒着
4273　善良人与嫉妒者

第九百四十七夜

夜幕垂降，莎赫札德接着讲故事：

幸福的国王陛下，哈里发带着宰相贾法尔及其弟弟法得勒，在乐师伊斯哈格·奈迪姆和诗人艾卜·努瓦斯、艾卜·戴勒夫以及掌刑官迈斯鲁尔的陪同下，走进更衣室。他们全都换上商人的服装，打扮成商人模样，趁月明风清的夜色，步出王宫，来到底格里斯河畔，登上镶金嵌银的画舫，顺水而下，来到了路角岛。

船刚到那里，他们便听见一个歌女边弹边唱的琴声和歌声，只听歌女唱道：

> 我要对他讲，酒席已备置。但听丛林里，夜莺啼不止。
> 闷闷不乐情，延续到何时？生命暂借物，醒来须知此。
> 且从好友手，接过杯一只；但见友双眼，乏神力不支。
> 我种他颊上，玫瑰花一枝。他的鬓发中，石榴花结实。
> 细观指痕处，想象力任驰：以为颊是火，火熄灰留之。
> 责怨者劝我，烦恼尽忘之！胡须业满面，我有何托辞？

哈里发听到这歌声，说道："喂，贾法尔，这歌喉是多么悦耳动听啊！"

贾法尔说："陛下，说实话，我压根儿就没听到过比这更美妙的歌声！"

贾法尔低头沉思片刻,随即说:"哈里发陛下,隔墙听唱只是半听啊,我们何不到幕后一听呢?"

哈里发说:"贾法尔,我们走呀!我们就作为不速之客去访问一下这家的主人吧!也许我们还有幸亲眼看一看那位歌女呢!"

贾法尔说:"遵命!"

他们下船上岸,朝那家大门走去。轻轻叩门后,出来开门的是一位容貌俊秀的青年。只听他言语甜润,口齿伶俐,开门便说:"欢迎诸位先生光临寒舍,请进!"

他们在主人的引领下,进入一个方形厅堂,只见天花板遍涂金色,闪闪放光;四壁嵌着用天青石镂刻的浮雕画;一道精美的幕帘前坐着上百个少女,个个貌美似圆月。主人一声喊,众少女应声退了下去。

主人望着贾法尔,说:"先生,我不知道诸位先生的地位高低,现在就请诸位以安拉的名义,按照地位尊卑落座吧!"

随即,他们各就各位,只有迈斯鲁尔站在那里听候使唤。

主人说:"诸位贵客,让我给你们上点儿吃的东西吧!"

客人们异口同声道:"请便吧!"

主人随后吩咐女仆们端饭上菜。四个束着腰的女仆一阵忙碌,一桌丰盛的宴席就摆置停当了。只见桌上摆着各种菜肴,地上跑的、天上飞的、海中游的,一应俱全,其中有清炖沙鸡、红烧鹌鹑、童子鸡、乳鸽,等等,应有尽有。桌子的边角上,都写着与座位相适应的诗句。

客人们吃饱喝足,洗过手之后,主人说:"诸位贵客,你们有什么要求,请随时对我讲,我会满足诸位的。"

客人们说:"太好啦!我们之所以到贵府来,是因为我们在墙外听到了悦耳动听的歌声。因此,我们想进来欣赏一番,认识一下唱歌的姑娘。如果能让我们当面听上一听,那就是主人的盛情所至了。之后,我们将离开这里。"

主人说:"欢迎诸位贵客!欢迎,欢迎!"

主人回过头去,望着一个黑肤色的女仆,说:"把你的主人福拉娜叫来!"

黑女仆离去片刻,搬着一把椅子走来,放在那里。之后,黑女仆再次离去,带着一位美似圆月的姑娘走来。

姑娘坐下来,黑女仆把一只缎袋递给姑娘。

姑娘接过缎袋,从中取出一把镶嵌着各种宝石、备有金弦马的四弦琴……

讲到这里,眼见东方透出黎明的曙光,莎赫札德戛然止声。

第九百四十八夜

夜幕垂降,莎赫札德接着讲故事:

幸福的国王陛下,主人回过头去,望着一个黑肤色的女仆,说:"把你的主人福拉娜叫来!"

黑女仆走去片刻,搬着一把椅子走来,放在那里。之后,黑女仆再次走去,带着一位美似圆月的姑娘走来。

姑娘坐下来,黑女仆把一只缎袋递给姑娘。

姑娘接过缎袋,从中取出一把镶嵌着各种宝石、备有金弦马的四弦琴,随后紧了紧弦,只听见她的四弦琴发出竖琴的铿锵响声。

诗人曾这样描绘她的四弦琴:

世有一乐女,怀抱四弦琴。
如同一慈母,抱子怀中亲。
右手轻弹弦,左手润佳音。

姑娘把四弦琴抱在怀里,就像母亲抱着自己的孩子那样,玉指轻触琴弦,发出孩儿向母亲求怜的呼唤声。片刻后,姑娘边弹边唱道:

时辰正中意,尽管发责言。
朋友请举杯,痛饮杯接盏。
酒中夹心意,方显味甘甜。
惠风载兴意,溶在杯里边。
圆月托星辰,君可曾得见?
多少夜晚中,我与月交谈。
明月升河上,光照幽冥间。
景色至美时,圆月挂西天。
粼粼碧波上,如同漂金剑。

姑娘唱完,放声号啕大哭。继之在座的人们也都哭了起来,简直哭得死去活来,又是撕扯自己的衣服,又是批打自己的面颊,原因在于姑娘的歌声打动了他们的心。

哈里发哈伦·拉希德说:"姑娘的歌声证明她别离了亲友。"
主人说:"她是个丧失父母的孤女。"
哈里发说:"这种哭泣并非因为失父丧母,而是因为失去了心上人呀!"

哈里发哈伦·拉希德听了姑娘的弹唱,分外高兴,对伊斯哈格·奈迪姆说:"凭安拉起誓,我从未见过像这样好的歌女。"

伊斯哈格·奈迪姆说:"主公,我非常佩服这位歌女。我简直高兴得难以控制自己了。"

哈里发哈伦·拉希德把目光转向主人,仔细打量青年的绝美相貌和禀性,但见他的面色蜡黄,于是呼叫道:"喂,小伙子!"

主人答声道:"主公,我在这里。"

"你知道我们是什么人吗?"

"不知道。"

贾法尔说:"主人,你希望我把我们每个人的名字都说给你听吗?"

主人说:"我当然希望。"

贾法尔开始给主人介绍:"这一位就是信士们的长官,当朝哈里发,先知叔父的后人……这位是……"

贾法尔把每个人的名字都向主人报了一遍。

哈里发哈伦·拉希德说:"主人,请你告诉我,你的脸色为什么这么黄呢?是天生如此,还是后来变的呢?"

主人说:"信士们的长官,这里有一段曲折、离奇的故事,若用笔记录下来,足以供后人借鉴。"

"请你给我讲一讲呀,也许你的疾病能在我的手中痊愈。"

"信士们的长官,听我慢慢讲来。"

"快讲吧!我很想听听啊!"

主人开始讲述自己的经历:

信士们的长官,我本是从事海上贸易的一个商人,祖籍阿曼。

我的父亲本是一位巨商，家财万贯，拥有三十条可在海上航行的大船，年收入总有三万第纳尔。家父品德高尚，为人慷慨大方。在我小的时候，家父就教我读书写字，还教我一个人应该懂得的所有知识。家父临终时，把我叫到床前，像平时那样叮嘱了我一番，便与世长辞，回到安拉那里去了。

信士们的长官，愿安拉为你增寿延年。容我接着给你往下讲。

我父亲生前有许多好伙伴，和他一道经商，一起航海。有一天，我正在家中和一些商人朋友一起坐着时，我的一个家仆忽然进来对我说："主人，门外有人求见。"

我让客人进来，只见客人头上顶着一件什么东西，还用布盖着。客人把东西放在我的面前，揭开盖布，只见一只篮子中装着各种收获季节已经过去的新鲜水果，还有许多本地没有的奇珍异宝。我对客人表示感谢，随后赏给他一百第纳尔，客人转身离去。

我把水果和奇珍异宝分给在座的朋友。我问他们："这些东西是从哪儿弄来的？"

他们说："巴士拉。"

他们争相称赞水果鲜美，随后开始描绘巴士拉风景秀丽，但都认为世上再没有比巴格达城更美的地方，也没有比巴格达人更好的人。他们又把巴格达描述了一番，说那里的人如何性情温和，空气如何新鲜，街道如何整齐有致。

听他们这样一说，我确实动了心，很想到巴格达看看。随后，我卖掉了房产和地产，还把船卖掉了。共获得十万第纳尔；又卖掉了奴仆和婢女，总共卖得一百万第纳尔，珍珠、宝石的价钱不在其内。

一切处理妥当，我租了一条船，装上我的钱财和行李物品，在海上航行了数天数夜，到达了巴士拉。我在那里住了一段时间，然后租了一条船，装上我的钱财，逆水而上，在底格里斯河上航行了几日后，到了巴格达。我向人们打听："商人们住在什么地方？哪个地方最适于居住？"

人们对我说："凯尔赫区是最好的地方。"

我到了那里，在一条名叫"番红花巷"的胡同里租赁了一座住宅，把我的全部东西搬了进去，在那里住了一段时间，有时候，我带着些钱外出游逛。

有一天，恰逢星期五，我走到曼苏尔清真寺，那是举行聚礼的地方。我做完礼拜，跟着一些人向着一个名叫路角岛的地方走去。我看见那是个地势很高、环境幽美的地方，房子的窗户下临底格里斯河，于是跟着人们走到了那个地方。在那里，我看见一位老者，衣着整齐漂亮，周身散发着香气，长髯分成两束垂在胸前，像是两根银柱。老人的身边有四个女仆和五个男仆。我问一个人："这位老人叫什么名字？他是干什么的？"

那个人告诉我："他叫塔希尔·本·阿拉，他有很多姑娘。不管谁到了他那里，他都管吃管喝，还可以欣赏美色。"

我马上说："凭安拉起誓，我一直以来就向往这样的地方。"

讲到这里，眼见东方透出黎明的曙光，莎赫札德戛然止声。

第九百四十九夜

夜幕垂降，莎赫札德接着讲故事：

幸福的国王陛下，主人接着讲述自己的经历：

听那个人说，老人那里有很多姑娘。不管谁到了他那里，他都管吃管喝，还可以欣赏美色。

我马上说："凭安拉起誓，我一直以来就向往这样的地方。"

信士们的长官，就这样，我照直向那个白髯老翁走去。我向老人问好之后，说："老人家，我有事相求。"

老人说："什么事呀？"

我说："今夜我想在你这里做客。"

"欢迎，欢迎！"老人答道。

老人问我："孩子，我这里有的是姑娘，有一夜十第纳尔的，有一夜四十第纳尔的，还有一夜要更多钱的，你要哪一个，请挑选吧！"

我对他说："我要一夜十第纳尔的。"

随后，我把一个月的钱共计三百第纳尔交给老人。老人把我交给一个男仆，男仆把我带到澡堂里，让我洗澡，对我照顾得十分周到。

我走出澡堂，男仆把我带到一个小房间的门前。他轻轻敲过门，走出一个姑娘，男仆对她说："接待你的客人吧！"

那姑娘笑容可掬地把我领进房间。我走进房间一看，发现那房间四壁挂着金丝绣花布幔，煞是精致美观。我再仔细打量那个姑娘，只见她苗条妩媚，亭亭玉立，鹅蛋形脸，白里透红，眼睛又大又亮，皮肤又白又嫩，鼻子端庄，嘴唇丰满，腰肢纤细，酥胸高耸，就像一轮圆月。伺候她的是两个女仆，就像两颗星星。

姑娘让我坐下，我便坐在了她的身旁。

姑娘向两个女仆使了个眼色，她俩立即摆上一桌美味，其中有红烧鸡、烤鹌鹑、沙鸡肉,还有炸乳鸽。我们一起吃了个足饱。说实话,我还从来没有见过如此丰盛的菜肴。吃完饭,女仆又摆上酒席一桌,还有糖果、水果等。

我和那个姑娘一起住了一个月时间。

一个月过去了,我进澡堂洗了个澡,然后去见那个老人。我对他说:"老人家,我要一个每夜二十第纳尔的姑娘。"

他说:"拿钱来!"

我走去拿了六百第纳尔交给他,他对一个男仆说:"你带这位先生走吧!"

男仆把我带进澡堂洗了个澡,然后把我领到一间房门前,轻轻敲过门后,一个姑娘走了出来。男仆说:"接待你的客人吧!"

姑娘把我领进房间,热情至极。她那里有四个女仆。姑娘吩咐女仆们端上饭菜,皆是美味佳肴。我们吃完饭,洗了手,撤去餐桌,姑娘抱起四弦琴,边弹边唱道:

> 浓郁麝香气,来自巴比伦。
> 我有一事求,代我传书信。
> 曾择那片土,携亲去安身。
> 地灵人亦杰,胜过守家门。
> 那方钟情者,皆配心上人。

我在那个姑娘那里住了一个月后,又去找老人,对他说:"我想要一个每夜四十第纳尔的姑娘。"

老人说:"拿钱来吧!"

我走去拿了一千二百第纳尔交给了他。我和那个姑娘同枕共眠一个月,就像过了一天似的,因为我欣赏了她的美貌,又饱尝了她的美好情谊。

我离开姑娘,去老人那里,天色已晚,忽然听到一阵喧嚷声传来,而且声音很高很响。我问老人:"老人家,出什么事啦?"

老人说:"今夜是我们这里最美好的夜晚,所有的人都要出来。你想登上屋顶去看看狂欢的人们吗?"

我立即回答:"想。"

我登上屋顶平台,看见一道漂亮的幕帘,幕帘后有一处宽大的地方,那里放着一张椅子,椅子上铺着一个十分好看的垫子,上面坐着一位妙龄少女,容貌俏丽,明艳动人,少女的身边有位少年,少年的手搂着少女的脖子,彼此不时地相互亲吻……

信士们的长官,当我看到他和少女那样亲热时,我简直难以自我控制,不知道当时我在什么地方,因为少女的美貌令我神魂颠倒,眼花缭乱。

我从屋顶平台下来,回到房间,问陪伴我的那个姑娘,并把那个妙龄少女的容貌向她描述了一遍。姑娘反问我:"你和她有什么关系呢?"

我对她说:"凭安拉起誓,她把我的心魂都勾去了。"

姑娘微微一笑,说:"喂,艾卜·哈桑,莫非你对她有什么打算?"

我回答:"是的。凭安拉起誓,她把我的心占据了。"

她说:"那是塔希尔·本·阿拉的女儿,她就是我们的女主人,我们都是她的女仆。艾卜·哈桑,你知道她一天一夜的价钱吗?"

"不知道呀!"

"一天一夜五百第纳尔,就连帝王听了也会发愁的。"

"凭安拉起誓,我甘愿为她花掉我的一切钱财。"

信士们的长官,在那整整一夜,我一直挣扎在情网之中。

次日天亮，我进浴室洗了个澡，换上比帝王的朝服还要漂亮的衣服，去见那位妙龄少女的父亲塔希尔·本·阿拉，对他说："老人家，我想要一个每夜五百第纳尔的姑娘。"

老人说："拿钱来吧！"

我走去拿了一万五千第纳尔，恰是一个月的费用，交给了老人。

老人接过钱，对一个男仆说："把客人带到你的女主人那里去吧！"

男仆带着我来到一座房子前，说实话，我压根儿在大地上没有看见过比那座房子更雅致、美观、豪华的建筑。

我走进房间，见那位少女坐在那里。信士们的长官，我一看见她那绰约风姿和婀娜体态，顿时感到周身酥软。她真像十四日夜晚天空中悬挂的那轮皓月……

讲到这里，眼见东方透出黎明的曙光，莎赫札德戛然止声。

第九百五十夜

夜幕垂降，莎赫札德接着讲故事：

幸福的国王陛下，主人继续讲述自己的经历：

信士们的长官，说实话，我一看见她那绰约风姿和婀娜体态，顿时感到周身酥软。她真像十四日夜晚天空中悬挂的那轮皓月。只见她秀目含娇，肤色白嫩，风韵可人，天生丽质，又听她嗓音清纯，令竖琴自叹难比，正像诗人所描绘的那样：

> 美女妖且娴，端坐绣帏间。攘袖见素手，皓腕约金环。
> 头上金爵钗，腰间翠琅玕。罗衣何飘飘，轻裾随风还。
> 顾盼遗光彩，长啸气若兰。容华耀朝日，谁不希令颜？

诗人又写道：

> 多神教徒们，如若遇上她，转来朝她拜，偶像皆抛下。
> 海水沾她福，水咸莫须怕；凭其涎一滴，咸味尽消化。
> 东方有修士，有缘看见她，必弃东方路，循西路上踏。

诗人还写道：

> 我看她一眼，不觉神迷离。低头细思忖，其质天生丽。
> 幻想默示她，我爱她入迷；细看她面颊，幻想留痕迹。

我向少女问好，少女回礼道："欢迎你，欢迎你！"

信士们的长官，紧接着，那少女拉住我的手，让我坐在她的身边。因为思恋心情过甚，又怕分离，我竟情不自禁地哭了起来，泪水悄然落下。我吟诵道：

> 我爱离别夜，虽则无欢乐。时光当送回，他日相聚多。
> 我厌相聚时，不知为什么？世间万千事，散消是结果。

少女好言安慰我,而我则沉浸在爱情的海洋之中;因为爱得深,思恋强烈,故惧怕分离的痛苦就在眼前。我想起了别离的愁苦和惆怅,情不自禁地吟道:

　　回想别离时,泪淌若苏木①;依颈揩泪水,樟脑止血住。

少女吩咐上饭,四个女仆立即行动,片刻后便见一桌美味摆放在我们面前,各种佳肴俱全,还有糖果、水果和葡萄酒,皆是帝王享受的上等佳品。

信士们的长官,我和少女一起吃完饭,洗过手,开始饮酒。我们的周围摆满了奇花异草,只觉香气扑鼻,不是帝王是享受不到这种周到服侍的。

我们正举杯畅饮时,一个女仆送来一只缎袋。少女接过缎袋,从中取出一把四弦琴,抱在怀中,调了调弦,但听琴声如同幼儿呼唤母亲的喊声。接着,少女边弹琴边唱道:

　　小羚递过杯,方可开怀饮。你言诉衷情,她语道童真。
　　若非斟酒姑,春风飘齿唇,即使铁鞋破,酒香何处寻?

信士们的长官,就这样,我在少女那里居住了一段时间,直到我的钱财全部耗尽花光。

有一天,我和她并肩而坐,想到离别的日子接近时,我的泪水像断了线的珍珠,止不住簌簌落下,我变得分不清白天还是黑夜。少女问我:"你为什么哭呢?"

---

① 苏木,即巴西木。

我对她说:"小姐呀,自打我来到你这里,你的父亲每夜向我收五百第纳尔。我的钱已经花光了。正如诗人所云:

穷居本土如异乡,富居异乡若本土。

少女对我说:"你有所不知,我父亲有个习惯,若是有穷商人来投奔他,他就免费接待商人三日,然后让商人走,且要他一去不再还。不过,你可要好好保密,不要把你的情况透露出去。我想个计谋,让你久待在我这里,因为我太爱你了。你有所不知,我父亲的钱全在我手中,他根本不知道他有多少钱。从今以后,我每天给你一个钱袋,里面装着五百第纳尔,你把它交给我父亲,并对他说:'今后我一天给你一次钱。'你把钱交给他之后,他就会马上交给我,我再把它交给你。就这样,我们一直继续到安拉为我们安排的期限为止。"

我听她这样一说,连声对她表示感谢,吻了吻她的手。

信士们的长官,就这样,我在她那里住了一整年时间。

有一天,少女因故打她的女仆,女仆说:"小姐,你这样痛打我,我也一定要让你的心痛苦一下。"

说完,女仆到了少女的父亲那里,把我们之间的事情从头到尾向老人讲了一遍。

塔希尔·本·阿拉听女仆这样一说,立即闯入我的房间;当时,我正和他的女儿坐在一起。他对我说:"喂,男子汉!"

我立即回答:"艾卜·哈桑在!"

他说:"按照我们的习惯,任何一个投宿的穷商人,我们一律免费招待三天。你已经在我们这里住了一年时间,吃我们的,喝我们的,为所欲为……"

老人望着他的奴仆们，命令道："把他的衣服扒下来！"

奴仆们一起动手，扒下我的漂亮衣服，给了我一件仅值五第纳尔的破衣服，另外给了我十第纳尔。老人对我说："滚吧！我既不打你，也不骂你，走你的吧！你若再在这座城市中住下来，就留神你的小命！"

信士们的长官，我就这样离开了那座青楼，一时不知该往何处去，仿佛世界上的一切烦恼都集聚到了我的心中，忧虑一齐袭来。我心想："我拿着一百万第纳尔，其中包括三十条商船的代价，全部丢在这个老龟奴的青楼里，然后却被赤身裸体赶了出来。毫无办法，只能依靠伟大安拉了！"

我就在巴格达住了三天，没吃饭，也没喝水。第四天，我看见一条要驶往巴士拉的船，便上船租了舱位，和船主一道到了巴士拉。

到了巴士拉，因为肚子饿，我径直向市场上走去，想买点儿东西吃。一个杂货店主看见我，走过来，把我紧紧抱住。他是我父亲生前的好朋友。他问我的情况，我把自己的情况全部告诉了他。他听后，说："凭安拉起誓，情况既然这样，你的举动就很明智。你现在有什么打算？"

我对他说："我真不知道该怎么办。"

他说："你愿意在我这里，为我写写算算、记账吗？我管你吃喝，再另给你两第纳尔的零花钱。"

我一口答应，在杂货商那里住了下来。

信士们的长官，我在那里住了一年时间，积攒了一百第纳尔，便在海边上租了一间房子，但期有货船到来，好买一些货，带到巴格达去销售。

一天，货船来了，许多商人前去买货，我也跟着他们走去。忽见船上下来两个人，放了两把椅子，坐在那里。这时，有一伙商人走来,打算买货。那两个人对奴仆说:"拿块地毯来!"

他们把地毯拿来,铺在地上,一个人顺手拿来一个皮袋,从中取出一个布袋,打开布袋口往地毯上一倒,倒出来的全是光彩夺目的珍珠、红宝石、祖母绿、黄玉和玛瑙,五光十色,煞是好看。

讲到这里,眼见东方透出黎明的曙光,莎赫札德戛然止声。

第九百五十一夜

夜幕垂降,莎赫札德接着讲故事:

幸福的国王陛下,主人接着讲述自己的经历:

有一天,货船来了,许多商人前去买货,我也跟着他们走去。忽见船上下来两个人,放了两把椅子,坐在那里。这时,有一伙商人走来,打算买货。那两个人对奴仆说:"拿块地毯来!"

他们把地毯拿来,铺在地上,一个人顺手拿来一个皮袋,从中取出一个布袋,打开布袋口往地毯上一倒,倒出来的全是光彩夺目的珍珠、红宝石、祖母绿、黄玉和玛瑙,五光十色,煞是好看。

坐在椅子上的一个人,望了望商人们,说:"商友们,我今天不卖了,因为我今天不大舒服。"

商人们一听,竞相加价,竟把价钱抬到了四百第纳尔。这时,和我素有交往的货主问我:"你为什么不开口说话,像商人们一样加价呢?"

我对他说:"凭安拉起誓,老朋友,我浑身上下只有一百第纳尔呀!"

我觉得有些羞愧,不禁眼泪夺眶而出。他望了望我,然后对商人们说:"请你们来为我做证,我把这袋子里的所有珍珠宝石以一百第纳尔的价钱卖给了这个人。我知道这些珠宝价值数百万第纳尔。我今天就作为礼物送给他了。"

他把皮袋、布袋、地毯和上面的所有珠宝都给了我。我感谢他和所有在场的商人。商人们纷纷赞扬他慷慨大方。

我带着珠宝来到珠宝市场,坐在那里连卖带买。在那些珠宝中,有一个圆饼形的护身符,是匠人师傅做的,那护身符色呈深红,两面各有蚁迹形文字,我不知道它有何用途。

我做了一年的买卖,然后拿起那圆饼形的护身符,说:"这件东西在我手里有一年时间了,我不知道这是件什么东西,更不知晓它的用途。"

我把圆饼形的护身符交给经纪人,经纪人拿着转了一圈回来对我说:"有一个商人想买,只出十第纳尔。"

我对经纪人说:"这么一点儿钱,不卖。"

经纪人把东西丢给我,转身走去。我第二次再卖时,价钱增至五十第纳尔,但我还是生气地从经纪人手中要了回来。

有一天,我正坐着时,忽见一个人朝我走来,向我问好后,说:"请问,我可以看一下你的货吗?"

我说:"可以呀!"

信士们的长官,说实话,我当时很恼火,原因在于那个护身符总也卖不出去。

那个人看了看我的货物,结果只拿起那个护身符。

信士们的长官,那个人看见护身符,忙亲吻了一下自己的手,对我说:"赞美安拉!先生,你这件东西,我给你二十第纳尔,你卖吗?"

我以为他在奚落我,便随口说:"走你的吧!"

他又说:"给你五十第纳尔。"

我没有理睬他。他马上说:"一千第纳尔。"

信士们的长官,他一下把价钱提到一千第纳尔,我还是没有吱声。

那个人笑了笑,问我:"先生,你怎么不回答我呢?"

我还是那句话:"走你的吧!"

结果他自己一再加价,一千一千地往上加,我还是不回答。他说:"两万第纳尔,你卖不卖?"

我仍认为他在奚落我。这时,许多人围了上来,异口同声地对我说:"你就卖给他吧!他若不要,我们就来揍他一顿,把他赶出本城去。"

我问那个人:"你是真买,还是拿我开心?"

他说:"给你三万第纳尔,你就把它卖给我吧!"

我对围观的人们说:"你们大家来做证!不过,有一个条件,你要把这东西的用途告诉我。"

他说:"卖给我吧!我一定把它的用途告诉你。"

我说:"卖给你了!"

他说:"安拉为我们做证!"

他立即掏出钱来,如数付给了我,然后拿起护身符,放在他的口袋里。他说:"大家都看见了,他把这件东西卖给我了,收了我三万第纳尔。"

他望了望我,说:"是你自己愿意卖给我的吗?"

"当然!"

就在这时，他对我说："可怜的买卖人，假若你还是不卖，我给你加到十万，甚至一百万第纳尔。"

信士们的长官，我听他这样一说，我的脸顿时失去了血色，变成了现在这种蜡黄色。

之后，我对他说："请告诉我，原因在哪儿？这件东西有何用处呢？"

他说："你有所不知，印度国王有个女儿，姿色出众，倾国倾城，远近闻名。但她患有头晕症，国王请来文人、学士和占卜师为公主诊治，皆未能治愈公主的病。当时，我在场，我对国王说：'国王陛下，我认识一个老人，名叫赛阿德拉，他对治愈此症最有办法；如果陛下派我去请他，我一定立刻行动。'国王说：'你去吧！'我说：'请给我一块玛瑙吧！'国王给了我一大块玛瑙，另有十万第纳尔和一份贵重礼物。我带着玛瑙、金钱和礼物，到了巴比伦国，打听赛阿德拉老人的住址，人们给我指路，我顺利地找到了老人。见到老人，我递上十万第纳尔和礼物，他才接过那块玛瑙，招来一位玉石工匠，将它雕琢成这个护身符。老人静等了七个月时间，观测天象，选定了吉日良辰，在护身符的两面刻下了这些符咒。之后，我带着这个护身符回到印度国王那里。"

讲到这里，眼见东方透出黎明的曙光，莎赫札德戛然止声。

第九百五十二夜

夜幕垂降，莎赫札德接着讲故事：

幸福的国王陛下，主人继续讲述自己的经历：

那个人说："我带着玛瑙、金钱和礼物，到了巴比伦国，打听赛阿德拉老人的住址，人们给我指路，我顺利地找到了老人。见到老人，我递上十万第纳尔和礼物，他才接过那块玛瑙，招来一位玉石工匠，将它雕琢成这个护身符。老人静等了七个月时间，观测天象，选定了吉日良辰，在护身符的两面刻下了这些符咒。之后，我带着这个护身符回到印度国王那里。"

那个人又说："我把护身符给公主戴上，她的头晕症立即消失。当时，公主用四条金项链戴着这护身符。每天夜里有一个女仆守在她的身旁，但每到天亮时，女仆就死去了。"

说到这里，那个人稍稍停顿片刻，然后接着说："自打公主戴上这护身符，头晕症彻底消失了，国王非常高兴，赐赠给我锦袍数身，还赠予我大量钱财。之后，国王把这护身符挂在公主的项链上。有一天，公主带着女仆乘船到河上游玩。一个女仆伸手戏弄公主的项链，结果项链断了，连同护身符一起掉进了河里。从此，公主的头晕症复发，经久不愈，国王为此感到痛心疾首，于是给了我大量金钱，并且对我说：'你再去找那个老人，让他再给公主做一个护身符吧！'我立即起程上路去找赛阿德拉老人，却得知他已不在人世。我回到印度国王那里，把实际情况禀报了国王，他随即派我带十个人周游各地，但期为公主找到医病的良药。赞美安拉，终于让我在你这里见到了这救命的护身符。"

信士们的长官，那个人拿起护身符，转身离去了。这就是我脸色蜡黄的原因。

后来，我带着所有的钱财来到巴格达，住在我原先住的地方。

第二天早晨，我起床穿好衣服，赶至塔希尔·本·阿拉的家中，但期看到我的心上人，因我对那位少女的爱有增无减。

我走到他家门前，见窗子已经毁坏了。我问一个青年："塔希尔·本·阿拉老人怎么样啦？"

那个青年告诉我："兄弟，你有所不知，有一年来了一个名叫艾卜·哈桑的商人，和他的女儿一起住了一段时间。那个商人的钱财花光之后，老人就将商人赶了出去。但老人的女儿是很爱那个商人的。艾卜·哈桑走后，姑娘就病倒了，几乎死去。她的父亲得知女儿深深爱上了艾卜·哈桑，即派人到处寻找他。老人悬赏寻人：谁能把艾卜·哈桑找来，就给谁十万第纳尔。但谁也没有见到艾卜·哈桑的踪影。姑娘现在病得快要死了。"

我问："她父亲的情况如何？"

那个小伙子说："他由于受的打击太大，把青楼里的烟花女都卖掉了。"

我对他说："我帮你找到艾卜·哈桑好吗？"

他说："凭安拉起誓，你若能帮我找到艾卜·哈桑，那就太好了！"

我马上说："你快去见姑娘的父亲，就说有好消息，艾卜·哈桑在门外求见。"

那个青年就像一匹刚卸磨套的骡子，飞也似的跑去了。

过了一个时辰，那个青年领着塔希尔·本·阿拉走来。老人一看见我，马上回到家中，给了那个青年十万第纳尔。青年接过钱，为我祝福一番，然后转身离去。老人走到我的跟前，热烈拥抱我，同时眼泪夺眶而出，对我说："先生，你这些日子到哪里去啦？因为离开了你，我的爱女险些送掉性命。快跟我到家中去吧！"

进了家门，老人连连向安拉叩拜，口中说："万赞归于伟大的安拉,终于让我们见到你了。"

老人走进女儿房间,对女儿说:"赞美安拉,我的爱女,安拉使你的病痊愈了。"

女儿说:"爸爸,只有见到艾卜·哈桑的面,我的病才能好。"

老人说:"你快吃饭,然后洗个澡,我就让你们俩见面。"

姑娘听父亲这样一说,立即精神抖擞,问道:"此话当真?"

父亲说:"凭安拉起誓,我说的完全是真话,绝非戏言。"

女儿说:"凭安拉起誓,我见到他的面,也就用不着吃饭了。"

塔希尔·本·阿拉老人对奴仆说:"把你的男主人请进来!"

信士们的长官,我走进房间,姑娘一看见我,当即昏迷过去,不省人事了。

过了一会儿,姑娘苏醒过来,吟诵道:

世上有情侣,以为无缘面;安拉显神通,有幸得相见。

吟罢,姑娘坐起来,说道:"先生,凭安拉起誓,我本以为只能在梦中与君相见了。"

话音未落,她紧紧把我搂住,哭了起来。她说:"艾卜·哈桑,亲爱的,我现在要吃要喝了。"

她吩咐仆人:"给我端饭菜和汤水来吧!"

信士们的长官,我在他们那里住了一段时间,姑娘恢复了往日的俊俏姿容。旋即,塔希尔·本·阿拉请来法官和证人,为我和姑娘写了婚书,继之举行盛大婚宴,姑娘成了我的正式妻子,一直跟着我到现在。

说到这里,主人转身离去。片刻后带来一个少年,但见少年容貌英俊，身材匀称。他对少年说："给信士们的长官哈里发行个吻地礼吧！"

少年随即跪在哈里发哈伦·拉希德的面前，恭恭敬敬地向哈里发哈伦·拉希德行吻地礼。

哈里发哈伦·拉希德眼见少年俊秀出众，连声赞美造物主功德无量。

之后，哈里发哈伦·拉希德带着随行人员离去。哈里发哈伦·拉希德对宰相贾法尔说："喂，贾法尔，青年的故事真奇妙啊！说实话，我从来没听过比这更奇妙的故事！"

哈里发坐在宫中，派人喊来迈斯鲁尔，对他说："迈斯鲁尔，你去把巴士拉、巴格达和呼罗珊三个地方的税收款全部给我送到这座大厅里来。"

迈斯鲁尔走去，把三个地方的税款集中在一起，数目之多，只有安拉知道。

哈里发又对贾法尔说："喂，贾法尔，你把艾卜·哈桑给我叫来！"

贾法尔即刻行动，把艾卜·哈桑接进了宫中。

艾卜·哈桑战战兢兢地来到哈里发哈伦·拉希德面前，自以为哈里发在他那里时，他犯了什么过错。

哈里发说："喂，艾卜·哈桑，请你掀开这道幕帘吧！"

原来哈里发命令迈斯鲁尔把三个地方的税款放在大厅一侧，又下令用一道幕帘将其遮住了。

艾卜·哈桑把幕帘一拉开，眼见成堆的金钱，惊异不已。

哈里发问："艾卜·哈桑，这些钱比你失去的那个护身符值的钱要多吧！"

艾卜·哈桑说："信士们的长官，不知比那些要多多少倍。"

哈里发说:"请诸位在座的人做证,我把这些钱全部赠送给这位青年了。"

艾卜·哈桑随即向信士们的长官哈伦·拉希德行吻地礼;因为过于高兴,喜泪夺眶而出,淌落在面颊上,只见他面上的蜡黄色顿时消失,血色复原,容光焕发,宛如夜空中的一轮皓月。

哈里发拿来镜子,让艾卜·哈桑照着镜子看看自己的容颜。眼见自己面色红润,红里透白,艾卜·哈桑欣喜难抑,叩拜多次,感谢伟大安拉。

哈里发差人将钱给艾卜·哈桑送到家中,并要他不时来宫中对饮聊天。

自此,艾卜·哈桑经常出入王宫,与哈里发哈伦·拉希德对坐同桌共饮,谈天论地,直到哈里发天年竭尽,一命归真。

讲到这里,莎赫札德戛然止声。

妹妹杜娅札德说:"姐姐,你讲的故事真精彩,真动人,真美妙!"

莎赫札德说:"如蒙国王陛下厚恩,能再留我一夜,这与我来晚要讲的故事相比,就算不上什么精彩、动人、美妙了。"

听莎赫札德这样一说,舍赫亚尔国王心想:"凭安拉起誓,我不能杀她,我要把故事听完……"想到这里,他说:"天色尚早,接着讲吧!"

莎赫札德开始讲《易卜拉欣与贾米莱》的故事:

相传,埃及执政官海绥卜有个儿子,天生貌美,眉清目秀,体态匀称,是当时绝无仅有的美少年,名叫易卜拉欣·本·海绥卜。

海绥卜爱子如命,怕儿子出什么意外,所以只允许他做聚礼的时候外出。一个星期五的上午,易卜拉欣到清真寺去做礼拜,路上看见一位老人守着许多书在卖。见此情景,易卜拉欣离鞍下马,坐在那个卖书人的旁边,开始翻阅书籍。他拿起一本书,翻着翻着,见书中有一幅画像,画的是一位妙龄少女,但见那女子容貌俏丽,秀目含娇,栩栩如生,呼之欲出,世上再难找到如此妖艳的美女。易卜拉欣仔细端详画上的女子,惊羡之心油然而生,欣喜之情难以抑制。

易卜拉欣对卖书人说:"老人家,把这幅画像卖给我吧!"

卖书人向易卜拉欣行了吻地礼,然后说:"公子,请拿去吧,不要钱。"

易卜拉欣从口袋里掏出一百第纳尔递给卖书人,拿起那本有画像的书离去。

易卜拉欣回到家中,目不转睛地望着那幅画像上的美人,哭了整整一天一夜,食水不进,睡不着觉。他心想:"假若我向卖书的老人打听一下那幅画像的作者,说不定画家能告诉我画中美人的实情。如果画像上的美人还在人世,我一定向她的家人求亲;假若那纯系一张美人图,我也就不必为之花心思了,因为世上没有那样的真人。"

讲到这里,眼见东方透出黎明的曙光,莎赫札德戛然止声。

第九百五十三夜

夜幕垂降,莎赫札德接着讲故事:

幸福的国王陛下,易卜拉欣从口袋里掏出一百第纳尔递给卖书人,拿起那本有画像的书离去。

易卜拉欣回到家中,目不转睛地望着那幅画像上的美人,哭了整整一天一夜,食水不进,睡不着觉。他心想:"假若我向卖书的老人打听一下那幅画像的作者,说不定画家能告诉我画中美人的实情。如果画像上的美人还在人世,我一定向她的家人求亲;假若那纯系一张美人图,我也就不必为之花心思了,因为世上没有那样的真人。"

聚礼日到了,易卜拉欣路经卖书老人面前时,走过去问道:"老人家,你能告诉我那幅画像是谁画的吗?"

老人说:"公子,那幅肖像是一个巴格达人画的,那个人名叫艾卜·卡西姆·赛德拉尼,住在凯尔赫区。你要问他画的是谁,我就不得而知了。"

易卜拉欣离开卖书老人那里,谁也不知道他向卖书老人打听画像作者的目的何在。

易卜拉欣到清真寺做完聚礼,旋即回到家中。他找来一条口袋,装上金钱、珠宝,价值约有三万第纳尔,耐心等到天色薄明时分,谁也不曾告诉,便出了家门,随着一支商队离去。

旅途中易卜拉欣遇见了一个贝都因人,便上前问道:"大叔,这里离巴格达城有多远?"

贝都因人说:"公子,你在哪里,巴格达又在哪里呀!从这里到巴格达城,要走两个月的时间。"

易卜拉欣说:"大叔,你若能把我送到巴格达城,我给你一百第纳尔的报酬,还把我骑的这匹马也给你,这匹马值一千第纳尔。"

贝都因人说:"安拉为你的言语做证。不过,你今天非要在我这里过夜不可了。"

易卜拉欣接受了贝都因人的盛情,在他那里住了一夜。

第二天天刚亮,贝都因人便带着易卜拉欣上路了。贝都因人期望得到易卜拉欣许诺给他的那匹马,于是带着易卜拉欣抄近道快速向巴格达城奔驰而去。

二人马不停蹄,人不下鞍,日夜兼程,终于顺利来到巴格达城。

贝都因人说:"赞美安拉,公子,我们终于平安抵达了巴格达城。"

易卜拉欣欣喜不已,离鞍下马,把马给了贝都因人,并给他一百第纳尔。

二人告别后,易卜拉欣背起那袋子金钱和珠宝,直奔城中,找人打听凯尔赫区以及商人居住的地方。命运把他带到了一条胡同中,那里一面有十间房间,另一面有五间房间。那条胡同中有一户人家,两扇街门装有银门环,门前放着两条大理石凳,上面铺着漂亮的坐垫。有个老翁坐在那里,衣着考究,相貌堂堂,仪表端庄。周围有五个奴仆,个个容颜俊秀,如同天上的月亮。

易卜拉欣眼见面前的景象与卖书老人讲的相差无几,便走上前去,向那个老翁问安。那个老翁还礼后,对易卜拉欣表示欢迎,让他坐在自己的身旁,问起他的情况。

易卜拉欣说:"我是个异乡人。我求你行行好,帮我在这条胡同里找间房子,以便我能够在这里住下来。"

老翁随口喊道:"埃札莱!"

一个女仆应声赶来,说道:"老爷,我来啦!"

"你带着几个仆人,去收拾一个房间,打扫干净,摆好床铺和所需要的一切家什,好让这位美貌青年住下。"

女仆离去，一切按主人的吩咐，开始收拾房间。

老翁带着易卜拉欣去看房子，易卜拉欣说："老人家，这房子租金是多少呀？"

"漂亮的小伙子，只要你住在这里，我一文不收。"老翁答道。

易卜拉欣表示感谢。

老翁又喊来一个女仆。但见姑娘长相更美，就像一轮朝日。老翁吩咐道："拿象棋来！"

片刻后，女仆拿来了象棋。一个仆人走上前去，把棋盘放好。老翁说："和我下盘棋好吗？"

易卜拉欣说："好的。"

二人对弈数盘，易卜拉欣连连取胜。

老翁说："小伙子，好棋手哇！凭安拉起誓，在巴格达城，你既然能够赢我，也就没有人能赢你了。"

房间收拾好，老翁把钥匙交给易卜拉欣，并且说："小伙子，你既然住在我家，就赏赏光，和我一起吃顿饭，好吗？"

易卜拉欣表示同意，和老翁一起走去。走进老翁的客厅一看，只见那里富丽堂皇，墙上挂着精美图画，地上铺着华丽地毯，室内摆设豪华无比。

主人一声呼唤，仆人们一齐动手，先摆上一张也门萨那出产的餐桌，继之端来各种美味佳肴，应有尽有，色香味美，丰盛无比。易卜拉欣吃饱喝足，洗过手，开始欣赏房间里的摆设。他偶然间一回头，发现自己随身带的那个袋子不见了，不由自主地说："无能为力，只有依靠伟大的安拉了。我吃了一顿一两迪尔汗的饭，却丢掉了装有三万第纳尔的财宝袋，只有靠伟大的安拉过活了。"

讲到这里，眼见东方透出黎明的曙光，莎赫札德戛然止声。

第九百五十四夜

夜幕垂降,莎赫札德接着讲故事:

幸福的国王陛下,易卜拉欣和老翁一起走去。走进老翁的客厅一看,只见那里富丽堂皇,墙上挂着精美图画,地上铺着华丽地毯,室内摆设豪华无比。

主人一声呼唤,仆人们一齐动手,先摆上一张也门萨那出产的餐桌,继之端来各种美味佳肴,应有尽有,色香味美,丰盛无比。易卜拉欣吃饱喝足,洗过手,开始欣赏房间里的摆设。他偶然间一回头,发现自己随身带的那个袋子不见了,不由自主地说:"无能为力,只有依靠伟大的安拉了。我吃了一顿一两迪尔汗的饭,却丢掉了装有三万第纳尔的财宝袋,只有靠伟大的安拉过活了。"

易卜拉欣发现自己的财宝袋不见了,心中愁云密布,一时不知道该说什么,只有默不作声。

老翁拿着象棋走来,对易卜拉欣说:"小伙子,和我下盘棋吧!"

易卜拉欣说:"好吧!"

没有走多少步,老翁便赢了。易卜拉欣说:"你的棋下得很好嘛!"

易卜拉欣无心再下棋,站了起来。老翁问:"小伙子,你怎么啦?"

易卜拉欣说:"我想要我那个袋子。"

老翁站起来，走去拿来袋子，对易卜拉欣说："不就是这个袋子吗？再和我下两盘棋吧！"

易卜拉欣接着和老翁对弈，老翁输了。老翁说："你想袋子时，我赢了你；我给你拿来了袋子，我就输了。"

老翁问道："孩子，告诉我，你是哪里人？你来巴格达所为何事呀？"

易卜拉欣从袋子里取出那幅画像，说："老人家，我是埃及执政官海绥卜的儿子。我在一位书商那里看见这幅画像，图中的美人令我心思神往，坐卧不宁。我向人打听这幅画像系何人所画，有人告诉我是出自一位巴格达人之手，名叫艾卜·卡西姆·赛德拉尼，住在凯尔赫区的某条叫作番红花巷的胡同里。于是，我带上一些钱，独自离家远行，谁也不知道我的行踪。我求你行行好，设法让我找到画像人，问问他为什么画这幅画像，画像上的美人是谁；只要他能告诉我，他要什么，我就给他什么。"

老翁说："凭安拉起誓，孩子，我就是艾卜·卡西姆·赛德拉尼呀！真是奇妙啊，命运怎么正巧把你送到我这里来了呢？"

易卜拉欣听老翁这样一说，立即走上前去，和老翁热烈拥抱，亲吻老翁的头和双手，迫不及待地说："看在安拉的面儿上，请你告诉我，这画像中的美人究竟是谁呀？"

老翁站起来，走去打开书柜，取出几本书，每本书上都有那样的画像。老翁说："孩子，你有所不知，这画中的美人不是别人，而是我的堂妹。我的堂妹在巴士拉城。她的父亲是巴士拉执政官，名叫艾卜·莱伊斯，我的堂妹名叫贾米莱。在当今世上，没有比我的堂妹更漂亮的女子了，但她讨厌男人，不允许任何人在她那里提男人的事。我曾经到叔父那里向她求婚，我带去很多很多钱财，我叔父也没有答应。我堂妹得知这件事，勃然大怒，给我捎来了这么一句话：'你如果有点儿理智，就不会干这样的蠢事。你何不去死呢？因为你犯的是死罪。'我的这位堂妹是个暴烈女子。正因为如此，我才灰心丧气地离开了巴士拉，然后把她的画像印在书上，向全国散发，但期有一个像她一样漂亮的青年看到，设法向她求婚，与她结为伉俪。她已立下誓言，决不让我再见到她，哪怕只是看上一眼。"

易卜拉欣听老翁这样一说，低下头去，暗自沉思起来。

艾卜·卡西姆·赛德拉尼对他说："孩子，说句实话，我在巴格达没有看见过比你更漂亮的男子了，我堂妹看见你，定会一见钟情。你若能与她见面，并且能结为夫妻，能让我看她一眼吗？哪怕是远远地看上一眼，也好满足我平生之愿。"

易卜拉欣接受了这个条件。

艾卜·卡西姆说："既然你答应了我的请求，那就在我这里住到你起程之时吧！"

易卜拉欣说："我心中情火炽燃，实在住不下去了。"

"你稍稍忍耐一下，三天之后，我给你准备一条船，好让你乘坐去巴士拉城。"

易卜拉欣耐心等待，不到三天时间，艾卜·卡西姆便为他备好了船和途中需要的水以及干粮等一切用品，并且说："公子，准备起程吧！我已为你备好船只和途中需要的一切东西。船是我的，水手们也都是我的家仆。你可以乘此船回来，因为我已叮嘱过水手们，要他们好好服侍你，直至你平安返回。"

易卜拉欣起身上船，同艾卜·卡西姆依依惜别。

船顺利、平安航抵巴士拉，易卜拉欣递给水手们一百第纳尔，但他们说："我们已从主人那里拿到了工钱。"

易卜拉欣说："你们拿着吧！我不会告诉你们的主人的。"

水手们接过钱，易卜拉欣带着一个水手进了城。

易卜拉欣进城后，向人们打听商人们的住址，人们对他说："商贾们都住在哈姆丹客栈。"

易卜拉欣向客栈所在的市场走去。易卜拉欣走在路上，过往行人的目光一齐投向他，无不为他的俊俏容颜发出由衷的赞叹。

易卜拉欣与随行水手走进哈姆丹客栈，问门房在哪里，人们把他带到一位庄重的老人面前。易卜拉欣向老人问过安，老人恭恭敬敬还礼。易卜拉欣问："大伯，你这里有好房间吗？"

老人说："有的！有的！"

老人立即站起来，把易卜拉欣和水手领进一个装饰十分漂亮、四壁金光闪闪的房间，说道："美男子，这个房间顶适合你住。"

易卜拉欣拿出两第纳尔，说："请收下这开门的赏钱吧！"

老人接过赏钱，连声为客人祝福。

易卜拉欣让水手回船上去，自己进了房间。

老人一直留在易卜拉欣那里服侍他。老人说："先生，你的到来为我们增添了欢乐。"

易卜拉欣又给了老人一第纳尔，说："你拿着钱买些面饼、肉、糖果和饮料去吧！"

老人拿着钱走到市场，片刻后买回来了易卜拉欣需要的所有东西，只花了十迪尔汗，把剩下的钱递给易卜拉欣，易卜拉欣不要，对他说："你留着自己花吧！"

老人感到非常高兴。易卜拉欣吃了一块发面饼加了点儿肉，然后对老人说："把剩下的拿回你家去吧！"

老人把剩下的面饼、肉、糖果和饮料拿回家中，对家人说："我们客栈今天来了一位漂亮的小伙子，我认为世上没有比他更慷慨、更可爱的人了。如果他能长期在我们的客栈住下去，我们就会富起来了。"

随后老人回到客栈,走进易卜拉欣的房间,见小伙子在哭,便坐下来,摁住小伙子的双脚,边亲吻边问道:"先生,你哭什么呢?"

易卜拉欣说:"大伯,我希望你今夜陪我喝酒。"

老人说:"遵命!"

易卜拉欣掏出五第纳尔,递给老人,嘱咐说:"你去买些水果和酒来。"

易卜拉欣又给了老人五第纳尔,并说:"你再拿这些钱去买些下酒菜、香料和五只肥鸡,另外买些沉香来。"

老人离去,过了不大一会儿,买到了易卜拉欣要的所有东西,带回家中,对妻子说:"给我们做些好菜,把酒加加热,要做得好些!这小伙子待我们太好啦!"

妻子按照丈夫的叮嘱,把酒和菜全都预备好了。老人带着酒菜,来到易卜拉欣住的房间……

讲到这里,眼见东方透出黎明的曙光,莎赫札德戛然止声。

第九百五十五夜

夜幕垂降,莎赫札德接着讲故事:

幸福的国王陛下,易卜拉欣又给了老人五第纳尔,并说:"你再拿这些钱去买些下酒菜、香料和五只肥鸡,另外买些沉香来。"

老人离去,过了不大一会儿,买到了易卜拉欣要的所有东西,带回家中,对妻子说:"给我们做些好菜,把酒加加热,要做得好些!这小伙子待我们太好啦!"

妻子按照丈夫的叮嘱,把酒和菜全都预备好了。老人带着酒菜,来到易卜拉欣住的房间。易卜拉欣和老人把酒菜摆好,二人边吃边喝起来,欣喜不已。

喝着喝着,易卜拉欣忽然哭了起来,边哭边吟道:

听我言心志,列位亲和友;生命诚可贵,钱财人所求;
今世红尘甜,来世尽享受;若得会美娘,一切皆可丢。

易卜拉欣吟完,一声大喊,顿时昏倒在地,不省人事,眼见此情此景,老人连声叹息。

过了一会儿,易卜拉欣苏醒过来,老人问:"先生,你哭什么呢?你诗中说的那位美娘究竟是何人?一个女人又算得了什么,她不过是你脚上的尘土罢了。"

易卜拉欣站起来,走去取来一包最华美的女装,对老人说:"拿回去,给你的妻子穿吧!"

老人接过包裹,带回家中,交给妻子。当妻子跟着丈夫来客栈看望易卜拉欣时,却发现他泣哭不止。老人的妻子问:"先生,你这样哭,把我们的心肝都哭碎了。不管是哪位女子,不都是你的使唤丫头吗?"

易卜拉欣说:"我是埃及执政官海绥卜的儿子。我一心恋着艾卜·莱伊斯的女儿贾米莱。"

老人的妻子听易卜拉欣这样一说,不禁大惊失色,她忙劝阻易卜拉欣:"先生,千万不要讲这种话!万一有人听去,我们的生命就难保了。当今世上,没有比那个姑娘更暴烈的人了,谁也不敢在她的面前提一个男人的名字,因为她厌恶男人。孩子,你还是另找一个好姑娘吧!"

易卜拉欣听老人的妻子这样一说,哭得更加厉害了。这时老人说:"先生,我只有老命一条,我甘愿以生命去冒险,设法让你如愿以偿!"

说完,老两口告辞而去。

第二天早上,易卜拉欣进澡堂洗了个澡,换上一套华丽服装。就在这时,夫妇俩来了,对易卜拉欣说:"先生,有办法了。本城有位驼背裁缝,贾米莱小姐总是到他那里去做衣服。你不妨到他那里去一趟,把你的情况告诉他,也许他能想办法让你达到目的。"

易卜拉欣按照两位老人的指点,来到驼背裁缝铺,见那里有十个奴仆,个个貌美如月。易卜拉欣向他们问过安好,他们恭恭敬敬回礼,然后让他坐下。他们见了易卜拉欣的俊俏容颜,无不发出由衷的赞叹。

驼背裁缝走来,眼见易卜拉欣貌美出众,也不禁啧啧称羡。

易卜拉欣说:"师傅,我想请你给我缝缝口袋。"

裁缝走去,拿来丝线,开始给易卜拉欣缝口袋。其实,易卜拉欣是故意把口袋弄破的。

缝好口袋,易卜拉欣随手掏出五第纳尔递给裁缝,然后转身离去,回客栈去了。

易卜拉欣离去后,裁缝惊异地对手下人说:"我没给小伙子做什么活儿,他怎么一下子给了我五第纳尔呢?"

一夜里,驼背裁缝都在思考着小伙子的美貌和慷慨品格。

第二天上午,易卜拉欣又来到裁缝铺,驼背裁缝对他表示热烈欢迎,一番热情问候后,请他坐下。易卜拉欣说:"师傅,我的口袋又撕破了一处，请你给我缝缝吧！"

裁缝高高兴兴地说："这就给你缝！"

裁缝取来丝线，缝得又快又好。随后，易卜拉欣从口袋里掏出十第纳尔给了裁缝。

裁缝接过钱，惊奇不已，说道："凭安拉起誓，小伙子，你老来缝口袋，其中必有原因，就请如实相告吧！"

易卜拉欣说："大叔，这里不是说话的地方；我的事情非同一般，说来离奇。"

裁缝说："既然这样，我们就找个僻静的地方谈吧！"

裁缝站起来，把易卜拉欣带进铺中的一个小房间，说："小伙子，有什么话请讲吧！"

易卜拉欣把看到美女画像及到此地来的目的，从头到尾向裁缝讲了一遍。裁缝听后，不禁大惊失色。他说："小伙子，愿安拉保佑你！你提到的那位姑娘暴烈无比，非常厌恶男人。你可要当心自己呀！如若不然，会丢掉性命的。"

易卜拉欣听裁缝这样一说，呜呜咽咽地哭了起来。他拉住裁缝的袍角，苦苦哀求道："大叔，帮我一把吧！如若不然，我很难活下去。我丢下万贯家财，丢下父亲、祖父的家产，独自奔走异乡，就是为了找那位姑娘啊！"

裁缝见此情景，怜悯之心顿生。他说："小伙子，我只有老命一条，我甘愿以生命冒险，以求让你如愿以偿。因为你的情况实在令我同情。明天我就给你想办法，让你心想事成。"

易卜拉欣听后，为裁缝祝福祈祷，告别裁缝，回到客栈。易卜拉欣把裁缝的话向看门老人说了一遍，老人说："他会为你做好事的。"

次日清晨，易卜拉欣穿上漂亮衣服，带着一袋子金钱来到裁缝铺。他向裁缝问好后,说:"大叔,请给我想个办法吧!"

裁缝说:"你这就开始准备,拿上三只肥母鸡、三欧基亚蔗糖、两壶酒,再带上一只杯子,将这些东西全放入一个口袋里。明天晨礼过后,你到河边登上一只船,让船把你送到巴士拉南郊,船家会对你说他只能送你一法尔萨赫远,你就说可以。在途中,你要给船家些钱,以便让他把你送到看见第一座花园的地方,那是贾米莱小姐家的花园。看到花园,你就下船,走向园门。在那里,你会看到两级高台阶,上面铺着丝绒地毯,那里坐着一个像我这样的驼背人。见到那个驼背人,你就可以把自己的情况告诉他了,求他同情你,帮你的忙,让他把你送到姑娘面前,看姑娘一眼,哪怕是站得远远的。"

裁缝说到这里,停顿片刻,然后说:"小伙子,我就只有这个办法了。假若那个驼背人不同情你,你我都要丧命。我只有这个办法,一切全都托付给安拉了。"

易卜拉欣听后,说:"无能为力,只有依靠伟大的安拉了。"

易卜拉欣告别裁缝,回到客栈,把裁缝嘱咐带的东西备好,一切装入袋子里。

第二天一早,易卜拉欣来到底格里斯河畔,只见一条小船停在岸边,船家正在熟睡之中。他唤醒船家,给了船家十第纳尔,然后说:"请把我送到巴士拉南郊去吧!"

船家说:"我的主人呀,我只能送你一法尔萨赫远;假若越过一拃,你我都要遭殃。"

"就依你说的办!"易卜拉欣随口说。

船家驾船下行,小船接近第一座花园时,他说:"孩子,我只能把你送到这里了;越过此地,你我就都没命啦!"

易卜拉欣又掏出十第纳尔递给船家,说道:"收下这几个钱,买些东西吧!"

船家有些不好意思,随口说:"把一切托付给安拉了!"

讲到这里,眼见东方透出黎明的曙光,莎赫札德戛然止声。

第九百五十六夜

夜幕垂降,莎赫札德接着讲故事:

幸福的国王陛下,船家驾船下行,小船接近第一座花园时,他说:"孩子,我只能把你送到这里了;越过此地,你我就都没命啦!"

易卜拉欣又掏出十第纳尔递给船家,说道:"收下这几个钱,买些东西吧!"

船家有些不好意思,随口说:"把一切托付给安拉了!"

随后,船家驾船继续向下游划去。

船到花园下,易卜拉欣兴高采烈地站起来,像飞镖出手那样跳下船去,船家当即拨船回返。

易卜拉欣走上岸去一看,发现面前的景象与驼背裁缝说的丝毫不差。他看见园门开着,门廊上放着一张象牙床,上面坐着一位面容慈祥的驼背人,身上穿着金光闪闪的衣服。

易卜拉欣走上前去,俯身亲吻驼背人的手。

驼背人说:"你是谁呀?你打哪儿来?孩子,谁把你送到这里来的?"

驼背人见易卜拉欣容貌俊秀出众,惊喜在心。

易卜拉欣说:"大叔,我是个外乡人,迷路了。"

话未说完,便哭了起来。驼背人怜悯之心顿生,让他坐在床上,为他擦泪,并且说:"孩子,不碍事的!你如果欠下了债,安拉会为你偿还的;你如果害怕什么,安拉会驱赶走你的惧意的。"

易卜拉欣说:"大叔,我既不害怕,也没欠下什么债。赞美安拉赐予我很多钱财。"

"孩子,你有何事,竟不惜冒生命危险闯入这必死无生之地呢?"

易卜拉欣把自己的事从头到尾向驼背人讲了一遍。

驼背人听后,低头沉思片刻,然后问易卜拉欣:"孩子,是那个驼背裁缝给你指的路吧?"

易卜拉欣说:"是的。"

驼背人说:"他是我的兄弟,是个好人。不过,孩子,若不是我一看见你就很喜欢你、同情你,那么你和我的兄弟,还有客栈看门老人及其妻子,都会丢掉性命的。孩子,你有所不知,这座花园是人世间绝无仅有的美丽花园,名叫'珍珠园'。在我这一生中,除了国王和我以及花园的主人贾米莱小姐,谁也没有进过这座花园。我在这里当园丁二十年,不曾见过任何一个外人到这里来过。贾米莱小姐每隔四十天乘船来这里一次,在众女仆的簇拥下登上岸,又有十个女仆用金钩托着小姐的凉篷尾角进到园中。但是,我从来没有见过小姐的容貌。孩子,不管怎样,就是豁出我这条老命,我也要设法满足你的要求。"

易卜拉欣亲吻驼背老园丁。驼背老园丁说:"孩子,你坐下歇歇,等我给你做安排吧!"

驼背老园丁拉着易卜拉欣的手进了花园。易卜拉欣进园一看,以为那花园就是人间天堂。只见那里树木繁茂,椰枣树高大挺拔,溪水潺潺流淌,百鸟鸣唱枝头,声音清脆悦耳。

老园丁把易卜拉欣带到一座圆顶亭子下,说:"这就是贾米莱小姐落座歇息的地方。"

易卜拉欣仔细观看那座圆顶亭子,不禁由衷赞叹那是人世间最美的消遣处所,只见它流光溢彩,雕梁画栋,精美绝伦。圆顶亭子有四座门,门前各有五级石台阶,拾级而上,便入亭内。亭内中央有个池子,周围有镶嵌着宝石的金梯直通;池子的中央有座喷泉,泉水周围坐落着大大小小的金塑鸟兽,水自鸟兽嘴里喷出,颇为壮观;喷水的同时,还发出各种声音,闻者似觉自己置身于天堂之中。圆顶亭子的旁边有一架扬水车,斗全用白银制成,上面盖着锦缎;扬水车房的左侧有扇窗子,下临一座绿色棚子,里面养着羚羊、兔子等各种珍禽异兽;右侧也有扇窗子,下临一片空地,那里养着各种鸣禽,叫声各异,悦耳动听。

易卜拉欣见此如画美景,欣喜难抑。他坐下来,老园丁便坐在他的旁边,问道:"小伙子,你瞧我看管的这座花园如何?"

易卜拉欣说:"真是人间天堂!"

老园丁笑了。

老园丁站起来走去,片刻后端来一盘子食物,盘中有烧鸡、烤鹌鹑,还有甜点等。他把盘子放在易卜拉欣的面前,说:"孩子,吃个饱吧!"

易卜拉欣说:"我一定吃个足饱!"

说完,易卜拉欣大口大口地吃了起来。老园丁见易卜拉欣吃得很香甜,高兴地说:"啊,帝王、王子也是这样啊!"

老园丁又说:"喂,孩子,你这袋子里装的是什么东西?"

易卜拉欣解开袋口,让老园丁看了看。老园丁说:"你带着它吧！贾米莱小姐来了，你用得着这些东西；因为她来到园中，我就不便给你送吃的东西了。"

老园丁拉着易卜拉欣的手，把他领到圆顶亭子对面的树林中，给他在树上搭了一个窝棚，然后说："孩子，你上去吧！小姐来了，你能看见她，而她却看不见你。我只有这个办法，把一切都托付给安拉吧！她若唱歌，你就侧耳聆听；她走后，你就回返原地。"

易卜拉欣对老园丁表示感谢，想亲吻他的手，但老园丁没有让他亲，而是顺手把袋子放在窝棚里，并对易卜拉欣说："易卜拉欣，你在园中玩儿吧！园中的果子，你尽管品尝就是了。你心目中的那位美女明天就会来的。"

说完，驼背老园丁告辞而去。

易卜拉欣开始自由自在地在园中观览，吃树上的果子。当夜幕垂降时，他就在窝棚里安歇了。

第二天清晨，朝阳照亮大地，易卜拉欣做过晨礼，只见驼背老园丁急匆匆走来，面色蜡黄，说道："孩子，赶快躲进窝棚去吧！女仆们已经来收拾、布置圆顶亭子了，小姐马上就会到的……"

讲到这里，眼见东方透出黎明的曙光，莎赫札德戛然止声。

❖❖ 第九百五十七夜 ❖❖

夜幕垂降，莎赫札德接着讲故事：

幸福的国王陛下，驼背老园丁走后，易卜拉欣开始自由自在地在园中观览,吃树上的果子。当夜幕垂降时,他就在窝棚里安歇了。

第二天清晨,朝阳照亮大地,易卜拉欣做过晨礼,只见驼背老园丁急匆匆走来,面色蜡黄,说道:"孩子,赶快躲进窝棚去吧!女仆们已经来收拾、布置圆顶亭子了,小姐马上就会到的。孩子,你千万不要吐痰,也不要擤鼻涕,更不要打喷嚏;如若不然,你我性命难保!"

易卜拉欣听后,立即攀树爬进窝棚。驼背老园丁说:"孩子,愿安拉保佑你平安。"

易卜拉欣正在窝棚里坐着,忽见五个女仆走来,个个花容玉貌,人人婀娜多姿,妖艳可人,世所罕见。她们走进圆顶亭子,脱掉华丽的外衣,开始擦洗亭内亭外,洒上玫瑰水,点上沉香和龙涎香,铺上丝绒地毯。片刻后,又有五十名乐女到来,她们怀抱着各种乐器,贾米莱小姐在她们的簇拥下,在红缎凉篷的遮罩下,由数名女仆用金钩托着长长的凉篷尾角,慢慢走进圆顶亭子里。

易卜拉欣不但没有看到贾米莱小姐的容貌,就连她的衣着也没看清。他心想:"凭安拉起誓,我的一切辛苦白费了!不过,我一定要耐心等待,看看结果究竟如何!"

女仆们摆出饭菜,大家吃完饭后洗过手,为贾米莱小姐放了一把椅子。贾米莱小姐坐下,乐女们开始弹奏乐曲,边奏边唱,歌喉美妙动听。

片刻后,管家婆走来,拍了拍巴掌,随后跳起舞来。女仆们急忙走上前去,拉住管家婆。就在这时,帘子拉开,贾米莱小姐笑容满面地走了出来。

易卜拉欣定睛望去,只见贾米莱小姐周身珠光宝气,头戴镶嵌着珍珠宝石的王冠,脖子上挂着珍珠项链,腰间系着黄玉带,带穗上缀着红宝石和珍珠。女仆们恭恭敬敬地向贾米莱小姐行吻地礼,贾米莱小姐笑嘻嘻地一挥手,示意她们免礼。

易卜拉欣眼见此情此景,一时神魂颠倒,心怦怦直跳,不知如何是好,只觉得眼花缭乱,深深为贾米莱小姐的美貌吸引,认为世上没有比贾米莱小姐更漂亮的女子了,心情激动不已,顿时昏迷过去,不省人事。

片刻过后,易卜拉欣从昏迷中苏醒过来,泪眼迷离地吟诵道:

我眼望着你,从未目转睛。纵使竭眼力,艳美难收拢。

管家婆对女仆们说:"你们出来十个人,跳舞、唱歌吧!"

眼见十个姑娘翩翩起舞,易卜拉欣心想:"我多么盼望贾米莱小姐跳舞啊!"

十个女仆跳过舞,走到贾米莱小姐的面前,对她说:"小姐,我们希望你和我们一起跳舞,只有你和我们一道起舞,我们才能尽兴。我们看没有比今天更好的日子了。"

易卜拉欣心想:"毫无疑问,天门已经开启,安拉答应了我的祈祷。"

女仆们亲吻小姐的脚,她们对小姐说:"凭安拉起誓,我们没见过你比今天更快活的了。"

女仆们继续请求贾米莱小姐和她们一道起舞,贾米莱小姐终于答应了她们的请求,脱掉锦袍,露出金丝衬衫,上面缀着各种宝石,两个乳峰高耸,如同两个大石榴,继之揭去面纱,露出圆月似的容颜。她那潇洒的动作、轻盈的举止,使易卜拉欣耳目一新。

贾米莱小姐翩翩起舞,舒展大方。她轻盈旋转的舞姿,正像诗人描绘的那样:

相生遂人愿,如同美模铸;
不高亦不矮,窈窕诱人目。
珠水出芙蓉,月挂身各处。

诗人又写道:

舞者腰似柳,身姿匀我魂。脚下似蹈火,无时须站稳。

易卜拉欣目不转睛地望着贾米莱小姐,贾米莱小姐无意中一扭头,看见了易卜拉欣,脸色顿改,对女仆们说:"你们跳舞吧,我去一会儿就来。"

贾米莱小姐走去,拿起一把半腕尺的短刀,向着易卜拉欣藏身的地方走去。她边走边说:"毫无办法,只有依靠伟大的安拉了。"

眼见贾米莱小姐手握短刀走来,易卜拉欣吓得魂不附体,从树上滑了下来。但是,当两个人面面相对时,贾米莱小姐手中的刀却脱手掉在了地上。贾米莱小姐说:"赞美使人心突然发生变化的安拉!"

贾米莱小姐对易卜拉欣说:"先生,你放心吧!你不要害怕,保你平安无事。"

易卜拉欣哭了起来。贾米莱小姐伸过手去,为易卜拉欣擦泪。贾米莱小姐说:"先生,告诉我,你是谁?你为什么到这个地方来?"

易卜拉欣向贾米莱小姐行吻地礼,拉住她的裙角不放。

贾米莱小姐说:"我不责怪你,你不要害怕。凭安拉起誓,看到你,我很高兴。告诉我,你是谁?"

易卜拉欣把自己的情况从头到尾讲了一遍。

贾米莱小姐听后，说："先生，我求你看在安拉的面儿上，告诉我，莫非你就是易卜拉欣·本·海绥卜？"

易卜拉欣答道："我正是易卜拉欣·本·海绥卜。"

听易卜拉欣这样一说，贾米莱小姐立即上前抱住易卜拉欣，说："先生啊，你就是使我厌恶男人的那个人。因为我听人们说，埃及有位美少年，举世无双，因而深深爱在心中。我仅仅听人们传说你的绝美容貌，便日思夜想起来，正像诗人所云：

我的双耳多情，有时胜过眼睛。

"感赞安拉，使我终于亲眼看到了你的俊俏容貌。凭安拉起誓，假若闯入珍珠园的是另外一个人，我非把园丁、客栈看门人、驼背裁缝及有关的人都绞死不可。"

贾米莱小姐又说："我怎样给你弄来些吃的东西，又不让女仆们看见呢？"

易卜拉欣说："吃的喝的，我都带着呢！"

易卜拉欣打开装着食物的袋子，取出烧鸡，和贾米莱小姐一道吃了起来，然后又拿出饮料一起喝。

易卜拉欣和贾米莱小姐一道吃喝时，女仆们一直在不停地唱着跳着。

过了一会儿，贾米莱小姐说："你现在去弄一条船吧，在我们约定的地方等我，我马上就去。"

易卜拉欣说："小姐，我带着船呢，而且那是我的船，水手们都是我雇的，他们在等着我呢。"

"凭安拉起誓，这正合我意呀！"

贾米莱小姐说罢,向女仆们走去。

讲到这里,眼见东方透出黎明的曙光,莎赫札德戛然止声。

❖❖ 第九百五十八夜 ❖❖

夜幕垂降,莎赫札德接着讲故事:

幸福的国王陛下,贾米莱小姐说:"你现在去弄一条船吧,在我们约定的地方等我,我马上就去。"

易卜拉欣说:"小姐,我带着船呢,而且那是我的船,水手们都是我雇的,他们在等着我呢。"

"凭安拉起誓,这正合我意呀!"

贾米莱小姐说罢,向女仆们走去。

贾米莱小姐回到女仆们中间,对她们说:"收拾一下,我们回公馆去吧!"

女仆们说:"小姐,我们不是要在这里住三天吗?为什么现在就回去呀?"

贾米莱小姐说:"我自感很不舒服,好像生病了,怕住在这里病情加重。"

"遵命!"女仆们异口同声地回答。

她们穿好衣服,走到河边,登上船。

驼背老园丁来到易卜拉欣身边,但他对刚才发生的事情一无所知。驼背老园丁说:"喂,易卜拉欣,看来你没有看见她的面啊!

小姐如果在这里住上三天,我还真怕她发现你呢!"

"她没看见我,我也没看见她,因为小姐总是待在圆顶亭子里面不出来。"

"孩子,你说的是实话。假若她真的看见你,恐怕我们就都没命了。不过,你可以在这里住上一个礼拜的时间,等下个星期她再来时,你也好看个够。"

"老人家,不行啊!我带着许多钱,怕万一出什么闪失,可就麻烦了。我真怕那些同伴趁我不在之机捣什么鬼。"

"孩子,我真不愿意让你离开我。"

说着,驼背老园丁与易卜拉欣拥抱、告别,易卜拉欣回客栈去了。

易卜拉欣回到客栈,去见看门人,取他寄存的钱财。看门人说:"但愿你带来了好消息!"

易卜拉欣说:"我的目的没有办法达到,我想回家乡去了。"

看门人听易卜拉欣这样一说,哭了起来,随后帮易卜拉欣背起行李,一直把他送到船上,方才依依惜别。

易卜拉欣吩咐水手们把船划到与贾米莱小姐约定好的地方去等她。

夜幕垂降时,忽见一个美髯壮士模样的人走来,束着腰带,一手拿着弓箭,一手握着出鞘的宝剑,大声喝问道:"你就是埃及执政官海绥卜的儿子吗?"

易卜拉欣回答说:"是的。"

那壮士说:"你究竟是何许人,竟敢来戏耍公主?跟我走一趟,去见君王说话吧!"

易卜拉欣一听,吓得昏了过去。水手们一个个惊恐万状,周身抖作一团。

那壮士眼见此景,一把拉下自己的长胡子,丢掉手中的宝剑,解开腰带,原来是贾米莱小姐女扮男装的。易卜拉欣苏醒过来,说:"小姐呀,你把我的心都吓碎了。"

贾米莱小姐对水手们说:"扬起风帆,把船开得快些!"

水手们拉起风帆,船像箭出弦一般,飞也似的驶去。

他们航行了不几天,便到了巴格达城。

易卜拉欣见河边停泊着一条船,那条船上的水手们向他船上的水手们喊道:"喂,兄弟们,祝贺你们平安返航!"

那条船靠近易卜拉欣乘坐的船,易卜拉欣抬头一看,发现艾卜·卡西姆·赛德拉尼坐在船上。

艾卜·卡西姆·赛德拉尼看见易卜拉欣,对他的水手们说:"我就是要找他。你们走吧,我有点儿事要跟他说。"

艾卜·卡西姆·赛德拉尼手里举着蜡烛,向着易卜拉欣走来。他问易卜拉欣:"赞美安拉,保佑你平安归来了。你的目的达到了吗?"

易卜拉欣说:"我的目的达到了。"

烛光近了,贾米莱小姐一看见艾卜·卡西姆·赛德拉尼,顿时面色蜡黄。

艾卜·卡西姆·赛德拉尼看见贾米莱小姐,说:"你们走吧,愿安拉保佑你们。我要到巴士拉去一趟,有事找执政官。不过,这手中的礼物,看见谁,就送给谁了。"

艾卜·卡西姆·赛德拉尼拿出一盒糖果,放在易卜拉欣的船上。

易卜拉欣对贾米莱小姐说:"亲爱的,请吃些糖果吧!"

贾米莱小姐哭了。她问:"喂,易卜拉欣,你知道他是谁吗?"

易卜拉欣回答:"我知道呀!"

贾米莱小姐说:"他就是我的堂兄。他曾找过我的父亲,向我求婚,我不同意。他去巴士拉,说不定是去见我父亲,把我们的情况密报给我父亲。"

易卜拉欣说:"小姐,他到不了巴士拉,我们就到摩苏尔了。以后究竟会发生什么情况,他们不会知道的。"

说着,易卜拉欣吃了两块糖果。

易卜拉欣万万没有想到那糖果里有蒙汗药。他刚刚吃下去,药性便发作了,顷刻间倒在了地上,不省人事了。

黎明时分,易卜拉欣方才打了个喷嚏,把蒙汗药喷出了鼻腔,慢慢从昏迷状态中苏醒过来。

易卜拉欣苏醒过来一看,发现自己赤身裸体地躺在一片废墟之中。他批打自己的面颊,心想:"我上了艾卜·卡西姆·赛德拉尼的当,这一定是他干的!"

易卜拉欣浑身上下只有一条短裤,他站起来,不知道该向哪里去。

易卜拉欣走了没几步,只见省督带着一伙人走来,他们个个手握宝剑、棍棒,人人杀气腾腾。易卜拉欣慌忙之中看见一座破澡堂,立即躲了进去,不料忽然被一种什么东西绊倒,双手摸地,手被擦破,鲜血直流。他马上在短裤上擦了擦手,再伸手去摸绊倒的东西,发现那里躺着一个死人。当他顺着死人身子摸着死者的头时,他立即放开了,不由自主地说:"毫无办法,只能依靠伟大的安拉了!"

易卜拉欣急忙躲到破澡堂的一个角落里。

这时,省督已带着人站在澡堂门口。省督发令道:"进去,搜!"

十个大汉举着火把进了破澡堂。易卜拉欣胆战心惊,忙躲到一堵墙后。他借着火光仔细打量那个被杀的人,原来是个少女,面似圆月,但身首已经分家,脑袋在一边,身子在另一边,身上穿的衣服十分华丽。眼见此情此景,易卜拉欣心突突直跳。

省督进了澡堂门,喊道:"把澡堂各处都给我搜一遍!"

他们走近易卜拉欣藏身的地方,有一个人看见了易卜拉欣。那个人手握半腕尺长的短刀,走近易卜拉欣,说道:"赞美安拉造就了这样一张俊俏的面孔!小伙子,你是什么人?"

那个人抓住易卜拉欣的手,问道:"你为什么把这个少女杀死?"

易卜拉欣说:"凭安拉起誓,不是我杀的,我也不知道是谁杀了她。我是害怕你们,才躲到这个地方来的。"

易卜拉欣把自己的情况向那个大汉讲了一遍,然后说:"看在安拉的面儿上,你们不要冤枉我!我连自己还顾不上呢!"

大汉把易卜拉欣带到省督面前。省督看见易卜拉欣满手血迹,说道:"用不着审问,把他杀掉!"

讲到这里,眼见东方透出黎明的曙光,莎赫札德戛然止声。

第九百五十九夜

夜幕垂降,莎赫札德接着讲故事:

幸福的国王陛下,那个人抓住易卜拉欣的手,问道:"你为什么把这个少女杀死?"

易卜拉欣说："凭安拉起誓，不是我杀的，我也不知道是谁杀了她。我是害怕你们，才躲到这个地方来的。"

易卜拉欣把自己的情况向那个大汉讲了一遍，然后说："看在安拉的面儿上，你们不要冤枉我！我连自己还顾不上呢！"

大汉把易卜拉欣带到省督面前。省督看见易卜拉欣满手血迹，说道："用不着审问，把他杀掉！"

易卜拉欣听省督这样一说，禁不住哭了起来。他流着眼泪，凄然吟诵道：

人生路途漫漫，自有前进方向。
命中定死一处，不会遗骸他乡。

易卜拉欣吟完，一声大喊，昏倒在地，不省人事了。

刽子手见此情景，怜悯之心顿生，说道："凭安拉起誓，这么漂亮的面孔，不像是杀人犯呀！"

省督催促道："斩首！"

刽子手把易卜拉欣拉到接血的皮垫子上，用破布紧紧蒙住他的眼睛，抽出宝剑，请示省督准许动手……正在这时，易卜拉欣苏醒过来，高声喊道："冤枉啊！"

话音未落，一支马队飞驰而来，有人大喊道："住手！刽子手，刀下留人！"

谁在高声呐喊？

原来，这其中有一个非同寻常的故事。埃及执政官海绥卜派侍卫官带着他的亲笔信和珍贵礼物去见哈里发哈伦·拉希德，信中写道：

奉大慈大悲安拉之名

埃及执政官海绥卜致信信士们的长官：

　　我的儿子失踪年许，不见归来。近闻他在巴格达，特求哈里发陛下差人打听其消息，并尽力寻找之；一旦发现，切望让他与侍卫官同返。

　　顺致敬意

　　　　　　　　　　　　　　　　海绥卜（印章）

　　哈里发哈伦·拉希德阅过此信，即令省督打听海绥卜之子易卜拉欣的消息。

　　哈里发和省督不时过问此事，终于得知易卜拉欣在巴士拉露面，哈里发得到这个消息，立即写了封信，派人送给埃及执政官的侍卫官，要他马上在宰相侍从的陪同下前往巴士拉。埃及执政官的侍卫官看到哈里发的信，因急于找到易卜拉欣，立即带人上路，结果一行人马未走多远，便看见省督下令斩杀一个小伙子的场面。

　　侍卫官一看见省督，马上认了出来，随即喊了一声"刀下留人"，并且离鞍下马，走上前去，问道："省督阁下，这孩子是何人？为什么要杀他？"

　　省督把情况讲了一遍，侍卫官未曾想到被捕者就是他要寻找的人，只是说："这孩子不像杀人凶手啊！"

　　侍卫官下令松绑，并且说："把他带过来，让我看看！"

　　此时此刻，几经折磨的易卜拉欣已经满面灰尘，俊俏面容已被惊恐表情覆盖。侍卫官问："小伙子，你有什么话说？你与这个被杀的少女是何关系？"

　　易卜拉欣看见侍卫官，一眼认了出来，说道："我是易卜拉欣·本·海绥卜，难道你不认识我啦？你该是寻找我来的吧？"

侍卫官仔细打量一番，认出面前的这个小伙子就是执政官的公子，于是急忙俯下身去，亲吻易卜拉欣的脚。

省督见此情景，面色蜡黄。

侍卫官说："该死的昏官，你想把埃及执政官的公子杀掉?"

省督急忙吻侍卫官的衣角，并且说："大人阁下，我从哪儿认识他呢？我只看见被杀的少女在他身边，便判定他是杀人犯了。"

侍卫官说："你这个该死的昏官，你不配执政，这孩子只有十五岁，连一只鸟儿都没害过，怎么会杀人呢？你问过他的情况吗？你给他限期了吗？"

侍卫官对省督说："继续搜查杀害那个少女的罪犯!"

他们再次进到破澡堂里，仔细搜查，终于捉到了杀害少女的罪犯，押往省督府，然后解往哈里发宫。哈里发哈伦·拉希德问明情况，确认无误，即下令将之处死。

不久，哈里发哈伦·拉希德差人去把海绵卜的儿子叫来。

易卜拉欣来到哈里发面前，哈里发微笑着对他说："小伙子，把你的情况全部讲给我听听吧!"

易卜拉欣把自己的情况从头到尾向哈里发讲了一遍。

哈里发听后，十分难过，随后把掌刑官迈斯鲁尔叫来，吩咐道："你马上行动，到艾卜·卡西姆·赛德拉尼家去，把他和那位姑娘带来见我!"

迈斯鲁尔得令冲进艾卜·卡西姆·赛德拉尼的住宅，见贾米莱小姐被自己的头发捆着，情况十分危险。迈斯鲁尔立即把贾米莱小姐的头发解开，随后带着贾米莱小姐和艾卜·卡西姆·赛德拉尼回到哈里发宫。

哈里发哈伦·拉希德看到贾米莱小姐貌美超群出众，惊异不已。哈里发凝视着艾卜·卡西姆·赛德拉尼，下令道："把他毒打、捆绑这位姑娘的双手给我剎下来！把他的财产全部交给易卜拉欣·本·海绥卜！"

宫役们立即执行哈里发的命令。

正在这时，巴士拉执政官、贾米莱小姐的父亲艾卜·莱伊斯闯进宫来，向哈里发控告埃及执政官海绥卜的儿子易卜拉欣抢走了他的女儿。

哈里发对艾卜·莱伊斯说："执政官阁下，正是易卜拉欣使你的千金免遭折磨和被害之苦的！"

哈里发下令让宫役们把易卜拉欣带来。

易卜拉欣来到哈里发面前，哈里发问艾卜·莱伊斯："我的执政官阁下，难道你真的不愿意让这位埃及执政官的公子做你的门婿？"

艾卜·莱伊斯见易卜拉欣眉清目秀，英俊出众，不禁喜在心中，连声说："信士们的长官，哈里发陛下，臣愿意，臣愿意！"

哈里发差人叫来法官和证人，写就婚书，让贾米莱小姐与易卜拉欣结为夫妻，并将艾卜·卡西姆·赛德拉尼的全部财产赠送给易卜拉欣，随后隆重欢送易卜拉欣夫妇回埃及。

易卜拉欣偕妻子贾米莱回到埃及，过着幸福、愉快、舒适、平安的日子，直至天年竭尽，各奔东西。

赞美长生不老、全知全能的安拉！

讲到这里，莎赫札德戛然止声。

妹妹杜娅札德说："姐姐，你讲的故事真精彩，真动人，真美妙！"

莎赫札德说："如蒙国王陛下厚恩，能再留我一夜，这与我来晚要讲的故事相比，就算不上什么精彩、动人、美妙了。"

听莎赫札德这样一说，舍赫亚尔国王心想："凭安拉起誓，我不能杀她，我要把故事听完……"想到这里，他说："天色尚早，接着讲吧！"

莎赫札德开始讲《商人与王妃》的故事：

相传，哈里发穆阿泰杜德毅力非凡，心地高洁。他在巴格达有六百名大臣，对百姓的事情了如指掌。

一天，哈里发穆阿泰杜德和伊本·哈姆敦一起到民间进行察访，听听有什么新的消息。那天天气非常炎热。当二人走进一条胡同时，见那里有一座高大的房舍，建筑极为精美，看上去绝非普通人家所居。二人坐在门外休息，只见从大门里走出两个仆人，生相俊美，面如十四日夜晚天上的圆月。其中一个仆人对另一个仆人说："假若今天我们这里有客人来，那该多好！因为我们的老爷总要陪着两位客人吃饭，而到现在，我还没见一个客人到来呢！"

哈里发穆阿泰杜德听后，觉得好生奇怪，便对伊本·哈姆敦说："喂，伊本·哈姆敦，你听见了吗？照这样说，这家主人是个慷慨大方之人啊！我们一定要进去一访，也好亲眼见识一下主人的慷慨豪爽之气，说不定因此而得到我们的赏赐呢！"

哈里发穆阿泰杜德对那家的仆人说："喂，告诉你们的主人，就说有异乡客等在门外求见。"

哈里发想体察民情时，总是化装一番，改作商人打扮，微服私访。

仆人进去报告主人，主人听后十分高兴，立即出来，亲自迎接异乡客人。但见主人相貌堂堂，风度翩翩，身着内沙布尔①产的衬

---

① 内沙布尔，伊朗东北部城市。古代呼罗珊王国的都城，系中世纪伊斯兰文明中心之一。公元一二二一年为蒙古人所毁，此后曾数次遭地震毁坏。

衣,外披金丝斗篷,周身散发着香气,手指上戴着红宝石戒指。

主人看见哈里发穆阿泰杜德和伊本·哈姆敦,说道:"欢迎,欢迎!欢迎二位贵客光临寒舍!"

哈里发穆阿泰杜德和伊本·哈姆敦随主人走进大门,抬头朝庭院望去,但见那里亭台楼阁错落有致,绿树掩映,百花吐艳,空地满铺名贵地毯,不是天堂,胜似天堂,令人大有忘掉亲人和故乡之感。

讲到这里,眼见东方透出黎明的曙光,莎赫札德戛然止声。

◆── 第九百六十夜 ──◆

夜幕垂降,莎赫札德接着讲故事:

幸福的国王陛下,主人看见哈里发穆阿泰杜德和伊本·哈姆敦,说道:"欢迎,欢迎!欢迎二位贵客光临寒舍!"

哈里发穆阿泰杜德和伊本·哈姆敦随主人走进大门,抬头朝庭院望去,但见那里亭台楼阁错落有致,绿树掩映,百花吐艳,空地满铺名贵地毯,不是天堂,胜似天堂,令人大有忘掉亲人和故乡之感。

二人坐下来,仔细观赏庭院及地上铺着的地毯。

伊本·哈姆敦朝哈里发望去,但见他面已改色,知道那不是满意,而是愤怒的表现,心想:"哈里发陛下究竟为何发怒呢?"

片刻后,仆人端来一个金脸盆,让客人洗手。紧接着,仆人们抬来一张藤桌，上面盖着绸子。他们将盖绸揭去，一桌美味出现在客人面前，色彩纷呈，就像春季盛开的百花，单个的和成双成对的均有，煞是美观。

主人说："贵客们，奉大慈大悲安拉之名，感谢二位赏光。凭安拉起誓，我已经感到很饿，二位远客，大驾光临，便餐一顿，不成敬意。二位既然肯赏脸，也不失为高尚者的品格。"

主人说罢，动手撕鸡，一一送到客人面前，笑容可掬，不时吟诵诗文，讲个奇妙故事，谈笑风生，助兴添乐。

宾主吃完饭，随后进入客厅，但见那里富丽堂皇，耀人眼目，香气四溢，令人精神振奋。主人吩咐仆人端来各种鲜果和糖果，宾主一道品尝，欢乐气氛大增。

尽管如此，伊本·哈姆敦发觉哈里发的脸上仍然愁云不消，并未因为气氛热烈而露出一丝笑意。伊本·哈姆敦知道哈里发素来喜欢娱乐，借以消除忧愁，而且深知他既不嫉妒人，也不欺负人。伊本·哈姆敦暗自心想："哈里发何故愁云满面呢？为什么毫无欢乐的表现呢？"

片刻后，仆人们端来各种美酒佳酿和各种酒杯，有金的，有银的，还有水晶杯。

主人拿起一根竹杖，朝一个房间的门上敲了敲，只见门随即开启，从里面走出三个亭亭玉立的姑娘，个个面似朝阳，人人身材苗条，无不明艳动人。她们三个人，一个是弹四弦琴的，一个是拍镲的，另一个是舞女。

仆人递上干果和鲜果，随后宾主与乐女、舞女之间垂下一道缀着丝穗和金环的缎子幕帘。

所有这些，都没有引起哈里发穆阿泰杜德的兴趣，而主人也不知道眼前这位客人究竟是谁。

哈里发问主人：“你是贵族吗？”

主人说：“我不是贵族，我是商人的儿子，人们都叫我艾卜·哈桑·阿里·本·艾哈迈德·呼罗珊尼。”

哈里发又问：“你认识我吗？”

艾卜·哈桑回答：“凭安拉起誓，先生，我不认识你们二位当中的任何一位。”

伊本·哈姆敦对艾卜·哈桑说：“我给你介绍一下，这位是信士们的长官穆阿泰杜德，他是先王穆泰沃克勒的孙子。”

艾卜·哈桑立即站起来，向哈里发穆阿泰杜德行吻地礼。但见他周身打战，恐惧万分。他说：“信士们的长官，以您的先祖起誓，如果我照顾得有何不周，或有什么失礼的地方，还请陛下宽谅。”

哈里发说：“你对我们的款待，可以说没有再好的了。不过，有件事我要问问你，你若对我说实话，而且证明是真的，那样你就会平安无事；如果你不把实际情况告诉我，我就会道出确切证据，然后给你最严厉的惩罚。”

艾卜·哈桑说：“说假话是安拉所不允许的。信士们的长官，您有何事要问呢？”

哈里发说：“我一进你的家，便发现这里豪华无比。你家的器具、陈设、装饰，就连你的衣服上，都有我的祖父穆泰沃克勒的名字，这是为什么？”

艾卜·哈桑说：“是的。信士们的长官，安拉支持您。哈里发陛下，真理是您的标志，实话是您的斗篷；在您的面前，任何人都不能不讲实话。”

哈里发让艾卜·哈桑坐下，艾卜·哈桑坐了下来。哈里发让他谈谈原因，艾卜·哈桑说：“信士们的长官，安拉使您永远立于不败之地，安拉使您事事如意。当年，在巴格达城，没有一个比我和我的父亲更宽裕的人了。信士们的长官,事情说来话长,请您仔细、细心地听我道来。"

哈里发说:"你慢慢说给我听吧!"

艾卜·哈桑开始给哈里发讲述自己的经历和所有家什上留有穆泰沃克勒名字的原因。

信士们的长官,家父原来活跃在银钱、香料、布帛市场上。他在每个市场都开有店铺,均有代理人,且货色齐全。他在银钱市场上的店铺里,有一个小房间,专做谈判用。那个店铺又卖又买。家父家财万贯,难以数清。家父只有我这么一个独生子。因此,叮嘱我要好生侍奉母亲,并告诫我要敬畏安拉,话刚说完,便一命归真了。

信士们的长官,家父去世后,我贪恋吃喝玩乐,常常宴请朋友们,大肆挥霍,生活十分放荡。母亲曾多次劝诫我,责怨我,但我没有听母亲的话。就这样,家父留下的钱财,全被我花光了,还卖掉了不少房产,只剩下我自己住的那一座住宅。

那是很好的一幢房屋,我对我的母亲说:"母亲,我想把房子卖掉。"

母亲说:"孩子,你若把这房子也卖掉,人家会笑话的,而且你再也找不到安身立命的地方了。"

我对母亲说:"这座房子能卖五千第纳尔。之后我花一千第纳尔买座房子,用剩下的钱去做买卖。"

母亲听我这样一说,她要用五千第纳尔把房子买下来。

母亲立即走去拿来一个匣子,从里面取出一个瓷罐,打开盖后,从中取出五千第纳尔。见此情景,致使我认为整座房子到处都是金子。

母亲对我说："孩子，你不要以为这些钱是你父亲的钱。凭安拉起誓，孩子，这些钱本是你外祖父留给我的。你父亲在世时，我是用不着这些钱的。"

信士们的长官，我从母亲手里接过这些钱，又恢复了往日与朋友一道吃喝玩乐的习惯，直至把五千第纳尔全部花光，根本没有听从母亲的劝阻。

之后，我对母亲说："我还是想卖掉这房子。"

母亲说："孩子，我之所以劝你不要卖掉这房子，因为我知道你是离不开它的。你怎么又想要卖掉它了呢？"

我对母亲说："别多说啦！我一定要把它卖掉！"

母亲说："你以一万五千第纳尔的价钱把它卖给我吧！不过有一条，从今以后，我要亲自过问你的事情。"

我就以这个价钱把房子卖给了我的母亲，并同意母亲亲自过问我的事情。母亲把父亲生前的代理人全都叫来，给他们每人一千第纳尔，其余的钱留在她的手中，也给了我一些钱让我经商。

母亲对我说："你去经营你父亲的那个店铺吧！"

我按照母亲的吩咐行事，来到银钱市场上的那个店铺，顾客们如同穿梭，生意十分兴隆，我赚了很多钱，钱多起来了。

母亲见我的情况好转，便拿出她原先存下来的珍珠宝石和金银，我的钱财立刻数量大增，恢复了过去钱财无数的状况。

就这样，过了一段时间。父亲的代理人们来找我，我就把货物交给他们去经营。后来，我在店铺里另外隔开了一个小房间。

信士们的长官，有一天，我正在店铺里新隔开的小房间里坐着时，忽见一位姑娘走来，花容玉貌，明眸皓齿，亭亭玉立，明艳动人，说实话，我从来没有看见过比她更漂亮的女子了。

那姑娘说："这就是艾卜·哈桑·阿里·本·艾哈迈德·呼罗

珊尼的店铺吗?"

我对她说:"正是。"

"艾卜·哈桑他在哪里?"

"我就是。"

信士们的长官,那女子生相极美,令我惊羡不已。她坐下来,对我说:"对你的小伙计说,让他给我拿三百第纳尔来吧!"

我即令店仆给她拿了三百第纳尔。姑娘拿起钱,转身走去。我一时目瞪口呆,不知该说什么。我的店仆问我:"主人,你认识她?"

我说:"凭安拉起誓,我不认识她。"

"那你为什么平白无故地给她那么多钱呢"

"因为她长得太美了,我也不知道该说什么了。"

店仆没有告诉我,便跟着那位姑娘走去。时隔不久,店仆哭着回来,脸上带着伤。我问他:"你怎么啦?"

他说:"我跟着那位姑娘,想看看她究竟到哪里去,当她觉察到我在跟踪她时,她就回过头来,打了我一顿,把我打伤了,险些剜掉我的眼睛。"

此后过了一个月时间,我没有看见那位姑娘,她也没有到我这里来。信士们的长官,我对那漂亮的姑娘真是一见钟情,而且深深爱上了她,有些神魂颠倒。那个月的月末,她突然来了,向我问安致意,我高兴得简直要跳起来。她问我的情况如何,然后说:"老板,也许你会想,这女子诡计多端,怎好拿起我的钱就走呢?"

我说:"凭安拉起誓,小姐,我的钱财和我的灵魂都是你的。"

姑娘撩开面纱,坐下来休息,只见她的头饰和衣饰闪闪放光。她对我说:"再给我三百第纳尔吧!"

我随口答应:"遵命!"

我取出三百第纳尔，递到她的手中，她接过钱，站起来转身离去。

我对店仆说："你去跟上她……"

店仆跟去，照样惊恐而回。

又过了一段时间，姑娘没有来我的店铺。

一天，我正在店铺里坐着时，忽见那位姑娘走来，和我交谈了一个时辰，然后说："请给我五百第纳尔，我正需要钱。"

我真想问她"我凭什么给你钱"，但因心中十分爱她，没能说出口来。

信士们的长官，自打此之后，我每逢看见她，总是周身颤抖，脸色变黄，不知道该说什么，正像诗人所云：

　　突然见美娘，目瞪口又呆。

我二话没说，走去给她取来五百第纳尔；她接过钱，站起来转身离去。

这一次，我亲自跟踪而去，一直追到珠宝市场，只见她在一家银匠铺里，拿起一条项链。

姑娘一回头，看见了我，对我说："请再给我五百第纳尔。"

银匠铺老板看了看我，朝我走来，把我吹捧了一番。我对老板说："让她把项链拿走，账记在我的名下。"

老板随手把项链给了姑娘，姑娘接过项链，转身离去。

讲到这里，眼见东方透出黎明的曙光，莎赫札德戛然止声。

第九百六十一夜

夜幕垂降,莎赫札德接着讲故事:

幸福的国王陛下,艾卜·哈桑接着讲自己的经历:

这一次,我亲自跟踪姑娘,一直追到珠宝市场,只见她在一家银匠铺里,拿起一条项链。

姑娘一回头,看见了我,对我说:"请再给我五百第纳尔。"

银匠铺老板看了看我,朝我走来,把我吹捧了一番。我对老板说:"让她把项链拿走,账记在我的名下。"

老板随手把项链给了姑娘,姑娘接过项链,转身离去。

信士们的长官,姑娘走了,我跟着她走去。我一直追到底格里斯河边上,她上了船,示意我向她行吻地礼,便笑着离去了。我站在河边上,一直看着她进了一座宫殿;我仔细观看方知,那是哈里发穆泰沃克勒的王宫。

信士们的长官,我只有原路而回;当时,几乎世间的一切忧愁都聚集在我的心中。

那姑娘拿走了我三千第纳尔。我心想:"她拿走了我的钱,占据了我的心,说不定我会因此患上相思病而把自己毁掉。"

信士们的长官,我回到家中,把情况向我的母亲讲了一遍。母亲对我说:"孩子,你以后再不要见她了,以免闹出事来而丢掉性命。"

我回到店铺,香料市场上我的一个代理人来找我。他是个年迈的老人。他对我说:"我的小主人先生,你怎么啦?满脸愁云,有什么不愉快的事,讲给我听听呀!"

我把见到那位漂亮女子的事从头到尾向他讲了一遍。他听后,对我说:"孩子,那是信士们的长官宫中的一位宫女,是哈里发的爱妃呀!你的钱就算是交给了伟大安拉了吧!不要打那女子的主意了。即使她来你这里,你也不要见她!她果真来了,你告诉我,我给你出个主意,免得你身败名裂。"

说完,老人离开我走去,而留在我心中的却是炽热的火焰。

那个月月末,那女子又来了。我见到她,十分高兴。她对我说:"你为什么要跟踪我呢?"

我对她说:"因我心中有一种强烈的爱慕之情……"

我在她面前哭了起来。她同情我,也哭了起来。她说:"凭安拉起誓,我心中的恋情比你有过之而无不及。可是,我怎么办呢?凭安拉起誓,我毫无办法呀!"

她递给我一张纸条,并说:"你拿着这张纸条去找福拉尼,他是我的代理人,你找他要钱。"

我说:"小姐,我不需要钱。我的钱、我的生命都能献给你。"

她说:"我想个办法让你到我那里去,哪怕那会给我带来许多麻烦。"

说完,她告别我离去。我立即到香料商那里,把情况告诉了他,他便跟着我来到了哈里发穆泰沃克勒的宫殿,我发现那正是那位姑娘进出的地方,老人一时不知道该想什么办法。

老人一回头,发现哈里发宫面临底格里斯河的一扇窗户对面有一家裁缝铺,而且看见有裁缝正在干活儿,仿佛忽然有了主意,对我说:"有了!有了!凭此你可如愿以偿。你把你的口袋撕破,去找裁缝缝，让他给你缝缝口袋，你给他十第纳尔。"

我带着两匹罗马锦缎，到了那家裁缝铺。我对裁缝说："请用这两匹锦缎，给我裁四件衣服，西式、阿拉伯式各两件。"

裁缝把我要求的四件衣服裁好缝毕，我多给了他许多酬金。当他把衣服递给我的时候，我对裁缝说："你收着吧！谁来要，你就给谁吧！"

我在那里坐了很长时间。之后，我又在那家裁缝铺做了许多衣服，但我都没要，而是对店主说："你把它挂在店铺外摆着卖吧！"

裁缝照我说的办法行事，所有从哈里发宫出来的人，只要喜欢某种衣服，我就送给他，就连门卫也得到了衣服。

一天，裁缝对我说："孩子，我想让你把实际情况告诉我。你在我这里做了上百件好衣服，哪一件都值许多钱，你却把大部分衣服送给了别人，这不像是商人的作为。因为商人的账算得很细，连一分一文钱都要抠，任何一个有钱的人都不会像你这样大手大脚送礼。孩子，你每年能收入多少钱呢？说实话吧，你若有什么难题，我会帮助你解决的。"

我说："我想与哈里发宫中的一个女子结为鸳鸯。"

裁缝说："安拉诅咒她们！她们勾引了多少人哪！孩子，你告诉我，你知道那个女子的名字吗？"

我说："我不知道她姓甚名谁，但我能对你说说她的模样。"

我马上把女子的长相向裁缝描述了一遍。裁缝听后，说："天哪，那是哈里发穆泰沃克勒的弹四弦琴的乐女，也是他的爱妃呀！不过，她有一个仆人，你可以和他交个朋友，也许能够通过仆人与她取得联系。"

我们正在交谈时，那个仆人从哈里发宫门走了出来。那小伙子生相俊俏，颇似十四日夜空的圆月。他来到裁缝铺门前，望着裁缝为我做的那些色彩鲜艳的衣服,仔细欣赏,然后朝我走来。我站起来向他问好。他问我:"你是何人哪?"

我回答道:"我是一个商人。"

仆人又问我:"这些衣服,你卖吗?"

"卖呀!"

仆人拿起五件,问我:"这五件多少钱?"

"送给你,交个朋友嘛,不要钱。"

仆人非常高兴。之后,我回到家中,给他拿了一件缀着宝石、价值三千第纳尔的衣服,回来送给他,仆人高兴地接受了。

随后,仆人带着我进了他在哈里发宫内的房间,问我:"你在商界叫什么名字呀?"

我回答:"我不过是一名普通商人罢了。"

"你的事使我生了疑心。因你送给我很多东西,你用那些东西抓住了我的心。如果我猜得不错,你就是艾卜·哈桑·呼罗珊尼。"

信士们的长官,我听他这样一说,禁不住热泪盈眶,仆人问我:"你为什么哭呢?凭安拉起誓,你是为她而落泪的那个人,她对你的思恋要比你对她的思恋更强烈。她和你之间的事,宫中的所有宫女都知道了。你有什么想法吗?"

我说:"我想请你帮助我解除磨难。"

那仆人答应明天帮我的忙,我便回家去了。

第二天,我径直赶到那个仆人的房间。他对我说:"她昨天伺候完哈里发,回到自己的房间,我把你的情况全都讲给她听了。她决心见你,你就在我这里坐到后半晌吧!"

我在那个仆人的房间里坐了下来。夜幕垂降时,他拿来一件金丝衬衫和一件哈里发的宫服,让我穿起来,并给我熏香了一番,我登时变得和哈里发一模一样。之后,他带着我来到一个有两排房间的地方。他指着那些房间说:"这就是嫔妃们住的房间。你走过每扇门时,要在房门前放上一粒蚕豆,因为哈里发每天夜里都要这样行事……"

讲到这里,眼见东方透出黎明的曙光,莎赫札德戛然止声。

第九百六十二夜

夜幕垂降,莎赫札德接着讲故事:

幸福的国王陛下,艾卜·哈桑接着讲自己的经历:

我在那个仆人的房间里坐了下来。夜幕垂降时,他拿来一件金丝衬衫和一件哈里发的宫服,让我穿起来,并给我熏香了一番,我登时变得和哈里发一模一样。之后,他带着我来到一个有两排房间的地方。他指着那些房间说:"这就是嫔妃们住的房间。你走过每扇门时,要在房门前放上一粒蚕豆,因为哈里发每天夜里都要这样行事。你走到右手边的第二道巷子时,就会看到一个房间,它的门槛是雪花石的。到了那里,你就用手去摸门槛。"

接着,仆人给我讲了数门的办法,告诉我数多少扇门,又把我心中的那位美人所居住的房门上有什么标志,都给我说了个一清二楚。他又说:"你到了那个房间门前,推门进去,你的意中人就会看见你,把你接进她的房间。至于你如何出来,安拉会给我提供方便的,哪怕我把你装在箱子里运出去。"

仆人离开我,回自己的房间去了。我边走边数门,边在每扇门前放一粒蚕豆。

我刚走到两排房间的中段,忽听一阵喧哗声传来。我回头望去,但见数支明亮的蜡烛朝我慢慢移动过来,当烛光接近我的时候,我定神仔细一看,发现那是哈里发在举着蜡烛的宫女的簇拥下,正向我走来。

我听见一个妃子对另一个妃子说:"喂,姐姐,我们怎么有了两位哈里发?哈里发已走过我的门前,我也闻到了他的香气,而且门前已放了一粒蚕豆,和往常一样,为什么我们又看到哈里发的烛光朝我们走来呢?"

另一个妃子说:"是啊,怪事呀!谁敢穿哈里发的宫服呢?没人敢哪!"

烛光接近我了,我周身抖作一团。忽然间,有个宫仆对宫女们高声喊道:"在这里!"

他们拐进一个房间,片刻后又走了出来,来到我的心上人的那个房间。

我听哈里发问:"这是谁的房间?"

宫女们说:"这是舍吉莱·杜尔的房间。"

哈里发说:"喊她一声。"

一声喊过,舍吉莱·杜尔走出房门,上前亲吻哈里发的脚。哈里发问她:"你今夜喝酒吗?"

舍吉莱·杜尔说:"如果不是陛下大驾光临,我是决不饮酒的。因为我今夜没有喝酒的兴趣。"

哈里发对宫仆说:"告诉司库,赏她一串名贵项链。"

哈里发下令进舍吉莱·杜尔的房间,只见哈里发在众宫女的簇拥下,由数支蜡烛照明,进了舍吉莱·杜尔的房间。

走在最前边的一位宫女,容光明亮,压过了手中的烛光。当她走近我时,一声惊叫道:"这是什么人?"

那位宫女抓住我,将我领入一个房间。她问我:"你是何许人?"

我恭恭敬敬地向她行了个吻地礼,然后对她说:"我的女施主,看在安拉的面儿上,我求你饶我一命,可怜可怜我吧!你若能救我,日后必能接近安拉。"

我害怕得要命,泪水扑扑簌簌落下。

宫女说:"毫无疑问,你是盗贼!"

我急忙辩解:"不是的,凭安拉起誓,我不是贼。你发现我身上有任何贼的模样吗?"

她说:"你快说实话吧!说了实话,我保你平安。"

我对她说:"我是个痴情人。我心中的恋情和呆笨使我变成这个狼狈样子,一时陷入困境。"

她说:"你先站在这里不要动!我一会儿就来。"

宫女离去,片刻后拿着一套宫女的服装走来,让我躲在一个角落里,换上那套衣服。之后,她吩咐我说:"你跟着我出去……"

我跟着宫女来到她的房门前,她说:"进门吧!"

我走进她的房间。她把我领到一张床前,上面铺着十分漂亮的褥子。她说:"请坐!不要害怕!你是艾卜·哈桑·呼罗珊尼吧!"

我说:"正是。"

"如果你说的是实话,又不是贼,安拉会饶你一条命的;如若不然,你非死不可,尤其是身着哈里发的宫服,熏过哈里发用的香料,更是不可饶恕。你既然是艾卜·哈桑·呼罗珊尼,那你就平安无事了,因你是我的姐姐舍吉莱·杜尔的朋友。我姐姐常常提及你,她告诉我们如何从你那里拿钱而你不动声色,又讲到你怎样一直跟她到河边,并行吻地礼表示对她的钦敬。其实呀,她心中的爱恋之火比你心中的还要强烈。不过,请告诉我,你是怎样来到这里的呢?是按舍吉莱·杜尔的安排,还是照其他人的命令,或者是你自己甘愿冒生命危险来和她会面的呢?"

"我的女施主,凭安拉起誓,是我自己甘愿冒生命危险到这里来的,目的在于会她一面,听听她的甜蜜话语。"

"你做得好!"

"女施主,安拉为我的言语做证,我的口和心是一致的。"

"你有这样的决心,安拉会助你一臂之力的,我很同情你的境遇。"

她对另一个女仆说:"福拉娜,你到舍吉莱·杜尔那里去一趟,告诉她妹妹向她问安,为她祝福。请她赶快照习惯到妹妹这里来,因为妹妹有些烦闷。"

女仆离去,片刻后回来,传达舍吉莱·杜尔的话:"舍吉莱·杜尔说,'安拉使你长命安康,让我为你赎身。凭安拉起誓,假若你换个时间约我,我一定会来。不过现在哈里发正患头晕病,我不便离开,因为你也知道我在哈里发心目中的地位。'"

"你再去一趟,告诉她: '一定要来,她有秘密要对你吐露。'"

女仆离去,一个时辰过后,舍吉莱·杜尔带着女仆来了,但见她容光焕发,如同满月。宫女上前迎接舍吉莱·杜尔,姐妹拥抱,妹妹然后呼唤我说:"喂,艾卜·哈桑,上前亲吻她的双手来吧!"

信士们的长官,当时我在里屋,听到喊声,便走了出来。

舍吉莱·杜尔一看见我,便把我抱住,并问:"你怎么穿上了哈里发的宫服,一身哈里发打扮,还熏过哈里发用的香呢?"

未等我开口,她又说:"把事情的真相告诉我吧!"

我把事情的经过和我的恐惧心情都讲了出来。

舍吉莱·杜尔听后,对我说:"你为我受了这么多的苦,真使我感到不安。感谢安拉,你终于平安无事,顺利来到了我和妹妹的住处。"

之后,舍吉莱·杜尔把我领到她的房间,她对妹妹说:"我已向他保证,我们决不做非法之事。不过,他敢于冒生命危险闯进宫来,担惊受怕到这种程度,我该甘愿做土地任他脚踩,亦甘愿当他鞋上的尘埃。"

讲到这里,眼见东方透出黎明的曙光,莎赫札德戛然止声。

第九百六十三夜

夜幕垂降,莎赫札德接着讲故事:

幸福的国王陛下,艾卜·哈桑接着讲自己的经历:

舍吉莱·杜尔把我领到她的房间,她对妹妹说:"我已向他保证,我们决不做非法之事。不过,他敢于冒生命危险闯进宫来,担惊受怕到这种程度,我该甘愿做土地任他脚踩,亦甘愿当他鞋上的尘埃。"

妹妹听后,说:"既然有这种愿望,安拉会拯救他的。"

"你将看见我如何行事,直至我与他合法欢聚为止。我为此将付出全部力量。"

我们正谈话时,忽听一片嘈杂声传来。我们朝门外望去,只见哈里发又要到舍吉莱·杜尔的房间里来,因哈里发太宠爱她了。

信士们的长官,就在这万分危急时刻,舍吉莱·杜尔把我藏进地道里,把盖子盖好,然后出去迎接哈里发穆泰沃克勒。

哈里发穆泰沃克勒进了房间,舍吉莱·杜尔站在哈里发面前伺候,吩咐女仆送上酒来。

哈里发穆泰沃克勒喜欢一个名叫斑洁的妃子,她就是王子穆阿泰兹的生母。那个妃子疏远了哈里发,而哈里发也抛弃了她。因为斑洁以自己的无比美貌而自豪,不肯与哈里发和好;与此同时,哈里发因手握王权自尊心重,也不肯向斑洁低头,虽然他的心中燃烧着喜欢斑洁的爱火,但也不愿意为一个妃子牺牲自己的尊严。因此,哈里发穆泰沃克勒把自己的注意力转移到了另外一些妃子身上,常到她们的房间去寻欢作乐,以填补心灵上的空缺。

哈里发穆泰沃克勒喜欢舍吉莱·杜尔的歌声,于是令她唱上一曲。

舍吉莱·杜尔抱起四弦琴,调好琴弦,边弹边唱道:

> 离间我与她,时运故作怪。一切过去时,时运静下来。
> 我疏远你时,说人不解爱;我造访你时,谓人急不耐。
> 她的情与思,每夜增我哀。欢乐何时至,只待末日来。
> 娘子肤若丝,言柔不费猜;更无许愿嫌,闻者足开怀。
> 明眸两汪泉,任安拉指派;酷似酒下肚,令心搏加快。

哈里发听罢舍吉莱·杜尔的歌,高兴极了。信士们的长官,我在地道里听到这美妙的歌喉,更是兴高采烈,若非安拉提醒我不便高声说话,我真会喊叫起来;如果真喊出声来,我们的事情就要暴露了。

舍吉莱·杜尔又唱道：

> 相互思念久,拥抱如在今;在此拥抱后,彼此可不分？
> 为熄心中火,我将他唇吻;不期情更炽,火烈反烧心。
> 仿佛因此举,心疾反更甚;只有相结合,方能乐双魂。

哈里发听后，欣喜不已。他对舍吉莱·杜尔说:"妙哉，妙哉！喂，舍吉莱·杜尔，你想要什么呢？"

舍吉莱·杜尔说:"信士们的长官，我希望你能释我为自由人，这样，你会得到安拉的报偿的。"

哈里发穆泰沃克勒随口说:"看在安拉的面儿上，从现在起，你就是自由人了。"

舍吉莱·杜尔急忙向哈里发行吻地礼。

哈里发穆泰沃克勒说:"舍吉莱·杜尔，你再唱上一曲吧！你要唱一唱我所爱的那位娘子;说来也怪，人们都要来讨我的喜欢，而我却想讨她的喜欢。"

舍吉莱·杜尔抱起四弦琴，边弹边唱道:

> 心中美娘子,销我愁与寂;海枯石可烂,我离不开你。
> 低三或下四,于情不相敌;趾高或气扬,与王权相宜。

哈里发听后，乐开了怀。他说:"舍吉莱·杜尔，再给我弹奏一曲，唱一首关于我与三个娘子的情况吧！她们都能摆弄我，弄得我睡不安，其中一个是你，另一个是那个离弃我的女子，还有一个我叫不出她的名字，也找不到与她相类似的女子。"

舍吉莱·杜尔抱起四弦琴,玉指轻弹,琴声飞扬,边弹边唱:

三位美娘子,勒住我马缰。她们在我心,位尊不相让。
天下我服谁?纵观大地上;我却从她们,换得是反抗。
原因究何在,容我细思量:爱神没有眼,不识君与王。

哈里发一听,觉得诗中的意境与他的情况完全吻合,不禁惊异万分。他决计与那个离弃他的娘子和好,随后离开舍吉莱·杜尔的房间,向那个娘子的房间走去。哈里发先派一名宫女告诉那个娘子哈里发马上就来。那个娘子听后,立即站起来迎接哈里发,向哈里发行吻地礼,亲吻哈里发的双脚,二人和好如初。

哈里发离开之后,舍吉莱·杜尔高高兴兴地把地道盖子打开,把我接出来,兴高采烈地对我说:"你的到来为我带来了吉祥如意,我已经变成了自由人。也许安拉有意助我,使我通过自己的安排,实现合法与你聚首的愿望。"

我随口说:"万赞归于安拉。"

我俩正谈话时,舍吉莱·杜尔的仆人突然闯了进来。我们把我们的情况向他说了之后,他说:"赞美安拉使此事的结果令人满意。我们求安拉保佑你平安出宫,以便成全此事。"

我们正交谈时,那个自称是舍吉莱·杜尔妹妹的宫女进来了,她的名字叫法蒂尔。

舍吉莱·杜尔对她说:"伟大安拉解放了我;由于他的到来,我一下变成了自由人。妹妹,我们想个什么法子把他平安送出宫门呢?"

法蒂尔说:"没有别的办法,只有让他男扮女装了。"

说完,取来一套女服,让我穿在身上。信士们的长官,就在这个时候，我走出舍吉莱·杜尔的房间。

当我行至王宫大殿前时，忽见哈里发穆泰沃克勒坐在那里，面前站着许多宫仆。哈里发朝我看了一眼，对我产生了强烈的怀疑，对侍卫们说："快！把这个走着的宫女给我抓过来！"

侍卫们把我带到哈里发面前，揭去我的面纱。哈里发望了望我，问我是什么人，我把实际情况一一相告，没有瞒哈里发。

哈里发听我说完，低头沉思片刻，然后站起来，向舍吉莱·杜尔的房间走去。

哈里发责问舍吉莱·杜尔："你为什么舍弃我而看上了一个商人之子呢？"

舍吉莱·杜尔急忙跪下，向哈里发行吻地礼，把自己的想法从头如实向哈里发说了一遍。

哈里发一听，怜悯之心顿生，深深同情舍吉莱·杜尔，原谅她的感情另有所寄，然后离去。

这时舍吉莱·杜尔的仆人走来，对她说："我的女主人，你放心吧！你的那位好友到了哈里发面前，哈里发问他的情况，他如实相告，和你说的一字不差。"

片刻过后，哈里发穆泰沃克勒回来了，把我叫到他的面前，问我："你凭什么勇气敢闯哈里发宫呀，小伙子？"

我对他说："信士们的长官，使我敢于闯哈里发宫的是我的无知、多情，还有想求陛下宽容、原谅的期望。"

我的话未说完，泪水夺眶而出，跪下去向哈里发行吻地礼。哈里发穆泰沃克勒说："我原谅你们俩了！"

哈里发让我坐下，随后请来法官艾哈迈德·本·艾卜·达伍德，立刻写就婚书，让我与舍吉莱·杜尔结为夫妻。他们把舍吉莱·杜尔的一切东西全部交给我，并把她的房间作为洞房，当晚就让新娘新郎入洞房。我们在那里住了三天,便带着所有的东西回到我的家中。

信士们的长官,你所看到的这些家什,都是舍吉莱·杜尔从哈里发宫中带出来的。

有一天,舍吉莱·杜尔对我说:"哈里发穆泰沃克勒是一个慷慨的人,我担心他会想起我们,或者嫉妒者在他那里提及我们。因此,我想做一件事情,借以避免这种事情发生。"

我问:"做件什么事?"

她说:"我想求哈里发准予我去朝觐,日后不再弹唱。"

我立即表示:"这个意见很好,就这么办吧!"

我俩正谈话时,哈里发的差使来了,唤她到宫中去,因为哈里发很喜欢听她的歌声。

舍吉莱·杜尔随差使进哈里发宫,为哈里发弹唱了数曲。哈里发对她说:"舍吉莱·杜尔,你要常来呀!"

舍吉莱·杜尔说:"遵命!"

一天,哈里发照例派人来叫舍吉莱·杜尔进宫弹唱。舍吉莱·杜尔离家时间不久,忽然回来了,只见她衣服被撕破了,哭得泪流满面。

见此情景,我大吃一惊,随口说:"我们属于安拉,我们都要回到安拉那里去。"

我猜想八成是哈里发下令要抓我们,于是问她:"哈里发穆泰沃克勒生我们的气了吗?"

"穆泰沃克勒在哪儿?穆泰沃克勒倒台了,他的影迹消失了!"

"你快把真实情况告诉我吧!"

"穆泰沃克勒正坐在幕帘后,和法塔赫·本·哈甘、萨德盖·本·萨德盖一起喝酒,他的儿子门泰绥尔带着一伙土耳其人冲进客厅,将穆泰沃克勒杀死了,登时欢乐化为悲哀,欢笑被号丧取代。我带着女仆逃了出来,感谢安拉保佑我们平安无事。"

信士们的长官,我得知此情况,立即起程,乘船顺流而下,到巴士拉去了。

后来,我得知门泰绥尔和穆斯泰伊两位王子之间开始打仗,心中害怕,便把妻子和所有钱财都搬到了巴士拉城。

信士们的长官,这就是我的全部经历。你所看见的所有器物上都有你祖父穆泰沃克勒的名字,原因就在这里,这也是他给我们的恩惠。我们所得的恩惠不过是陛下贵根千分之一个分支,你们是恩惠之源,又是慷慨之根。

哈里发穆阿泰杜德听了艾卜·哈桑的讲述非常高兴,同时又觉得十分稀奇。

片刻后,艾卜·哈桑领出妻子舍吉莱·杜尔及她生的孩子,来到哈里发面前,向哈里发行吻地礼。

哈里发见舍吉莱·杜尔窈窕妩媚,美丽非凡,惊异不已,遂令取来笔、墨和纸,立字据免他们的财产税,期限二十年。

哈里发穆阿泰杜德欣喜难抑,从此把艾卜·哈桑纳为好友,直至时光老人把他们分开,各自由华屋移入丘山。

赞美宽容无比的安拉!

讲到这里,莎赫札德戛然止声。

妹妹杜娅札德说:"姐姐,你讲的故事真精彩,真动人,真美妙!"

莎赫札德说:"如蒙国王陛下厚恩,能再留我一夜,这与我来晚要讲的故事相比,就算不上什么精彩、动人、美妙了。"

听莎赫札德这样一说,舍赫亚尔国王心想:"凭安拉起誓,我不能杀她,我要把故事听完……"想到这里,他说:"天色尚早,你就接着讲吧!"

莎赫札德开始讲《盖麦尔·泽曼与宝石匠之妻》的故事:

相传,很久很久以前,有一个商人,名叫阿卜杜·拉赫曼。他有一儿一女,女儿天生丽质,花容玉貌,故为之取名考凯卜·萨巴赫①;儿子亦生得眉清目秀,容貌俊秀,名唤盖麦尔·泽曼②。

阿卜杜·拉赫曼见自己的儿子和女儿容颜俊俏,体态匀称,姣美出众,深深担心被人盯上,遭嫉妒者的攻击,招阴谋者的暗算,上坏人的当,中奸者的计,故一直将儿女藏在家中,不让兄妹俩出门。直至长到十四岁,兄妹俩除了父母和伺候他们的女仆之外,没有见过任何外人。父亲和母亲都会读《古兰经》,父亲教儿子,母亲教女儿,直至兄妹俩都能背诵《古兰经》。兄妹俩还跟父母学习了书法、算术、艺术和文学。他俩不再需要老师教了。

盖麦尔·泽曼长大成人后,商人的妻子对丈夫说:"你要你的儿子盖麦尔·泽曼关在家里到什么时候呢?你总不让他见人,究竟他是女人,还是男子呀?"

丈夫说:"他当然是男子!"

妻子说:"他既然是男子,你何不带他去见见世面,让他坐在店铺里,也好叫人们看看他,认识认识他呀?那样,也好让人们知道他是你的儿子,你要教教他做买卖嘛!你让他见了世面,一旦出

---

① 考凯卜·萨巴赫,意为"晨星"。
② 盖麦尔·泽曼,意为"时月"。

什么事，人们会知道他是你的儿子，他也好继承你的遗产；如若不然，你一旦没了气，他说'我是阿卜杜·拉赫曼的儿子'，有谁会相信呢？说不定人们会说：'我压根儿就没见过你；我们根本不知道他有你这么一个儿子！'随后，你的财产被官府拿走，你的儿子将什么也得不到。依我之见，女儿也一样，让她去见见人，也许会遇上般配的男孩儿向她求婚，我们看着合适，为她办喜事了。"

丈夫听完妻子的话，说道："我生怕人们看见我们的儿子和女儿，因为他俩长得太漂亮、太可爱了，容易引起人们的嫉妒，有诗为证啊！"

讲到这里，眼见东方透出黎明的曙光，莎赫札德戛然止声。

第九百六十四夜

夜幕垂降，莎赫札德接着讲故事：

幸福的国王陛下，丈夫对妻子说："我生怕人们看见我们的儿子和女儿，因为他俩长得太漂亮、太可爱了，容易引起人们的嫉妒，有诗为证啊！"

商人阿卜杜·拉赫曼吟诵道：

每当看见你，妒意心中起；嫉你占天时，妒你享地利。
如果我把你，放在我眼里；哪怕时再久，我亦无厌意。
每天若与你，经常有联系，纵使末日到，也不觉足矣。

妻子说:"你就把一切托付给安拉吧!只要有安拉保佑,不碍事的。你今天就把你的儿子带到店铺里去吧!"

母亲为盖麦尔·泽曼穿上最漂亮的衣服,足令观者见之感到惊羡,更会使求爱者的心中荡起层层恋波。

父亲带着盖麦尔·泽曼向市场走去。每一个看见盖麦尔·泽曼的人,都被他的美貌所吸引,情不自禁地走上前去,亲吻他的手,向他致意问安。因为人们追着盖麦尔·泽曼看,致使他的父亲哭了起来。有的人说:"嗨,太阳出来了,照亮了市场!"

有的人说:"节日的新月出现了,为安拉的崇拜者带来了欢乐!"

还有的人说:"皎洁的圆月挂在了天上!"

人们用各种言辞称赞盖麦尔·泽曼,为他祝福。

商人阿卜杜·拉赫曼听人们这样说,觉得有些害羞,但又无法阻止任何人开口,于是暗暗咒骂起孩子的母亲来,因为她非让孩子出来不可。

阿卜杜·拉赫曼朝四周一看,但见追着看的人们此拥彼挤,一直跟着他们父子俩来到店铺前。

阿卜杜·拉赫曼打开店铺门,自己坐下来,让儿子盖麦尔·泽曼坐在自己的前面。这时,阿卜杜·拉赫曼朝门外望去,但见围观的人们把店铺门前的路堵了个水泄不通;凡是过往的人,无不在那里停留下来,看看美少年那张俊秀的面孔,赶谁谁也不走;男男女女,有的伸脖子,有的踮着脚,争着观看,互不相让,就像诗人所描绘的那样:

你创世间美,美动我心扉。你对我们说:为奴当敬畏。

你是美男子,生性最爱美。你的崇拜者,慕美何不醉。

阿卜杜·拉赫曼眼见男男女女成排结队拥挤在店门外,目不转睛地望着他的儿子盖麦尔·泽曼,自感羞涩,一时不知如何是好。

就在这个时候,只见一个修道士从市场的一端走来,身上挂着崇拜安拉的标志,眼里淌着泪水,吟诵着诗歌,一直来到人群附近。

那修道士见盖麦尔·泽曼坐在那里,像是一株杨柳,又像是沙丘上生长着的番红花,不禁泪流纵横,随口吟诵道:

我见杨柳枝,飘逸沙丘上,宛若一轮月,闪闪发皓光。
我问名与姓,且请对我讲;他先说假若,又云不可扬。

修道士右手捋着自己的白胡子,缓步走到盖麦尔·泽曼面前,在拥挤的人群中,显得格外庄重、严肃。当他一细看盖麦尔·泽曼,惊异的神色跃然脸上,恰如诗人所云:

一处有美男,节日月升面。
忽见威严翁,步行信意缓;
修行迹象明,清楚挂在脸。

恋女亦爱男,几乎成习惯。
日夜涉足在,非法合法间。
当他归来时,皮中骨已烂。

时有异乡老,看见一少年;

其爱纯洁女,两习性卓然。
泽娜白在他,与栽德一般。①

他深恋美女,泪洒在宅院。
思甚若柳枝,随风荡秋千。
坚硬质生出,无疑乃呆板。

情中本高手,清醒有慧眼。
漫步原与岗,抱羚与胡獾。
既恋白发翁,又爱青壮年。

修道士走到盖麦尔·泽曼跟前,给了他一把香草根。阿卜杜·拉赫曼顺手从口袋里掏出几个钱,递给修道士,并且说:"修道士,这是给你的酬金,你拿上它,走吧!"

修道士接过钱,坐在店铺前的长凳上,望着盖麦尔·泽曼,伤心地哭了起来,泪如泉涌。

人们望着伤心落泪的修道士,议论纷纷。有的说:"修道士嘛,没有好人!"

有的说:"这个修道士看上了那个美少年。"

阿卜杜·拉赫曼眼见此情此景,站了起来,对儿子说:"孩子,起来去把店门关上!我们今天不做买卖了。安拉会惩罚你妈干的这种好事!这些事情都是你妈惹出来的。"

他又对修道士说:"喂,修道士,起来走吧!我要关店门了。"

阿卜杜·拉赫曼关上店门,带着儿子走去。修道士和一些人跟

---

① 泽娜白,女名;栽德,男名,意指女与男。

着他们，一直跟到父子俩进了家门。

盖麦尔·泽曼进了家，阿卜杜·拉赫曼回头一看，见修道士跟在身后，便问道："喂，修道士，你想干什么？你哭什么呢？"

修道士说："先生，我想到你家做客，在你这里住一夜。客人嘛，是伟大安拉的客人。"

阿卜杜·拉赫曼说："欢迎安拉的客人！修道士，请进吧！"

讲到这里，眼见东方透出黎明的曙光，莎赫札德戛然止声。

第九百六十五夜

夜幕垂降，莎赫札德接着讲故事：

幸福的国王陛下，阿卜杜·拉赫曼关上店门，带着儿子走去。修道士和一些人跟着他们，一直跟到父子俩进了家门。

盖麦尔·泽曼进了家，阿卜杜·拉赫曼回头一看，见修道士跟在身后，便问道："喂，修道士，你想干什么？你哭什么呢？"

修道士说："先生，我想到你家做客，在你这里住一夜。客人嘛，是伟大安拉的客人。"

阿卜杜·拉赫曼说："欢迎安拉的客人！修道士，请进吧！"

阿卜杜·拉赫曼心想："假若这个修道士真的看上了我的儿子，今夜有什么不轨行为，我就把他杀掉，埋入土中，连坟头都不给他留。假若他是个正人君子，我就好好招待他。"

阿卜杜·拉赫曼把修道士和儿子盖麦尔·泽曼带入一个客厅

中,小声对儿子说:"孩子,你就坐在修道士的身边吧,和他一起玩儿就是了。我离开这里之后,将从上边的窗子望着你们俩。如果他对你有什么猥亵举动,我就立即冲进来,将他杀掉。"

说完,阿卜杜·拉赫曼离去,客厅里只剩下盖麦尔·泽曼和那个修道士。

盖麦尔·泽曼坐在修道士旁边。修道士望着他,伤心不已,泪流不止。少年跟他说话时,他的答话却很温和,但周身颤抖,目不转睛地望着少年,不住地长吁短叹,哭泣不止,直至晚饭时间来临。吃晚饭时,修道士边吃边望着盖麦尔·泽曼,依旧泪流满面。

一更天过去了,话已掏尽,睡觉的时间到了。阿卜杜·拉赫曼对盖麦尔·泽曼说:"孩子,好好服侍你的修道士大叔吧!不要违抗他的意志,要听他的话。"

说完,阿卜杜·拉赫曼想走,修道士说:"先生,把你的儿子领走吧,或者你和我们一起休息!"

阿卜杜·拉赫曼说:"不必啦!让我儿子睡在你这里;你有什么事,他还可以帮你一下,为你效力。"

阿卜杜·拉赫曼走去,留下二人在那里,自己走到隔壁房间;墙上有个小洞,从那里正好可以看见修道士和儿子活动的情况。

房间里只剩下盖麦尔·泽曼和修道士。盖麦尔·泽曼凑近修道士,与他戏耍起来,动口动手,好不尽情。

修道士却大怒道:"孩子,你说的这是什么话呀!安拉啊,我求你保佑这个孩子,免受被弃绝的恶魔的骚扰。这种丑事是与你不相称的。孩子,你离我远一点儿吧!"

说罢,修道士站起来,走到远离盖麦尔·泽曼的地方坐下来。盖麦尔·泽曼立即跟了过去,并且上去把修道士抱住,说:"喂,修道士,你为什么硬是不让自己尝这人间欢乐呢?我的心里真喜欢你。"

修道士怒气大发,说道:"你若不停止这种行为,我就把你的爸爸喊来,把你的行为告诉他!"

盖麦尔·泽曼说:"我的这种习性,我爸爸全知道,他不会阻止我的。你为什么阻止我呢?难道你不喜欢我?"

修道士说:"孩子,凭安拉起誓,我不干那种事,哪怕利剑架在我的脖子上。"

说完,修道士吟诵起诗人的诗句:

> 生性爱少年,不分女与男。我行向迅速,从来恶迟缓。
> 我眼看他们,纯洁无瑕间。生不做嫖客,更远避鸡奸。

修道士吟完诗,哭了起来,对盖麦尔·泽曼说:"孩子,给我打开门,让我走吧,我不能在这里安歇。"

话音未落,修道士站了起来。盖麦尔·泽曼拉住他,对他说:"你瞧呀,我容光灿烂,面颊透红,细皮嫩肉,肌肤洁净……"

说着,盖麦尔·泽曼卷起裤管,露出小腿,但见裸露处白嫩丰满,足以使上酒人与喝酒人感到害羞。盖麦尔·泽曼眷恋地凝视着自己那白玉般漂亮的小腿,绽露出自我陶醉的神色,正像诗人所描绘的那样:

> 未忘他站时,小腿露出来。如同一玉柱,似珠闪光彩。
> 末日定来临,劝君莫觉怪!末日来临时,腿全露在外。

盖麦尔·泽曼又露出自己的胸脯,对修道士说:"喂,修道士,你看我的胸脯呀!我的胸脯比姑娘的还丰满,我的涎水比蔗糖还甜。你就丢掉那份虔诚，抛弃苦行生活，摆脱修行和崇拜，和我玩耍一番，我保你安然无恙。你就抛弃这种愚昧思想吧！因为它将伤害正常人的习惯。"

盖麦尔·泽曼随后向修道士展示自己的秀美肢体，吸引修道士的注意力。

修道士扭过脸去，说道："我求安拉保佑，孩子，这使我感到害羞。这都是是非之事，我决不去干，哪怕是在梦中。"

盖麦尔·泽曼再三引诱，修道士挣脱开他，向着礼拜正向，开始做礼拜。

盖麦尔·泽曼见修道士做礼拜，便离开了。

修道士两拜之后，盖麦尔·泽曼想走近他，修道士又叩拜起来……就这样，修道士连续第三次、第四次、第五次礼拜。

盖麦尔·泽曼问修道士："你为什么总是礼拜，莫非想飞上云端？你整夜都待在礼拜坛上，把我们的好运气都白白丢掉了。"

说着，盖麦尔·泽曼扑上去，狂亲修道士的眉心。

修道士说："孩子，你推开魔鬼，服从大慈大悲的安拉吧！"

盖麦尔·泽曼说："假若你不来鸡奸我，我就喊来我的父亲，对他说，'修道士想鸡奸我！'他听后就会闯进来，把你的骨头打断。"

……

刚才发生的所有事情，藏在隔壁悄悄观察的阿卜杜·拉赫曼都看在眼里，听到耳里，认定修道士是个好人，没有淫亵意识，心想："假若这个修道士是个坏人，他就不会这样百般推辞了。"

盖麦尔·泽曼仍然不放过修道士。每当修道士想做礼拜时，盖麦尔·泽曼就打断他，致使修道士勃然大怒，动手打了盖麦尔·泽曼，孩子哭了起来。

这时，阿卜杜·拉赫曼走了进来，为儿子擦了擦眼泪，安慰了他几句。

阿卜杜·拉赫曼对修道士说："兄弟，既然如此，当你看到我的儿子时，为什么伤心落泪呢？莫非这里面有什么原因？"

修道士说："这里确有原因。"

"你看见我的儿子而哭泣时，我以为你心怀什么恶意，所以我才吩咐我的儿子那样行事，以便对你进行考验。当时，我已经想好，假若你有什么不轨行为，我就立即闯进来，把你杀掉。刚才我发现你是这样规矩、虔诚，知道你是个绝顶好人。请你看在安拉的面儿上，把你悲伤落泪的原因告诉我吧！"

修道士深深叹了口气，说道："先生，伤口刚刚长好，你就不要再捅它了！"

"你一定要告诉我！"

修道士开始讲述自己的一段经历：

先生，你知道，我是个修道士、苦行僧，到处游逛，以便探索日夜创造者的踪迹。

一个星期五的上午，我进了巴士拉城……

讲到这里，眼见东方透出黎明的曙光，莎赫札德戛然止声。

❧ 第九百六十六夜 ❧

夜幕垂降，莎赫札德接着讲故事：

先生，你知道，我是个修道士、苦行僧，到处游逛，以便探索日夜创造者的踪迹。

一个星期五的上午，我进了巴士拉城。

我看见城中的店铺全都开着门，店铺里的货物琳琅满目，货色齐全，吃的喝的，应有尽有，但城中空空荡荡，既不见男，也不见女，既没有姑娘，也没有男孩儿，市场、大街上连一条狗、一只猫也没有，一点儿动静都听不见，我觉得非常奇怪。我心想："城中的人带着狗和猫到哪里去了呢？安拉把他们带到哪里去了呢？"

当时，我饥肠辘辘，便从烤炉里拿了一张热发面饼，进入一间店铺，拿了黄油和蜂蜜，抹在发面饼上，然后吃了起来。后来，我又走进一家饮料店，喝了个够。紧接着，我看见一家咖啡馆开着门，便抬脚走了进去，见火上煮着满壶的热咖啡，而且店里又没有一个人，我就喝了个足够。

眼见此情此景，我心想："好怪呀！莫非这座城市中的居民刚刚全都死去了，或者害怕有什么灾难降临到他们的头上，一起逃掉了，连店铺门都没来得及关……"

正当我胡猜乱想之时，忽听见一种刺耳的嘈杂声传来，我非常害怕，急忙躲藏起来，透过门缝向外看去，只见一群明月般美丽的少女来到市场，成双成对地往前走，都没戴面纱，露着面孔；我数了数，共有四十对，总计八十名妙龄女子。在那些少女当中，有一位小娘子骑在马上，周身穿金戴银，珠光宝气，仿佛因为金银珠宝太沉重，致使骏马行走都感到困难。那位小娘子脸面悄然外露，衣着最华丽，装饰顶壮观。脖子上戴着宝石项链，胸前挂着金牌，手腕上的金镯闪闪放光，如同明亮的星星，脚腕上的金脚镯上镶嵌着宝石。少女们前呼后拥。小娘子左右两侧和前面各有一名佩带宝剑的少女护卫，那宝剑的柄上镶嵌着绿宝石，剑穗全是用金丝编成，上面缀着宝石。

那位骑在马上的小娘子行至我待的店铺门前，勒住马缰，说道："姑娘们，我听这座店铺里有什么动静，快快搜查一遍，以免有人藏在里头，有意偷偷窥视我们这些没有戴面纱的女子！"

她们搜查了我藏身的那家咖啡馆，只见她们从店铺里带出一个男子，走到骑马的小娘子面前，禀报说："小姐，我们搜查到一个男子，把他带来了！"

那小娘子对一个佩剑的女子说："把他斩掉！"

佩剑女子拔剑出鞘，手起剑落，那男子的首级登时滚落在地上。

她们抛下那个被斩首的男子扬长而去。

眼见此景，我吓得周身打战，然而我的心却深深恋上了那位骑马的绝美娘子。

一个时辰过后，人们出现了，店主们进入自己的商店，人们纷纷拥向市场，围观那个被杀的男子。

这时，我悄悄从我藏身的店铺里走了出来，谁也不曾注意我，但我的心却被那位小娘子占据了。我一直在打听她的消息，可是谁也不知道她的任何情况。

后来，我怀着一腔愁思离开巴士拉城。当我看到你的儿子时，我发现他极像那位小娘子，使我想起了她，诱惑了我心中的爱情之火，使我的心饱受爱火燎烤，所以我痛苦不堪，泪水不干……

修道士说到这里，哭得更厉害了。他对阿卜杜·拉赫曼说："先生，看在安拉的面儿上，你行行好，给我开门，让我走吧！"

阿卜杜·拉赫曼听后，给修道士打开门，让他走了。

盖麦尔·泽曼听修道士这么一说，内心深深恋上了那位骑马的美娘子，沉浸在相思的海洋之中，心潮翻腾，难以控制。

第二天早晨，盖麦尔·泽曼对父亲说："商家子弟们无不云游四方，他们的父亲总是给他们备好货物，让他们带着货物到各地去赚钱。爸爸，你为什么不给我办些货物，让我也外出去做买卖，看看我的运气如何呢？"

阿卜杜·拉赫曼说："孩子，那些商人都很穷，没有钱，所以才让他们的儿子远行经商，以便赚钱盈利，维持生活。我与他们不同，我的钱财很多，又没有贪图什么，怎好打发你外出受苦呢？再说，你的容貌如此完美标致，唯恐你出什么意外，所以我一刻也不能离开你。"

盖麦尔·泽曼说："父亲，你一定要给我备些货物，让我外出经商；如若不然，我会趁你不注意逃出去，就是不带钱不带货物也走。你要想使我高兴，就给我备些货物，让我带货物外出，一来做生意，二来游览异地风光。"

父亲见儿子决意外出旅行，便把此事告诉了妻子。他说："你的儿子想让我给他备些货物，他想去异国做买卖。俗语说：出门必受罪啊！"

妻子说："这是商家子弟的习惯，对你有何妨害呢？商人的儿子们都以外出赚钱为荣。"

"大部分商人都很好，他们天天想着发财。我呢？我腰缠万贯，家财堆积如山哪！"

"钱多点儿无妨。你要是不允许他外出，我给他准备些钱，让他走。"

"我担心他外出受罪呀！"

"只要能赚些钱，外出受点儿累无妨；不然，孩子自己悄悄走了,我们想见也见不到他,在人们面前岂不丢脸吗?"

阿卜杜·拉赫曼接受了妻子的意见,随即为儿子盖麦尔·泽曼准备了九万第纳尔的货物,又给了他一口袋装有四十颗可以镶在戒指上的贵重宝石,其中最便宜的一颗也值五百第纳尔。母亲叮嘱儿子说:"孩子,你要收好这些宝石,到时候会用得上的。"

盖麦尔·泽曼带着宝石和货物,踏上了去往巴士拉的路程。

讲到这里,眼见东方透出黎明的曙光,莎赫札德戛然止声。

第九百六十七夜

夜幕垂降,莎赫札德接着讲故事:

幸福的国王陛下,阿卜杜·拉赫曼接受了妻子的意见,随即为儿子盖麦尔·泽曼准备了九万第纳尔的货物,又给了他一口袋装有四十颗可以镶在戒指上的贵重宝石,其中最便宜的一颗也值五百第纳尔。母亲叮嘱儿子说:"孩子,你要收好这些宝石,到时候会用得上的。"

盖麦尔·泽曼带着宝石和货物,踏上了去往巴士拉的路程。

盖麦尔·泽曼把那袋宝石束在自己的腰间。当他离巴士拉仅有一程路之时,不期遇上阿拉伯劫匪,把他的随行家仆杀死。他躺在两个死人中间,周身血迹斑斑,劫匪们以为他已死去,丢下他没管,也没一个匪徒接近他。劫匪们带上他的财物,慌忙逃离而去。

阿拉伯劫匪离去之后,盖麦尔·泽曼从死人堆里爬出来,发现除了缠在腰上的那袋宝石,其余的东西全被劫匪们抢去了。

盖麦尔·泽曼站起来,掸了掸身上的尘土,继续向巴士拉走去。

他走进巴士拉城的那天正好是星期五,只见城中空无一人,和修道士谈的情形一模一样。他发现市场上静悄悄的,人迹不见,但店铺门却全开着,里面的货物琳琅满目。

盖麦尔·泽曼信手取来吃的喝的,吃饱喝足之后,开始边走边看。正当这个时候,忽然听到刺耳的嘈杂声传来。盖麦尔·泽曼立即躲藏在一间店铺中,眼见姑娘们走了过来,他仔细观看。当他看见那位骑在马上的美娘子时,深深爱在心中,一时不知如何是好,站都站不起来。

过了一些时候,人们走了出来,顿时市场上站满了人。

盖麦尔·泽曼走向市场,来到一个宝石匠铺子,从四十颗宝石中取出一颗价值一千第纳尔的宝石,卖给了宝石匠,然后回到客栈住下。

盖麦尔·泽曼一觉睡到天亮,起床后上街买了礼物,进澡堂洗了个澡,换上一套华丽衣服,立即变得像天空中的一轮圆月一样漂亮。之后,他又以四千第纳尔的价钱卖掉了四颗宝石,开始身着华服,在巴士拉大街上游逛观览。

当盖麦尔·泽曼到市场上时,看到一家剃头铺。于是走了进去,理了理发,并和剃头匠交上了朋友。盖麦尔·泽曼对剃头匠说:"大伯,我是个外乡人,昨天才来到本城。我刚进城时,发现城中空空,既不见人,也不见妖。时隔不久,我看见一群美丽少女走来,她们簇拥着一位骑着马的漂亮女子……"

盖麦尔·泽曼把自己看到的情景详细告诉了剃头匠。

剃头匠听后,说:"孩子,这个消息,你告诉过别人吗?"

盖麦尔·泽曼回答道:"没有。"

"孩子,千万不要在我之外的别人面前提这件事。人们是保不住秘密的,尤其你的年纪还小,我担心这种话在人们中间传来传去,传到当事人那里,他们会害死你的。孩子,你有所不知,你所看到的情景,是任何人不曾看到过的,也是别的城市中的人所不知道的。巴士拉人,几乎为此惆怅至死,因为每星期五的上午,人们都得把狗和猫拴起来,不让它们到大街上去,城中的所有人都必须关上家门,躲进清真寺去,谁也不能过市场走大街,就连在窗子里窥视也不允许,但谁也不知道这场灾难的原因是什么。不过,孩子,今天晚上,我可以向我的妻子打听一下,因为她是个接生婆,常常出入达官贵人家,为人家接生小孩儿,对本城中的事知道得多,但愿你明天能到我这里来,我把妻子告诉我的情况讲给你听。"

盖麦尔·泽曼听剃头匠这样一说,立即掏出一把金币,递给剃头匠,并且说:"大叔,你拿着这些金币,把它给你的太太吧!你的太太如同我的母亲。"

盖麦尔·泽曼又掏出一把金币,说:"大伯,这是给你的。"

剃头匠说:"孩子,你在这里坐坐,我马上回去问我妻子,片刻后就把确切消息告诉你。"

剃头匠离开店铺,回到家中,把结识盖麦尔·泽曼的经过告诉了妻子。他对妻子说:"我想让你把本城的真实情况告诉我,也好让我回去告诉那个青年商人,因为他很想知道每星期五为什么在市场上既看不见人,也看不见猫狗。我认为他是个很讲情意的慷慨大方的青年。假若我们能把真实情况告诉他,或许我们能从他那里得到很多好处。"

妻子说:"你去告诉他,就说,'你来跟你的母亲、我的妻子谈谈吧!她向你问好,你的要求能够得到满足。'"

剃头匠回到店里,见盖麦尔·泽曼在那里等着他。剃头匠和盖麦尔·泽曼谈了几句之后,说:"孩子,和我一起去见你的母亲、我的妻子吧!她说你的问题在她那里能够得到解决。"

剃头匠带着盖麦尔·泽曼向自己的家中走去。

来到剃头匠家中,盖麦尔·泽曼见到剃头匠的妻子。女主人对他表示欢迎,让他坐下。盖麦尔·泽曼掏出一百第纳尔,给了她,并且说:"阿妈,请你告诉我,那个骑马的漂亮娘子到底是谁呀?"

女主人开始给盖麦尔·泽曼讲那位骑马的美娘子的来历。

孩子,你有所不知,巴士拉国王从印度国王那里得到了一颗宝石,他想给宝石打一个孔,便把所有的宝石匠召进宫中,对他们说:"我想让你们给我这颗宝石打一个孔。谁能完成这个任务,他要什么,我就给他什么;倘若他把宝石弄碎了,我就要取下他的首级。"

宝石匠们一听,一个个吓得魂不附体。他们说:"国王陛下,宝石是很容易碎裂的,很少有人能够为宝石打孔而又能保证宝石完好无损,因为多半是会碎裂的。国王陛下,求你不要让我们承担这项难以胜任的任务,我们这些人都不能够为这颗宝石打孔。不过,我们行业的头领比我们有经验。"

巴士拉国王问:"你们的行业头领是谁?"

他们回答道:"我们的头领名叫奥贝德,他是我们行业中最有经验、最精通宝石加工的工匠,不但家财万贯,而且技艺精湛,有知识,有见识。请国王陛下派人去把他叫来,让他为这颗珍贵宝石打孔吧!"

巴士拉国王立即派人把奥贝德叫来,令他为宝石打孔,条件照旧,必须保证宝石完好无损;如若不然,斩首勿论。

奥贝德带走宝石,成功地为宝石打了孔,完全合乎国王的要求。国王看过打过孔的宝石,对奥贝德说:"宝石匠师傅,你说你要什么吧!"

奥贝德说:"国王陛下,容我明天再告诉你,让我回去同我的妻子商量一下。"

孩子,宝石匠奥贝德的妻子就是你看见的那位骑在马上的美丽娘子。

奥贝德非常爱他的妻子,因此,凡事都同妻子商量,然后方才行动。正因为如此,奥贝德要求国王宽限他到第二天,以便征求妻子的意见。

奥贝德回到家中,见到妻子,对她说:"我给国王的一颗宝石打了孔,国王答应赏赐我,我请他宽限我些时间,回来好同你商量一下。你说要什么,我就向国王要什么。"

妻子说:"我们家财堆积如山,就连火神也吃不尽喝不完,还需要什么呢?不过,我有个心愿,假若你真爱我,你就向巴士拉国王提出这样一个要求:每星期五,要他派传令官到巴士拉大街上传达国王的命令,要巴士拉居民在聚礼前两个时辰,一律进入清真寺,关好大门,不管大人小孩儿,不得留在街市上;不进清真寺的,必须待在家中,关紧家门,而把店铺门开着。这时,我在众女仆簇拥下,骑着骏马,穿行大街,任何人不得从壁洞或窗户中窥探,违者斩首,格杀勿论。"

宝石匠奥贝德听后,转身出了家门,直奔王宫,将妻子的心愿禀报了国王。

巴士拉国王答应了奥贝德妻子的要求,随即派传令官上街传布命令。

讲到这里,眼见东方透出黎明的曙光,莎赫札德戛然止声。

第九百六十八夜

夜幕垂降,莎赫札德接着讲故事:

幸福的国王陛下,剃头匠的妻子继续给盖麦尔·泽曼讲那位骑马美娘子的来历:

宝石匠奥贝德的妻子对丈夫说:"我们家财堆积如山,就连火神也吃不尽喝不完,还需要什么呢?不过,我有个心愿,假若你真爱我,你就向巴士拉国王提出这样一个要求:每星期五,要他派传令官到巴士拉大街上传达国王的命令,要巴士拉居民在聚礼前两个时辰,一律进入清真寺,关好大门,不管大人小孩儿,不得留在街市上;不进清真寺的,必须待在家中,关紧家门,而把店铺门开着。这时,我在众女仆簇拥下,骑着骏马,穿行大街,任何人不得从壁洞或窗户中窥探,违者斩首,格杀勿论。"

宝石匠奥贝德听后,转身出了家门,直奔王宫,将妻子的心愿禀报了国王。

巴士拉国王答应了奥贝德妻子的要求,随即派传令官上街传布命令。

人们听完传令官传布的命令之后,说:"我们担心猫和狗祸害我们的货物……"

于是国王下令那天把猫和狗全关起来,等人们做完聚礼才能放出来。

就这样,那位娘子在每星期五聚礼前两个时辰骑马带着仆人们游览巴士拉大街,这时谁也不能路经市场,更不能透过壁孔或窗子窥视,这便是大街上空无一人、店铺门大开的原因所在。

剃头匠的妻子讲到这里,问盖麦尔·泽曼:"孩子,你只想打听一下那位女子的情况,还是想见见她呢?"

"我想见见她。"

"孩子,告诉我,你带着什么宝物没有?"

"我带有贵重宝石四种:第一种,每颗价值五百第纳尔;第二种,每颗价值七百第纳尔;第三种,每颗价值八百第纳尔;第四种,每颗价值一千第纳尔。"

"你愿意拿出四颗来吗?"

"把所有的宝石全拿出来都可以。"

"你随便取一颗价值五百第纳尔的宝石,然后去市场上打听宝石匠行业的头领奥贝德师傅的店铺。你到了那里,会发现他坐在自己的店铺中,身着华丽衣衫,店中有数名工匠。你首先向他问好,然后坐下,掏出那颗宝石,对他说:'师傅,请把这颗宝石给我镶到一枚金戒指上,不要做大了,要让它恰到好处,做工要尽量精细!'说完,你给他二十第纳尔,然后再给每个工匠一第纳尔。之后,你在他那里坐上一些时候,和他交谈交谈。这时,如果有乞丐来店里乞讨,你就掏出一第纳尔给乞丐,显示一下你的慷慨大方,好换得奥贝德师傅对你的欢心。之后,你就离开那里,回你的住处过夜。第二天早晨,你带着一百第纳尔,给你的剃头匠大伯,因为他的日子过得很穷。"

"阿妈,就照你说的办!"

盖麦尔·泽曼站起来,告别剃头匠和他的妻子,向自己的住处走去。

盖麦尔·泽曼回到客栈，取了一颗价值五百第纳尔的宝石，径直朝市场走去，打听宝石匠的头领奥贝德师傅的店铺。

经过人们的指点，盖麦尔·泽曼来到奥贝德师傅的店铺，发现宝石匠奥贝德是位庄重、严肃的人，身着华丽衣衫，手下有四名工匠。盖麦尔·泽曼走上前去说："宝石匠师傅，你好哇！"

奥贝德回了礼，对他表示欢迎，让他坐下。

盖麦尔·泽曼坐下，掏出那颗宝石，说："师傅，我想请你把这颗宝石给我镶在一枚金戒指上，但希望做得不大不小，戴上正合适，加工精细一些。"

说完，掏出二十第纳尔，递给奥贝德，并且说："这是加工费，请收下！戒指钱嘛，取活儿时再交。"

之后，盖麦尔·泽曼给每个工匠一第纳尔。

奥贝德和手下工匠见来客如此慷慨，都很喜欢他。

盖麦尔·泽曼坐下和奥贝德交谈起来，二人说话期间，来了好几个乞丐，盖麦尔·泽曼给他们每人一第纳尔；工匠们见此情景，无不对盖麦尔·泽曼的慷慨好施感到惊异。

奥贝德在家中放着一套加工宝石的家什，一旦有什么异样的东西要加工，他总带回家去做，致使工匠们无法学到他的特殊工艺技能。

奥贝德每逢在家里加工首饰时，妻子总是坐在旁边观看；只要有妻子在一旁看他做活儿，他就能做出极精美的东西，只有皇家才配佩戴。盖麦尔·泽曼送来的那颗宝石，奥贝德就是在家里给他镶嵌在金戒指上的。

妻子看到丈夫在加工一颗宝石，便问："你要用这颗宝石做什么呢？"

奥贝德说："我要把它镶嵌在一枚金戒指上。这颗宝石价值五百第纳尔。"

妻子问道:"给谁做的?"

"给一个青年商人。那小伙子貌美出众,一双明眸会说话,面颊红润似花,嘴像苏莱曼大帝的戒指,腮似秋牡丹,唇似红珊瑚,生着羚羊一般的脖颈,肤色白中透红;不仅人长得漂亮,而且人品高尚,性情豁达开朗,为人慷慨大方……"

奥贝德滔滔不绝,口若悬河,时而称赞盖麦尔·泽曼的美貌,时而赞扬他的慷慨豪爽,直至说得妻子心中暗暗恋上了盖麦尔·泽曼,致使他的妻子认为,在他向自己描述过的男子中,没有比盖麦尔·泽曼更漂亮的小伙子了,也没有比他更有钱、更慷慨的人了。

奥贝德的妻子听完丈夫的一番描述,更加深深爱上了那位小伙子。她问丈夫:"那小伙子有我这样美吗?"

奥贝德回答:"你的所有美,他都具有。他的品性很像你,也许年龄也和你相仿。假若我不是怕你生气,我敢说他比你美一千倍。"

妻子不说话了,然而心中却燃起了爱慕之火。

宝石匠奥贝德仍然不住地夸赞盖麦尔·泽曼如何俊美、大方,直至把宝石金戒指做好。

奥贝德把镶嵌着宝石的金戒指递给妻子,妻子往自己的手指上一戴,发现大小正合适。妻子说:"老公啊,我喜欢这枚戒指,真希望它能归我,不再从我的手指上摘下去。"

丈夫说:"你稍等一等!主人是很慷慨的,我可以向他买下来。他若卖给我,我就把它送给你……"

讲到这里,眼见东方透出黎明的曙光,莎赫札德戛然止声。

第九百六十九夜

夜幕垂降,莎赫札德接着讲故事:

幸福的国王陛下,宝石匠奥贝德仍然不住地夸赞盖麦尔·泽曼如何俊美、大方,直至把宝石金戒指做好。

奥贝德把镶嵌着宝石的金戒指递给妻子,妻子往自己的手指上一戴,发现大小正合适。妻子说:"老公啊,我喜欢这枚戒指,真希望它能归我,不再从我的手指上摘下去。"

丈夫说:"你稍等一等!主人是很慷慨的,我可以向他买下来。他若卖给我,我就把它送给你;假若他还有另外一颗宝石,我就从他的手中买来,给你做一枚同样的宝石戒指。"

盖麦尔·泽曼在客栈安睡了一夜。第二天早晨,他带着一百第纳尔,来到剃头匠妻子家中,对老太太说:"阿妈,给你一百第纳尔,请收下吧!"

老太太说:"把钱给你大伯吧!"

盖麦尔·泽曼把一百第纳尔交给了剃头匠。

老太太说:"我跟你交代的那件事,你照办了吗?"

盖麦尔·泽曼回答道:"照办了!"

"你这就去宝石匠那里,他把戒指交给你之后,你戴在指头上一试,然后马上摘下来,对他说:'师傅,你可能把尺码弄错了,这枚戒指有点儿紧。'宝石匠听后,会说:'我给你毁掉重做吧?'你对他说:'不用毁掉重做了,你就拿去送给你的一个女仆吧!'然后你再拿出一颗价值七百第纳尔的宝石,对他说:'你就为我镶这颗宝石吧!这颗比那颗还好。'你马上给他三十第纳尔,再给每个工匠两第纳尔,对宝石匠说:'这是给你的加工费,料钱嘛,最后算账。'说完,你转身离开他那里,回你的住处。第二天天亮后,你就到我这里来,带上两百第纳尔,我再告诉你下一步怎么办。"

盖麦尔·泽曼离开剃头匠家,来到宝石匠奥贝德的店铺,奥贝德对他表示欢迎,让他坐下。

盖麦尔·泽曼刚坐稳,便问:"师傅,戒指做好了吗?"

奥贝德答道:"做好啦!"

随后,他拿出戒指,递到盖麦尔·泽曼手中。盖麦尔·泽曼接过戒指,往手指上一戴,马上摘了下来,说道:"师傅,你把尺码弄错了!"

随后将戒指丢给奥贝德,同时说:"师傅,你把尺寸弄错了!"

"喂,商客,我给你再扩宽一点儿吧?"

"不用了!你拿去送给你的女仆戴吧!这颗宝石太便宜,只有五百第纳尔,用不着再加工了。"

说着,盖麦尔·泽曼掏出另一颗价值七百第纳尔的宝石,递给宝石匠,说道:"给我用这颗宝石镶戒指吧!"

随后,盖麦尔·泽曼掏出三十第纳尔给了奥贝德,又给了每个工匠两第纳尔。盖麦尔·泽曼说:"师傅,戒指做好,我再付你料钱;刚给的这一点儿只是加工费。"

盖麦尔·泽曼说完,转身走去。奥贝德望着盖麦尔·泽曼的背影,对他如此慷慨大方,感到由衷敬佩,他手下的工匠无不感到惊奇。

宝石匠奥贝德回到家中,对妻子说:"喂,福拉娜,我压根儿没有见过比那位青年更慷慨大方的人。爱妻呀,你的运气真好!那小伙子把这枚宝石戒指送给了我,一文不取,对我说:'把它送给你的一个女仆戴吧!'"

接着,他把事情的经过从头到尾向妻子讲述了一遍,然后说:"依我之见,这小伙子不是商人的儿子,而是王子王孙。"

奥贝德每夸奖盖麦尔·泽曼一句,福拉娜对盖麦尔·泽曼的爱就增加一分。

福拉娜戴上那枚宝石戒指,心中美滋滋的。

奥贝德坐下来,给盖麦尔·泽曼做了第二枚戒指,比第一枚稍宽一点儿。

第二枚戒指做完,妻子福拉娜拿起戴在第一枚戒指的里面,然后说:"老公啊,你瞧瞧,这两枚戒指戴在我的手指上多美呀!我真想把这两枚戒指都要了!"

丈夫说:"你耐心等一等!但期我能给你把这枚戒指买下来。"

次日清晨,奥贝德带着第二枚戒指向自己的店铺走去。

与此同时,盖麦尔·泽曼来到剃头匠家,见到剃头匠的妻子,给了她二百第纳尔。老太太说:"孩子,你到宝石匠那里去吧!他把戒指递给你,你往手指上一戴,马上摘下来,对他说:'师傅,你又把尺码弄错了,这戒指太宽松了。师傅,像你这样的手艺,给我做戒指时,应该量量我的指围,这样,你就不会做错了。'说完,你拿出一颗价值八百第纳尔的宝石,对他说:'师傅,用这颗宝石另给我做枚戒指吧!这枚戒指,你就把它送给你的女仆吧!'之后,你给他四十第纳尔,再给每个工匠三第纳尔,对宝石匠说:'这是加工费,其余的钱,取活儿时一道付。之后,你听听他说什么。离开他那里之后,你就到这里来,带上三百第纳尔,给你大伯,用以补贴我们的生活。因为你大伯太穷了。"

"我听你的安排,一定照办!"

说完，盖麦尔·泽曼向宝石匠奥贝德的店铺走去。

来到宝石匠的店铺，奥贝德热烈欢迎盖麦尔·泽曼，让他坐下，给他拿出戒指。

盖麦尔·泽曼一戴上戒指，便马上摘了下来，对奥贝德说："像你这样高明的师傅应该先量量我的指围，按尺码做戒指，这样，就不会不合适了。不过，没什么关系，你把这枚戒指送给你的一个女仆戴吧！"

说罢，盖麦尔·泽曼从口袋里掏出一颗价值八百第纳尔的宝石，说："师傅，用这颗宝石，按我的指围镶一枚金戒指吧！"

随后付给奥贝德四十第纳尔，并说："这是加工费，其余的钱取活儿时一次付清。"

奥贝德接过钱，说："先生，我们已拿过你很多钱，你对我们太好了。"

盖麦尔·泽曼说："没什么！"

盖麦尔·泽曼说完，若无其事地坐下，和宝石匠交谈起来。谈话时，凡是进店乞讨的乞丐，盖麦尔·泽曼都给他们每人一第纳尔。

二人交谈了一个时辰，盖麦尔·泽曼起身离去。

奥贝德回到家中，对妻子说："喂，福拉娜，那个小伙子真是慷慨无比，我从未见过比他更大方、更慷慨、更会说话的人了。"

奥贝德向妻子描绘盖麦尔·泽曼的美貌和慷慨表现，对他竭力夸赞、推崇。

妻子说："你这个缺乏欣赏能力的人！既然你知道他有这么多长处，他又给了你两枚贵重戒指，你就应该请他到家里来做客，好好招待他一番，和他交个朋友才是呀！他若看见你对他很好，说不定今后我们能从他那里得到更多好处。你如果不想招待他，你只要把他请来,我来亲自招待他。"

奥贝德说:"你认为我是个吝啬鬼,你才这样对我说吗?"

"你不是吝啬鬼,但你缺乏鉴赏能力。你今夜就把他请来,你请不来他,你也就不要回家了!你要是不同意请他来家里做客,我就和你离婚。"

"我一定照你的意见办!我很愿意请他来家里做客。"

之后,奥贝德加工好戒指,便上床睡觉了。

第三天早晨,宝石匠起床后,带着做好的戒指走到店铺坐了下来。

盖麦尔·泽曼带着三百第纳尔来到剃头匠家,把钱交给了剃头匠。老太太对盖麦尔·泽曼说:"也许今天宝石匠会请你到他家去做客。如果他请你去,你就在他家里过夜;在他家里不管发生什么事,你明天一早告诉我。另外,你要带上四百第纳尔,交给你大伯。"

盖麦尔·泽曼说:"我一定照办!"

盖麦尔·泽曼每当手中的钱花完时,他就去卖随身带来的宝石。

一切准备停当,盖麦尔·泽曼向宝石匠奥贝德的店铺走去。到了那里,宝石匠拥抱他,向他问安,和他交了朋友。

宝石匠拿出戒指,盖麦尔·泽曼一试,发现非常合适,于是说:"师傅,你是宝石匠大师,手艺果然高超,正好合适。不过,这颗宝石不大合我的意,因为我还有更好的宝石。这枚戒指,你就拿去送给你的一个女仆吧!"

讲到这里,眼见东方透出黎明的曙光,莎赫札德戛然止声。

第九百七十夜

夜幕垂降,莎赫札德接着讲故事:

幸福的国王陛下,一切准备停当,盖麦尔·泽曼向宝石匠奥贝德的店铺走去。到了那里,宝石匠拥抱他,向他问安,和他交了朋友。

宝石匠拿出戒指,盖麦尔·泽曼一试,发现非常合适,于是说:"师傅,你是宝石匠大师,手艺果然高超,正好合适。不过,这颗宝石不大合我的意,因为我还有更好的宝石。这枚戒指,你就拿去送给你的一个女仆吧!"

说着,盖麦尔·泽曼拿出一颗价值一千第纳尔的宝石,对奥贝德说:"师傅,你就用这颗宝石为我镶一枚金戒指吧!"

紧接着,他又掏出一百第纳尔递给奥贝德,并说:"这是工钱,你拿着吧!我太麻烦你了,请不要见怪!"

奥贝德说:"我的商人朋友,你把辛苦费全付给我们了,而且还给了我们许多东西,我打心底里喜欢你,不忍再与你分开。看在安拉的面儿上,今天晚上到我家做客吧!这样,也好让我有机会报答你一下呀!"

盖麦尔·泽曼说:"不妨去你家做客!但我一定要回客栈一趟,告诉我的同伴一声,说我今夜不回客栈了,也好让他们不再等我。"

"你住在哪个客栈呢?"

"在费拉尼客栈。"

"我和你一起去客栈！"

"好吧！"

奥贝德怕妻子发脾气，不敢不带着客人回家，因此跟着盖麦尔·泽曼向费拉尼客栈走去。

日落时分，奥贝德终于带着盖麦尔·泽曼回到家中，主宾二人在一个豪华无比的客厅中坐了下来。

其实，盖麦尔·泽曼一进门，奥贝德的妻子福拉娜就看到了这位美男子，而且深深被他的俊俏容貌所吸引。

奥贝德与盖麦尔·泽曼一直谈到晚饭时刻来临，晚饭端了上来，二人吃饱饭，洗了洗手，女仆们马上端来咖啡，二人边喝边谈，直至宵礼时分。

二人做过宵礼，女仆送上酒来。酒过三巡，不知不觉困意袭来，二人躺下，和衣入睡了。

福拉娜走来，发现他俩已进入梦乡。她走近盖麦尔·泽曼，仔细一看，果见小伙子眉清目秀，貌美动人，心想："他怎么睡着了呢？"她俯下身去，亲吻盖麦尔·泽曼的脖颈，抚摩他的前胸，不禁欲火中烧，继之亲吻他的面颊，直至在他的面颊上留下了唇印。她心中的欲火愈烧愈烈，难以自已，嘴唇渐渐下移，开始咂盖麦尔·泽曼的嘴唇，致使唇伤出血，但欲火仍未熄灭，欲望未减，不住地与盖麦尔·泽曼亲吻、拥抱，腿和腿搭在了一起……一直至东方透出黎明的曙光时，她把四块做游戏用的跖骨放在盖麦尔·泽曼的口袋里，方才站起身来离去。

片刻后，福拉娜派女仆拿来一种类似鼻烟的东西，放进盖麦尔·泽曼和奥贝德的鼻孔里，二人连打了两个喷嚏，方才慢慢醒来。

女仆对二人说："二位先生，礼拜的时间到了，快起来做晨礼吧!"

女仆拿来脸盆和水壶,给二人把水倒好。

盖麦尔·泽曼说:"师傅,做礼拜的时间到了,我们睡过头啦!"

宝石匠奥贝德说:"朋友,实话对你说,我睡在这个客厅里,总是睡得很沉,每每如此。"

盖麦尔·泽曼说:"我也睡得很沉啊!"

盖麦尔·泽曼起来,开始做小净,脸一着水,觉得面颊和嘴唇热辣辣的疼,说道:"好怪呀!我在这里睡得很沉,怎么脸和嘴唇也跟我过不去,热辣辣地疼呢?"

他轻轻地摸着自己的面颊和嘴唇,又说:"师傅,我的面颊和嘴唇都热辣辣地疼。"

"我猜想是蚊子咬的。"

"真怪呀!你的情况和我相似?"

"我倒没觉得什么。不过,往日像你这样的客人来时,他们都抱怨有蚊子咬;但是,只限于像你这样没有胡子的小伙子;如果是长了胡子的客人,他们从来没有说过有蚊子咬他们。看来,蚊子之所以不咬我,是因为我长着胡子,可以阻止蚊子叮咬,仿佛蚊子不喜欢有胡子的人。"

"你说得很对。"

女仆端来早饭,二人吃过饭,先后出了门。

盖麦尔·泽曼来到剃头匠家,老太太对他说:"孩子,我看你满脸喜气,把你看到的情况对我讲一讲吧!"

盖麦尔·泽曼说:"我没有看到什么,只是跟宝石匠一起在客厅里吃过晚饭,做过宵礼。当我们醒来时,天已亮了。"

老太太听后一笑,说道:"你的面颊和嘴唇上留下的是什么痕迹呢?"

"这是客厅里的蚊子咬的。"

"是这样!宝石匠也被蚊子咬了吗?"

"没有。但是,他告诉我说,蚊子是不咬长着胡子的人的,只咬没有胡子的人。他告诉我,每当有像我这样没长胡子的人到他家里做客时,都抱怨客厅里有蚊子咬人;如果客人有胡子,蚊子就不叮咬。"

"哦,是这样!你还看见别的什么东西了吗?"

"我发现我的口袋里有四块这样的跖骨玩意儿。"

"让我看一看!"

盖麦尔·泽曼掏出跖骨,递到老太太手中。

老太太接过跖骨一看,不禁笑了起来。她说:"孩子,这就是你心中的美娘子放在你口袋里的。"

"怎么会呢?"盖麦尔·泽曼不解地问。

老太太说:"小娘子在用暗语和你说话,意思是说:假若你是个恋人,你就不会睡觉;求爱者,是睡不着觉的;而你呢,年纪还小,只配玩儿这种跖骨游戏,根本不配寻情求爱。孩子,昨夜小娘子来看你了。她见你已经睡熟,便亲吻你的面颊,还给你留下了这暗号。不过,她是不会就此罢休的,她一定还会派她的丈夫来请你今夜到她家里做客。你跟着宝石匠到了她家之后,不要急于睡觉。明天,你带上五百第纳尔到我这里来,把情况告诉我,我再给你做下一步安排。"

"阿妈,我听你的。"

说完,盖麦尔·泽曼向客栈走去。

宝石匠的妻子福拉娜问丈夫:"客人走了吗?"

奥贝德回答道:"走啦!不过,他说昨天晚上蚊子叮咬了他,咬得他的面颊和嘴唇上留下了伤口,我都有些不好意思了。"

妻子说:"我们客厅里的蚊子就是这样不客气,专咬那些不长胡子的年轻人。你今夜再请他到家里来吧!"

"好吧!"

奥贝德到客栈去请盖麦尔·泽曼。去不多时,带着盖麦尔·泽曼来到客厅。女仆端上晚饭,二人吃完饭,又喝过茶,一起做了宵礼。

片刻过后,女仆端来两杯酒……

讲到这里,眼见东方透出黎明的曙光,莎赫札德戛然止声。

第九百七十一夜

夜幕垂降,莎赫札德接着讲故事:

幸福的国王陛下,奥贝德到客栈去请盖麦尔·泽曼。去不多时,带着盖麦尔·泽曼来到客厅。女仆端上晚饭,二人吃完饭,又喝过茶,一起做了宵礼。

片刻过后,女仆端来两杯酒,二人各喝下一杯,便睡觉了。

这时,福拉娜走来,对盖麦尔·泽曼说:"喂,公子,你怎么能睡呢?你自称是恋人,你要知道,寻情求爱之人是不睡觉的。"

说着小娘子将盖麦尔·泽曼紧紧抱在怀里,又亲又吻,又啃又咬,温香软玉,风情万种,用尽各种解数,直到天明……然后把一把刀子放在盖麦尔·泽曼的口袋里,随即离去。

片刻后，福拉娜派女仆来将二人唤醒，只见盖麦尔·泽曼的面颊红似火，而嘴唇也因被人用力亲吻而红得像红珊瑚。

宝石匠奥贝德说："蚊子又叮咬你了吧？"

盖麦尔·泽曼说："没有。"

盖麦尔·泽曼知道主人在说笑话，也就没再抱怨。他发现口袋里有一把刀子，没有再说什么。

盖麦尔·泽曼吃完早饭，喝过咖啡，离开奥贝德家，向客栈走去。

盖麦尔·泽曼回到客栈，拿上五百第纳尔，向剃头匠家走去。他见到老太太，把自己见到的情况告诉了她。他说："我困得难受，一觉睡到天明。我醒来时，发现我口袋里有一把刀子。"

老太太说："孩子，但求安拉保佑你明夜平安无事。"

"这把刀子是什么意思？"盖麦尔·泽曼问。

"孩子，小娘子是说：明夜你到她家里如果再死睡不醒，她就把你杀掉。"

"这可怎么办呢？"

"你告诉我，你睡觉之前，吃了些什么，喝了些什么？"

"睡之前，我们照常人的习惯吃了晚饭。之后，女仆送来两杯酒，我喝了一杯，便睡着了。当我醒来之时，天已大亮。"

"孩子，那阴谋就在酒杯里。你接过酒杯后，先不要喝，把酒杯放在一边，等小娘子的丈夫喝下去睡着之后，再让女仆把酒杯递给你。这时，你接过酒杯，对女仆说：'给我拿些水来！'女仆去取水罐时，你趁机把杯中的酒倒到靠枕后，马上躺下装睡。女仆拿来水罐，见你已躺下，认为你喝了酒，真的睡着了，她就会离去。之后，就会有情况了……你千万要记住我的话，照我说的去办！"

"我一定照你说的办！"

说完，盖麦尔·泽曼回客栈去了。

宝石匠奥贝德回到家中，妻子福拉娜对他说："款待客人要连续三夜才行呀！你赶快去请客人吧！"

奥贝德离去不久，带着盖麦尔·泽曼来到客厅里。二人吃罢晚饭，做毕宵礼。女仆送来两杯酒。奥贝德接过酒，举杯一饮而尽，然后躺下睡着了。盖麦尔·泽曼则没有喝，女仆问他："先生，你怎么不喝呢？"

盖麦尔·泽曼说："我口渴得很，给我把水罐拿来吧！"

女仆转身去取水罐，盖麦尔·泽曼趁机将杯中的酒倒在靠枕后面，随后躺下睡了。

女仆回来，见客人已入睡，便转身去报告女主人福拉娜，说："太太，客人喝下酒，就睡着了。"

福拉娜听女仆这样一说，心想："看来，他死了比活着更好些！"她随即抄起一把快刀冲进客厅，说道："你这个傻瓜，我三次暗示你，你全不明白。我现在要剖开你的肚子，看看你的肠子是怎样长的！"

盖麦尔·泽曼见福拉娜手持明晃晃的快刀冲过来，这才睁大眼睛，笑着坐了起来。福拉娜问："你是怎样明白那暗号的？是凭着你自己的聪慧，还是照别人的指点？告诉我，你是从哪里得知的？"

盖麦尔·泽曼说："一个老太太告诉我的。"

接着，他把与剃头匠妻子的交往经过向福拉娜说了一遍。

福拉娜说："明天，你离开我这里，去见那位老太太，对她说：'你还有什么新招数吗？'如果她说还有招数，你就对她说：'你有办法使我与她公开进行联系吗？'如果她说：'我还有最后一招。'你就放心地离开她。明天夜里，我丈夫去请你，你就跟他一起来，把情况告诉我，我才知道下一步该怎么办。"

盖麦尔·泽曼说:"好吧!"

随后,福拉娜与盖麦尔·泽曼共度良宵,拥抱,接吻,面面相贴,唇唇相合,就像阿拉伯语中必须连写的两个字母,而她的丈夫奥贝德,则像独立书写的努尼①;直到天明,奥贝德也没有发现任何情况。

福拉娜对盖麦尔·泽曼说:"你跟我在一起待一夜,一天,一个月,一年,这都不够,我想这一辈子都跟你在一起。你耐心等一等,我对我的丈夫要一个令人困惑的花招儿,借以达到目的,让我的丈夫对我产生怀疑,把我休掉,我和你结为夫妻,和你一起到你的国家去,把他所有的钱财都弄到你那里去,再想办法捣毁他的房子,抹去他的痕迹。不过,你要听我的话,服从我的意志,我说怎么办,你就怎么办,千万不要违抗我的意志。"

盖麦尔·泽曼说:"我一定听你的,决不违抗你的意志。"

"你先回客栈吧!如果我丈夫去请你,你就对他说:'人嘛,有一点是很可恶的。一件事情只要重复出现,不管是慷慨人,还是吝啬鬼,都会感到厌烦。我每天夜里都是和你睡在一个大厅里,我怎好还住在你家里呢?就是你不生我的气,你的妻子也会对我不满的。假若你真心想同我交朋友,你就在你的住宅旁边给我租一间房子;那样,你就可以每天夜里同我聊天;你来我这里一次,一直谈到睡觉时,然后你回家里去;下一次我去你那里聊到睡觉时,我回我的住处,你回你妻子的房间,这个办法要比你每夜不跟你妻子在一块儿好。'之后,我的丈夫会找我来商量此事,征求我的意见。那时,我将给他出主意让他把邻居赶走,因为邻居住的房子是我们的。等我们把租给邻居的那座房子收回来,剩下的事情就好办了。"

---

① 努尼,阿拉伯文的第二十五个字母。

福拉娜停顿片刻，然后对盖麦尔·泽曼说："你现在可以走了，你就按照我说的办吧！"

盖麦尔·泽曼说："遵命！"

福拉娜说完，转身离去。盖麦尔·泽曼接着躺下装睡，一动不动。

过了一会儿，女仆走来，将奥贝德和盖麦尔·泽曼叫醒。

宝石匠奥贝德醒来，对盖麦尔·泽曼说："喂，商人兄弟，也许蚊子又来打扰你了吧？"

盖麦尔·泽曼说："没有。"

奥贝德说："可能你战胜了蚊子！"

二人吃过早饭，喝过咖啡，各自干自己的事情去了。

盖麦尔·泽曼离开那里，走到剃头匠家，把情况报告了老太太，将福拉娜的安排详细对老太太讲了一遍。

讲到这里，眼见东方透出黎明的曙光，莎赫札德戛然止声。

第九百七十二夜

夜幕垂降，莎赫札德接着讲故事：

幸福的国王陛下，奥贝德和盖麦尔·泽曼吃过早饭，喝过咖啡，各自干自己的事情去了。

盖麦尔·泽曼离开奥贝德家，走去剃头匠家，把情况告诉了老太太，将福拉娜的安排详详细细对老太太讲了一遍。

盖麦尔·泽曼问老太太:"阿妈,为了让我公开与她交往,你还有别的安排吗?"

老太太说:"孩子,我只能安排到这里了,再没有什么好法子了。"

盖麦尔·泽曼告别了老太太,回到了客栈,一觉睡到天亮。

傍晚时分,宝石匠奥贝德来到客栈,请盖麦尔·泽曼到他家去,但盖麦尔·泽曼说:"我不能跟你去了。"

"为什么?朋友,我很喜欢你,我已经离不开你了。看在安拉的面儿上,你跟我一道走吧!"

"你如果想与我长期在一起,维护你我之间的友谊,那就在你的住宅旁给我租一间房子;到那时,你若想和我聊天,或者我想找你谈谈,尽可谈到睡觉的时候,然后你我各自回自己的住处睡觉。"

"我的住宅旁边就有一座房子,那是我的家产。你今夜跟我到我家去,我明天就为你腾空那座房子,让你住进去。"

说罢,盖麦尔·泽曼跟着奥贝德来到他的家中,二人一道吃完晚饭,做过宵礼,女仆送来两杯酒。奥贝德喝下那杯掺着什么东西的酒,立即躺下睡着了,而另一杯酒里没有掺什么东西,盖麦尔·泽曼喝下去,并没有睡着。这时,福拉娜走来,和盖麦尔·泽曼一直谈到天明,而她的丈夫则像死人一样睡在旁边,一动不动。

天大亮了,奥贝德方才从沉睡中醒来。

奥贝德起床后,即让女仆把租住他房子的人叫来,对他说:"请把我的房子腾出来吧,我现在需要这座房子。"

那个人说:"我马上就腾出来!"

房子果然在当天就腾了出来。盖麦尔·泽曼住了进去,而且把自己所有的东西都搬来了。当天夜里,奥贝德在盖麦尔·泽曼那里一直聊到睡觉时,各自方才尽兴,奥贝德回家睡觉去了。

第二天,宝石匠的妻子福拉娜派女仆请来一位出色的建筑师,给了他很多钱,让他挖了一条地道,由她的房间直通盖麦尔·泽曼的住处,出口有盖子,与地面一般平,不易被人发现。

一天夜里,盖麦尔·泽曼突然看见福拉娜带着两袋子钱出现在自己的面前。盖麦尔·泽曼惊问:"你打哪儿来的?"

福拉娜随即让他看了看地道,然后对他说:"这是两袋子钱,你收起来用吧!"

随后,福拉娜坐在那里,和盖麦尔·泽曼一直谈笑取乐到天亮。福拉娜对盖麦尔·泽曼说:"亲爱的,你等着我,我这就去把我的丈夫叫醒,让他到店铺里去,我马上就回来。"

盖麦尔·泽曼坐着等候,福拉娜走去把丈夫奥贝德叫醒。奥贝德起床后,做过小净,继之做晨礼,然后到店铺去了。

丈夫走后,福拉娜拿着四袋子钱,穿过地道,来到盖麦尔·泽曼的住处。她对盖麦尔·泽曼说:"这些钱你拿着吧!"

福拉娜在那里坐了一会儿,便回家去了,盖麦尔·泽曼到市场去了。

傍晚时分,盖麦尔·泽曼从市场回来,发现房间里放着十袋子钱,还有宝石等贵重物品。

过了一会儿,宝石匠奥贝德把盖麦尔·泽曼接到自己的客厅,和他坐在那里聊天。女仆照例送来酒,奥贝德一杯下肚,即躺下入睡了。盖麦尔·泽曼喝下一杯酒,依旧精神抖擞,因为杯中没有蒙汗药。

片刻后,福拉娜走来,坐下与盖麦尔·泽曼戏耍、接吻、拥抱,然后通过地道,把东西搬往盖麦尔·泽曼住的房间,一直忙到东方透出黎明的曙光。

女仆走来,将主人和客人叫醒。奥贝德和盖麦尔·泽曼喝过咖啡,各自离去。

第三天,福拉娜拿出一把刀,给了盖麦尔·泽曼。那把刀是她丈夫亲手制作的,工艺精湛无比,耗资五百第纳尔。因为很多人想买那把刀,所以奥贝德把它放在一口箱子里,不舍得卖给任何人。

福拉娜对盖麦尔·泽曼说:"你收起这把刀,把它别在腰上,然后去我丈夫那里。你坐下之后,就把刀掏出来,对他说:'师傅,你瞧瞧这把刀吧!我今天才买的,请告诉我,这把刀我买得值不值。'他一眼就会认出这把刀,但他羞于说'这是我的刀'。如果他问你从哪里买的,花了多少钱,你就说你遇到了两个情敌在决斗,其中一个问另一个:'你到哪儿去了?'另一个回答:'我去会我的情妇了。我每次会她,她都会给我一些钱,但今天她说没有钱,就把这把刀给了我,还说这是她丈夫的刀。我拿这把刀,想把它卖掉。'你对我丈夫说:'我听那个人这样一说,我又很喜欢那把刀,和他讲了讲价钱,就以三百第纳尔买了下来。你瞧瞧,这刀怎么样?我是买贵了呢,还是买便宜了呢?'你这样对他说之后,看看他究竟说什么,再和他交谈一些时间,然后离开他那里,迅速到我这里来,我在地道口等你,你把刀子还给我。"

听福拉娜这样吩咐后,盖麦尔·泽曼说:"我听你的安排。"

说完,他接过那把刀,别在腰间,向宝石匠奥贝德的店铺走去。

来到店铺,向奥贝德问过安好,奥贝德对盖麦尔·泽曼表示欢迎,让他坐下。

奥贝德见盖麦尔·泽曼腰里别着一把刀,惊异不已,心想:"这是我那把刀呀!谁把它送给这个青年商人了呢?"他又想:"这就是我的那把刀,还是一把和我那把刀相似的刀呢?"

就在这时,盖麦尔·泽曼抽出刀,对奥贝德说:"师傅,你瞧瞧这把刀!"

奥贝德接过刀,一眼认出它就是他的那把刀,但羞于开口说"这是我的刀"。

讲到这里,眼见东方透出黎明的曙光,莎赫札德戛然止声。

第九百七十三夜

夜幕垂降,莎赫札德接着讲故事:

幸福的国王陛下,奥贝德见盖麦尔·泽曼腰里别着一把刀,惊异不已,心想:"这是我那把刀呀!谁把它送给这个青年商人了呢?"他又想:"这就是我的那把刀,还是一把和我那把刀相似的刀呢?"

就在这时,盖麦尔·泽曼抽出刀,对奥贝德说:"师傅,你瞧瞧这把刀!"

奥贝德接过刀,一眼认出它就是他的那把刀,但羞于开口说"这是我的刀"。

奥贝德问:"从哪里买的呀?"

盖麦尔·泽曼按照福拉娜的嘱咐说了一遍。

奥贝德说:"三百第纳尔,很便宜呀!这把刀值五百第纳尔。"

奥贝德心中燃起无名之火,那火烧及他的手,使他无力再加工首饰。

盖麦尔·泽曼和他谈话,而他却沉浸在苦思的海洋之中;盖麦尔·泽曼和他说上四十句话，而他却对不上一句话。

奥贝德的心在经受着痛苦的折磨，周身颤抖，心慌意乱，不知如何是好。正如诗人所云：

> 人与我谈话，不知答何言。人谈正起劲，我心不在焉。
> 心思沉浸在，无底海深渊；放眼人群里，不辨女与男。

盖麦尔·泽曼发觉宝石匠奥贝德神志恍惚，便问："师傅，看来你现在很忙啊！"

说完，盖麦尔·泽曼起身离去。他快步回到住处，发现福拉娜已等在地道口边。

福拉娜看见盖麦尔·泽曼，问道："你按照我说的办了吗？"

盖麦尔·泽曼回答："办了。他说这刀买得便宜，还说这刀值五百第纳尔。不过，他看上去无精打采，所以我离开了那里；之后他的情况怎样，我就不知道了。"

"把刀给我吧！你不必担心什么。"

福拉娜接过刀，匆匆回到自己家，将之放在原处，随后坐了下来。

盖麦尔·泽曼离去之后，宝石匠奥贝德似觉心如火烤，疑虑重重，心想："我马上回去找找那把刀子，以便消除我的疑虑。"

奥贝德站起来，离开店铺，回到家中，气鼓鼓地问妻子："我那把刀在哪里？"

福拉娜说："难道你同谁发生了争执，要动刀子啦？"

"你把刀子拿出来，让我看看！"

"你必须向我立誓，不拿刀子去找人动武。"

奥贝德按妻子的要求起了誓，妻子方走去打开箱子，取出刀，递给丈夫。

奥贝德边拿起刀子翻过来掉过去地看，边说："这件事可真怪呀！"

片刻后，奥贝德把刀子递给妻子，叮嘱说："还把它放回原来的地方吧！"

妻子问："为什么要让我把刀子拿出来让你看看呢？"

"我看见我那位朋友拿出来的一把刀子和这把一模一样。"

接着，他把情况详细讲给妻子听，然后说："我看见刀子还在箱子里，我就不怀疑什么了。"

妻子说："也许你猜想我干了什么坏事吧！你把我当成了某情敌的情妇，怀疑我把刀子给了那个人。"

奥贝德说："是的，我的确有这种猜想。可是，我看见了这刀子，我心中的疑虑就消失了。"

"你这个人哪，没有半点儿良心！"

奥贝德急忙道歉，直至妻子怒颜退去，方才离开家，到店铺去了。

第二天，福拉娜把丈夫亲手做的一块表给了盖麦尔·泽曼；任何人那里也没有这样的表。福拉娜对他说："你到我丈夫的店铺里去坐坐吧！你对他说今天又看到了昨天那种情景，一个人手里拿着一块表，想卖给你。你问那个人表是从哪里来的，那个人说是他的情妇给他的。你就对我丈夫说：'我花了五十八第纳尔把它买下来，你看看贵还是便宜。'之后，你看他对你说什么。你离开他那里，马上回来把表还给我。"

盖麦尔·泽曼离去，照福拉娜的嘱咐向奥贝德说了一遍。

奥贝德看了看表，说："这块表值七百第纳尔。"

奥贝德心中疑虑顿生,一时神情呆滞。盖麦尔·泽曼见此情景,离开店铺走去,回到住处,把表交给了福拉娜。

片刻后,奥贝德气鼓鼓地回到家中,问妻子:"我的表在哪里?"

福拉娜说:"就在原处放着呀!"

"快拿来!"

妻子把表拿来,递给奥贝德。奥贝德一见表,说道:"没有办法,无能为力,只有依靠伟大的安拉了。"

妻子说:"喂,你怎么啦?发生了什么事啦?"

"我该说什么?我简直不知道怎么办了!"

说罢,奥贝德吟诵道:

不知如何好,凭主我起誓:
痛苦来何处,我却全不知。
我竭力忍耐,忍耐神当知:
所忍事太苦,忍耐力不支。
浩浩人世间,我忍谁堪比?
所忍事灼人,炭火甘让之。
我忍无他图,唯期主赏识。

奥贝德吟罢,对妻子说:"我看见我们那位年轻商人朋友先是拿着一把刀,我一看便知那是我亲手制作的;但是,我一问他,他说的情况使我如坠五里雾中,令我疑虑满心。我立即跑回家来,发现我那把刀子原封未动。今天,我看见他拿着一块表,跟我亲手制作的那块表一模一样;我知道,在巴士拉是没有第二块同样的表的。我一问他,他说的那些话依旧使我摸不着头脑,我简直不知道如何是好，也不知道以后会出现什么情况了。"

妻子说："照你这样说，我就是那位年轻商人的情妇了，与他形影不离，把你的东西都给了他了！因为你判定我背叛了你，所以才回来气势汹汹地审问我。假若你找不到那把刀和那块表，你会判定我背叛了你。既然你这样猜疑我，从今以后，我再也不和你一起吃饭，再也不和你一道喝茶。我已讨厌你到了极点！"

奥贝德见妻子生气了，急忙一番好言安慰，终于使妻子恢复了平静。

片刻后，奥贝德离开家门，向店铺走去，对自己刚才向妻子说的那番话，深感后悔。

讲到这里，眼见东方透出黎明的曙光，莎赫札德戛然止声。

第九百七十四夜

夜幕垂降，莎赫札德接着讲故事：

幸福的国王陛下，妻子听丈夫奥贝德说了那番话，生气地说："照你这样说，我就是那位年轻商人的情妇了，与他形影不离，把你的东西都给了他了！因为你判定我背叛了你，所以才回来气势汹汹地审问我。假若你找不到那把刀和那块表，你会判定我背叛了你。既然你这样猜疑我，从今以后，我再也不和你一起吃饭，再也不和你一道喝茶。我已讨厌你到了极点！"

奥贝德见妻子生气了，急忙一番好言安慰，终于使妻子恢复了平静。

片刻后，奥贝德离开家门，向店铺走去，对自己刚才向妻子说的那番话，深感后悔。

奥贝德来到店铺里，坐下来，心神忐忑不安，冥思苦想，半信半疑，一时理不出个头绪。

当晚，奥贝德回到家中，独自坐在客厅里，盖麦尔·泽曼没有来，使他更加觉得心烦意乱。

妻子福拉娜问："商人朋友在哪儿？"

奥贝德说："在他自己的住处。"

"你们俩之间的友谊冷下来啦？"

"凭安拉起誓，这两天发生的事情使我厌烦到了极点。"

"看在我的面儿上，你快去把他请来吧！"

奥贝德走进盖麦尔·泽曼的住处，只见自己的东西全都摆在他那里；虽然奥贝德认出了自己的东西，但羞于启齿说"谁把我的东西送到你这里来了"，而是说："我有些烦闷，请到我家去一起聊聊天吧！"

盖麦尔·泽曼说："让我在家里待一会儿吧！我不到你那里去了。"

奥贝德要他一定去，盖麦尔·泽曼这才和他一道走去。

二人一道吃完晚饭，开始聊天。奥贝德陷于深思之中，心不在焉，往往盖麦尔·泽曼说一百句话，奥贝德答不上一句话。

女仆照例送来两杯酒，二人喝下肚去，奥贝德躺下睡熟了，而盖麦尔·泽曼并无困意，因为他喝的那杯酒中没有蒙汗药。

过了一会儿，福拉娜走来，对盖麦尔·泽曼说："你瞧瞧，这个可恶的东西醉醺醺地睡熟了，根本识不破女人玩儿的阴谋。我一定把他骗得让他休掉我。明天，我将打扮成一个女奴模样，跟在你的后面,到他的店铺里去。到了那里,你对他说:'师傅,我今天到叶西尔吉亚客栈去,看见了这么一个女奴,我就用一千第纳尔把她买了下来。你来瞧瞧,我究竟是买得便宜,还是买贵了。'说完,把我的面纱揭去,让他看看我,之后,你就赶快把我领回你的住处,我再通过地道回到我的家中,看看以后会发生什么事情。"

随后,福拉娜与盖麦尔·泽曼沉浸在爱河之中,相互拥抱,亲密无间,举杯把盏,颠鸾倒凤,莺娇燕喘,云耕雨播,快意难表,直到天明。

福拉娜离去,派女仆唤醒男主人奥贝德和客人盖麦尔·泽曼。

二人醒来,小净过后,做晨礼拜,然后共进早餐,喝了咖啡,奥贝德照例去了店铺,盖麦尔·泽曼则回自己的住处去了。

片刻后,福拉娜从地道里来到盖麦尔·泽曼的面前,一副女奴打扮。其实,她本来就是一个女奴。

盖麦尔·泽曼向奥贝德的店铺走去,福拉娜在后面紧跟。

来到奥贝德的店铺,盖麦尔·泽曼向奥贝德问过安好,说:"师傅,我今天到叶西尔吉亚去了,本想玩儿上一玩儿,不料见经纪人领着这样一个女奴,我看了看,很是喜欢,便花一千第纳尔把她买了下来。师傅,你来看一看,贵呢,还是便宜?"

盖麦尔·泽曼揭开女奴的面纱,奥贝德见是他的妻子,周身衣饰豪华,精心打扮,涂着眼睑,染着指甲,就像他在家中看见的样子,因此他一眼就认了出来;不管是面孔,还是衣服,他都很熟悉,尤其是她的首饰,都是他亲手做的,更是不会看错;此外,他发现他为盖麦尔·泽曼镶嵌的那几枚宝石戒指也都戴在她的手指上。他相信,她就是自己的妻子。奥贝德问道:"姑娘,你叫什么名字?"

她回答道:"福拉娜。"

奥贝德的妻子就叫福拉娜，而那女奴说自己也叫这个名字，奥贝德因而觉得很奇怪。他问盖麦尔·泽曼："你花了多少钱买的？"

盖麦尔·泽曼说："一千第纳尔。"

"你等于没花钱呀！因为一千第纳尔连那几枚戒指都买不下来，衣服和别的首饰就白得了。"

"安拉为你祝福，既然你看得上，我就带她回家去了。"

"好吧！"

盖麦尔·泽曼带着福拉娜回到住处，福拉娜随即穿过地道，回到自己的家中。

盖麦尔·泽曼带着女奴走后，奥贝德心似火烧，心想："我马上回去，看看我的妻子；如果她还在家中，那么这个女奴就是长得很像她；如若不然，那一定不是什么女奴，而是我的妻子本人。"

奥贝德急匆匆跑回家中，见妻子坐在家里，打扮和他在店铺里见到的女奴一模一样，禁不住双掌一拍，随口说："无能为力，只有依靠伟大的安拉了！"

妻子问："你疯啦？有什么事啊，这不是你的习惯，一定是有什么事情发生了。"

"如果你想让我把真实情况告诉你，你听后不要伤心。"

"你说吧！"

"我们的那位青年商人买了一个女奴，身材、名字和衣饰都和你一样，简直是什么都相似，她手指上戴的戒指及各种首饰，都和你的一样。他把她领到我的面前，让我看，我认为那就是你，当时，我一时不知如何是好。我们当初不认识这个商人，不交这个朋友，他不到这里来，那该多好！他闯入了我的生活世界，搅乱了我们的平静生活。正是他，使我们变得相互疏远，让我的心中产生了种种怀疑。"

"你好好看看我,也许跟着那位商人去的就是我,因为那商人是我的朋友。我有意打扮成女奴的样子,和他一块儿去,让你看,以便对你进行暗算。"

"这是什么话呀?我不认为你能干出这样的事。"

宝石匠奥贝德对于女人的阴谋毫无戒备之心,就像那些粗心的男人,不知道有诗人曾这样提醒他们:

> 心将你投入,妖妍美女群;
> 欢颜青春过,白发时已近。
> 良宵时易逝,灾难遂降临。
> 求我治女人,幸你找到门;
> 我本专门家,惩女验方真。
> 待到发白时,或者身无银,
> 女人之情谊,便无你之份。

诗人又云:

> 生不从女人,本是好习性;明缰交女人,难得事业成。
> 纵使苦求知,枉费千年功。女人本障碍,美德怎完整。

诗人还写道:

> 女人乃妖魔,专为我们生。但求主保佑,免受女人坑。
> 把情投女人,磨难必遭定;今世无乐谈,信仰亦弃空。

福拉娜对丈夫说:"我坐在客厅里,你马上到我们朋友的住处,敲门后立即闯进去。你进门之后,若看见那个女奴,那就是他的女奴很像我,世上也很难避免有长相很近似的人;假若你发现他那里并没有那个女奴,那么,我就是跟着他的那个女奴,证明你对我的猜疑是正确的。"

奥贝德说:"你说得对。"

奥贝德随后转身走去,直奔盖麦尔·泽曼的住处。

福拉娜立即行动,穿过地道迅速坐在盖麦尔·泽曼身边,把情况向他交代了一遍,然后说:"你把门开开,让他看看我!"

话音未落,传来"咚咚"的敲门声。盖麦尔·泽曼问:"谁在敲门?"

奥贝德答道:"你的宝石匠朋友啊!让我看看你在市场上买的女奴吧!我真为你感到高兴,但我还没能尽兴,开开门,让我再看看吧!"

"好的!欢迎你看!"

盖麦尔·泽曼走去打开门,奥贝德走了进来,见他的妻子坐在那里。

福拉娜站起来,亲吻盖麦尔·泽曼的手,奥贝德留神看她,边和她说话,发现她与自己的妻子没有任何差别。奥贝德说:"赞美伟大安拉的创造!"

说完,起身离去,心里疑虑之波难以平复。

奥贝德回到家中一看,妻子仍然坐在原处。原来奥贝德刚走,福拉娜就钻进地道……

讲到这里,眼见东方透出黎明的曙光,莎赫札德戛然止声。

第九百七十五夜

夜幕垂降,莎赫札德接着讲故事:

幸福的国王陛下,盖麦尔·泽曼走去打开门,奥贝德走了进来,见他的妻子坐在那里。

福拉娜站起来,亲吻盖麦尔·泽曼的手,奥贝德留神看她,边和她说话,发现她与自己的妻子没有任何差别。奥贝德说:"赞美伟大安拉的创造!"

说完,起身离去,心里疑虑之波难以平复。

奥贝德回到家中一看,妻子仍然坐在原处。原来奥贝德刚走,福拉娜就钻进地道,赶在丈夫之前,回到自己原来坐的地方。

奥贝德来到妻子的面前,妻子问:"你看到了什么?"

奥贝德说:"我看到了那个女奴和你长得一模一样。"

"你去店铺吧,别胡乱猜疑我了!"

"既然是这样,请你不要责怪我!"

"安拉宽恕你。"

奥贝德上前亲吻妻子的面颊,左颊、右颊各一次,然后转身出门,到自己的宝石店去了。

丈夫刚走,福拉娜便带着四条口袋,来到盖麦尔·泽曼的住处。她对他说:"赶快收拾一下,准备起程上路吧!要把所有的钱带上,等我再给你出主意。"

盖麦尔·泽曼到市场上买来骡子数匹,备好轿子,又买了奴仆数名,迅速将所有东西运往城外。

一切准备妥当,盖麦尔·泽曼来见福拉娜,对她说:"一切准备好了!"

福拉娜说:"我把我丈夫所有的钱和物都搬到了你那里,什么值钱的东西也没给他留。所有这些都表明了我对你的爱恋。亲爱的,我愿意以我的丈夫为你赎身一千次。不过,你应该到他那里去,同他告别一下。你要对他说:'三天之后,我要起程回国了,特来向你告别。请你算算我该付你多少房租,好让我清了这笔债务。'你看看他怎样回答你,然后回来告诉我。为了让他休掉我,我已经用了很多计谋,千方百计触怒他,但我却发现他更加爱我。如今我已无能为力,最好的办法就是我们一起离开这里,到你的家乡去。"

盖麦尔·泽曼说:"假若这个梦想变为现实,那该多好啊!"

盖麦尔·泽曼来到奥贝德的店铺,坐下之后,对他说:"师傅,三天之后,我就要起程了,我现在是来同你告别的,请算一下我该付你多少房租,我必悉数照付,也好清了这笔账。"

宝石匠奥贝德说:"怎么好这样说呢?你给予我的恩惠太多了。凭安拉起誓,我不能收你的一文房钱。你的到来,为我们带来了吉祥如意。你的离去,会使我们感到寂寞。倘若不是顾及人情天理,我会阻止你,不让你回家与家人团聚的。"

盖麦尔·泽曼告别奥贝德,二人俱泪水流淌。奥贝德关上店门,心想:"我应该送别我的朋友,帮帮他的忙。"

每当盖麦尔·泽曼去办事,奥贝德总是跟着他去办。

奥贝德每到盖麦尔·泽曼的住处,总看到"女奴"在那里,殷勤地接待他俩;当奥贝德回到自己的家中时,却又见妻子福拉娜待在家中。这样的情况整整持续了三天时间。

福拉娜对盖麦尔·泽曼说:"我把我丈夫的钱财和陈设全都搬出来了,眼下只剩下那个为你们端饭送酒的女仆。因为那女仆是我的亲戚,与我很要好,我离不开她,而且我的秘密她全知道,所以我想先打她一顿,冲她发怒,等我丈夫回到家里,我对他说:'我不想要这个丫头了,我不愿意和她待在一起,不想让她留在我的面前,你把她卖掉吧!'我丈夫去卖她时,你把她买下来,带着她,让她和我们一道走。"

盖麦尔·泽曼说:"就这么办!"

福拉娜走去把女仆打了一顿。丈夫回到家中,见女仆在哭,便问其中原因,女仆说:"太太把我打了一顿。"

奥贝德走去问妻子:"这个丫头究竟怎么啦,致使你动手打她?"

福拉娜说:"我只和你说一句话,我不希望再看见这个丫头,你把她卖掉吧!如若不然,你就把我休掉。"

"我去把她卖掉,我决不违抗你的意志。"

说完,奥贝德领着女仆走出家门。

奥贝德刚走,福拉娜便穿过地道来见盖麦尔·泽曼。盖麦尔·泽曼未等奥贝德来到,就让她钻进了轿子里。

奥贝德来到盖麦尔·泽曼的住处,看见他带着女仆,便问:"师傅,你为什么带着女仆来呢?"

奥贝德说:"这就是为我们端饭送酒的那个丫头。她惹怒了我的妻子,我妻子让我把她卖掉。"

盖麦尔·泽曼说:"既然太太讨厌她,她就不能在太太面前待着了。你把她卖给我吧,也好让我看见她而想起你,让她伺候我买的那个女子。"

"也好,你领去吧!"

"多少钱?"

"一文不要。因为你给我的恩惠太多了。"

盖麦尔·泽曼接受下来,并对轿中的"女奴"说:"喂,福拉娜,出来吻吻先生的手吧!"

福拉娜从轿子里下来,吻了吻奥贝德的手,然后又钻进了轿子里。

这一切,奥贝德都看得清清楚楚。

盖麦尔·泽曼对奥贝德说:"奥贝德师傅,但愿安拉保佑你,求你原谅我的过失。"

奥贝德说:"安拉宽恕你的过失,请代我问你的家人好。"

随后,奥贝德告别盖麦尔·泽曼,向自己的店铺走去,止不住热泪横流。

奥贝德实在舍不得让盖麦尔·泽曼离去,因为那是他的友伴;但他又因盖麦尔·泽曼的离去而如释重负,对妻子的猜测一时消失一光,所以心中感到高兴。

盖麦尔·泽曼和福拉娜刚上路,福拉娜便对他说:"你若想平安无事,那就不要走那条大道。"

讲到这里,眼见东方透出黎明的曙光,莎赫札德戛然止声。

第九百七十六夜

夜幕垂降,莎赫札德接着讲故事:

幸福的国王陛下，奥贝德告别盖麦尔·泽曼，向自己的店铺走去，止不住热泪横流。

奥贝德实在舍不得让盖麦尔·泽曼离去，因为那是他的友伴；但他又因盖麦尔·泽曼的离去而如释重负，对妻子的猜测一时消失一光，所以心中感到高兴。

盖麦尔·泽曼和福拉娜刚上路，福拉娜便对他说："你若想平安无事，那就不要走那条大道。"

盖麦尔·泽曼说："好的！"

盖麦尔·泽曼即令人马离开大道，拐入小道行进。他们走过一个地方又一个地方，终于平安抵达埃及边界。盖麦尔·泽曼随即修书一封，派人快马加鞭送往他的父亲阿卜杜·拉赫曼那里。

盖麦尔·泽曼的父亲阿卜杜·拉赫曼在市场上，与商人朋友们一齐经营生意，因儿子离家时间已久，且杳无音信，闷闷不乐，心急如焚。

正当这个时候，忽见一个信使到来，问道："先生们，你们当中哪一位叫阿卜杜·拉赫曼？"

商人们问："找他有什么事？"

信使说："我带有他儿子盖麦尔·泽曼的一封信，我是与他在阿里士分手的。"

阿卜杜·拉赫曼一听，欣喜不已，商人们也都为他感到高兴，纷纷向他道喜。

阿卜杜·拉赫曼接过信，打开一看，果见那信是儿子盖麦尔·泽曼写来的。信中写道：

父亲大人：

您好！请代我问所有商友安好。你们要问我生意如何,我可以这样回答:万赞归主;我的买卖兴隆,获利颇丰,而且如今已平安、健康转回。

儿　盖麦尔·泽曼

阿卜杜·拉赫曼读完短信,顿时心花怒放,随即举行盛大宴会,招待各方宾客,又请来乐师,各种新鲜把戏先后登场,喜气洋洋,热闹非常。

盖麦尔·泽曼到达萨里希亚时,阿卜杜·拉赫曼及其商友们前往迎接。他们见到盖麦尔·泽曼,阿卜杜·拉赫曼走上前去,把儿子紧紧搂在怀里,泪水夺眶而出,直哭得昏厥过去,不省人事。

片刻过后,阿卜杜·拉赫曼苏醒过来,对儿子说:"孩子,安拉让我们父子团聚了,今天是大喜的日子啊!"

阿卜杜·拉赫曼欣然吟诵道:

亲人在眼前,欢乐方完全。我们轮流把,欣悦杯与盏。
欢迎复欢迎,时代光灿灿;欢迎复欢迎,圆月中天悬。

阿卜杜·拉赫曼眼里淌出欣喜的泪水,喜不自禁地又吟诵道:

时代皎洁月,出现在途中;
一旦归返来,光芒映明空;
虽则夜亮相,日出赖其功。

商人们走上前去,向盖麦尔·泽曼问好。他们发现他带着许多东西,还有成群的奴仆,围着一顶轿子。他们随后把盖麦尔·泽曼迎回家中。

到了家门前,福拉娜从轿子里出来,阿卜杜·拉赫曼见她花容玉貌,婀娜多姿,认定会人见人爱。因此,他们打开了一座高楼让她住在里面;一时间,那高楼就像密码被破译了的宝库。

盖麦尔·泽曼的母亲看见福拉娜,当即被女子的俊俏容貌迷住,以为她是哪位皇后,因此感到不胜欣喜。她问女子:"你是谁呀?"

福拉娜答道:"我是你的儿媳。"

"既然我的儿子已与你结为夫妻,我们就该为你们举行婚礼,让我们与你和我的儿子一同欢乐。"

人们散去之后,阿卜杜·拉赫曼来见他的儿子盖麦尔·泽曼。他对儿子说:"孩子,这个女奴是怎么回事?你是花多少钱买来的?"

盖麦尔·泽曼说:"父亲,她不是女奴,而是我远行追寻的那位美娘子。"

"这是怎么回事呢?"

"她就是修道士在我们家里过夜时对我讲到的那位女子。我从那时候起就爱上了她,我这次远行,就是为了她。我在路上遇到了劫匪,把我的东西几乎抢了个精光,钱财尽失,只剩下腰中的宝石,好容易独自进了巴士拉城……"

盖麦尔·泽曼把远行巴士拉的经历,从头到尾向父亲讲述了一遍。

盖麦尔·泽曼说完,父亲说:"孩子,从那之后,你就和她结婚啦?"

儿子说:"没有,但我已答应同她结婚。"

"你想同她结婚?"

"你说怎么办,我就怎么办;如果你不同意,我就不同她结婚。"

父亲说:"假若你与她结婚,我今生和来世都与你毫无相干,我会生你的气的。她那样对待她的丈夫,你怎能和她结婚呢?她会像对待她的丈夫对待你和别人。她是个不忠贞的女人;不忠贞的人是不值得相信的。孩子,你若不听我的话,我要生气的。你若听我的话,我将给你找一个比她更漂亮的纯洁姑娘,与你结为夫妻,纵使花掉我的整个家业,我也在所不惜。到那时,我将为你举办无比隆重的婚礼,我将为你和她而感到自豪。人们说某某与某某的女儿结婚了,总比人们说他与一个家世不明的女人结了婚要好得多。"

阿卜杜·拉赫曼再三劝儿子不要与那个女人结婚,引经据典,用诗歌、成语、谚语和古训阻止儿子。一番劝说之后,盖麦尔·泽曼终于开口说:"父亲,既然如此,我就不同她结婚了。"

父亲听儿子这样一说,高兴地站起来,亲吻儿子的眉心,然后说:"你真是我的好儿子!孩子,凭你的生命起誓,我一定要给你找一个世间无双的漂亮媳妇。"

阿卜杜·拉赫曼把宝石匠奥贝德的妻子福拉娜及其女仆关在高楼上,用锁把门锁上,专派一名黑女仆为她俩送吃送喝。他对福拉娜说:"你和你的女仆在这里待着吧!有人来买时,我把你俩一起卖掉。你若不从,我就把你杀掉。你和你的女仆都是叛逆、不忠之辈,毫无可取之处。"

福拉娜说:"你想怎么办,就怎么办吧!我是罪有应得。"

阿卜杜·拉赫曼锁上门,把她俩交由他的妻子看管。他对妻子说:"不许任何人去看她俩,只允许黑女仆从窗子里给她俩送饭。"

福拉娜和她的女仆被囚禁在楼里,泪流不止,尤其是福拉娜对自己背叛丈夫深感后悔。

阿卜杜·拉赫曼随后派媒婆四处去为他的儿子物色门第高贵的

姑娘。她们到处打听,每当听说有一个更好的姑娘时,便放弃原来找的那一个。最后,她们终于走进一位伊斯兰教长家中,发现教长的女儿是埃及无双的漂亮姑娘,天生丽质,花容玉貌,身材苗条,婀娜多姿,比起那个福拉娜,简直要美一千倍。

媒婆们把情况报告给阿卜杜·拉赫曼之后,他立即约上数位头面人物,一起来到教长家中,向他的女儿求婚。教长欣然同意,他们随即请来法官和证人,为盖麦尔·泽曼和姑娘写就婚书,然后举行盛大结婚典礼和宴会,招待各方宾客。第一天,宴请伊斯兰教法学家,举行隆重聚会;第二天,宴请商人。其间,鼓声喧天,笛子高奏,街巷张灯结彩,一片节日气氛。每天晚上,都有各种艺人献技;每天白天,都要招待一方宾朋,就连学者、文官、武将和行政长官都在被宴请之列。欢庆活动一直延续了四十天。阿卜杜·拉赫曼每天都坐在家中接待客人,他的儿子盖麦尔·泽曼在父亲身边,陪着宾客们举杯把盏。这是一次空前未有的盛大结婚庆典。最后一天,宴请本乡和异乡的穷人,人们成群结伙前来索食就餐;阿卜杜·拉赫曼及其儿子盖麦尔·泽曼仍然坐在旁边看着他们吃喝。

就在这个时候,忽见一个满面征尘的赤膊人出现在穷人们当中,盖麦尔·泽曼一眼便认出了他,随即对父亲说:"父亲,你瞧见刚才进门的那个穷人了吗?"

"哪个穷人?"

"你往那里看!"

盖麦尔·泽曼用手指指着。

阿卜杜·拉赫曼顺着儿子手指的方向望去,但见那人衣衫褴褛,身上只穿着一件只值两文钱的破大袍,露着胳膊,满面黄土,像长途跋涉前往朝觐的人,又像穷苦的病人那样呻吟,走起路来左右摇摆,一步三晃,正像诗人所描绘的那样:

贫袭青年人,似日落色黄。
独坐淌泪水,人前总躲藏。
他去无人问,无缘临现场。
人遭贫困扰,安拉救无方;
身在亲人中,如同居他乡。

诗人又云:

穷人路上走,什物怀敌意;见穷者走来,大地门关起。
别看他瘦弱,但却无罪迹。他见敌林立,不晓因怎提?
狗见富人来,摇尾表心地;一旦见穷人,齿露吠声急。

有的诗人说得更好:

青年荣华在,百难急躲藏。
亲友不速客,监督到宅堂。
富人放个屁,人们也说香。

讲到这里,眼见东方透出黎明的曙光,莎赫札德戛然止声。

第九百七十七夜

夜幕垂降,莎赫札德接着讲故事:

幸福的国王陛下,阿卜杜·拉赫曼看见那个衣衫褴褛之人,问盖麦尔·泽曼:"孩子,他是谁?"

盖麦尔·泽曼说:"他就是被关押起来的那个女人的丈夫奥贝德师傅。"

"他就是你对我说的那个宝石匠?"

"就是他!我认得清清楚楚。"

宝石匠奥贝德为什么要来埃及呢?

奥贝德告别盖麦尔·泽曼,向自己的店铺走去。他到了店铺,随即有顾客送来一件精细的加工活儿,他接过后,便忙了起来,一直忙到天黑,方才回家。

奥贝德来到家门口,用手一推,门就开了。他进家一看,既不见妻子,也不见女仆,却发现家中的东西乱糟糟的,正像诗人描绘的那样:

蜂在蜂房兴,蜂去蜂房空。人丁今何在,似被死神请。

宝石匠奥贝德见家中寂静无声,便左右察看,疯也似的转来转去,却一个人也没看见。他急忙走去打开钱柜,发现柜子空空,财宝都不见了。这时,奥贝德方才从醉态中苏醒过来,猜想到妻子福拉娜耍花招儿欺骗了他,不禁泪水潸然淌落下来。但他没把事情张扬出去,以免仇人得知而幸灾乐祸;也没有告诉任何亲戚朋友,以免他们为他难过。奥贝德知道,把秘密泄露出去,只能招人讥笑和斥责。他心想:"奥贝德呀奥贝德,你千万不要向任何人吐露你遭遇的灾难。你要像诗人所说的那样行事。"

想到这里,他暗自吟诵道:

人心若狭窄,难以容秘密;如果要保密,心当更狭窄。

奥贝德随即锁上家门,把店铺委托给一位工匠,对他说:"我的那位商人朋友约我和他一起去埃及玩儿玩儿,他立誓非让我带着妻子与他同行不可。孩子,你就替我看管店铺吧!如果国王问你们,你们就说师傅带着他的妻子到麦加天房朝觐去了。"

奥贝德卖了一些东西,买了骆驼、骡子和几个奴仆,还买了一个女奴,让她坐在轿子里,大队人马浩浩荡荡出了巴士拉城。人们纷纷前来为他送行,谁也没有发现什么异常,都认为他带着妻子要到麦加去朝觐,而且人们因此感到无比高兴,因为他们星期五不再被关在清真寺和家中了。有的人说:"但期安拉不再让他返回巴士拉,也好让我们摆脱每星期五被关在清真寺和家中的厄运。因为这一习惯给巴士拉人带来了巨大灾难。"

有的人说:"即使他回来,情况也会发生变化的。"

奥贝德走了之后,饱尝星期五磨难的巴士拉居民为此感到非常高兴,就连猫狗都感到欢乐。

星期五又来临了,传令官沿街照常呼喊,要人们在聚礼之前两个时辰,躲进清真寺或待在家中,把猫和狗全关起来,一律不得上街。居民们一听,心中甚不愉快,随后集合在一起,走进王宫,站在国王面前,说:"国王陛下,宝石匠带着他的妻子到麦加朝觐去了,没有再把我们关在清真寺和家中的理由了,现在为什么还要禁闭我们呢?"

国王说:"这个叛逆之徒,怎么不告诉我一声就走了!等他回来,有他好看的。你们到自己的店铺里去做买卖吧!不用再去清真寺或躲在家里了。"

奥贝德一连在路上走了十天，遇到了盖麦尔·泽曼进入巴士拉之前的那种情况，巴格达的一帮劫匪向他的驼队发动突然袭击，抢走了他的牲口和财物，杀死了他带的奴仆和女仆，幸而他装死躺在死人堆里，方才得以保住性命。

劫匪们走后，奥贝德从死人堆里爬出来，跌跌撞撞，赤着身子走到一个地方，幸得安拉怜悯，好心人给了他一件破衣裳让他遮体。他讨着饭，从一个地方走到另一个地方，终于到达了米斯尔城。此时此刻，奥贝德饥肠辘辘，走到市场上乞讨。一个当地人对他说："喂，要饭的，那里有一家正在办喜事，招待穷苦人和异乡客，有吃的有喝的，你何不到那里吃上一顿呢？"

奥贝德说："到办喜事的人家去，怎么走啊？"

那个人说："你随我来就是了。"

奥贝德跟着那个人来到阿卜杜·拉赫曼家门前，那个人对他说："这家正在办喜事，你进去吧，不要怕，办喜事人家的看门人是不会阻拦你的。"

奥贝德一进门，盖麦尔·泽曼一眼认出了他，随后告诉了他的父亲。

阿卜杜·拉赫曼得知他就是宝石匠，便对儿子说："孩子，你先不要去同他说话！也许他现在很饿，让他吃饱喝足，心神稳定下来，再把他叫来吧！"

父子俩耐心等到奥贝德吃饱喝足，洗过手又喝过咖啡和掺有麝香、龙涎香的甜饮料，转身要走之时，阿卜杜·拉赫曼派人把奥贝德叫住，并对他说："喂，异乡客，商人阿卜杜·拉赫曼有话要对你说。"

奥贝德说："商人？"

"就是办喜事家的主人。"

奥贝德以为主人要给他什么好处,转身走了回来。

奥贝德一看见盖麦尔·泽曼,当即羞愧得昏迷了过去。

盖麦尔·泽曼走上前去,将奥贝德抱起,向他问安,二人不禁抱头痛哭。

盖麦尔·泽曼让奥贝德坐在自己的旁边。阿卜杜·拉赫曼对儿子说:"好朋友见面,怎么能这样呢?赶快让朋友去洗澡,给他换上好衣裳,然后再在一起聊聊天嘛!"

他随即唤来几个仆人,让他们陪奥贝德去澡堂洗澡,并派人送去一套价值一千多第纳尔的衣服。

奥贝德洗完澡,换上那套衣服,容光焕发,精神抖擞,简直就像一位商界领袖。

奥贝德离开那里去洗澡,人们问盖麦尔·泽曼:"那个人是谁?你在哪儿认识他的?"

盖麦尔·泽曼说:"那是我的一位朋友,我曾在他的家中住过,他对我情深似海,恩重如山。他家财万贯,也有社会地位。他是一位高明的宝石匠,巴士拉国王非常喜欢他;他在国王那里很有面子,说话算数。"

盖麦尔·泽曼竭力赞扬奥贝德,把奥贝德善待他的情况说得很详细。他接着说:"见了这位朋友,我真是有些不好意思,不知道该如何报答他的深情厚谊。"

由于盖麦尔·泽曼对那位朋友大加赞扬,顷刻间,奥贝德在众宾客心目中的地位陡然提高。宾客们说:"看在你的情面上,我们都应该敬重、款待这位贵客的。不过,我们想知道他为什么要到埃及来,为什么离开他的国家,他怎么变成了这副模样。"

盖麦尔·泽曼说:"众位宾客,你们不要觉得奇怪!俗话说:

'生死有命,富贵在天。'人总是受天命制约着。人只要生活在这个世界上,就难免灾难临头啊!有诗为证……"

盖麦尔·泽曼吟诵道:

> 灾难捕食人,莫贪利与名。
> 且请防失足,远避忧伤情。
> 灾难一词多,谁能数得清?①
> 小小一怒生,亲情被断送。
> 世间任何事,变化因自明。

盖麦尔·泽曼接着说:"诸位宾朋,你们有所不知,我当初到巴士拉城时,情况比我这位朋友还要糟糕,比他还要狼狈。因为我的这位朋友进米斯尔时,一件破衣尚可遮盖,而我进巴士拉时,却是赤身裸体,多亏安拉和这位朋友相助。当时,劫匪把我的骆驼、骡子和行李都抢走了,把我的衣服也扒光了,他们杀死了我的仆人和随从,我躺在死尸中装死,他们以为我也死了,便放心地离去。劫匪们走后,我站起来,赤身裸体进了巴士拉城,接待我的就是这位朋友,正是他给了我衣服,让我穿在身上,并且让我在他的家里住下来,他还给我钱花。我带回来的所有东西都来自于安拉和我这位朋友。我起程回国时,这位朋友给了我许多东西,我高高兴兴地回到了家乡。当我离别他的时候,我还见他情况很好,也许后来遇到了什么不测,致使他离开家人,告别家乡,路上遇到了我所遇到的那种情况。这没有什么奇怪的。但是,我现在应该报答他对我的恩情。我要像诗人所说的那样办……"

---

① 在阿拉伯语中,"灾难"一意多词,译者略查词典,就发现了五十五个意为"灾难"的词。

盖麦尔·泽曼吟诵道：

你曾对时光，颇怀好印象；你可曾知晓，时光何所忙？
你若想行善，尽可扬己长。青年今从善，来日得报偿。

盖麦尔·泽曼正与众宾客谈话时，宝石匠奥贝德师傅走了过来，仪表堂堂，八面威风，俨如一位商界领袖。众宾客全都站了起来，向奥贝德问安致意，让他坐在首席上。盖麦尔·泽曼对他说："朋友，你好哇！你的遭遇都是我经历过了的，就不要说了。那些劫匪扒光了你的衣服，夺走了你的钱财，但你保住了一条命，那就是不幸中的万幸；钱财可以赎身，你大可不必苦恼。我是赤身裸体进入你们的国家的，不是你给了我衣穿，把我待若上宾吗？你对我，恩重如山，情深似海，我一定像你对待我那样报答你，而且必将加倍报答，你只管放心就是了。"

讲到这里，眼见东方透出黎明的曙光，莎赫札德戛然止声。

第九百七十八夜

夜幕垂降，莎赫札德接着讲故事：

幸福的国王陛下，盖麦尔·泽曼对宝石匠说："朋友，你好哇！你的遭遇都是我经历过了的，就不要说了。那些劫匪扒光了你的衣服，夺走了你的钱财，但你保住了一条命，那就是不幸中的万幸；

钱财可以赎身,你大可不必苦恼。我是赤身裸体进入你们的国家的,不是你给了我衣穿,把我待若上宾吗?你对我,恩重如山,情深似海,我一定像你对待我那样报答你,而且必将加倍报答,你只管放心就是了。"

盖麦尔·泽曼百般宽慰奥贝德,以免他提及他的妻子福拉娜及其行为。盖麦尔·泽曼时而用好言劝慰,时而咏诵诗歌、谚语,时而讲故事、笑话,以便让奥贝德开心、欢乐,致使奥贝德终于觉察出盖麦尔·泽曼有意不谈往事,于是他也就未再吐露心中的郁闷,听了盖麦尔·泽曼讲的那些奇妙故事,凄然吟诵诗人的诗句:

时光前额上,写着字一行;你若仔细看,足令眼血淌。
时光伸右手,或许人安详;继之挥左臂,临头降死亡。

随后,盖麦尔·泽曼和他的父亲阿卜杜·拉赫曼把宝石匠领进一个小房间,单独同他交谈。阿卜杜·拉赫曼说:"我们之所以不让你当着那么多人说你到这里来的原因,是因为怕你和我们都当众出丑。现在,我们单独谈谈,就请把你同你妻子及我的孩子之间发生的事情告诉我吧!"

宝石匠奥贝德把事情的经过从头到尾向阿卜杜·拉赫曼讲了一遍。

阿卜杜·拉赫曼听后,问:"这罪过在你妻子的身上,还是在我儿子的身上?"

奥贝德说:"凭安拉起誓,你的儿子是无罪的,罪过全在我妻子的身上。因为我妻子背叛了我,干出了这种可耻勾当。"

阿卜杜·拉赫曼把儿子拉到一边,对他说:"孩子,我们已经考验过他的妻子,知道她是个不忠贞的女人。我现在考验考验他,看看他是不是一个讲体面、有大丈夫气概的男子汉。"

盖麦尔·泽曼问:"怎么考验呢?"

"我想让他与他的妻子和好,假若他愿意和好,而且原谅他的妻子,我就拔出宝剑,削下他的首级,然后杀掉他的妻子及其女仆,因为留下这样的人是没有用的;如果他坚决弃绝他的妻子,我就把你的妹妹考凯卜·萨巴赫许配给他,而且给他更多的钱,比你从他那里得到的还要多。"

片刻后,阿卜杜·拉赫曼回到宝石匠奥贝德的面前,对他说:"宝石匠师傅,同女人相处,必须从长计议!谁喜欢女人,谁就要有宽大胸怀。因为女人一贯对男人蛮横,凭借她们的姿容勾引男人,矜持自傲,看不起男人,尤其是她们的丈夫向她们表示友好时,她们更是得意忘形,忘乎所以。假若丈夫发现妻子有什么不好的地方,一旦发脾气,就会影响二人之间的关系。因此,作为男子,只有胸怀宽广,善于忍让,才能以宽谅对待她的过错,否则,关系就难以处好。古谚劝人道:'女人若在天上,男子翘首以望;谁能宽宏大量,必得安拉报偿。'这女人是你的妻子,又是你的伴侣,与你相处时间已久,因此应该得到你的宽容,这也是夫妻相处成功的标志。女人嘛,头发长,见识短,毛病多,信仰浅,她做了坏事,但她忏悔了,但期你对她既往不咎。依我之见,你应主动与她和好;那时,我将给你更多的钱。假若你想在我这里住下去,我表示欢迎,同时也欢迎她,我将满足你俩的所有要求;假若你想回国,我将让你如愿以偿。请看,这轿子已经备好,你随时可以让你的妻子及其女仆坐上去,送她们起程返回。丈夫与其妻子之间难免出些事情,理当大事化小,难事化易,千万不要小事闹大,易事弄难。"

奥贝德听了这番话,问道:"先生,我的妻子在哪里?"

"她就在这座楼上。你上去看看她,看在我的情面上,你宽谅她,不要为难她!我儿子把她带回来之后,要求同她结婚,我没有同意,而是把她安排在这座楼上住下,把门也锁上了。我心想:'说不定她的丈夫会来,那时,我就把她交给她的丈夫。因为她长相漂亮,只有比她更漂亮的人才配同他结合。'我预料中的事情化成了现实。感赞安拉,让你与你的妻子相见了。我的儿子嘛,我已给他另娶了亲,婚礼庆典正在进行。今夜我就让他与他的妻子入洞房了。"

说着,阿卜杜·拉赫曼掏出一把钥匙,递给宝石匠奥贝德,并说:"这是楼上的钥匙,你打开门看你的妻子和她的女仆去吧!你就待在那里,饭菜和酒水我马上派人送去!"

宝石匠奥贝德说:"先生,你真好!安拉会赏赐你的。"

奥贝德接过钥匙,高高兴兴地上了楼。

阿卜杜·拉赫曼满以为奥贝德很欣赏他那一番话,乐意与妻子和好,便抄起利剑,悄悄跟在奥贝德的身后,躲在一个隐蔽之处,看看奥贝德与妻子之间究竟会怎样。

奥贝德打开门锁,进入房中,见他的妻子福拉娜正哭得伤心,原因在于盖麦尔·泽曼与另外一位女子结了婚。他听到女仆对福拉娜说:"太太,我劝说过你多少次,告诉你从那个小伙子那里得不到任何好处,不要跟他接近了,但你就是不听我的劝告,致使你把丈夫的钱财全部给了他。之后,你离开自己的家,爱上了他,跟着他来到了这个国家。到此之后,他把你一脚蹬开,同别的女人结了婚,你落得个被囚禁的下场。"

福拉娜说:"该死的丫头,你住口吧!即使他与别的女人结成了夫妻,他总有一天会想起我的。我只有同他交谈,方才感到快慰。无论如何,我每当背诵起诗人的这几行诗,就感到高兴。"

女仆问："哪几行诗？"

福拉娜吟诵道：

呼声先生们,可有此情况:她没想你们,你却将她想？
奉劝诸先生,切戒此倾向:忽视你事者,从不放心上。

福拉娜吟完,接着说:"他一定会记得与我相处的日子,更会不时问起我的情况。我决不改变对他的爱,决不忘记他的友情。即使我死在监牢里,他也是我的心上人和医生。我盼望着他回心转意,早日回到我的身边。"

她的丈夫奥贝德听她这样一说,立即冲了过去,大声喝道:"你这个不忠贞的刁婆,你对他的期盼就像魔鬼想进天堂。这所有的罪过都在你的身上,而我对此却一无所知;假若我早觉察到你这些罪过中的丑恶面目,刁婆呀,纵使他们把我杀掉,我也应该杀死你。"

奥贝德冲上去用双手掐住福拉娜的脖子,同时吟诵道:

美人借诬赖,葬送我真情;忽视我权利,弃我走东西。
几多美女子,在我爱恋中。这场忧伤后,爱情为我憎。

奥贝德吟完,用力一掐,掐断了福拉娜的喉管,福拉娜当即丧命。女仆哭喊道:"好可怜的太太呀！"

奥贝德对女仆说:"可恶的丫头,这所有罪恶都在你的身上,你明明知道她胡作非为,但你却不告诉我。"

奥贝德上前揪住女仆,将其掐死。

阿卜杜·拉赫曼手握利剑站在门后,所有这些,他都看得清清楚楚，听得明明白白。

奥贝德在商人阿卜杜·拉赫曼的楼中将一主一仆掐死，一时心中忧愁骤然增多，害怕出什么事情，心想："假若阿卜杜·拉赫曼得知我在他家的楼上将福拉娜杀死，他一定会送我一死的。但求安拉让我为保卫信仰而死。"

奥贝德呆呆地站在那里，一时不知如何是好，不晓得该怎么办，他一动不动，苦思冥想，不知不觉过了好大一会儿……

正在这时，忽见商人阿卜杜·拉赫曼走了进来。他对宝石匠奥贝德说："不要怕！你将平安无事。你瞧瞧我手中这口利剑；我已暗下决心，假若你与这个女人和好，我就用这口利剑把你杀死，随后将她与她的女仆一起杀死。既然你已做到这一点，我谨对你表示欢迎，热烈欢迎你！我对你的报偿，将是把我的女儿、盖麦尔·泽曼的妹妹许配给你，做你的妻子。"

随后，阿卜杜·拉赫曼带着奥贝德下楼，然后喊来洗尸人。消息迅速传播开来，都知道盖麦尔·泽曼从巴士拉带来的两个女人死了，大家纷纷安慰盖麦尔·泽曼，对他说："不要难过！安拉会给你报偿的。"

洗尸人来了，为主仆二人洗净尸体，裹好殓衣，送到墓地埋葬，但谁也不晓得事情的真相。

阿卜杜·拉赫曼请来教长和所有头面人物，说："教长，请为我的女儿考凯卜·萨巴赫和奥贝德写婚书吧！女儿的聘礼已经送到了我的手中。"

教长写就婚书，仆人摆上酒席，大家举杯表示庆贺。人们继之为盖麦尔·泽曼结配教长的女儿、奥贝德结配盖麦尔·泽曼的妹妹考凯卜·萨巴赫同时举行结婚庆典。两位新娘同坐一顶轿子，两对新人同一天晚上入洞房。

宝石匠奥贝德与考凯卜·萨巴赫入洞房之后，发现新娘子比他原来的妻子漂亮一千倍。

奥贝德在岳父家里度过了一段欢乐、愉快的日子，思乡之情油然而生。一天，他来见岳父阿卜杜·拉赫曼，说："岳父大人，我很思念自己的祖国。我在国内本是个工匠，临来时把店铺托付给了一个人。现在，我想回去一下，把财产卖掉，然后再返回来。岳父大人准许我起程回家乡看看吗？"

阿卜杜·拉赫曼说："孩子，我准许你回去，此言无可责备。思乡念国是一种信仰；对自己的国家没有感情的人，自然对异国也没有感情。不过，孩子，你不带着你的妻子回国，恐怕回到祖国也会因为思念妻子而静不下心来。依我之见，你最好带着你的妻子一起回去。之后，你想回来时，你就带着妻子再回来，那时我也会欢迎你的。我们这里的人不知何为离婚休妻，我们这里的女子也不嫁二男。我们不抛弃任何人。"

"岳父大人，我怕你的女儿不愿意跟我一起回国。"

"孩子，我们这里没有会违背丈夫意愿的女人，也没有对丈夫发脾气的女人。"

"安拉为你们及你们这里的女子祝福。"

说完，奥贝德来见妻子，对妻子说："我想回国去，你有何想法呀？"

考凯卜·萨巴赫说："只要我是姑娘，总得听父亲的话。既然我已经结了婚，我就应该服从丈夫，决不违背丈夫的意愿。"

奥贝德说："安拉为你和你的父亲祝福！安拉为怀你和生你的母亲祝福！"

这之后，奥贝德中断各种交往，开始做起程准备。岳父给了他许多东西，他告别岳父，带着妻子踏上了归程。

奥贝德携妻长途跋涉，终于抵达巴士拉，亲朋们以为他从希贾兹而来，纷纷出城相迎。有的人为他的归来感到高兴，有的人为他的归来而发怒。人们相互议论说："他一回来，我们每星期五又要被关在清真寺或家里了，就连我们的猫和狗也要失去自由了。"

巴士拉国王得知宝石匠已经回来，不禁勃然大怒，随即派人把他叫进宫去，训斥道："你出远门，怎么也不告诉我一声？难道你去天房朝觐也不需要我给你一些东西和钱吗？"

奥贝德说："主公，请原谅。凭安拉起誓，我没去朝觐……"

随后，宝石匠奥贝德把同妻子及商人阿卜杜·拉赫曼之间发生的事情向国王讲了一遍，还讲到阿卜杜·拉赫曼怎样纳他为门婿。奥贝德说："我把我的新娘子带回巴士拉来了。"

巴士拉国王说："啊，好漂亮的娘子，好美的名字！凭安拉起誓，假若不是因为敬畏安拉，我非把你杀掉，纳这位漂亮娘子为妃不可，哪怕把我的国库倾尽花光。因为这样的美娘子，只有做王妃才最合适。不过，安拉既然把福分赏给了你，我就只能向你祝福了。你要很好地诚待她呀！"

随后，巴士拉国王赐赠给奥贝德大量钱财。

奥贝德与考凯卜·萨巴赫一起生活了五个年头，奥贝德不幸溘然去世。

之后，巴士拉国王向考凯卜·萨巴赫求婚，她不允，并对国王说："主公阁下，在我们那里，我从未见过女子在自己的丈夫过世后改嫁的。我丈夫已经归真，我不同任何人结婚，也不会嫁给你，即使我命丧在你的剑下。"

国王听后，知她态度坚决，无意改嫁，遂问她："你想回国吗？"

考凯卜·萨巴赫说："你若想做好事，就准许我回国吧！"

国王当即命人把宝石匠的钱财给她收拾好，并且加赏了她一些钱财，然后派一位以行善而知名的大臣，亲率五百名骑士护送考凯卜·萨巴赫回到父亲阿卜杜·拉赫曼的身边。

　　从此以后，考凯卜·萨巴赫独身生活至天年竭尽，一命归真。

　　这位女子在她丈夫去世之后既然不愿意委身于一位君王，又怎会嫁给一个无名门第出身的人呢？谁认为女人都是一样的，那是一种无可救药的疯症。

　　万赞归于长生不老、全知全能、大慈大悲的安拉！

　　讲到这里，莎赫札德戛然止声。

　　妹妹杜娅札德说：" 姐姐，你讲的故事真精彩，真动人，真美妙！"

　　莎赫札德说：" 如蒙国王陛下厚恩，能再留我一夜，这与我来晚将要讲的故事相比，就算不上什么精彩、动人、美妙了。"

　　听莎赫札德这样一说，舍赫亚尔国王心想：" 凭安拉起誓，我不能杀她，我要把故事听完……" 想到这里，他说：" 天色尚早，接着讲吧！"

　　莎赫札德开始讲《巴士拉总督三兄弟》的故事：

　　相传，有一天，哈里发哈伦·拉希德查看税收情况，发现各地税收均已入库，唯独巴士拉的当年赋税尚未交上来，于是他立即召集群臣，询问原因。哈里发说：" 把宰相贾法尔叫来！"

　　宰相贾法尔来到哈里发面前，哈里发问：" 各地税收均已入库，为何唯独巴士拉例外，至今没有任何消息呢？"

　　宰相贾法尔说：" 信士们的长官，也许巴士拉总督有什么事情脱不开身，未能按时将税收交上来。"

"税收期限为二十天。在这么长的时间里,他没有把税收交来,也没有派人申述理由,道理何在呢?"

"信士们的长官,如果陛下同意,我立即派人前去查问。"

"那就派艾卜·伊斯哈格·穆苏里·奈迪姆去吧!"

"遵命!"

宰相贾法尔随即退下,转回相府,派人叫来艾卜·伊斯哈格·穆苏里·奈迪姆,为他写了封信,然后对他说:"你立即到巴士拉总督阿卜杜拉·本·法德勒那里去一趟,看看他究竟为什么迟迟不把税收交来,然后将巴士拉的税收如数带回京城,速去速回!因昨天哈里发查看税收入库情况,发现只有巴士拉的税收未交上来。倘若发现税款尚未备齐,问明理由,然后回来禀报哈里发陛下。"

艾卜·伊斯哈格听后,说道:"遵命!"

随后,他带上五千骑兵,浩浩荡荡向巴士拉城进发了。

巴士拉总督阿卜杜拉·本·法德勒得知哈里发的钦差大臣到了巴士拉,于是率队出城相迎,将艾卜·伊斯哈格接进城中,安排在迎宾馆住下,其余五千骑兵则在城外搭起帐篷安营,总督令手下人把他们需要的东西送到他们的营帐中。

艾卜·伊斯哈格进入总督府,坐下来,然后让阿卜杜拉·本·法德勒坐在自己的身边。文武官员们按次序坐下,大家相互问过安好之后,阿卜杜拉·本·法德勒对艾卜·伊斯哈格说:"钦差大臣阁下,此次急匆匆赶来,有什么要事吗?"

艾卜·伊斯哈格说:"有要事啊!我是来催缴税款的。哈里发见缴税期限已过,而你这里的税款尚未交入国库,查问原因何在。"

阿卜杜拉·本·法德勒说:"阁下远道而来,有劳大驾,一路风尘,实在太辛苦了。其实,税款已经收齐,准备明天即送往京城。既然阁下已经来了,请接受我三日款待,第四天即把税款交给阁下,烦请带往京城。不过,我们现在应该送给阁下一点儿礼物,略表我们对阁下和哈里发陛下对我们亲切关怀的感激之情。"

"倒也无妨。"

随后,阿卜杜拉·本·法德勒将伊斯哈格带进一个无比富丽堂皇的厅堂里,随即摆上筵席,宾主边吃边喝,边谈边乐。吃完饭,撤去桌子,宾主洗过手,仆人端来咖啡和酒,宾主把盏对饮,直至一更天。

之后,侍从们为艾卜·伊斯哈格支上一张镶金嵌银的象牙床,巴士拉总督阿卜杜拉·本·法德勒则躺在旁边的一张床上。

阿卜杜拉·本·法德勒睡着了,但哈里发的钦差大臣艾卜·伊斯哈格却未能成眠,一直在深思诗词格律问题。因为艾卜·伊斯哈格是哈里发哈伦·拉希德的亲信和酒友,不仅善诗,且能讲很多奇妙的故事。他一直在默默吟诗,直到深更半夜也未能入睡。

忽然,艾卜·伊斯哈格看见阿卜杜拉·本·法德勒从床上爬起来,束好腰带,走去打开橱柜,取出一条鞭子,又点上一支蜡烛。他拿着鞭子和明亮的蜡烛,满以为钦差大臣艾卜·伊斯哈格早已睡熟,独自悄悄走出了厅门。

讲到这里,眼见东方透出黎明的曙光,莎赫札德戛然止声。

❖─ 第九百七十九夜 ─❖

夜幕垂降,莎赫札德接着讲故事:

幸福的国王陛下，阿卜杜拉·本·法德勒睡着了，但哈里发的钦差大臣艾卜·伊斯哈格却未能成眠，一直在深思诗词格律问题。因为艾卜·伊斯哈格是哈里发哈伦·拉希德的亲信和酒友，不仅善诗，且能讲很多奇妙的故事。他一直在默默吟诗，直到深更半夜也未能入睡。

忽然，艾卜·伊斯哈格看见阿卜杜拉·本·法德勒从床上爬起来，束好腰带，走去打开橱柜，取出一条鞭子，又点上一支蜡烛。他拿着鞭子和明亮的蜡烛，满以为钦差大臣艾卜·伊斯哈格早已睡熟，独自悄悄走出了厅门。

见此情景，艾卜·伊斯哈格觉得很奇怪，心想："这位总督深更半夜拿着鞭子到哪里去呀？莫非他要打某一个人？我一定要跟上他，看看他今夜究竟要干什么。"

艾卜·伊斯哈格翻身下了床，蹑手蹑脚地跟在阿卜杜拉·本·法德勒的后面，只见他打开一间仓库门，从中取出一个托盘，上面摆着几盘食物，还有一罐水，然后顶着托盘走去。

艾卜·伊斯哈格悄悄紧跟，直到阿卜杜拉·本·法德勒进入一个厅堂，艾卜·伊斯哈格方才在门外停了下来。

艾卜·伊斯哈格通过门缝向厅堂里望去，发现厅堂很大，摆设讲究，中间放着一张嵌金象牙床，床腿上拴着两条狗，链子是金的。他看见阿卜杜拉·本·法德勒把托盘放在一个地方，卷了卷袖子，随后解开一条狗的链子，让狗趴在地上，似在向他行吻地礼，继之听到狗发出轻轻的叫声。旋即，阿卜杜拉·本·法德勒把狗捆起来，抽出鞭子，朝狗的身上狠狠抽打起来，打得狗直打滚，却无法挣脱。他不停地打着那条狗，直到狗的呻吟声渐弱，失去知觉，这才把它拴到原来的地方。

接着，阿卜杜拉·本·法德勒牵来第二条狗，照样鞭抽一顿。

一阵抽打之后,阿卜杜拉·本·法德勒给两条狗擦了擦眼泪,继之一番安慰,说:"你俩不要责怪我!凭安拉起誓,这并非我的本意,我是不得已而为之。但期安拉早日解救你们俩。"

所有这些,站在门外的艾卜·伊斯哈格看得清清楚楚,听得明明白白,而心中感到十分纳闷儿。

片刻后,艾卜·伊斯哈格看见阿卜杜拉·本·法德勒把那盘食物送到两条狗面前,等两条狗吃饱之后,他给狗擦了擦嘴,又递上那罐水,让两条狗喝。

当阿卜杜拉·本·法德勒拿起盘子、水罐和蜡烛走出厅门时,艾卜·伊斯哈格迅速跑回去,躺在床上,佯装正在熟睡之中,而阿卜杜拉·本·法德勒完全没有觉察到自己身后有人跟着。

阿卜杜拉·本·法德勒照原路回到仓库,放下托盘和水罐,然后回到厅堂,打开橱柜,把鞭子放在原处,这才脱下衣服,上床入睡了。

艾卜·伊斯哈格仍然睡不着觉,回想刚才发生的事情,百思不得其解。他想:"原因究竟何在呢?"

不知不觉天亮了。宾主起床,做过小净和晨礼,吃过早饭,又喝了咖啡,随后到总督府去了。

艾卜·伊斯哈格一直在思考着昨夜发生的事情,但他没有开口问阿卜杜拉·本·法德勒。

第二天夜里,阿卜杜拉·本·法德勒照样抽打那两条狗,然后喂食喂水。第三天夜里,旧景重现。第四天,阿卜杜拉·本·法德勒将税款交给钦差大臣艾卜·伊斯哈格。

艾卜·伊斯哈格接过税款,自感未负哈里发重托,什么话也没有说,告别巴士拉总督阿卜杜拉·本·法德勒,率队踏上归程,一路快马加鞭,平安顺利回到京城巴格达。

艾卜·伊斯哈格将税款呈递给哈里发哈伦·拉希德,哈里发随即问巴士拉税款迟交的原因,艾卜·伊斯哈格说:"信士们的长官,我发现巴士拉总督早已把税款收齐备好,而且准备送往京城;假若我迟一天出发,会在路上遇到他们的。哈里发陛下,我此次之行,发现了一个奇怪的现象,阿卜杜拉·本·法德勒总督表现异常,我一生从未见过。"

哈里发问:"艾卜·伊斯哈格,你看到了什么?"

艾卜·伊斯哈格把自己所看到的情况向哈里发讲了一遍,然后说:"哈里发陛下,我一连三天夜里看见阿卜杜拉·本·法德勒用鞭子抽打那两条狗,然后又安慰一番,并且喂狗好吃的,还给狗饮水。所有这些,都是我亲眼所见,但阿卜杜拉·本·法德勒却未发现我跟在他的身后。"

哈里发听后,问:"你问他原因何在了吗?"

"我没有问,信士们的长官。"

"艾卜·伊斯哈格,我命令你即刻返回巴士拉,把阿卜杜拉·本·法德勒和那两条狗一起带来。"

"信士们的长官,不要再派我去了吧!因为阿卜杜拉·本·法德勒将我待若上宾,再说我也是无意中看到这种情况的,我已全部告诉了陛下,我怎好立即再去见他,把他带往京城呢?我再回去见他,实在有些不好意思。陛下最好另选派一个人,带上陛下的诏书,去请阿卜杜拉·本·法德勒带着狗到京城来。"

"假若我派别人去,说不定他会矢口否认此事,说他根本没有狗。我若派你去,你可以对他说是你亲眼看见的,他无法否认。你一定要去,把阿卜杜拉·本·法德勒和那两条狗一并带来;你若不去,我会把你斩掉的!"

讲到这里,眼见东方透出黎明的曙光,莎赫札德戛然止声。

第九百八十夜

夜幕垂降,莎赫札德接着讲故事:

幸福的国王陛下,艾卜·伊斯哈格对哈里发哈伦·拉希德说:"信士们的长官,不要再派我去了吧!因为阿卜杜拉·本·法德勒将我待若上宾,再说我也是无意中看到这种情况的,我已全部告诉了陛下,我怎好立即再去见他,把他带往京城呢?我再回去见他,实在有些不好意思。陛下最好另选派一个人,带上陛下的诏书,去请阿卜杜拉·本·法德勒带着狗到京城来。"

"假若我派别人去,说不定他会矢口否认此事,说他根本没有狗。我若派你去,你可以对他说是你亲眼看见的,他无法否认。你一定要去,把阿卜杜拉·本·法德勒和那两条狗一并带来;你若不去,我会把你斩掉的!"

听哈里发这样一说,艾卜·伊斯哈格没有推辞的余地,只得说:"遵命!我照陛下的吩咐办,信士们的长官。但期安拉默助!安拉是最可靠的。有道是'祸从口出'啊!我是自作自受,因为我把情况讲给了陛下。不过,恳请陛下修书一封,我带上信,立即起程,不日即可带阿卜杜拉·本·法德勒返回京城。"

哈里发提笔修书,笔到书就。艾卜·伊斯哈格带着哈里发的信,迅速上路登程。

艾卜·伊斯哈格策马扬鞭,顺利抵达巴士拉。巴士拉总督阿卜杜拉·本·法德勒见到艾卜·伊斯哈格,不禁惊问:"使臣阁下,但求安拉为我们禳灾解难！艾卜·伊斯哈格，你怎么这样快就回来了呢？难道说税款数量不足，哈里发陛下不接受？"

艾卜·伊斯哈格说："总督阁下，我返回来并非为了税款，因为税款数足无缺，哈里发已经收下。不过，我希望阁下不要责怪我，因为我亏待了你。我之所以落到这个地步，完全是安拉的安排。"

阿卜杜拉·本·法德勒说："艾卜·伊斯哈格，出什么事啦？你是我的好朋友，请告诉我，我不会责怪你的。"

"阁下有所不知，我在你府上住宿的日子里，我一连三天晚上跟踪你，发现你每天夜里都会半夜起床，走去鞭打那两条狗，然后回来睡觉。我感到很奇怪，但又不好意思问你。我回巴格达后，无意之中，将此事告诉了哈里发，哈里发即责令我回返巴士拉。请看，这是哈里发陛下的亲笔信。假若我知道事情的结果会是这样，我是不会把你的情况告诉陛下的。可是，事情已到这个地步，有何办法呢？"

艾卜·伊斯哈格向阿卜杜拉·本·法德勒百般道歉，阿卜杜拉·本·法德勒说："既然你已告诉了哈里发，我要向他证明你说的是真话，免得哈里发认为你撒谎。你是我的好朋友，如果不是你，我是不会承认的，我会矢口否认，不说实话。我这就带上两条狗，跟你一道去京城，纵使因此捐生丧命，我也不在乎。"

艾卜·伊斯哈格说："但期安拉像你在哈里发保护我的面子那样保护你。"

阿卜杜拉·本·法德勒带上适于送给哈里发的礼物，用金链子拴上狗，分别绑在两峰骆驼的背上，然后向京城巴格达进发了。

阿卜杜拉·本·法德勒顺利到达京城，进了王宫，见到哈里发，向哈里发行吻地礼。哈里发让阿卜杜拉·本·法德勒坐下来。

阿卜杜拉·本·法德勒坐下，把两条狗拉到自己的面前。

哈里发问："总督阁下，这两条狗是怎么回事呀？"

那两条狗即向哈里发行吻地礼，摇着尾巴哭了起来，仿佛在向哈里发诉说什么。

见此情景，哈里发觉得非常奇怪，对阿卜杜拉·本·法德勒说："请把这两条狗的故事讲给我听听吧！你为什么先抽打它们，尔后又款待它们一番呢？"

"哈里发陛下，这不是两条狗，而是两个容颜俊秀、身材匀称的青年，是我的两个同胞兄弟。"

"既然是人，怎么变成狗了呢？"

"蒙陛下允许，我将把真实情况告诉陛下。"

"你要如实告诉我，不要撒谎；撒谎是伪君子的恶习。你要说实话，说实话是救生之船和善良人的品德。"

"哈里发陛下，我把他俩的情况如实告诉你，由他俩做证；我要是说了谎话，他俩会说我在撒谎；我若说的是实话，他俩会说我说的是实话。"

"这两条狗既不会说，也不会答，如何为你做证呢？"

阿卜杜拉·本·法德勒对他俩说："二位哥哥，我若说了假话，你俩就抬起头来，瞪眼凝视着我；假若我说的是实话，你俩就低下头去，合上眼睛。"

随后，阿卜杜拉·本·法德勒开始讲两兄弟变成狗的经过：

哈里发陛下，我们三兄弟是同父同母所生。我们的父亲名叫法德勒；他之所以叫这个名字，是因为我的祖母生下双胞胎，结果一个夭折，只留下一个，那就是我的父亲，因此给他起了这个意为"留存者"的名字。

我的祖父、祖母精心抚育我的父亲，直到他长大成人，成家立业，二老相继谢世。

我母亲第一次怀孕，生下了我的大哥，取名曼苏尔；母亲第二次怀孕，生下我的二哥，取名纳绥尔；母亲第三次怀孕，生下了我，取名阿卜杜拉。

父亲把我们养大成人，不久去世，留给我们一座房子，一个拥有印度、罗马、呼罗珊等地产的各种花布的布店，还留给我们六万第纳尔现金。

父亲死后，我们为他洗好尸体，举行隆重葬礼；埋入坟墓之后，我们又为他诵经祭悼，施舍穷人，一连四十天。接着，我又召集商友和各界名流，举行答谢盛宴。大家吃饱喝足后，我对他们说："商友们，今世易逝，来世永存，人生易老，安拉永生。在这个吉庆的日子里，你们知道我为什么把诸位请来吗？"

客人们说："赞美安拉，只有安拉知道人所未知之事。"

我对他们说："家父逝世，留下一笔钱财。我怕家父生前有债务未清，或欠钱，或抵押，或其他什么形式的欠债。我打算替已逝家父偿还债务。家父生前欠谁的债，请尽管说出来，我一定偿还，以慰家父在天之灵。"

客人们听后，对我说："阿卜杜拉·本·法德勒，今世不能代替来世。我们都不是虚妄之辈，我们都知道何为合法和非法。我们都敬畏安拉，我们决不吃孤儿之食物。我们都知道，你父亲生前常借钱给他人，从不欠任何人的钱。他常说：'我是不欠人家的东西的。'我们常听祈祷时说：'主啊，我信任你，我的希望寄托在你的身上，求你不要让我在欠债时死去！'你的父亲有个习惯，只要他欠别人一点儿东西，他不等人家要，便主动还给人家；而别人欠他的东西，他是从不索要的。假若欠他的人是个穷人，他必免去穷人的债;如果欠他债的人不穷,但未偿还债务而死了,他则说:'愿安拉宽恕他!'我们都能证明你父亲生前不欠任何人的债。"

我对他们说:"安拉为你们祝福!"

之后,我望着我的两个哥哥,对他俩说:"二位哥哥,我们的父亲生前不欠任何人债。父亲给我们留下这么多钱、布匹、房子和店铺,我们兄弟三人,将这些钱财分成三等份,每人应得一份,但我们能够不分家吗?我们是继续共有这些钱财,一道吃喝,一起生活呢,还是分掉布匹和钱财,各取自己的一份呢?"

二位哥哥说:"分家吧!每人拿自己的那一份。"

说到这里,阿卜杜拉·本·法德勒望着那两条狗,问道:"二位哥哥,情况是这样吗?"

两条狗垂头闭眼,仿佛在说:"是这样的。"

阿卜杜拉·本·法德勒继续讲自己的经历:

我从法官那里请来了为我们主持分家的人,信士们的长官,就这样,分家开始了。主持分家的法官把家父留下来的东西分成了三等份,包括钱财、布匹和其他所有东西。我分得的是房子和店铺,此外还分得了一些钱,而我的两个哥哥分到的是钱和布匹。之后,我开了店铺,经营布匹,用分得的那些钱买了布匹,摆满店铺,开始坐在店铺里做买卖。我的两个哥哥则买了布匹,租了一条船,远航去做生意。我说:"愿安拉默助你俩成功!我的生计会有的;闲歇不会带来任何财富。"

我经营整整一年时间,蒙安拉开恩,我赚了许多钱,钱财变得像父亲在世时那样多。

有一天,我坐在我的店铺里,当时正是隆冬季节,天气很冷,我身上穿着两件皮衣，其中一件是黑貂皮的，另一件是松鼠皮的。就在这时，我的两个哥哥突然向我走来，他俩的身上只穿着一件破单衣，嘴唇都冻紫了，周身抖作一团。

我看见他俩冻得周身颤抖，狼狈不堪，心中难过……

讲到这里，眼见东方透出黎明的曙光，莎赫札德戛然止声。

❖—第九百八十一夜—❖

夜幕垂降，莎赫札德接着讲故事：

幸福的国王陛下，阿卜杜拉·本·法德勒接着讲自己的经历：

我经营整整一年时间，蒙安拉开恩，我赚了许多钱，钱财变得像父亲在世时那样多。

有一天，我坐在我的店铺里，当时正是隆冬季节，天气很冷，我身上穿着两件皮衣，其中一件是黑貂皮的，另一件是松鼠皮的。就在这时，我的两个哥哥突然向我走来，他俩的身上只穿着一件破单衣，嘴唇都冻紫了，周身抖作一团。

我看见他俩冻得周身颤抖，狼狈不堪，心中难过，当即走上前去，将他俩抱住，泪水夺眶而出，随后脱下身上的皮衣，把衣服分别披在他俩的身上。之后，我把他俩带到澡堂，又派人送来两套衣服，洗完澡让他俩各自换上。

出了澡堂，我把他俩带回家中。我发觉他俩都饿着肚子，赶忙为他俩做了饭,让他们吃饱喝足。之后,我好言好语安慰了他俩一番。

说到这里,阿卜杜拉·本·法德勒望了望那两条狗,问道:"我讲的这些都是事实吗?"

两条狗低头合眼,似在表示:"是的。"

阿卜杜拉·本·法德勒接着对哈里发往下讲:

哈里发陛下,之后我问他俩:"你们怎么啦?你们俩的钱到哪里去了?"

他俩说:"我们逆底格里斯河而上,到达一座名叫库法的城市,在那里出售布匹。当时,我们卖的价钱很好,原价半第纳尔的一块布可卖到十第纳尔,原价一第纳尔的一块布可卖到二十第纳尔,我们赚了很多钱。之后,我们买了一些波斯产的丝绸,十第纳尔的本钱,在巴士拉可以卖到四十第纳尔。我们去了一座名叫凯尔赫的城市,在那里做买卖,赚了很多钱,所以我们的钱多了起来。"

他俩告诉我,他们走了一个地方又一个地方,赚了很多很多钱。我问他俩:"既然你俩处处顺利,又赚了那么多钱,为什么现在两手空空回来了呢?"

他俩叹了口气,说:"三弟呀,我们遭遇到了横祸。远航经商,安全难保啊!我们赚了很多钱,也买了很多货物,租了一条船,便踏上了回巴士拉的航程。我们航行的头三天,情况还算好,但在第四天,不期狂风大作,海上波涛汹涌,风高浪急,将我们的船推来搡去,船终于撞到巨礁上,被撞得粉碎,我们落水了,我们的货物和钱财全部沉入海里。我们在海面上挣扎了一天一夜,就在我们失去生存希望之时,忽见安拉给我们派来了一条船,船上的人将我们救起。之后，我们讨着饭，从一个地方走到另一个地方，历尽千辛万苦，一路上靠卖身上的东西和乞求活命，好不容易才回到了巴士拉。假若我们能够带着所有的东西平安回来，我们的金钱可以与国王比富贵。这都是安拉的安排，我们无可奈何。"

我听后，对他俩说："两位哥哥，不要发愁！金钱为你们俩赎回了生命；只要青山在，不怕没柴烧。平安就是财富和金钱。既然安拉保住了你们的生命，这就是自我的终极；至于贫穷与富贵，不过是瞬息即逝的浮云罢了。诗人说得好：

男子命得保,财若指甲屑。

"二位哥哥，这样吧，就当我们的父亲是今天去世的，我这里的东西就算是父亲留给我们的遗产，我想把它平均分掉，每人一份。"

随后，我从法官那里请来了主持分家的人，把我自己的钱全部拿了出来，均分成三份，兄弟三人各得一份。

我对他俩说："二位哥哥，人在本地谋生，安拉定会默助。你们俩就各开一个店铺，就地经营谋生吧！凡是命中注定的东西，都是能够得到的。"

不久之后，我给他俩各开了一个店铺，把店铺上满了货物。我对他俩说："你俩好好做买卖，好好保护你们的财产。不要挥霍钱财！至于吃喝穿戴，都由我供给你们。"

我热情款待他俩，他俩白天在店里做生意，晚上住在我家。我没有让他俩浪费钱财。每当我与他俩谈话时，他俩总是说到异乡去好，引诱我和他们一起到异乡去。

说到这里，阿卜杜拉·本·法德勒问那两条狗："二位胞兄，情况是这样吗？"

两条狗低头合眼，示意阿卜杜拉说的全是实话。

阿卜杜拉·本·法德勒接着讲下去：

哈里发陛下，他俩还是不住地和我谈在异乡赚钱多，去异乡谋生如何如何好，鼓动我跟他俩一道到外地去。我对他俩说："为了满足你俩的愿望，我跟你俩远行。"

不久，我们三兄弟合伙，带着各种布匹，租了一条船，装满各种货物，带上我们所需要的物品，登上船，离开巴士拉，开始在波涛汹涌的大海上航行。

我们在大海上航行数日，终于靠了岸，来到一座城市，我们卖了货物，又采购了新货，赚了很多钱。之后，我们离开那里，到了另一座城市。就这样，我们从一地走到另一地，离开一城到达另一城。一路上又买又卖，赚了很多钱。不久，我们到达一座山下，船长下令靠岸。船长对我们说："乘客们，请和我们一起上岸吧！你们躲避一下今天的灾难，但愿你们能在山上找到水。"

乘客们下了船，我随大家一起上了岸，开始找水。我们各朝一个方向走去。我向山顶攀爬时，忽见一条白蛇在前面逃，一条黑蛇在后面紧追，黑蛇形容丑陋，令人望而生畏。黑蛇追上了白蛇，上去咬住了白蛇的头，白蛇叫了起来，我知道黑蛇在袭击白蛇，怜悯白蛇之心顿生，抄起一块足有五磅重的石头，向黑蛇的头部砸去，黑蛇的头被我砸烂了。就在这个时候，忽见那条白蛇摇身一变，成了一位亭亭玉立、窈窕妩媚、娇艳绝伦的少女，身材匀称，面目姣好，宛如夜空中的一轮圆月。少女朝我走来，亲吻我的双手，然后对我说："安拉保佑你！保佑你今世免遭屈辱，保佑你来世免受地狱之苦。末日审判来临，金钱与子嗣都无济于事，安拉所欣赏的只有一颗善良完美之心。"

少女又说："人哪，你保住了我的体面，对我恩重如山，我理当报答你的恩情。"

少女说完，用手一指大地，但见大地裂开，少女走进地缝中，地缝旋即合拢。我当即意识到她是一位女神。当我回头再看那条黑蛇时，只见它已被火烧成了灰烬。见此情景，我觉得非常奇怪。

时隔不久，我回到伙伴们当中，把我所看到的事情告诉了他们。

我们在山上住了一夜。次日清晨，船长下令起锚，扬帆起航。我们的船渐渐远去，海岸渐渐消失在我们的视野里。我们连续航行了二十天，没发现一块陆地，未看见一只飞鸟，船上的淡水都用完了。

船长说："乘客们，我们的淡水已经用完了。"

我们异口同声地说："我们靠岸找水去吧！"

船长说："凭安拉起誓，我迷失了方向，不知道向哪里航行能到达海岸。"

听船长这样一说，我们惆怅万分，一个个泪水滚落而下，纷纷祈求安拉为我们指出正确的航向。我们在极度不安中度过了一夜。诗人有诗说得妙：

> 多少黑夜中，我饮愁海苦；愁令吃奶儿，头发几白枯。
> 晨阳升起时，大地展宏图；安拉助信士，一切灾化无。

我们好容易才盼来了天明，晨阳东升，只见一座高山出现在我们眼前，我高兴极了。当船航行至山下时，船长说："乘客们，上岸找水去吧!"

船上的乘客全都登上岸去,却未找到水。为找水,我们吃尽了苦头。我登上山顶,发现山后有一片宽广地带,看上去要用一个多时辰才能从一头走到另一头。我立即喊来我的同伴们,对他们说:"你们看哪,这山后有一片宽阔地带,那里有一座城市,城中建筑很多,那里有高墙、城堡,有山丘和草原,我想那里一定有水。我们到那里去找水,买我们吃的大饼、肉和水果吧!我们去后,买了东西就回来。"

我的同伴们说:"我们怕这座城市的居民信奉多神教;因为他们是正教的敌人,他们会把我们抓起来,把我们当成俘虏,或者把我们杀掉,我们岂不是自投罗网、自寻死路吗?我们不能冒险上当,有诗为证:

只要天不塌,只要地不陷,冒险不可敬,纵使身平安。

"我们不能拿我们的性命冒险。"

我对他们说:"伙伴们,我不勉强你们全跟我去,但我将带我的哥哥到这座城中去。"

我的两个哥哥听后,说:"我们也怕丢掉性命,不跟你一起去。"

我说:"我已下定决心,进这座城。我把自己的一切全托付给安拉,不管安拉如何安排我的命运,我都心甘情愿。你俩等着我,我将很快回来。"

讲到这里,眼见东方透出黎明的曙光,莎赫札德戛然止声。

第九百八十二夜

夜幕垂降,莎赫札德接着讲故事:

幸福的国王陛下,阿卜杜拉·本·法德勒接着讲自己的经历:

我对同伴们说:"伙伴们,我不勉强你们全跟我去,但我将带我的哥哥到这座城中去。"

我的两个哥哥听后,说:"我们也怕丢掉性命,不跟你一起去。"

我说:"我已下定决心,进这座城。我把自己的一切全托付给安拉,不管安拉如何安排我的命运,我都心甘情愿。你俩等着我,我将很快回来。"

之后,我离开我的两个哥哥,向着那座城市走去。

信士们的长官,我离开我的两个哥哥,行至那座城门前,见那里的建筑十分奇特:城墙高大,城堡坚固,宫殿巍峨,城门用中国铁铸成,门上的图案精美,色彩醒目动人。我走进城门,见那里放着一个石凳,上面坐着一个人,那个人的手臂上挂着一条黄色铜链,链子上穿着十四把钥匙,我一看便知他是守城门的人,那座城有十四座城门。我走近那个看门人,对他说:"你好啊!"

那个人没有回我的礼。我向他第二次、第三次问好,他仍然没有回答我。这时我伸手扶住他的肩膀,同时喊道:"喂,先生,你怎么不答话呢?难道你睡着了,或是聋子,或不是穆斯林,因而拒绝回礼?"

那个人没有答话,而且一动不动。我仔细一看,发现那是一个石头人,我说:"怪呀,好怪呀!这块石头完完全全像人,只是不会说话。"

我离开石头人,走进城里,只见一个人站在路上。我走近那个人,仔细一看,发现那也是一个石头人。

我继续走在城市的大街上,每看见一个人,便走上前去,看见的都是石头人。我走着走着,看见一个老太太。头上顶着一捆准备洗的衣服,不料走近一看,发现那也是个石头人,头上顶的衣服也是石头的。

我走进市场,看见一个卖油郎,面前放着秤,还摆放着各种货物,其中有奶酪等,但全是石头的。我发现那里有很多生意人,他们各自待在自己的店铺里,有的站着,有的坐着;我还看见那里有男有女,有老有少,但无一不是石头人。

我在市场上,看见每个商人都坐在自己的店铺里,货架上摆满各种货物,全都是石头的,但那里摆的布匹却像蜘蛛网一样。我仔细观看那些布匹,当我用手拿起一块布时,那布在我的手中顿时化为灰尘。我看见那里放着许多箱子,便随意打开一个箱盖,发现里面放着许多钱袋;当我伸手拿起钱袋时,只见袋子立即融化在我的手中,而金币却面貌不改。我尽量拿了一些金币,心想:"假若我的两个哥哥跟我一起来,他俩不也可以得到这么多金币,尽情享受一下无主的财富吗?"

片刻后,我走进另一个店铺,发现那里的金银更多,而我却拿不动了。

我离开那个市场,来到另一个市场……就这样,走过一个市场又一个市场,边走边观赏那里的人和物,只见它们形态各异,但都是石头的，就连狗和猫也全是石头的。

之后，我走进首饰市场，见许多人坐在店铺里，有的货放在篮筐里，有的货拿在他们的手中。

信士们的长官，我见此情景，便把手中的金币丢掉了，拿了许多金银首饰。

我离开首饰市场，来到宝石市场，只见珠宝商和宝石匠们坐在自己的店铺里，每个人的面前都摆放着一只大篮筐，里面满放着各种宝石，像红宝石、祖母绿、钻石、玛瑙等，一应俱全，但宝石店的主人们却都是石头人，看见这些名贵宝石，我急忙丢掉手中的那些首饰，尽力拿了许多贵重宝石。这时，我感到十分惋惜，因为我的两个哥哥没有跟我一起来，所以也就无法拿到这么多宝石。

过了宝石市场，我来到一座大门前，门上的装饰图案十分精美，门里放着许多张长椅，椅子上坐着仆人、武士、衙役和官员，他们个个衣着华丽，但也都是石头人。我伸手去摸其中一个石头人的衣服，只见那衣服像蜘蛛网，手一触摸，顿时化为尘埃。我走进大门，看见一个无比富丽堂皇的宫殿，建筑极其精美，再往里走，但见一座大殿出现在我的面前，那里坐着若干要人、大臣、名流、王公，他们也都是石头人。我看见那里放着一张镶嵌着珍珠、宝石的金椅，上面坐着一个人，衣饰豪华无比，头戴科斯鲁王冠，王冠镶嵌着名贵宝石，闪烁着白日一样的亮光；我走近一看，发现那个人也是石头人。

我离开大殿，走向后宫，进入后宫一看，见那里也有一座大殿，那是一座女人的殿堂。那座殿堂的当中，放着一把镶嵌着宝石的赤金椅，上面坐着一位女王，头戴宝石凤冠，周围站着若干位如花似玉的少女，一个个衣着华丽；旁边还站着许多太监，好像都是伺候女王的人，那高大殿堂装潢得精美无比，雕梁画栋，令人叹为观止,房顶上悬挂着无数盏水晶吊灯,每盏吊灯下都挂着一颗纬珠,价值连城,纯属世上罕见的珍宝。

信士们的长官,眼见这些宝贝,我立即丢下手中的宝石,尽自己的力量,捡了许多价值连城的珍宝,拿在手中。就在这时,我一时不知道该丢些什么,又该留些什么了。因我发现那是一座珍宝库,处处皆放着宝贝,件件难以估价。

片刻后,我看见一个开启着的小门,门里有一道阶梯,我走进门去,拾级而上,登了四十级台阶,耳听到有人朗诵《古兰经》,嗓音圆润,悦耳动听。

我向诵经声传来的方向走去,行至一座殿门前,见那里挂着一道绸帘,上面缀着无数条金丝带,带上系着一串串珍珠、宝石,其中有红宝石、蓝宝石、祖母绿、珊瑚和罕见的纬珠,一颗颗珠宝闪闪放光,就像天上的繁星。我仔细一听,听出那诵经声就是从绸帘后传出来的。

我走近绸帘,伸手一撩帘子,出现在我眼前的是一道宫门,那道门堂皇精致,令人赏心悦目。我推开门进去,眼见一座宫殿,简直就像一座人间宝库,光彩夺目,美不胜收。我看见那里坐着一位姑娘,容颜艳丽,就像悬挂在中天的一轮艳阳。她衣着华丽,周身珠光宝气,眉清目秀,娇艳妩媚,体态婀娜,风韵可人,简直可以说完美无缺,正像诗人所描述的那样:

> 致敬锦衣人,问候花面庞。金牛宫七星,挂在她额上;
> 群星作项链,胸前闪亮光。她穿玫瑰花,叶子得营养。
> 她若入大海,海水咸味亡;水味甜过蜜,蜜亦甘退让。
> 白发拄杖翁,若与她交往,顿时变强壮,力搏狮命丧。

信士们的长官,我一看见那位姑娘,便深深爱上了她。

我走上前去,看见她坐在一把高椅上,正在背诵《古兰经》。那姑娘的声音就像天堂的守门人里德旺开门时发出的悦耳声;话出她的双唇中,如同散落的珠宝。她的容貌如花似玉,正像诗人所描述的那样:

> 杰出一乐师,品高语无比;我的心与神,倍加思恋你。
> 世上有两绝,融于你一体。达氏①音色美,优氏容俏丽。

我听了姑娘背诵《古兰经》的美妙声音,看到她那犀利的目光,仿佛听到了来自大慈大悲之主的问候,我顿时张口结舌,未能还礼。一时之间,我只觉得目光迷离,神志恍惚,正像诗人所描述的那样:

> 思恋动我心,一时口难开。闯入热病中,本为放血来。
> 我听责备者,言语无休哉,只想亲眼见,我与谁说爱。

我忍耐着爱情带来的颤抖,对姑娘说:"被保护起来的小姐,被珍藏起来的珠宝,安拉使你幸福,安拉使你荣光!"

姑娘说:"喂,阿卜杜拉·本·法德勒,亲爱的,欢迎你,欢迎你!向你致敬,向你问好!"

我对她说:"小姐,你是从哪里知道我的名字的呢?你打哪里来?这座城中的居民怎么都变成了石头人呢?我希望你把这些情况告诉我。在这座城中,除了你,这里的居民和一切都使我感到奇

---

① 达氏,即《古兰经》中记载的古代先知达伍德。

怪。看在安拉的面儿上,请你把详细情况如实地告诉我吧!"

姑娘对我说:"阿卜杜拉·本·法德勒,请坐吧!但愿我能把真实情况告诉你,也把我的情况、这座城市及居民的情况详细告诉你。毫无办法,只能依靠伟大安拉了。"

我听从姑娘的吩咐,坐在她的身边,她开始向我讲述她及石头城的详细情况:

阿卜杜拉·本·法德勒,你有所不知,我本是这座城市国王的女儿。我的父亲就是你看见的那个坐在殿堂中央的高椅上的石头人,他的周围有文武大臣、王公名流、宫仆奴婢。

我的父亲本是位颇有威严的国王,手握十二万重兵,身边有两万四千名臣僚,他们都是颇有地位之辈。我的父亲管辖着一千座城市,还拥有大片国土、无数庄园和城堡、乡村。他的手下有一千名武将,每位将军统帅着两千名骑士。我的父亲钱财堆积如山,珍宝古玩无数,堪称"见所未见,闻所未闻"。

讲到这里,眼见东方透出黎明的曙光,莎赫札德戛然止声。

第九百八十三夜

夜幕垂降,莎赫札德接着讲故事:

幸福的国王陛下,姑娘接着讲石头城的情况:

家父本是位颇有威严的国王，手握十二万重兵，身边有两万四千名臣僚，他们都是颇有地位之辈。我的父王管辖着一千座城市，还拥有大片国土、无数庄园和城堡、乡村。他的手下有一千名武将，每位将军统帅着两千名骑士。我的父王钱财堆积如山，珍宝古玩无数，堪称"见所未见，闻所未闻"。

我的父王曾经征服过许多君王，曾有不计其数的英雄豪杰丧命在他的刀剑之下。世上的暴君都怕他，科斯鲁们都拜倒在他的脚下。虽然如此，他却是个多神教徒，拒绝崇拜安拉，专门崇拜偶像。父王手下的将领也都是多神教徒，都崇拜偶像，不信仰万能全知的安拉。

有一天，我的父王坐在自己的宝座上，文武大臣们依次站在他的面前。就在这个时候，忽见一个人闯进宫殿，面上光芒四射，照亮了整个殿堂。

我父王望着那个人，只见那个人穿着一件绿长袍，身材高大，两手垂至膝盖之下，表情严肃，脸上光彩夺目。那个人对我的父王说："喂，暴君，妖言惑众者，你骄纵蛮横，崇拜偶像，不敬万能全知之主，要等到何时才改变这种恶习呢？你说'我证万物非主，唯有安拉；我证穆罕默德是安拉的使者'吧！你和你的臣民一起抛弃偶像崇拜，信奉伊斯兰教吧！对你们来说，偶像是毫无益处可言的。你们只应该崇拜安拉，因为安拉不用柱子而将天撑起，安拉怜悯崇拜者而把大地摊平。"

我的父王对那个人说："你是什么人，竟敢出此狂言，要我们抛弃偶像崇拜？难道你不怕偶像对你发怒？"

那个人说："偶像是一块块石头，它发怒对我无害，它喜欢亦无利于我，请把你崇拜的偶像交给我，并且命令你的每个臣民把他们崇拜的偶像交给我。当你们崇拜的偶像放在我的面前时，你们就让偶像向我发怒;与此同时,我也让我崇拜的万能全知之主向你们发怒。这时,你们再看一看,究竟是造物主厉害,还是偶像厉害?你们所崇拜的那些偶像,都是你们用手制造的,之后魔鬼附在偶像的身上,钻入偶像的腹中,和你们谈话。你们的偶像是人造之物,而安拉是造物主,无所不能,无所不会,无所不知,真理出现,你们就要跟从;谬妄出现,你们就要弃之。"

我的父王对他说:"你把你的主宰的凭据拿来让我们看看吧!"

那个人说:"你们把你们崇拜的偶像拿来让我看看吧!"

我的父王立即下令,让每个人都把自己崇拜的偶像拿来,于是所有人立即离去,未过多时,他们都把自己崇拜的偶像搬进了王宫。

当时,我就坐在宫殿的幕帘后,殿内的情况,我看得清清楚楚。我有尊绿宝石雕成的偶像,形体有真人大小。父王要我把偶像拿出来,我拿了出来,放在父王的偶像的旁边。我父王的偶像是用宝石雕成的,宰相的偶像是用钻石雕成的。文官武将们所崇拜的偶像各不相同,有的是红宝石的,有的是玛瑙的,有的是珊瑚的,有的是沉香木的,有的是乌木的,有的是金质的,有的是银质的……每个人都是量自己的财力制作各自崇拜的偶像的。一般兵士和普通百姓们所崇拜的偶像,则有的是用木头做的,有的是陶制的,还有的是用泥捏的。偶像的色彩各不相同,黄的、红的、绿的、黑的、白的都有。

那个人对我的父王说:"请让你的偶像和这些偶像一起对我发怒吧!"

他们把偶像排列成行,让我父王的那个偶像坐在一把金椅子上,而将我的偶像放在旁边;之后,把每个偶像按照主人的位次进行排列。

父王站起来，走上前去，跪在他的偶像前，对偶像说："我的神哪，你是慷慨、高尚之主；在众偶像当中，没有比你更伟大的了。你知道，这个人来到这里，意在中伤你的神性，讥笑、戏弄你。他说他有一位神灵，他的神灵要强过你；他要我们不再崇拜你，而要我们崇拜他的神灵。我的神灵啊，你就对他发怒吧！"

父王一再要求他的偶像发怒，而偶像却不回答一句话，完全无动于衷。父王说："我的神灵啊，这不是你的习惯，因为我往常对你说话时，你就跟我说话。可是今天，你为什么沉默不语？莫非你心不在焉，或者正在睡眠之中？你醒醒吧！请你帮我一把，和我说话吧！"

父王伸手摇动偶像，而那偶像不言不语，一动不动。

那个人对我的父王说："你的偶像为什么不说话呢？"

我的父王说："我认为他心不在焉，或者正在沉睡之中。"

那个人说："喂，安拉的敌人，你为什么崇拜既不会说话，也没有任何能力的偶像，而不崇拜近在咫尺、有问必答、长在永存、不困不睡、不可猜测、他见一切、人不见之、全知万能的安拉呢？你的神灵连他自己也保不住，又怎能保护你呢？你的偶像身上曾有魔鬼缠绕，使你迷失了方向，不知该怎样行走；如今魔鬼已经离去，他便失去了一切能力。请崇拜安拉吧！万物非主，唯有安拉。只有安拉才值得崇拜，只有安拉才能带来福利。而你的这位神灵呢，他连自身都难以保住，又如何能保你不受伤害呢？你睁开眼睛看看你的神灵是多么无能吧！"

那个人说完，走上前去，伸手朝偶像的脖颈抽去，偶像当即倒在地上。

我的父王见此情景，不禁勃然大怒，对在场的人说道："这个异教徒抽打我的神灵，你们立即把他给我杀掉！"

在场的人想站起来去打那个人，但谁也动弹不得。

那个人向他们宣传伊斯兰教，而他们却不皈依伊斯兰教。那个人说："我让你们看看我的主怎样对你们发怒吧！"

人们说："让我们看看吧！"

那个人伸开手，说道："主啊，你是我的希望，只有你我才能信任。主啊，请你答应我的祈求，惩治这些享受着你给他们的福利，而他们却崇拜偶像的恶人吧！真理呀，强者啊，日夜的创造者啊，我求你惩治这些人，把他们变成石头人吧！安拉啊，你无所不能，无所不会，有求必应，谁都不能阻止你的行动！"

那个人祈祷声刚落，安拉就把全城的居民变成了石头。

我眼见那个人的祈祷果然灵验，立即皈依了伊斯兰教，因此没有遭受磨难。那个人走近我，对我说："你的幸福来自于安拉，那一切都是安拉的意志。"

之后，他开始对我进行施教，我遵从他的指教，遵守他的规定。那时我才七岁，而如今我已经三十岁了。

后来，我对他说："我的主啊，城中的一切和居民都因你的祈祷而变成了石头。我因为通过你皈依了伊斯兰教，故能幸免于大灾。你就是我的长老，请把你的名字告诉我，给我一些帮助，给我些糊口的东西吧！"

那个人对我说："我的名字叫海杜尔·艾卜·阿巴斯。"

他亲手为我栽种了一棵石榴树，但见石榴树立即开始生长出叶子，开花结果，马上长出了一颗大石榴。他说："这是安拉为你安排的糊口之食，请吃吧！你要虔诚地崇拜安拉！"

随后，他把伊斯兰教教律和礼拜的条件及方法讲给我听，并且教我读《古兰经》。我一连二十三年在这个地方膜拜安拉。这棵石榴树，每天都结出一颗石榴供我吃。我就是这样维持生活的。海杜尔·艾卜·阿巴斯每星期五到我这里来一趟。我就是通过他知道你的名字。正是他告诉我,你就要到这个地方来见我。他对我说:"如果他来了,你要好好款待他,服从他的命令,千万不要违抗他!你要与他结为眷属,让他成为你的丈夫。他到哪里去,你就跟他到哪里去!"

我一看见你,便认出了你。

关于这座城市及其居民的情况就是这样。

信士们的长官,姑娘讲完那座城市及其居民的情况,便带着我去看那棵石榴树。我看见那石榴树上有一颗大石榴,她摘下来,自己吃了一半,另一半给我吃。信士们的长官,我从未吃过那样新鲜、香甜、可口的石榴。

我对姑娘说:"你愿意听从海杜尔·艾卜·阿巴斯的吩咐,与我结为眷属,让我成为你的丈夫吗?你乐意跟我一起回巴士拉去吗?"

姑娘说:"我愿意,但期安拉保佑。我完全听从你的安排,服从你的命令,决不违抗你的意志。"

我与她订立了婚约。随后,她把我带进她父亲的宝库,我们拿了一些能够携带的宝物,出了那座石头城,来见我的两个哥哥,我发现他俩正在寻找我。他俩对我说:"你到哪儿去了?你迟迟不回来,我们真为你担心。"

船长对我说:"阿卜杜拉·本·法德勒,风平浪静,正好航行,只因你迟迟不回来,延误了我们的起航时间。"

我对船长说:"这没有什么妨害的,也许迟到是件好事,因为在我离开的这段时间里,我得到了许多好处,达到了目的,实现了愿望,诗人说得好:

到达一方地,一心求利益;焉知到头来,是凶还是吉?

"你们瞧一瞧我带来了些什么好东西吧!"

随后,我让他们看了看我带回来的宝物,并把我在石头城看到的情况向他们讲述了一遍。

我对他们说:"假若你们听我的安排,跟着我一道去,你们也能够得到许多这样的珍宝。"

讲到这里,眼见东方透出黎明的曙光。莎赫札德戛然止声。

第九百八十四夜

夜幕垂降,莎赫札德接着讲故事:

幸福的国王陛下,阿卜杜拉·本·法德勒接着讲自己的经历:

我对船长和同伴们说:"你们瞧一瞧我带来了些什么好东西吧!"

随后,我让他们看了看我带回来的宝物,并把我在石头城看到的情况向他们讲述了一遍。

我又对他们说:"假若你们听我的安排,跟着我一道去,你们也能够得到许多这样的珍宝。"

他们听后,对我说:"凭安拉起誓,我们就是跟着你去,也不敢去见那位大王。"

我对我的两个哥哥说："你俩就用不着发愁了,因为我带回来的东西足够我们用的,这就是我们的福分了。"

我把自己带回来的珍宝分成了若干份,给我的两个哥哥、船长各一份,我也从中拿了一份,仆人和水手们各得一份。他们分得珍宝,欣喜不已,纷纷为我祈祷祝福,只有我的两个哥哥不大高兴。我发现他俩的脸色顿时红了起来,眼也红了,看得出他俩起了贪心,我便对他俩说:"二位哥哥,我猜你俩对自己分到的那一份珍宝感到不满足。不过,我是你俩的胞弟,你们是我的胞兄,我和你俩平分,我的钱财就是你俩的钱财;我死了,我这份自然也就是你俩的了。"

我好言好语安慰他俩,随后把姑娘接到船上,让她坐在船舱里,给她送去吃的喝的。

我和我的两个哥哥坐在一起谈话聊天。他俩对我说:"弟弟,你带这个漂亮姑娘上船用意何在呀?"

我说:"到巴士拉后,我想与她订婚,然后举行盛大婚礼,与她成亲。"

一个哥哥听后,对我说:"弟弟,这个姑娘真漂亮,我一见便爱上了她,你就把她给了我,让我与她结为百年之好吧!"

另一个哥哥说:"我也深深地爱上了这个姑娘,你就让我与她结为夫妻吧!"

我对他俩说:"二位哥哥,我已向她立下誓言,我将娶她为妻。假若我把她给了你俩当中的任何一人,我就背弃了我与她订立过的约言,也就伤害了她的心,因为她是以我娶她为妻为条件,才跟着我来的。在这种情况下,我怎好让她同别人结为夫妻呢?你俩爱她,但我对她的爱胜过你俩,让我把她给你俩当中的任何人,这是不可能的事情。不过,我们到达巴士拉之后,我可以在巴士拉为你俩物色两位漂亮的姑娘,让她们与你俩分别结为夫妻,聘礼全由我出,我们兄弟三人同日举行婚礼,同夜享受洞房花烛之欢。你俩就不要盯着这位姑娘了,因为她好似我的心头之爱。"

二个哥哥听我这样一说,默不作声了;我自以为他俩听从了我的劝说。

我们乘坐的船向巴士拉进发了。我依旧把吃的喝的送到船舱里,姑娘没有出来。我和我的两个哥哥一起睡在甲板上。

我们在海上航行了四十天,巴士拉城终于出现在我们眼前,我们都感到欣喜。我对我的两个哥哥非常放心;至于他俩内心在想什么,只有安拉知道。

我睡觉了。就在那天夜里,我的两个哥哥趁我熟睡之时,一个拖住我的双腿,另一个抓住我的双臂,将我抬了起来。原来他俩为了夺走那位姑娘,已经商妥,要把我丢到海里去。

我突然醒来,见二人抬着我,我便问:"二位哥哥,你们为什么要把我抬起来呢?"

他俩说:"你这个没有礼貌的,你怎能为了一个姑娘,把我们都忘掉了呢?我们要把你丢到海里去!"

他俩果然把我丢进了波涛汹涌的大海之中。

说到这里,阿卜杜拉·本·法德勒问那两条狗:"二位哥哥,我说的是不是事实?"

两条狗听后,低头合眼,示意阿卜杜拉·本·法德勒说的全是实话。哈里发见此情景,觉得非常奇怪。

接着,阿卜杜拉·本·法德勒讲他的两个哥哥变成狗的经过:

信士们的长官,我的两个哥哥将我抛入大海,我很快沉到海底,然后又被海水浮上海面。就在这时,只觉得有一只人那样大小的巨鸟俯冲下来,将我捞起,直飞高空。当我睁开眼睛时,发现自己已置身于一座巍峨的宫殿中,但见那宫殿雕梁画栋,堂皇富丽,殿顶上悬挂着无数颗形状各异、五彩缤纷的宝石;有无数个如花似玉的宫女站在那里,当中有一位女子坐在一把镶嵌着珍珠、宝石的赤金椅子上。那女子身着金缕衣,光彩夺目,光芒四射,令人眼花缭乱,夺人魂魄。

就在这时,携我出海的那只巨鸟摇身一变,变成了一位少女,风姿绰约,简直就像一轮耀眼的艳阳。我定睛仔细一看,原来她就是我在山上救过的那条白蛇;当时,我用石头击死了那条欲杀她的黑蛇,她摇身变成了少女,答应日后报答我的恩情。

坐在赤金椅子上的女子问少女:"你为什么把这个人带到这里来呢?"

少女说:"母亲,正是他保全了我在众神女当中的名节。"

少女转过脸来问我:"你知道我是谁吗?"

我回答说:"不知道。"

少女说:"我就是你在那座山上救的那条白蛇呀!当时,那条黑蛇想毁坏我的贞操,是你用石头击死它的。"

我说:"我看见同黑蛇厮杀的是一条白蛇呀!"

少女说:"我就是那条白蛇。我本是神中红王的女儿,名叫赛伊黛。这位坐在赤金椅子上的就是我的母亲,名叫穆巴莱凯,乃红王王后。与我厮杀且想破坏我的贞操的那条黑蛇,是黑王的宰相,名叫德尔菲勒。那位宰相性情恶劣。他一看见我,便爱上了我,然后找我父王,向我求婚。我父王派人去告诉他:'众大臣当中的渣滓,你有什么资格向帝王的女儿求婚呢?'德尔菲勒听后,不禁勃然大怒，发誓要杀死我，以发泄对我父王的仇恨。从此，他总是跟踪我。我去哪里，他就跟到哪里，千方百计想杀死我。之后，他与我父王打了数次仗，只因为他确实有实力，而且诡计多端，所以我的父王未能征服他。每当我父王讨伐他时，他便逃跑，致使我父王没有办法抓住他。在这种情况下，我被迫每天变形。每当我变成一种形状时，他就变成与我相对抗的一种形状；我每逃到一地，他嗅到我的气息，随即便跟踪而来。因此，我遇到了数不胜数的麻烦。后来，我变成一条蛇到了那座山上，他也变成一条蛇跟来，与我开始厮杀。我奋力反抗，当我精疲力竭之时，多亏你赶到那里，用石头将他击死。我变成一个少女，为的是让你看见我的原形。当时，我曾对你说：'你的恩情，我不会忘记；只有私生子不知报恩。'当我看到你的两个哥哥玩弄阴谋，将你抛入海中之时，我就变成巨鸟，将你救了出来。你理应得到我父王和母后的敬重和款待。"

赛伊黛停顿片刻，然后对她的母亲说："正是他维护了我的体面，请母亲款待他呀！"

王后对我说："亲爱的，欢迎你！你做了好事，理当得到款待。"

王后吩咐宫女为我取来一套价值难以估算的宝衣，又给了我许多宝石珍珠，然后对宫仆们说："你们带他去觐见国王吧！"

他们把我带到大殿，我见国王坐在宝座上，周围大汉林立，侍卫成群；国王身着金缕衣，珠宝闪闪放光，令我眼花缭乱。

国王看见我，立即站了起来，侍卫们也全都站了起来，国王向我问好，对我表示热烈欢迎，竭诚款待我，赏给我许多宝物。之后，国王对侍卫们说："把他带到我女儿那里，让她送他回原来所住的地方去吧。"

侍卫们带我去见赛伊黛。随后，赛伊黛带着我和国王送给我的珍宝飞向空中。

我的两个哥哥把我抛入大海中时,船长听到"扑通"一声,从梦中醒来,忙问:"什么东西落到海里去啦?"

我的两个哥哥捶胸顿足,哭着说:"我们的弟弟落水了!刚才他想到船边解手,不幸掉进了海里……"

接着,他俩开始抢我的钱财,但在姑娘归属问题上发生了争执,都说那姑娘应该是自己的。他俩争执不下,完全不顾及弟弟落水之事,对我的死亡毫无痛苦之感。

就在这个时候,赛伊黛变成了巨鸟。

讲到这里,眼见东方透出黎明的曙光,莎赫札德戛然止声。

第九百八十五夜

夜幕垂降,莎赫札德接着讲故事:

幸福的国王陛下,阿卜杜拉·本·法德勒接着讲自己的经历:

我的两个哥哥捶胸顿足,哭着说:"我们的弟弟落水了!刚才他想到船边解手,不幸掉进了海里……"

接着,他俩开始抢我的钱财,但在姑娘归属问题上发生了争执,都说那姑娘应该是自己的。他俩争执不下,完全不顾及弟弟落水之事,对我的死亡毫无痛苦之感。

就在这个时候,赛伊黛变成了巨鸟,将我救了起来,后来又带我落到船上。

我的两个哥哥看见我,上前拥抱我,高兴地说:"弟弟,你好哇!你出了意外,我们真为你担心呀!"

赛伊黛说:"假若你俩真为你们的弟弟担心,或者对他有半分爱心,你们就不会趁他熟睡之时,将他抛入海中了。现在,就请你俩选择自己死的方式吧!"

说着,赛伊黛抓住他俩,想把他俩杀死。他俩大声哭喊着哀求我道:"弟弟,你为我俩求个情吧!"

我出面说情了,对赛伊黛说:"看在我的面儿上,不要杀我的两位哥哥了!"

赛伊黛说:"他俩是叛逆之徒,一定要杀死他们!"

我一再求情,赛伊黛终于说:"看在你的面儿上,我不杀他俩,但要对他俩施法术,以示惩戒。"

随后,赛伊黛取来一只洗指钵,淘了一钵海水,对着钵子念了几句咒语,然后说:"让他俩脱离人形,变成两条狗!"

她边说边把水往我的两个哥哥身上一洒,他俩当即变成了两条狗。

哈里发陛下,这两条狗就是我那两位胞兄。

说到这里,阿卜杜拉·本·法德勒对那两条狗说:"二位胞兄,我说的是事实吗?"

两条狗低下头去,仿佛在说:"你说的全是实话。"

阿卜杜拉·本·法德勒接着讲了下去:

信士们的长官,赛伊黛略施法术,将我的两个哥哥变成两条狗之后，对船上的人说："诸位旅客，阿卜杜拉·本·法德勒已经成了我的兄弟，我每天都要来看他一次或两次。谁不服从他的命令，或者动手动口伤害他，我就要像对待这两条狗那样，施法术，将其变成狗，终生当牲畜，永远得不到解脱。"

大家异口同声地说："女施主，我们都是他的奴仆，我们决不违抗他的意志。"

赛伊黛对我说："你到了巴士拉，一定要认真清点自己的财物，若发现短缺什么，就告诉我，我负责给你找回来，不管什么人拿去的，也不论藏在什么地方。谁要是拿了你的东西，我定施法术，将其变成狗。你把自己的钱财收藏好之后，给这两个叛逆之徒的脖子上加上锁链，把他俩投入监牢之中，拴在床腿上，每天夜里抽打他俩一顿，直至他俩失去知觉。如果你有一天夜里不抽打，我就来抽打你，然后我再抽打这两条狗。"

我回答道："我一定遵命！"

她又对我说："你进巴士拉，要用绳子把他俩拴起来。"

我随即用绳子套住两条狗的脖子，然后将他俩拴在船的桅杆上，赛伊黛这才放心地离去。

第二天，我们到达巴士拉，商友们纷纷前来迎接我，向我问好，但谁也没有问起我的两个哥哥。他们望着那两条狗，对我说："你带着这两条狗有什么用呢？"

我对他们说："我这次远行，驯养了两条狗，就带回来了。"

他们听后笑了，但谁也不知道他俩就是我那两位胞兄。

我把两条狗关在仓库里，那一夜因忙于分发布匹和别的货物，加上商友们先后来访问我，我忘记了去抽打那两条狗，也没有用链子将他俩拴起来，因此，当我正在熟睡时，赛伊黛公主来了，对我说："我不是对你说过，要用链子将狗拴起来，每夜抽打一顿吗？"

话音刚落,她把我抓住,扬起鞭子,把我抽得死去活来,顷刻失去了知觉。之后,她走到我的两位胞兄那里,用鞭子狠狠抽打了一顿,几乎将他俩抽死。

赛伊黛公主对我说:"你每夜都要像我这样抽打他俩一顿;如果不抽,我就要教训你。"

我说:"公主,我明天就给他俩加上链子,明夜我一定抽打他俩一顿,一夜也不隔过。"

赛伊黛公主临行前再三叮嘱我一定要鞭打他俩。第二天清早,我自感再也不能不给两条狗加上锁链了,于是去找银匠打了两套金枷锁,取回来套在了两条狗的脖子上。第二天夜里,我硬着头皮抽打了他俩一顿。这一切,我都是按照赛伊黛公主的叮嘱办的。所有这些事情,都发生在阿拔斯王朝第三任哈里发马赫迪①时期。我与哈里发马赫迪礼尚往来,交情甚深,他任命我为巴士拉总督。我一直这样生活了很长一段时间。后来,我心想:"但期赛伊黛公主的怒气平息下来……"

但是,时隔不久,我有一夜没有鞭打那两条狗,赛伊黛公主便来找我了,将我狠狠抽打了一顿,我疼痛难忍,至今难忘。自那时起,在马赫迪任哈里发期间,我一直没有中断鞭打他俩。马赫迪哈里发驾崩,陛下②出任哈里发,派我继续担任巴士拉总督。如今,十二年已经过去,我每天夜里都要硬着头皮去鞭打他俩,鞭打完之后,就要安慰他俩一番,向他俩赔礼道歉,给他俩吃的喝的。他俩始终被关着,谁也不知道他俩的处境,直到陛下的钦差艾卜·伊斯

---

① 马赫迪,阿拔斯王朝的第三任哈里发,公元七七五年至七八五年在位,乃哈伦·拉希德之父。原文误将该哈里发列为"第五任",译成中文时改为了"第三任"。
② 此处的"陛下"指哈伦·拉希德,他是阿拔斯王朝的第五任哈里发。第四任哈里发哈迪在位仅仅一年时间。

4020

哈格·奈迪姆为税收之事到巴士拉去，才发现了我的这个秘密，回来告诉了陛下，随后陛下派他去叫我带着两条狗进京。我听到钦差大臣传达圣命，即刻起程，带着两条狗来到了京城。陛下问我，我把实情告诉了陛下，这就是我的真实情况，没有半点儿虚言。"

哈里发哈伦·拉希德听了两条狗的故事，觉得十分新鲜。他对阿卜杜拉·本·法德勒说："你的二位胞兄那样侵犯你的权利，你能宽恕他俩吗？"

阿卜杜拉·本·法德勒说："信士们的长官，愿安拉宽恕他俩，赦免他俩今世和来世的罪过。我也需要他俩宽恕我，因为在过去的整整十二年中，我每夜都鞭打他俩。"

哈里发哈伦·拉希德说："阿卜杜拉·本·法德勒，但愿我能拯救他俩，让他俩恢复人的原形，然后我再为你们说和，以便兄弟之间和睦相处，共度人生。你宽恕了他俩，他俩定会宽恕你。你把他俩带回家去吧，今夜不要再鞭打他俩，明天自有好结果等待你。"

阿卜杜拉·本·法德勒说："信士们的长官，凭安拉起誓，假若我一夜不鞭打他俩，赛伊黛公主就会来惩罚我；她打我打得非常厉害，令我难以忍受。"

哈里发说："你不要害怕，我给你写一封信，赛伊黛公主来了，你就把我的信给她。她读了我的信，就会宽恕你，也就算她办了件好事；假若你不服从我的命令，我就只能把你的事交给安拉了，让她抽打你，因为你忘记了抽打两位胞兄，如果真有这样的情况发生，而且她不服从我的命令，我身为信士们的长官，我是有办法为自己开脱的。"

说完，哈里发走去，用一张有两个手指长的纸，写了一封信，封好之后，对阿卜杜拉·本·法德勒说："阿卜杜拉·本·法德勒，赛伊黛公主来后,你把这封信交给她,对她说:'人王哈里发命令我不要再鞭打这两条狗,还为我给你写了这封信,并向你问安。'之后把信交给她,你不必担心什么!"

阿卜杜拉·本·法德勒立誓不再打他的二位胞兄,牵着他俩向住处走去,边走边想:"神王的女儿如果违抗哈里发的命令,今夜把我鞭打一顿,人王哈里发又能把公主怎样呢?不过,我甘愿受公主的鞭打,让我的两位胞兄安安稳稳度过一夜,哪怕为此我受一番折磨。"

阿卜杜拉·本·法德勒左思右想,只听他的灵感对他说:"假若哈里发没有坚强的后盾,他是不会阻止你打他俩的。"

阿卜杜拉·本·法德勒回到住处,解下二位胞兄脖子上的枷锁,说:"我豁出去了,把一切全部托付给安拉啦!"

阿卜杜拉·本·法德勒开始安慰二位胞兄,说道:"你俩不要担心什么了,因哈里发已做出解救你俩的保证,而且我也宽恕了你俩。但期你俩解脱痛苦的时辰就在今夜,你俩现在可以高兴、欢欣一下了。"

他俩听后,像狗一样汪汪地叫起来……

讲到这里,眼见东方透出黎明的曙光,莎赫札德戛然止声。

第九百八十六夜

夜幕垂降,莎赫札德接着讲故事:

幸福的国王陛下,阿卜杜拉·本·法德勒回到住处,解下二位胞兄脖子上的枷锁,说:"我豁出去了,把一切全部托付给安拉啦!"

阿卜杜拉·本·法德勒开始安慰二位胞兄,说道:"你俩不要担心什么了,因哈里发已做出解救你俩的保证,而且我也宽恕了你俩。但期你俩解脱痛苦的时辰就在今夜,你俩现在可以高兴、欢欣一下了。"

他俩听后,像狗一样汪汪地叫起来,用面颊使劲地蹭阿卜杜拉的脚,仿佛在为他祈祷祝福,在他面前表现得十分谦恭。

见此情景,阿卜杜拉·本·法德勒为二位胞兄感到难过。他用手抚摩着两条狗的脊背,直至晚饭时刻来临。

侍从们把餐桌放好,端上晚饭,阿卜杜拉·本·法德勒对他俩说:"坐下吃饭吧!"

两条狗坐下,和阿卜杜拉·本·法德勒一道吃了起来。侍从们见此情景,惊异不已,说道:"莫非总督疯啦?一个堂堂的巴士拉总督,怎好和狗同桌而餐呢?他比大臣的地位还高,难道不知道狗是哑巴畜生?"

他们望着两条狗和总督一道吃喝起来,万万想不到他们就是总督的两位兄长。

他们站在那里,一直望着阿卜杜拉·本·法德勒和两条狗吃完饭。阿卜杜拉·本·法德勒洗手,两条狗也伸出爪子洗,站在旁边的侍从们笑了,无不感到惊奇,相互议论说:"我们从未见过狗吃完饭还会洗手!"

两条狗在阿卜杜拉·本·法德勒身旁坐下来,谁也没敢发问什么,直到夜半时分,阿卜杜拉·本·法德勒方才让侍从们去睡觉。两条狗各自睡在一张床上,侍从们相互说:"总督睡觉了,两条狗和总督睡在一起!"

有的说:"既然他和狗同桌进餐,睡在一起又有何妨!这都是疯子所干的事情。"

桌子上剩下很多好吃的东西,但侍从们谁也不曾去尝一口。他们说:"我们怎好吃狗剩下的残羹剩饭呢?不能吃!"

他们把桌子上剩下的东西全部倒掉了。他们说:"狗吃过的东西太脏了!"

阿卜杜拉·本·法德勒刚刚睡着,不知不觉大地开裂,赛伊黛公主钻出地面,对阿卜杜拉·本·法德勒说:"喂,阿卜杜拉·本·法德勒,你今夜为什么没鞭打那两条狗呢?为什么把枷锁取下来?你违抗了我的命令,无视我的叮嘱,我只好鞭打你,也让你变成狗!"

阿卜杜拉·本·法德勒说:"公主,凭苏莱曼戒指上的咒符起誓,求你宽容我吧!容我把原因告诉你,之后你如何对待我,随你的便。"

赛伊黛公主说:"原因在哪里?"

阿卜杜拉·本·法德勒说:"人王哈里发哈伦·拉希德命令我今夜不要鞭打他俩,我有哈里发陛下的手书在此,哈里发还要我代他向你问好。他让我把他的手书呈递给公主看,我服从了哈里发的命令,今夜没有鞭打他俩。这是哈里发的手书,请过目。"

赛伊黛公主说:"拿来!"

阿卜杜拉·本·法德勒递上那封信,公主打开一看,只见上面写着:

奉大慈大悲安拉之名

人王哈里发哈伦·拉希德致神王之女赛伊黛公主:

　　此人已宽谅其二长兄,放弃进行报复的权利。我已从中说和,一旦和解确立,惩罚随即免除。你若反对我的裁决,我必反对你们的裁决,不服从你们的法律。你若服从我的命令,执行我的裁决,我必执行你们的裁决。我希望你不再干预他们的事情。假若你信奉安拉及其使者,理当服从安拉及其使者代理人的命令。你若能原谅他俩,我必在安拉允许的权利范围内报偿你的恩德。能够证明你服从命令的表现,则是你消除对他俩施行的法术,让他俩明日得以解脱;假若你不肯主动使他俩解脱变形之灾,我将蒙伟大安拉相助,强迫你执行我的命令。

赛伊黛公主读完哈里发的信,对阿卜杜拉·本·法德勒说:"喂,阿卜杜拉·本·法德勒,我回去见见父王,把人王哈里发的信让父王看看,我马上回来,才能决定如何行事。"

话音刚落,赛伊黛公主用手一指地面,只见地面裂开,她马上钻入地里。

赛伊黛公主身影消失了,阿卜杜拉·本·法德勒高兴得心花怒放,情不自禁地说:"安拉多么宠爱信士们的长官!"

赛伊黛公主见到父王,一番禀报之后,呈上哈里发的信。

神王接过人王的书信,吻了又吻,然后又高高举过头,方才打开阅读。

神王看过信,对女儿说:"孩子,人王的命令应该执行,我们不能违抗。你赶快去救那两个人,并且对他俩说:'人王为你俩说情了;假若人王对我们发怒,我们就会死光。'孩子呀,你千万不要招来我们不能忍受的灾难!"

赛伊黛公主对父王说:"父王,如果人王对我们发怒,他会把我们怎样呢?"

神王说:"女儿呀,人王在各方面都胜过我们。第一,他是人,比我们强;第二,他是安拉的代理人;第三,他坚持晨拜。就是七方神魔一起对付他,也不能把他怎样。他对我们发怒,只要跪拜两次,冲我们呼叫一声,我们便会像羊在屠夫面前那样,俯首任人宰割。他可以随意把我们从我们自己的家园赶到荒凉、寂寞、无法生活的地方去,他能让我们自相残杀。我们无法违抗他的命令;如若违抗,我们就将全部被烧死。在他的面前,我们是无处可逃的。安拉的每个奴仆都要进行晨拜。他的裁决,我们必须服从。你千万不要因为两个男子而把我们拖向死路,你赶快去解救那两个人,免得信士们的长官对我们发怒。"

赛伊黛公主回到阿卜杜拉·本·法德勒那里,把父王说的那些话告诉了他。她对阿卜杜拉·本·法德勒说:"请代我们吻信士们的长官的手,代我们祝哈里发陛下健康、愉快。"

说完,赛伊黛公主取来洗指钵,淘了一钵水,对着钵子念了一阵咒语,然后把水洒在两条狗的身上,并且说:"脱离狗形,变成人形吧!"

顷刻之间,两条狗变成了两个人。他俩同时说:"万物非主,唯有安拉;穆罕默德是安拉的使者。"

二人忙去亲吻弟弟阿卜杜拉的手和脚,求弟弟宽恕。

阿卜杜拉·本·法德勒对二位胞兄说:"我也请你俩宽恕我!"

二人一阵忏悔,说:"可恶的易卜劣斯诱骗我们,让我们起了贪心。我们的主给了我们应得的惩罚。我们祈求高尚的人原谅我们。"

二人向弟弟百般求情,泪如雨下,对自己的所作所为感到万分后悔。

阿卜杜拉·本·法德勒问二位胞兄:"我从石头城带回来的那位姑娘,你们把她弄到哪里去啦?"

二位胞兄说:"我们受魔鬼诱惑,把你抛到海里之后,我们之间出现了矛盾,都想要娶那个姑娘为妻。姑娘听我们争吵起来,知道我们把你丢进了海里,即走出船舱,对我们说:'你俩不要为我争吵了!我不属于你们当中的任何一个人。既然我的心上人已被抛入海中,我也就要随他而去了。'话音未落,她纵身跳进了海里,淹死了。"

阿卜杜拉·本·法德勒说:"她牺牲了!无能为力,只能依靠伟大的安拉!"

阿卜杜拉·本·法德勒哭了起来,泪水簌簌下淌。他对二位胞兄说:"你们俩不应该这么干呀!你们把我的妻子葬送了!"

二位胞兄忙道歉:"我们错了,安拉惩罚我们。这一切都是安拉安排好的。"阿卜杜拉·本·法德勒接受了二位胞兄的道歉。

赛伊黛公主说:"他俩干了这样的坏事,你也能原谅他俩?"

阿卜杜拉·本·法德勒说:"公主姐姐,得容人处且容人。安拉会给报偿的。"

赛伊黛公主叮嘱说:"他俩是两个叛逆、奸诈之人,你可千万要小心呀!"

赛伊黛公主说完,告辞转身离去。

讲到这里,眼见东方透出黎明的曙光,莎赫札德戛然止声。

❖ 第九百八十七夜 ❖

夜幕垂降,莎赫札德接着讲故事:

幸福的国王陛下，阿卜杜拉·本·法德勒对赛伊黛公主说："公主姐姐，得容人处且容人。安拉会给报偿的。"

赛伊黛公主叮嘱说："他俩是两个叛逆、奸诈之人，你可千万要小心呀！"

赛伊黛公主说完，告辞转身离去。

阿卜杜拉·本·法德勒与两位胞兄共度良宵，边吃边喝，边玩边乐，心花怒放，欢欣不已。

第二天早晨，阿卜杜拉·本·法德勒把二位兄长带进澡堂，洗了澡，各换上一套价值昂贵的衣服，然后端上饭菜，弟兄三人共进早餐。

侍从们看见总督的两个哥哥，急忙上前问安致意，并对阿卜杜拉·本·法德勒总督说："总督阁下，祝贺你与二位兄长见面。这段时间里，他俩在哪里呀？"

阿卜杜拉·本·法德勒说："他俩就是你们看见的那两条狗。赞美安拉，使他俩免受禁锢之苦和折磨。"

之后，阿卜杜拉·本·法德勒带着他的两个哥哥向哈里发王宫走去。

阿卜杜拉·本·法德勒带着二个哥哥来到哈里发哈伦·拉希德面前，向哈里发行吻地礼，祝哈里发富贵长久，荣华永存，远离忧愁。哈里发对阿卜杜拉·本·法德勒说："阿卜杜拉·本·法德勒总督阁下，把你的情况对我讲一讲吧！"

阿卜杜拉·本·法德勒说："信士们的长官，安拉使陛下尊荣永在。我带着他俩回到住处，因为有您的手书在握，您已决心解救他俩，所以我感到十分放心。当时，我心想：'帝王想做某件事，定能成功。'我把一切都托付给了安拉，安拉定能帮助他们。我和他俩同桌就餐,侍从们看见我和狗一块儿吃饭,都感到好奇,以为我神经不正常。有的说:'莫非他疯啦?巴士拉总督的地位比大臣还大,怎么能和狗在一起吃饭呢?'他们把剩下的饭菜倒掉,并且说:'我们不吃狗剩下的东西!'他们都认为我的举止愚蠢,见地低下。我听了他们的种种议论,没有说一句话,因为他们不知道那就是我的两位同胞兄弟。睡觉的时间到了,我把他们都打发走了。我刚刚睡下,不觉之中大地开裂,红王的女儿赛伊黛公主出现了,只见她满面怒色,两眼喷吐着火焰……"

阿卜杜拉·本·法德勒把发生的事情一五一十地告诉了哈里发,把公主及其父王的态度详细禀报,还谈到公主如何施法术,使两条狗变成了两个人。之后,阿卜杜拉·本·法德勒指着带来的两个人,说:"信士们的长官,这就是我的两位胞兄。"

哈里发仔细望去,发现那是两位美男子,如同明月。哈里发说:"阿卜杜拉·本·法德勒,安拉定会报偿你的恩德,因为你向我讲述了一个我从不知道的奇妙故事。只要我活在世上,我就不会放弃黎明前的两拜。"

哈里发严厉责备了两位兄长的背信弃义行为,二人当着哈里发的面道了歉。

哈里发说:"你们相互握手言好吧!你们相互原谅吧!安拉宽恕你们过去的一切行为。"

哈里发望着阿卜杜拉·本·法德勒,说:"阿卜杜拉·本·法德勒,就让你的两位哥哥当你的助手,好好待承他俩吧!"

哈里发又叮嘱他俩要听弟弟的话,继之赠赐给他们许多钱财,安排手下人护送他们回巴士拉城。

阿卜杜拉·本·法德勒带着二位胞兄,高高兴兴地离开哈里发宫。哈里发也感到很高兴,因他从这件事中知道了黎明前叩拜两次的特别好处。他兴高采烈、扬扬自得地说:"一些人的灾难,恰是另一些人的福音。"

阿卜杜拉·本·法德勒带着他的两个哥哥离开巴格达城,一行人马浩浩荡荡、威风凛凛,向巴士拉城进发。

巴士拉城的大小官员、名流士绅得知总督回返,赶忙装点城郭,张灯结彩,出城相迎。欢迎队伍无比庞大。人们高声为阿卜杜拉·本·法德勒欢呼、祝福,阿卜杜拉向人们抛金散银。欢迎的人群频频为阿卜杜拉·本·法德勒祈祷、祝福,却没有一个人瞧他的两个哥哥一眼,二人心中的嫉妒之情因之油然而生。虽然如此,阿卜杜拉仍然用讨好的目光望着二位兄长,而这种讨好和迁就之心,却更助长了二人的嫉妒、憎恶之情。正如诗人所描绘的那样:

我曾竭全力,抚慰所有人;却有嫉妒虫,不解我善心。
嫉妒心强者,焉值人怜悯?欲使其意足,世间情穷尽。

阿卜杜拉·本·法德勒给两个哥哥各娶了一位漂亮妻子,并给他俩每人配备了男仆女婢各四十名,黑、白肤色各半。此外,还给每个人宝马五十匹,侍从若干,并且为每人规定了俸禄和封地,让他俩当了自己的助手。

一天,阿卜杜拉·本·法德勒对二个哥哥说:"二位胞兄,你俩和我同起同坐,没有任何差别……"

讲到这里,眼见东方透出黎明的曙光,莎赫札德戛然止声。

第九百八十八夜

夜幕垂降，莎赫札德接着讲故事：

幸福的国王陛下，阿卜杜拉·本·法德勒给两个哥哥各娶了一位漂亮妻子，并给他俩每人配备了男仆女婢各四十名，黑、白肤色各半。此外，还给每个人宝马五十匹，侍从若干，并且为每人规定了俸禄和封地，让他俩当了自己的助手。

一天，阿卜杜拉·本·法德勒对二个哥哥说："二位胞兄，你俩和我同起同坐，没有任何差别。这里的政事，首先要听安拉的，然后是听哈里发的，再就是由我和你俩进行安排了。无论我在不在，巴士拉的事情均由二位哥哥决定，你俩的裁决一定得贯彻执行。不过，有一点，你们裁决事情时，一定要敬畏安拉，不可武断行事，力戒不公。若有人命案，你俩要公正裁决；若属于一般案子，不要亏待信士，以免人们咒骂你们，把状告到哈里发那里，你俩出丑，也让我跟着丢人。你们不要虐待任何人！你俩若有贪图他人钱财的念头，请只管拿我的钱用，因我这里有你们用不完的钱。《古兰经》中有关禁止暴虐、反对压迫、禁绝不公的内容，我想你俩心里是一清二楚的。诗人说得好啊……"

说到这里，阿卜杜拉·本·法德勒吟诵道：

青年藏歹意，隐瞒难持久。明哲不冒昧，时宜方动手。

> 智者舌藏心,愚夫心在口。遇事欠思考,因小大命丢。
> 本质时可隐,言行中必露。本质欠佳者,口里必出丑。
> 行仿傻瓜动,其愚无可救。秘密告他人,大祸即临首。
> 且管好自身,他事莫伸头。

阿卜杜拉·本·法德勒谆谆告诫两个哥哥,要他俩公正行事,劝他俩千万不要暴虐横行,直至他认为两人完全听从了他的劝告,随后对两个哥哥一番热情款待。

让我们看看纳绥尔和曼苏尔是如何对待胞弟的。

虽然阿卜杜拉·本·法德勒待两个哥哥甚厚,然而纳绥尔和曼苏尔对弟弟的嫉妒、憎恶之心却有增无减。

有一天,二人碰到一块儿,纳绥尔对曼苏尔说:"我们的弟弟从前是个小商人,如今却成了大总督;他由小变大,而我们却没有得到升迁。现在,他大权在握,发号施令,我们都得俯首听命。这样的日子,我们要忍耐到哪年哪月呢?我们在这里,既没有分量,也没有地位,任凭他笑话我们,我们只能当他的助手,这有什么意思呢?难道我们是他的奴仆!我们在他的手下,只要他在这里,我们的地位就永远不高。我们什么也得不到。我们只有杀了他,把他的钱财都掌握在我们的手中,才能达到我们的目的;而我们要得到他的钱财,也必须在把他杀掉之后。杀掉他,我们就可以掌握大权,把他宝库中的金银财宝拿出来,你我平分,然后再准备一份礼物送给哈里发,向他要库法总督的职位。这样,你当巴士拉总督,我担任库法总督;或者我当巴士拉总督,你去库法执政,各执掌一方大权。不过,所有这一切,都得等到我们杀了他,才能化为现实。"

曼苏尔说:"你说得很好。可是,我们怎样才能把他杀掉呢?"

"在你或我的住处摆一桌筵席,把他请来,我们好好伺候他,和他聊天,给他讲故事和笑话,直到他沉醉在谈笑之中为止。之后,我们安排他躺下睡觉;等他睡熟,我们一齐上,把他掐死,随后将他抛入河里。天明后,咱俩就对人说,女妖在他和我们说话时突然而至,责斥他说:'强盗啊,你竟敢在信士们的长官面前告我的状,你以为我们怕他吗?信士们的长官是君王,我们也是君王;他若对我们无礼,我们会把他杀死的。我今天就把你杀死,看看那位信士们的长官有什么办法。'女妖说罢,将他带走,钻入地中。见此情景,我们吓晕了。当我们苏醒过来时,究竟我们的弟弟情况怎么样,我们一无所知。之后,我们就派人去通知哈里发,他必会让我们取代弟弟的位置。再过一段时间,我们去给哈里发送贵重礼物,要求他把库法总督的职权交给我们。这样,我们一个任巴士拉总督,一个任库法总督。到那时,国家安定,万民服顺,我们就如愿以偿了。"

"弟弟,你这个主意妙极了!"

二人商定杀死弟弟,纳绥尔备好筵席,去请阿卜杜拉·本·法德勒。

纳绥尔对阿卜杜拉·本·法德勒说:"弟弟,我们是同胞兄弟,我想请你和曼苏尔到我家中吃顿饭,以期给我带来一些安慰,也好让我为你感到自豪,让人们说阿卜杜拉·本·法德勒总督赴哥哥纳绥尔的宴会去了,定会为我带来巨大名声。"

阿卜杜拉·本·法德勒说:"好吧!你和我没有什么区别,你的家就是我的家。既然你请我赴宴,我也就不能拒绝;拒绝人家宴请，那是不礼貌的。"

阿卜杜拉·本·法德勒望着哥哥曼苏尔，问道："你跟我去纳绥尔家吃饭，以便给他送去安慰吗？"

曼苏尔说："弟弟，你立誓到纳绥尔家吃过饭后，再到我家吃饭，我才跟你一道去，纳绥尔是你的哥哥，难道我就不是你的哥哥？你能安慰他，就不能安慰安慰我吗？"

阿卜杜拉·本·法德勒说："好吧！我们从他家出来，就到你家去。他是我的哥哥，你也是我的哥哥。"

纳绥尔吻了吻弟弟阿卜杜拉·本·法德勒的手，随后退出总督府，回家开始准备筵席。

第二天，阿卜杜拉·本·法德勒骑着马，带着众多随从，和哥哥曼苏尔向纳绥尔的公馆走去。

阿卜杜拉·本·法德勒走进纳绥尔家的客厅，他和随从及他的哥哥曼苏尔坐下来，纳绥尔即令仆人端上饭菜，对大家表示欢迎，宾主随即开始就餐，大家边吃边乐。

他们吃完饭，洗过手，随后摆上酒席，宾主边吃边喝，边谈边乐，直至夜幕垂降。

他们吃完晚饭，做过昏礼和宵礼，然后坐在一起聊天。曼苏尔讲过故事，纳绥尔再讲故事。阿卜杜拉·本·法德勒侧耳聆听。

纳绥尔、曼苏尔和阿卜杜拉在一个客厅，随从们在另一个屋中。

三兄弟边饮边谈，一直沉浸在欢乐的气氛中。阿卜杜拉·本·法德勒不知不觉困意来临，想睡觉了……

讲到这里，眼见东方透出黎明的曙光，莎赫札德戛然止声。

第九百八十九夜

夜幕垂降，莎赫札德接着讲故事：

幸福的国王陛下，兄弟三人吃完晚饭，做过昏礼和宵礼，然后坐在一起聊天。曼苏尔讲过故事，纳绥尔再讲故事。阿卜杜拉·本·法德勒侧耳聆听。

纳绥尔、曼苏尔和阿卜杜拉在一个客厅，随从们在另一个屋中。

兄弟三人边饮边谈，一直沉浸在欢乐的气氛中。阿卜杜拉·本·法德勒不知不觉困意来临，想睡觉了。他们立即给阿卜杜拉·本·法德勒铺好床铺，阿卜杜拉·本·法德勒脱下衣服，躺下去，片刻后便进入了梦乡。

纳绥尔和曼苏尔相继在阿卜杜拉·本·法德勒身边躺下。当阿卜杜拉·本·法德勒睡熟时，二人便骑在他的身上。就在这时，阿卜杜拉·本·法德勒醒了过来，惊问道："二位哥哥，你们要干什么？"

二人说："我们不是你的哥哥，我们不认识你。你活着还不如死掉！"

二人用手掐住阿卜杜拉·本·法德勒的脖子，直至阿卜杜拉·本·法德勒失去知觉，一动不动。

那公馆位于河边。当二人以为阿卜杜拉·本·法德勒已经死去时，便将他抬起来，抛进了河水之中。

阿卜杜拉·本·法德勒刚刚被抛进河水里，安拉便给他派来了一只海豚。那只海豚常游到公馆窗子下临的河水处，每当宰牲时，厨师总把一些碎肉或肠衣从窗子里抛入河中，海豚便来吞食那些东西。

那天，因为举行盛大宴会，丢入河中的残羹剩饭及下脚料特别多，所以海豚吃到的东西也多，体力因此大增。海豚听到东西落水的声音，急忙赶来，见落水的是一个人，随即用背驮起，劈波斩浪，将那个人送到对岸，抛在岸边的一个路口，正好有一支商队从那里经过，见一个人躺在那里，他们便说："河水把一个被淹死的人推上了岸！"

大家迅速围拢上来，仔细观看。

商队的头领是个心地善良的人，而且颇有知识，通晓医道，还会相面。他发问道："喂，出什么事啦？"

人们说："这里有一个被淹死的人！"

那头领走过来，仔细看过后，说："这个小伙子很有气质，看上去是个大家子弟，受过良好教育，他有希望起死回生。"

那头领把阿卜杜拉·本·法德勒带走，给他换上衣服，为他生火取暖，对他进行调治，周到照顾三天之后，阿卜杜拉·本·法德勒缓缓苏醒过来，但他有些受惊，身体虚弱不堪。商队头领弄来草药，继续为他调治。

商队行进三十天，离巴士拉渐远。在此期间，商队头领一直在为阿卜杜拉·本·法德勒调治。商队进入波斯境内的奥吉城，在一间客栈住了下来，商人们为阿卜杜拉·本·法德勒铺好床，让他躺下。

那一夜，阿卜杜拉·本·法德勒不住地呻吟，商人们为他感到不安。

第二天早晨，客栈看门人来见商队头领，对他说："这位体弱的旅客怎么啦？我们真为他感到不安。"

商队头领说："我们经过一条河边时，发现这个溺水之人，我们为他进行了调治，只是尚未恢复健康。"

"带他去女医拉吉哈那里去看看吧！"

"女医拉吉哈会什么？"

看门人说："我们这里有一位姑娘，生得如花似玉，名叫拉吉哈。有病的人只要到她那里一看，在她那里过上一夜，便能恢复健康，好像不曾得过病似的。"

商队头领说："你带我去见见她吧！"

"请你带病人一道去吧！"

商队头领背起阿卜杜拉·本·法德勒，跟着看门人来到一个地方，只见那里人们进进出出，十分热闹，进去的人抱着强烈的希望，出来的人满脸笑容。

看门人进了屋，走到幕帘前，说："拉吉哈医生，给这位病人看看吧！"

拉吉哈说："让他到幕帘里来吧！"

阿卜杜拉·本·法德勒走到幕帘后，仔细一看，原来那位女医就是他从石头城带出来的那位姑娘。阿卜杜拉一眼认出了她，向她问好致意；拉吉哈也认出阿卜杜拉·本·法德勒，向他问安还礼。

阿卜杜拉·本·法德勒问道："是谁把你带到了这个地方？"

拉吉哈说："那天我发现你的两个哥哥把你抛入了海中，随后他俩为争夺我而吵了起来。见此情景，我纵身跳进了海里。幸得海杜尔·艾卜·阿巴斯老人相救，把我带到了这里，并准许我在此行医，为人治病。他在城中喊道：'谁有病请来找女医拉吉哈吧！'他还对我说：'你在这里住下吧！总有一天，你的心上人会来找你

4037

的.'患者纷纷前来找我,每每人到病除,致使我的名声远扬四方。人们不断来此还愿,我得到了许多钱财,生活安定富裕,本乡人都为我祈祷祝福。"

说完,拉吉哈给阿卜杜拉·本·法德勒轻轻按摩,阿卜杜拉·本·法德勒凭着伟大安拉之力,当即恢复健康,强壮如初。

海杜尔·艾卜·阿巴斯老人每星期五晚上来看拉吉哈。那天正好是星期五,夜幕垂降之时,拉吉哈陪阿卜杜拉·本·法德勒吃过丰盛的晚餐之后,二人坐着等待海杜尔·艾卜·阿巴斯老人来临。

二人正坐着谈话时,海杜尔·艾卜·阿巴斯老人来了,随后带他俩离去。不知怎的,不知不觉中,海杜尔·艾卜·阿巴斯老人把他俩送到了巴士拉阿卜杜拉的总督府,随后转身离去,转眼不见踪影。

第二天清晨,阿卜杜拉·本·法德勒睁眼一看,发现自己就在自己的总督府里,那里的一切如旧,并且听到门外传来人们的喧嚷声。

阿卜杜拉·本·法德勒凭窗望去,但见他的两个哥哥曼苏尔和纳绥尔被吊在总督府门外的绞刑架上。

他俩为什么被判处绞刑呢?原来,他俩把阿卜杜拉·本·法德勒抛进了河中,第二天早晨却哭着对人们说道:"女妖把我们的弟弟抢走了……"后来,他俩准备了贵重礼物,派人送给哈里发,并报告阿卜杜拉·本·法德勒死亡的消息,还向哈里发要巴士拉和库法的总督官位。

哈里发得知此事,立即将曼苏尔和纳绥尔召到京城,查问情况。二人说女妖掠走了阿卜杜拉·本·法德勒,不知下落。哈里发不禁勃然大怒。

当天夜里,哈里发未曾合眼。黎明之前,他照例跪拜两次,唤来群神，问他们谁去抓了阿卜杜拉·本·法德勒，群神发誓说谁也没见过阿卜杜拉·本·法德勒，还说："我们不知道他的任何消息。"

红王的女儿赛伊黛公主来到后，把阿卜杜拉·本·法德勒的情况告诉了哈里发，哈里发即令众神离去。

第二天，哈里发下令鞭打纳绥尔和曼苏尔，二人才供出了自己的丑行。哈里发听后，大怒道："把他俩押往巴士拉，绞死在阿卜杜拉·本·法德勒的总督府门前！"

阿卜杜拉·本·法德勒得知二位胞兄被绞死的原因，随即令侍从将二人的尸体埋葬，然后骑马登程，直奔京城巴格达。

阿卜杜拉·本·法德勒见到哈里发哈伦·拉希德，把自己的情况以及二位胞兄的所作所为，从头到尾向哈里发讲了一遍。

哈里发听后，觉得十分新奇。随后，哈里发唤来法官和证婚人，为阿卜杜拉·本·法德勒和他从石头城带来的那位姑娘拉吉哈写就婚书，当夜共享洞房花烛之乐。

之后，阿卜杜拉·本·法德勒夫妻双双返回巴士拉城，生活幸福美满，直至天年竭尽。

讲到这里，莎赫札德戛然止声。

妹妹杜娅札德说："姐姐，你讲的故事真精彩，真动人，真美妙！"

莎赫札德说："如蒙国王陛下厚恩，能再留我一夜，这与我来晚将要讲的故事相比，就算不上什么精彩、动人、美妙了。"

听莎赫札德这样一说，舍赫亚尔国王心想："凭安拉起誓，我不能杀她，我要把故事听完……"想到这里，他说："天色尚早，接着讲吧！"

莎赫札德开始讲《鞋匠马鲁夫》的故事：

相传，很久很久以前，在埃及的米斯尔城，有一个修鞋匠，名叫马鲁夫。

马鲁夫的妻子名叫法蒂玛，外号"阿苦芭"，意为刁婆。之所以如此，因其性情刁钻，放肆无羁，寡廉鲜耻，经常惹是生非。她总是欺负丈夫，每天要骂丈夫千百次。

马鲁夫很怕自己的刁妻，忍气吞声，因为他是个有头脑、爱面子的人。但他很穷，他挣的钱多时，全部花在妻子的身上；挣的钱少时，就要挨刁妻的数落，甚至体罚，致使他一夜不得安睡。正像诗人所描绘的那样：

　　我曾与婆娘，共度几夜晚；相对怒气生，痛苦不堪言。
　　多想见她时，毒药带身边；断然下狠心，送她魂归天。

一天，刁婆对丈夫马鲁夫说："喂，马鲁夫，你听着！你今天给我买些蜂蜜奶油粉丝来！"

马鲁夫说："凭安拉起誓，我口袋里一文钱都没有啊！但期安拉默助，让我给你买回你要的东西！"

刁妻说："我不管什么默助不默助，今天你一定要给我买来蜂蜜奶油粉丝……"

讲到这里，眼见东方透出黎明的曙光，莎赫札德戛然止声。

第九百九十夜

夜幕垂降，莎赫札德接着讲故事：

幸福的国王陛下，一天，刁婆"阿苦芭"对丈夫马鲁夫说："喂，马鲁夫，你听着！你今天给我买些蜂蜜奶油粉丝来！"

马鲁夫说："凭安拉起誓，我口袋里一文钱都没有啊！但期安拉默助，让我给你买回你要的东西！"

刁妻对丈夫说："我不管什么默助不默助，今天你一定要给我买来蜂蜜奶油粉丝！如果不是那一种，我就像新婚之夜那样处置你。"

马鲁夫听后说："安拉大慈大悲，慷慨无比！"

随后转身出了家门，心里有难以言状的愁苦。他做过晨礼，走去打开铺子门，坐在那里，开始祈祷道："主啊，赐我以生计，让我挣上几个钱，也好买回蜂蜜奶油粉丝，以免受刁婆的气吧！"

马鲁夫在铺子里坐了大半天，却不见有人送活儿来，不禁心中惶恐万分，随后站了起来，锁上铺子门，一时不知该怎么办才好。此时此刻，他囊空如洗，连买发面饼的钱都没有，又怎么买蜂蜜奶油粉丝呢？

马鲁夫走到糕点铺前，呆呆地站在那里，止不住泪水潸然落下。

店主看见马鲁夫，问道："喂，马鲁夫，你哭什么呀？你究竟怎么啦？请告诉我吧！"

马鲁夫把事情的原因讲了一遍,然后说:"我那个老婆呀,真是太凶了!她今天要我给她买蜂蜜奶油粉丝呢?我在铺子里坐了大半天,连买发面饼的钱都没挣来,怎么买蜂蜜奶油粉丝呢?我真怕她跟我过不去。"

店主笑了,他说:"马鲁夫师傅,这有什么可怕的?你要几磅?"

"要五磅。"

店主给他称了五磅奶油粉丝,然后说:"马鲁夫师傅,我这里有奶油,但没有蜂蜜。不过,我这里有白蜜糖。其实,白蜜糖比蜂蜜还好,加些蜜糖,不碍事的。"

因为要赊人家的东西,马鲁夫羞于再坚持什么,于是说:"那就加白蜜糖吧!"

店主拿了粉丝,加上奶油和白蜜糖,成了又香又甜的美食,足以供给帝王享用。

店主又问:"还要发面饼和奶酪吗?"

马鲁夫回答说:"要的,要的!"

店主给马鲁夫拿了两第纳尔的发面饼,半第纳尔的奶酪,五第纳尔加白蜜糖的奶油粉丝,然后对马鲁夫说:"马鲁夫师傅,我给你拿了七个半第纳尔的东西,赶快回去向你老婆交差吧!这半第纳尔,你拿着它去洗个澡吧。等上一天或两三天,安拉降给你生计,有了钱再还给我也不迟。"

马鲁夫拿起加白蜜糖奶油粉丝、发面饼和奶酪,谢过店主,高高兴兴地离去,边走边说:"赞美安拉!主啊,你是多么慷慨!"

回到家中,妻子开口便问:"买来蜂蜜奶油粉丝了吗?"

"买来啦!"

马鲁夫把东西放在妻子面前,妻子仔细一看,发现粉丝上放的是白蜜糖，便斥责道："你这个没用的东西！我不是对你说过要加蜂蜜的吗？你为什么违背我的意愿，加上了白蜜糖？"

马鲁夫急忙道歉说："这是我赊来的，要迟些时候付钱呀！"

"废话！我不吃这种粉丝，只吃加蜂蜜的奶油粉丝。"

刁婆怒气冲冲，劈头盖脸打起马鲁夫来，并且说："没用的东西，你给我换去！"

刁婆一巴掌重重地抽在丈夫的腮帮子上，将他的一颗门牙打掉了，鲜血直淌下来。

马鲁夫愤怒难以抑制，朝刁婆的头上打了一下，刁婆一把抓住马鲁夫的胡子，边拽边大声吆喝："穆斯林们，救命啊！打死人啦……"

邻居们纷纷赶来，掰开她的手，终于让马鲁夫的胡子挣脱开了。他们七嘴八舌地责备刁婆，说道："我们吃的都是白蜜糖的奶油粉丝，你为什么折磨这个穷老头子呀？这就是你的不对了。"

邻居们一番好生劝说，终于让夫妻和好了。

但是，邻居们走后，刁婆发誓不吃那种粉丝。此时此刻，马鲁夫已饿得心里发慌。心想："你不吃，我吃！"想到这里，马鲁夫伸手抓起粉丝，吃了起来。

刁婆看见丈夫吃起来，说道："吃吧，吃吧！吃下去的是毒，烂肠烂肚！"

马鲁夫说："这是什么话！"

马鲁夫根本不听那一套，边吃边笑，说："你发誓不吃这种粉丝，这倒没什么。安拉是慷慨的，但愿我明天给你买回加蜂蜜的粉丝来，让你独自吃个够。"

马鲁夫一直好言劝慰妻子，妻子却接连诅咒他。刁婆骂不停口，一直骂到天明。东方亮了，刁婆挽起袖子，抬手要打马鲁夫。

马鲁夫急忙说:"你宽限宽限我吧!我一定给你买回蜂蜜奶油粉丝来!"

马鲁夫出了门,到清真寺里做了晨礼,然后走到修鞋铺,开了门,坐了下来。他刚刚坐稳,便见法官的两名差役来了。

两名差役对马鲁夫说:"喂,马鲁夫,去见法官说话吧!你老婆告了你……"

接着,两名差役把刁婆告状的事说了一遍,马鲁夫听后,说:"安拉会惩罚她的!"

随后,马鲁夫跟着两名差役走去。走到法官府,只见妻子包着胳膊,面纱上斑斑血迹,站在那里正哭天抹泪。

法官问马鲁夫:"男子汉,难道你不怕安拉?你怎敢把自己的老婆打成这样?伤了她的胳膊,还打掉了她的牙。"

马鲁夫说:"如果我真伤了她的胳膊,打掉了她的牙,就请法官随意处罚我。其实……"

马鲁夫把事情的经过讲了一遍,然后说:"邻居们已经给我们俩说和了……"

他又把邻居们劝说的情况从头到尾讲述了一遍。

法官心地善良,掏出四分之一第纳尔,递给马鲁夫,同时说:"男子汉,拿着这点儿钱,去买点儿加蜂蜜的奶油粉丝,你和你的妻子一道吃吧!"

马鲁夫说:"法官阁下,你把钱给我的妻子吧!"

刁婆伸手接过钱,法官为夫妻俩进行了说和。法官又说:"夫人哪,你要听从你丈夫的。喂,男子汉,你也要对你的妻子温和些!"

夫妻俩经过调解和好了,双双离开法官府,随即分手,妻子走向一方,马鲁夫向自己的修鞋铺走去。

马鲁夫走到铺子里，刚刚坐下，只见官府的差役们走进铺子，对马鲁夫说："给我们两个小钱花吧！"

马鲁夫说："法官都没有向我们要什么，还给了我四分之一第纳尔呢！"

差役们说："法官给你钱或要你钱，与我们没有什么关系。你要是不给我们几个辛苦钱，我们就要强夺啦！"

他们把马鲁夫拖往市场，马鲁夫只好卖掉了他的修鞋家当，给了差役们半第纳尔，差役们这才离去。

马鲁夫回到空铺子里，手托着下巴，痛苦忧伤不堪；没有家当，他怎么为人家修鞋呢？

就在马鲁夫呆呆地坐着之时，忽见两个形容丑陋的人走进铺子，说道："喂，起来跟我们走一趟吧！法官有话要对你说，因为你的婆娘在法官那里告了你。"

马鲁夫说："法官已经给我们说和了呀！"

二人说："我们是从另外一位法官那里来的。你老婆是到我们的法官老爷那里告的状。"

马鲁夫跟着二人走去，心里暗暗咒骂自己的妻子。

到了法官那里，马鲁夫一看见自己的妻子，便问："老婆子呀，我们不是已经和好了吗？"

刁婆说："我和你没有和好！"

马鲁夫走上前去，向法官讲述了自己的情况，然后说："一位法官刚刚为我们说和了。"

法官说："既然已经说和，她为什么还来告状？"

刁婆说："就在那之后，他又打了我一顿。"

法官对夫妻俩说："你们俩和好吧！男子汉，你不要再打你的妻子了！做妻子的也不要再违抗丈夫的意愿了。"

夫妻俩表示和好。法官对马鲁夫说:"喂,给差役们几个小钱花吧!"

马鲁夫无可奈何,只好给了差役们几个钱。

马鲁夫离开法官那里,走到自己的修鞋铺,呆呆地坐下来,六神无主,不知所措,就像醉汉似的,心中有难以言状的愁闷。

马鲁夫正坐着时,忽见一个人走来,对他说:"喂,马鲁夫师傅,你赶快躲藏起来吧!因为你的妻子又在高级法院告了你的状,艾卜·泰伯格就要抓你来了……"

马鲁夫听那个人这样一说,忙站起身来,锁上铺子门,向凯旋门方向逃去。其时,他的身上只有卖修鞋家当得到的两个半第纳尔,他买了两第纳尔的发面饼,剩下的半第纳尔买了奶酪,带在身上,迅速向城外逃去。时值冬季,眼见天色已晚,当他刚刚来到城外的山丘之中,忽然下起了瓢泼大雨,把他身上的衣服全浇透了。

马鲁夫行至一个名叫阿迪利亚的地方,见那里有座破房子,连门都没有,便跑了进去,以便避避雨。眼见自己身上的东西全被雨水打湿,马鲁夫禁不住泪水簌簌淌落下来,心中不胜惆怅、烦恼。他说:"我到哪里,才能躲开我那刁婆呢?安拉,我的主啊,请把我送到一个远远的地方去吧,让刁婆再也找不到我才好!"

马鲁夫正坐着哭泣落泪时,忽见屋墙开裂,走出一个身材出奇高大的人来,令人见之,不禁周身打战。那个人说:"喂,陌生人,你为什么在夜里来打扰我?我在这里已经住了二百年,从未看见过一个人到这里来,更没见过像你这样哭泣的人。你来这里有何目的,请告诉我,我会帮你的忙。我打内心同情你。"

马鲁夫问:"你是何许人?"

那个巨人说:"我就是这个地方的主人。"

马鲁夫把自己同妻子之间发生的事向巨人讲了一遍,巨人听后,问道:"你想让我把你送到一个你妻子找不到你的地方吗?"

"是的。"

"那就骑在我的背上吧!"

马鲁夫骑在巨人的背上,巨人随即腾空而起,从初夜一直飞到东方透出黎明的曙光,忽然降落在一座高山顶上。

讲到这里,眼见东方透出黎明的曙光,莎赫札德戛然止声。

第九百九十一夜

夜幕垂降,莎赫札德接着讲故事:

幸福的国王陛下,马鲁夫把自己同妻子之间发生的事向巨人讲了一遍,巨人听后,问道:"你想让我把你送到一个你妻子找不到你的地方吗?"

"是的。"

"那就骑在我的背上吧!"

马鲁夫骑在巨人的背上,巨人随即腾空而起,从初夜一直飞到东方透出黎明的曙光,忽然降落在一座高山顶上。

巨人说:"你从这座山下去,就能看见一座城门;你进入城中,你的妻子就再也找不到你了。"

巨人说罢,转身离去,顷刻不见踪影。

马鲁夫目光呆滞地站在那里,一时不知如何是好,直到太阳从东方升起。马鲁夫心想:"我何不现在就下山进城?我待在这里是没有半点儿好处的。"

想到这里,他抬脚向山下走去。走到山脚下,果然看见那里有一座城,城墙高大,宫殿林立,建筑精美,诱人眼目。

马鲁夫走进城门一看,心中的愁闷顿时消失。他走在市场上,城里的人们都用惊羡的目光望着他,纷纷围聚在他的周围;因为他的衣着与本城人穿的衣服大不相同,人们无不感到惊异。

一个城里人说:"喂,你是外乡人吧?"

马鲁夫说:"是的。"

"你打哪儿来?"

"我从米斯尔城来。"

"你离开那里很久了吧?"

"昨天下午才离开的。"

那个人笑了,遂对周围的人说:"众人啊,你们来呀,看看这个人,听听他在说什么吧!"

众人问:"他说什么?"

"他说他打米斯尔城来,昨天下午才离开那里。"

众人哈哈大笑,他们围拢上来,异口同声地说道:"喂,异乡人,你疯了吧?不然,为什么说出这样的疯话?你怎么说你昨天才离开米斯尔城呢?我们这座城距离米斯尔城有一年的路程。"

马鲁夫说:"你们才是疯子呢!我说的全是实话。你们看,我带来的发面饼还是新鲜的呢!"

马鲁夫拿出发面饼让人们看。人们见发面饼果然新鲜,个个觉得奇怪,因为马鲁夫带来的发面饼和当地人做的不一样。

围观的人越来越多,人们相互议论说:"这是埃及米斯尔城的发面饼,快来看看吧!"

一时之间,马鲁夫名扬那座城中。有的人相信他说的是真话,有人说他在撒谎,因而讥笑他。正在这时,忽见一位商人走来,骑着一匹骡子,身后跟着两个仆人。

那商人拨开众人,大声说:"喂,众人啊,你们这样围观一个外乡人,不觉得不好意思吗?你们这样笑话人家,人家与你们有什么关系?"

商人不住地骂围观的众人,但谁也不敢还口,商人对马鲁夫说:"喂,兄弟,跟我来吧!你不要怕这些人!他们这些人都不知羞耻。"

商人带着马鲁夫走进一座宽大、豪华的房子里,让马鲁夫坐在一个像帝王坐的那样的宝椅上,又吩咐奴仆们打开衣箱,取出价值两千第纳尔的一套衣服,给马鲁夫穿上。

马鲁夫穿上那套华服,模样大变,简直就像一位商界领袖。

片刻后,商人令仆人摆上一桌筵席,各种美味佳肴一应俱全。二人吃饱喝足,商人问:"喂,兄弟,你叫什么名字?"

马鲁夫说:"我叫马鲁夫,是个修鞋匠,专门缝补旧鞋。"

"你从哪里来?"

"我从米斯尔城来。"

"你住哪条街哪个巷子?"

"你到过米斯尔城?"

"我就是米斯尔人呀!"

"我住在艾哈迈尔巷。"

"艾哈迈尔巷的人,你认识谁?"

马鲁夫一连串说出了许多人的名字。

商人问:"你认识艾哈迈德·阿塔尔吗?"

"他是我一墙之隔的邻居。"

"他好吗?"

"他挺好的。"

"他有几个孩子?"

"他有三个儿子:穆斯塔法、穆罕默德,还有阿里。"

"他的儿子现在情况怎样?都在干什么?"

马鲁夫说:"穆斯塔法挺好,他是个当老师的;穆罕默德是个香料商,他结婚后,在他父亲的店铺旁开了个香料店,他的妻子给他生了个大儿子,名叫哈桑。"

商人说:"安拉为你祝福!"

马鲁夫接着说:"至于阿里嘛,他是我童年的朋友,我们小时候总在一起玩儿。那时,我们经常冒充基督徒的孩子,混进教堂里去,偷基督教的书籍去卖,用卖得的钱买零食吃。有一次,我们被基督徒看见了,他们将我们抓住,到大人那里告了我们。他们对阿里的父亲说:'你如果再不好好管教你的孩子,我们就告到国王那里去!'阿里的父亲把阿里打了一顿,阿里一气之下,逃出了家门,不知到哪里去了,到现在已过去二十年,杳无音信。"

商人说:"我就是艾哈迈德·阿塔尔的儿子阿里,我就是你童年时代的伙伴呀,马鲁夫兄弟!"

二人都惊喜不已,一番相互问候之后,阿里说:"马鲁夫,你为什么离开米斯尔城而到这里来呢?请把原因告诉我吧!"

马鲁夫便把刁钻妻子如何折磨自己的情况向阿里讲了一遍,然后说:"她折磨我越来越厉害,我便逃出家门,向凯旋门方向跑去。说来也倒霉,刚到城外,就下起大雨,把我浑身上下浇了个透。当我躲到阿迪利亚的一座破房子里避雨时,忽见墙体开裂,走出一个巨人来,显然那是一个妖魔鬼怪。那妖怪见我哭哭啼啼,好生可怜,便问起我的情况,我随即一一如实相告。那妖怪将我背起来,随后告诉我说山下有座城,我就下了山,进了城。我刚进城不久,问这问那，我对他们说我昨天刚从米斯尔城来，他们根本不信。就在这时，你来了，把人们驱散，然后把我带到你家里来。我就是这样离开米斯尔的。你是怎样到这里来的呢？"

阿里说："我七岁时，就是一个浪荡的孩子。从那时起，我便从一个地方流浪到另一个地方。走过一个又一个城市，终于来到了这座城中。这座城市名叫海特阳城。这里的人们温柔敦厚，颇有同情心，乐意救助穷人。不管人们说什么，他们都相信。我对他们说：'我是个商人。我的货物已到，想找个存货场。'他们相信我，为我腾了一个地方。之后，我对他们说：'谁能借给我一千第纳尔，等我的货物到后，我再还他；因为我的货物到这里之前，我要用些钱。'他们果然借给了我一千第纳尔。我到市场上买了一些货物，第二天卖掉，一下赚了五十第纳尔。我又买了些别的货物，钱渐渐多了起来。"

说到这里，阿里停顿片刻，然后接着说："马鲁夫兄弟，谚语说得好：'人世之间，你诈我骗。'在这个地方，谁也不认识你，你想干什么，就干什么；你想怎么干，就可怎么干。兄弟，在这里，假若你说你是个修鞋匠，因受老婆欺压而离开米斯尔，流落到这里，人们谁也不会相信你，你反倒会成为他们的笑料，不管你在这里住多长时间。假如你说是妖怪把你背来的，人们就会躲开你，谁也不会接近你，他们会说：'这是个活鬼，谁接近他，谁会倒霉。'这个消息一传开，对我对你都不利，因为人们都知道我是米斯尔人。"

马鲁夫说："我该怎么办呢？"

阿里说："怎么办？我给你出个主意。明天，我给你一千第纳尔，再给你一匹骡子，让你骑乘，另派一名奴仆给你带路，把你领到市场大门口，去见见那些商人。我坐在商人们当中，只要一看见你到了那个地方，我马上站起来，向你问安致意，亲吻你的手，赞扬你了不起。每当我问你一种布匹，对你说：'你带来某种布匹了吗？'你就说：'我带来了许多这种布。'如果商人们向我打听你的情况，我就把你称赞一番，使他们不知道你的真实底细，另眼高看你。之后，我对商人们说：'你们给他找个店铺吧！'我对他们说你腰缠万贯，慷慨好施，乐于助人。如果有乞讨的人来，你就顺手掏给乞讨的人一些钱，让他们相信我说的是真话，更加敬重你，爱戴你，高看你。之后，我设宴招待你，同时为了你而招待所有商人，让你和他们相识，以便做买卖。同他们进行交往，这样用不了多久，你就会变成一位财主了。"

讲到这里，眼见东方透出黎明的曙光，莎赫札德戛然止声。

❖ 第九百九十二夜 ❖

夜幕垂降，莎赫札德接着讲故事：

幸福的国王陛下，阿里对马鲁夫说："如果商人们向我打听你的情况，我就把你称赞一番，使他们不知道你的真实底细，另眼高看你。之后，我对商人们说：'你们给他找个店铺吧！'我对他们说你腰缠万贯，慷慨好施，乐于助人。如果有乞讨的人来，你就顺手掏给乞讨的人一些钱，让他们相信我说的是真话，更加敬重你，爱戴你，高看你。之后，我设宴招待你，同时为了你而招待所有商人，让你和他们相识，以便做买卖。同他们进行交往，这样用不了多久，你就会变成一位财主了。"

第二天，阿里给了马鲁夫一千第纳尔，让他穿上一套华丽服装，给了他一匹骡子，令一奴仆为他带路，然后对他说："愿安拉保佑你！因为你是我的好友，我理应款待你。你不要发愁，不要再去回想妻子的行为，也不要对任何人谈起那些事情。"

马鲁夫说："愿安拉报偿你的厚恩。"

马鲁夫骑上骡子，由奴仆在前面引路，一直来到市场大门口。商人们都坐在那里，阿里也坐在他们中间。

阿里见马鲁夫骑着骡子来了，立即站起身，迎了上去，并且说道："马鲁夫先生，你好哇！你是个值得人尊敬的巨商，生意如此兴隆，而且财源广进啊！"

阿里走上前去，当着众人的面，亲吻马鲁夫的手，并对众商人说："兄弟们，巨商马鲁夫向诸位致意。"

商人们纷纷向马鲁夫问好，阿里一番赞扬马鲁夫，马鲁夫顿时在商人们的心目中成了了不起的人物。

阿里把马鲁夫接下骡背，商人们再次向马鲁夫问安。阿里一一向马鲁夫介绍各位商人，马鲁夫表示感谢。众商人问阿里："他是商人？"

阿里对他们说："是啊！他是最大的商人，没有一个人比他的资本更雄厚。他和他的父亲以及他的祖辈都很有钱，在埃及无人不知，无人不晓。他在印度、信德和也门都有伙伴，开有商号。他慷慨大方，你们都要知道他的地位和分量，好好为他效力。诸位有所不知，他到这座城中来，目的不在于做生意，而是来游览的。因为他已经不需要为赚钱而奔走他乡了，他有的是钱财，就是火神也吞食不完。我就是他的一个奴仆。"

经过阿里一番赞扬、抬举，众商人无不格外敬重马鲁夫，纷纷围拢在马鲁夫的周围,有的请他吃饭,有的请他喝酒,就连商界领袖也走过来向他问好。

阿里当着众商人的面,对马鲁夫说:"我的主人,那种布匹你带来了吗?"

马鲁夫说:"我带来了很多那种布匹。"

那天,阿里让马鲁夫观赏了许多种布料,把贵重的和便宜的布匹的名字全都告诉了他。

一个商人问马鲁夫:"先生,你带黄呢绒了吗?"

马鲁夫答道:"我带了很多黄呢绒。"

"羚羊血红呢绒呢?"

"有!也不少。"

商人问到一个品种,马鲁夫便随口答道:"多得很!"

一个商人问阿里:"阿里兄弟,照这么说,就是到你们那里买上一千种贵重布匹也不费难啦?"

阿里说:"我们那里各种布匹应有尽有,一样不缺。"

他们正坐着谈天时,忽见一个讨饭的来到他们面前,商人们有的掏出半枚银币,有的给几文钱,大部分人一分不给。当讨饭人把手伸向马鲁夫时,马鲁夫随手掏出一把金币给了讨饭的。讨饭的接过金币,连声为马鲁夫祝福、祈祷,然后转身离去。商人们见此情景,无不感到惊异。他们说:"这是帝王的赐赠呀!他给了要饭的一把金币,数都没数。假若他不是腰缠万贯,怎会如此慷慨?也绝不会拿出一把金币给了一个乞丐。"

片刻后,又来了一个女乞丐,马鲁夫掏出一把金币给了她,她连声为马鲁夫祈祷、祝福。

女乞丐离去之后,告诉许多穷苦人,于是穷苦人纷纷前来乞讨,络绎不绝,马鲁夫一一打发,直至将口袋里的一千第纳尔耗尽。之后,马鲁夫一拍巴掌,说:"安拉供给我们衣食!安拉是最可靠的主宰!"

商界领袖见此光景,问道:"大商人马鲁夫先生,你怎么啦?"

马鲁夫说:"好像本城的大部分居民都是穷苦人。假若我知道他们的情况是这样,我会带一鞍袋钱,把它全部济助给穷人。我从不回绝任何乞讨的穷苦人。我真担心我离乡时间太久,花光了口袋里的钱,再有穷人来乞讨,我该向他说什么!"

商界领袖说:"你就对他们说:'安拉会周济你的!'"

马鲁夫说:"这可不是我的习惯。我现在很为此发愁,因为我本想在货物到这里之前拿一千第纳尔济助穷人。"

"这倒没什么难办的。"

商界领袖说罢,派助手取来一千第纳尔,给了马鲁夫。

马鲁夫接到钱,凡走过他面前的穷人,他都给他们一些钱,直至晌礼时刻来临。

人们进入清真寺做晌礼时,马鲁夫把剩下的金币向礼拜者们的头上撒去。人们见金币落下,不禁一惊,纷纷为马鲁夫祝福、祈祷。

商人们见马鲁夫如此慷慨大方,无不感到敬佩、惊奇。

马鲁夫走到另一个商人面前,又借了一千第纳尔。眼见此情此景,阿里说不出话来。这种情况,一直持续到晡礼时分,马鲁夫走进清真寺,做罢晡礼,将剩下的钱全部撒光。至市场关门之时,马鲁夫共舍济出五千第纳尔。他每从一个商人那里拿些钱,便对商人说:"不用着急!等我的货物一到,你要金子,我给你金子,你要布匹,我给你布匹;我的东西、钱财太多啦!"

晚上,阿里宴请马鲁夫,商人们一起作陪。阿里让马鲁夫坐在上席。席间,马鲁夫开口贵重布料,闭口珍珠宝石;每逢有商人提到一种货物,马鲁夫便说:"这种货物我那里有的是!"

第二天,马鲁夫到了市场上,继续找商人们借钱,随后向穷人施舍。这种情况一直持续了二十天时间,马鲁夫总共从商人们那里借了六万第纳尔,却未见他的一包货物、一根布丝运到。借给他钱的商人们大哗,纷纷说道:"马鲁夫的货物还没有到,他这样借钱济助穷人要到什么时候呢?"

一个商人提议说:"我们找阿里去谈谈吧!"

他们来到阿里的住处,对阿里说:"阿里呀,马鲁夫的货物为什么还没有到?"阿里说:"你们耐心等一下,不必着急,不久货物就会到的……"

阿里找到马鲁夫,单独和他谈话。

阿里说:"喂,马鲁夫,你干的这叫什么事儿呀?我说让你烤大饼,可没有让你把大饼烤焦、烤煳呀!商人们都在说他们借给了你钱。他们告诉我,你已从他们那里拿了六万第纳尔,全部施舍给了穷人。你拿了人家这么多钱,用什么去偿还呢?眼下你既不买,也不卖,从哪里去弄钱呢?"

马鲁夫说:"六万第纳尔算什么呀!我的货物来了,他们要布,我给他们布;他们要金银,我给他们金银。"

阿里说:"安拉至大!你真有货物?"

马鲁夫随口答道:"我的货物多得很哪!"

"你真是厚颜无耻,粗俗卑劣!这些话都是我教给你的,你怎么今天用来对付我呢?安拉会惩罚你的,人们也不会宽恕你!我要把你的真实情况告诉人们!"

"别废话,去告诉吧!我是个穷人,我的货物多得很;一旦我的货物到了,我借了他们一份,还给他们两份。我根本用不着他们。"

阿里一听，勃然大怒，说道："没有礼貌的东西！我一定要让人们看看你欺骗我和你不知羞耻的下场！"

马鲁夫说："我都是照你的指示干的。他们只要等一等，我的货物一到，他们可以得到加倍的报偿。"

阿里离开他走去，边走边想："我以前竭力赞扬他，假若我现在责备他，岂不是正像人们说的那样'自食其言'，搬起石头，砸自己的脚，自己打自己的嘴巴吗？"

阿里一时不知如何是好。

过了一会儿，商人们来了。他们对阿里说："阿里，你同他谈过了吗？"

阿里说："诸位兄弟，我真替他感到害羞。他也欠我一千第纳尔，我简直无法向他开口要。你们给他钱时，没有同我商量，我不好向他开口为你们讨钱，只好你们自己开口向他要了。如果他不还你们，你们就到国王那里去告他，就说他是个骗子，骗了我们的钱财，国王会使你们得以解脱的。"

商人们走到国王那里，把发生的事情诉说了一遍。他们说："国王陛下，这个商人慷慨得有些过分，我们简直不知该如何对待他。他从我们这里拿了钱，转身就散发给穷苦人，大把大把地扔钱。假若他是个贫困人，他就不可能允许自己把大把大把的金币撒给穷苦人。假如他真是个有钱人，说的又是实话，那么，他的货物也早就该运到此地了，但我们至今没有看到他的任何东西，虽然他说他的货物早就发了出来。每当我们说到一种货物时，他总是对我们说：'这种货物我那里很多！'一个月过去了，他的货物一点儿踪影都没有。他已经欠下我们六万第纳尔，他把这些钱全施舍给了穷人。"

他们百般赞颂马鲁夫如何慷慨大方，如何向穷人进行施舍。

那位国王是个贪婪者，其贪欲胜过艾什阿卜①。听说马鲁夫如何慷慨好施，贪婪之心顿生，随后对他的宰相说："相爷阁下，这位商人如果不是个万贯家财之主，他是绝不会如此慷慨大方的。他的货物一定会到的；这些商人到了他那里，他一定会给他们许多钱财。我比他们更应该得到这些钱财。相爷阁下，我想跟这位商人交个朋友，和他联络联络感情，等待他的货物发到这里。这些商人要从他那里得到一些钱财，我也要得到一份。我想把我的女儿许配给他，让他的钱财并入我的钱财之中。"

宰相说："国王陛下，我认为他是个骗子；骗子会使贪婪者家破人亡。"

讲到这里，眼见东方透出黎明的曙光，莎赫札德戛然止声。

第九百九十三夜

夜幕垂降，莎赫札德接着讲故事：

幸福的国王陛下，那位国王是个贪婪者，听说马鲁夫如何慷慨好施，贪婪之心顿生，国王对他的宰相说："相爷阁下，这位商人如果不是个万贯家财之主，他是绝不会如此慷慨大方的。他的货物一定会到的；这些商人到了他那里，他一定会给他们许多钱财。我比他们更应该得到这些钱财。相爷阁下，我想跟这位商人交个朋

---

① 艾什阿卜，古时候一个以贪婪而著名的阿拉伯人。

友，和他联络联络感情，等待他的货物发到这里。这些商人要从他那里得到一些钱财，我也要得到一份。我想把我的女儿许配给他，让他的钱财并入我的钱财之中。"

宰相说："国王陛下，我认为他是个骗子；骗子会使贪婪者家破人亡。"

国王说："相爷，我想考验他一下。看看他究竟是骗子，还是个诚实的人；看看他究竟在干好事，还是在干坏事。"

"陛下用什么办法考验他呢？"宰相问。

国王说："我有一块名贵宝石。我先派人把那位商人召到宫里来，让他坐下，款待他一番，然后把宝石给他，他若认出这是一块名贵宝石，那么，他就是一个大富翁；假若他根本不认识宝石，那就表明他是个骗子，我就立即割下他的脑袋。"

国王随即派人把马鲁夫叫到宫中。

马鲁夫进入宫中，向国王致意问安，国王还礼后，让他坐在自己的身边。

国王问："你就是商人马鲁夫吗？"

马鲁夫答道："是的，陛下。"

"商人状告你欠下他们六万第纳尔的债，是这样的吗？"

"是的。"

"你为什么不还他们钱呢？"

"让他们等一等，等到我的货物运到这里，我还他们一倍的钱。到那时，他们要金子，我给他们金子；他们要银子，我还他们银子；他们要货，我给他们货。因为他们在穷苦人面前保全了我的面子，我欠他们一千，定还他们两千。我的钱财多不胜数。"

国王把那块宝石递给马鲁夫，并问道："商人哪，你看看这件东西；看看它属于哪个品种，价值几何。"

那是国王花两千第纳尔买到的一块宝石,有榛子那样大小;因为在他那里独一无二,所以被视为珍宝。

马鲁夫接过宝石,捏在指间看了看,一使劲,宝石因为很脆,立刻碎裂了。

国王问:"你为什么把宝石弄碎了呢?"

马鲁夫一笑,说道:"国王陛下,这根本不是什么宝石,而是一块矿石,价值一千第纳尔,你怎么说它是宝石呢?宝石价值要达七万第纳尔,而这仅能叫作矿石。不是核桃大小的宝石,在我这里是一文不值的,我根本不去看它。你是一国之王,怎能说这是宝石?这明明是块仅值一千第纳尔的矿石嘛!不过,你们是可以原谅的,因为你们都是穷人,没有什么值钱的东西。"

国王说:"商人朋友,你有你说到的那种宝石吗?"

马鲁夫说:"我多得很哪!"

国王贪心发作,说:"你能给我一块宝石吗?"

马鲁夫说:"等我的货物到了,你要多少,我给你多少,而且分文不取。因为我有大量宝石。"

国王听后,十分高兴,随后对商人们说:"你们都回去吧!你们耐心等一等,等他的货物到了,到我这里拿钱就是了。"

商人们听国王这样一说,纷纷放心离去了。

商人们走后,国王对宰相说:"你去安慰马鲁夫一下,说话要和气,态度要好,向他说说我女儿的事儿。让他与我女儿成亲,这样,他的财富就成了我的财富。"

宰相说:"国王陛下,我却不大喜欢这个商人。我认为他是个骗子。请国王放弃这个想法吧,以免白白把女儿送给他。"

宰相曾向国王的公主求婚,要求国王把女儿许配给他。公主得知宰相想娶她,拒绝了他的要求。因此宰相对国王及公主怀恨在心，才说出那种话来。国王听后，大怒道："你这个逆种，你不想让我得到好处哇！你曾向我的女儿求过婚，我女儿不愿意嫁给你，你就想阻拦她结亲。你想让我的女儿当老姑娘，最后你好把她娶到手。你听我的话，去执行命令吧！这事与你毫无关系。那位商人知道宝石的价钱，说得一点儿不差，而且将之捏碎了，他怎么会是个骗子呢？他有很多贵重宝石。他看见我女儿容颜俊秀，一定会爱上她，把自己的宝贝全送给她。你想阻拦我女儿得到那笔巨大财富，是在做梦！"

宰相不说话了，恐怕国王对他大发雷霆。宰相心想："就让狗去咬牛吧！"

宰相走去见马鲁夫，说："国王陛下很喜欢你。他有一位花容月貌、婀娜多姿的女儿，他想把女儿嫁给你，招你为驸马，你有什么意见吗？"

马鲁夫说："这倒也不错。不过，要等我的货物到了再说，因为公主的聘礼要得多，一定要让聘礼与她的地位相称。眼下，我囊中空空，一无所有，如何能考虑这桩婚事呢？要等我的货物到了之后，我才谈此事。我的财富太多了，我一定要拿五千袋金币作为公主的聘礼。此外，我还要在洞房花烛之夜拿出一千袋金币舍济穷人，并拿出一千袋金币赏给出席婚礼的客人们，拿出一千袋金币为兵士等差役置备膳食。新婚后的第一天早上，我要送给新娘一百颗宝石，另备一百颗宝石送给宫女、丫鬟，以示对新娘子的敬重。此外，我要让一千个没有衣服的人穿上衣服，还要对他们进行施舍、接济。所有这些活动，都必须等我的货物到了之后才能进行。我的宝贝多得很。只要货物一到，花这些钱算不了什么，我完全不在乎。"

宰相听后，回去禀报国王。国王听后，说："他既然有这样的打算,你怎么说他是骗子呢?"

宰相说:"我仍然说他是个骗子。"

国王大怒,斥责宰相一顿后,说:"凭我的头颅起誓,你若不放弃这种话,我就把你的首级割下来。你去把那位商人叫到我这里来,我要马上招他为我的驸马。"

宰相到了马鲁夫跟前,对他说:"跟我来,国王有话对你说。"

马鲁夫说:"恭敬不如从命!"

马鲁夫来到国王面前,国王说:"你不必这样推辞。我的宝库里满满的,给你钥匙,你打开库门,要用什么取什么就是了。那里有的是金银,你要怎样花就怎样花,要给谁就给谁,给穷人买衣穿,向穷人施舍,都随你的意;至于给宫女、丫鬟的赏银,那更是不在话下。你的货物到了之后,怎样给你的妻子买东西,都按你的想法办就是了。嫁妆嘛,等你的货物到了再说。你和我之间没有什么区别,完全不必客气。"

国王随即命令教长为公主结配给马鲁夫写婚书。婚书草就,立即举行婚庆大典,国王下令装点城郭,大街小巷张灯结彩,鼓乐高奏,笛声长鸣,宫内大摆筵席,各种新鲜玩意儿同台献艺,整个京城沉浸在一片欢悦的气氛之中。新郎马鲁夫端坐高椅,接受各种艺人们的祝贺。马鲁夫唤来司库,说道:"拿金银来!"

司库取来金币和银币,马鲁夫提着钱袋,开始在众人中穿行,给每个人一把金币和银币,继之接济穷人,给无衣者以衣穿。但见马鲁夫满面笑意,喜气洋洋,司库边送银子,马鲁夫边大把大把地撒给众人。

宰相见此情景,气得说不出话来。阿里见此光景,不禁心惊肉跳。他悄声对马鲁夫说:"马鲁夫,神和人都要和你算账!你把商人们的钱都白白扔掉了,还要把国王的钱也挥霍光吗?"

马鲁夫说:"这与你没有什么相干!等我的货物到了,我会加倍补偿国王的。"

马鲁夫不住地抛撒金银,边抛撒边想:"何必多虑!该发生的事,不可避免!该怎样就怎样吧!"

婚庆盛典一直延续了四十天。第四十一天,新郎新娘入洞房,文武百官为新娘开道,队列庞大,仪式隆重;新郎把大把大把金币、银币撒向人们,耗资无数。人们欢呼雀跃,盛况空前。新郎新娘入洞房后,众人相继离散而去。

马鲁夫坐在一张高椅上,一手握拳,一手伸掌,用力相互一击,面带忧伤表情,说道:"无能为力,只有依靠伟大的安拉了!"

公主问:"夫君,今天是我们大喜的日子,你因何满面愁云呢?"

马鲁夫说:"你的父亲把我的计划打乱了,就像火烧青苗,我怎么能不发愁呢?"

公主说:"我父王怎么啦?请告诉我吧!"

"他让我在我的货物未到时,就与你共享洞房花烛之喜。我本打算给宫女们一百颗宝石,也好让她们高高兴兴地说:'驸马在他洞房花烛之夜送给我们每人一颗贵重宝石……'这也是对你的敬重,使你显得更加高贵。因为我是有能力赏给她们宝石的。我有的是宝石呀!"

"关于这些,你不要多想,更不要为此发愁。我是不会埋怨你的,我将耐心等待你的货物到来;到那时,我们再去取宝石和别的东西。"

洞房花烛夜,新郎新娘期盼的时刻来临了。马鲁夫站起来,宽衣解带,然后坐在床上。新娘解开罗衫,坐在新郎的怀里。她紧紧搂住新郎,双双紧紧相抱。新郎频频亲吻新娘双唇,新娘口中甘甜，胜过蜜涎涌动……此时此刻，新郎新娘都把自己的爹娘忘了个一干二净。新郎伸手抚摸新娘的腋下，又将面颊紧紧贴在新娘的酥胸上。在一种沉醉的、梦幻的状态中，新娘静静地躺下，周身颤动不止，只觉得衣衫下有一只手在温柔却又笨拙地摸着什么。新郎慢慢地、小心翼翼地把新娘那薄薄的绸裤脱下……新娘处在一种极度颤抖中，而新郎则不停地触摸她，那玉茎也渐渐进入她那温暖而柔滑的体内去了……随之，发出一阵轻柔、低沉的呻吟声……

讲到这里，眼见东方透出黎明的曙光，莎赫札德戛然止声。

第九百九十四夜

夜幕垂降，莎赫札德接着讲故事：

幸福的国王陛下，洞房花烛夜，新郎新娘期盼的时刻来临了。马鲁夫站起来，宽衣解带，然后坐在床上。新娘解开罗衫，坐在新郎的怀里。她紧紧抱住他，他也抱住她，而且抱得更紧，继之亲吻她的双唇，她的嘴里溢出比蜜还甜的涎水……此时此刻，二人都把父母忘了个一干二净。他伸手去抚摩她的腋下，又将面颊紧紧贴在她的酥胸上。在一种沉醉的、梦幻的状态中，她静静地躺了下去。她战栗起来，只觉着她的衣裳中，有一只手在温柔却又笨拙地摸索着。他慢慢地、小心地把那薄薄的绸裤拉脱下来……她处在一种极度的颤抖中。而他，则不停地触摸着她，渐渐地进入她那温暖而柔滑的肉体中去了……随之，发出一阵轻柔、低沉的呻吟声……马鲁夫与新娘拥抱、亲吻、翻滚,不觉已见东方破晓。

次日清晨,马鲁夫沐浴毕,换上朝服,即来到大殿。

文武百官见驸马进殿,全都站立起来,恭恭敬敬地迎接他,热烈祝贺他,纷纷为他祝福。

马鲁夫在国王身旁坐下,问道:"司库在哪里?"

众大臣说:"就在阁下面前。"

马鲁夫吩咐道:"取来锦袍,赠送文武百官和国家要员,每人一件。"

司库走过去,取来锦袍,按照位次,赠送给每人锦袍一件。就这样,马鲁夫天天开国库送礼,不知不觉二十天时间过去了。马鲁夫的货物还没有运到,也不见其他任何东西,致使司库感到很伤脑筋。

有一天,司库趁马鲁夫不在之时去见国王。当时,宰相正在与国王交谈,没有其他人在场,司库向国王行过吻地礼,然后说:"国王陛下,请允许我向陛下报告一件事情,免得日后陛下埋怨我有事情不禀报。如今国库中的钱财已剩不多,十天之后就要枯竭了。"

国王说:"相爷阁下,驸马的货物何故迟迟不到,而且没有任何消息呢?"

宰相笑了,然后对国王说:"国王陛下,愿安拉关怀你。国王陛下,你不了解这个骗子的真实情况。凭你的生命起誓,他既没有什么货,也没有什么钱财,他一直在欺骗我们,把我们的钱财都挥霍光了,而且一文不花,便娶了公主为妻。陛下什么时候才能识破这个骗子的真面目呢?"

国王说:"相爷阁下,我们怎样才能知道他的底细呢?"

宰相说:"国王陛下,要弄清他的情况,只有靠他的妻子了。

请陛下派人把公主叫到幕帘后,让我向她问问驸马的情况,以便设法考验他一下,弄明他的底细。"

"倒也使得。凭我的头颅起誓,假若我弄明他是个骗子,我一定要把他碎尸万段。"

说罢,国王把宰相领进后宫,随即派人去叫公主。

差使去叫公主时,驸马正好不在。公主来到幕帘后,问国王:"父王,有什么事吗?"

国王说:"你跟宰相谈谈吧!"

公主说:"相爷阁下,叫我来为了何事呀?"

宰相说:"公主啊,你有所不知,你的丈夫几乎把你父王的钱财挥霍光了,而且一分聘礼未出,便与你结成了夫妻。如今,他一再向我们许愿,又一再背弃自己的诺言,没有向我们讲关于他的货物的任何情况,也没有透露任何消息。因此,我们想考验他一下。"

"是的。他是说了很多,总说要给我珍珠、宝石和贵重衣料,但我什么也没有看见。"

"公主,今天晚上,你这么办,你看好不好。你和他好好谈谈,对他说:'把真实情况告诉我,什么都不要怕,你已成了我的丈夫,我不会亏待你的。你把真实情况告诉我之后,我好给你想脱身之计。'你和他要亲热些,让他看出你对他完全真诚,处处为他着想,让他完全放心。之后,你再把他的实情告诉我。"

公主听宰相这样说之后,对父王说:"父王,我知道怎样考验他。"

公主站起身来,转身离去。

晚饭之后,马鲁夫照习惯回到寝宫,公主站起来,上前热情迎接他,甜言蜜语,大献殷勤,终于使马鲁夫不知如何是好。公主发现丈夫对自己已经百依百顺,便开口说道:"亲爱的,我的心肝儿,我的希望,我的眼珠儿,安拉使我们永不分开,夫妻恩爱,白头偕老。你的情、你的爱已深深扎根在我的心中,你的爱火燃烧在我的肝胆,我永远不会舍弃你的恩情。我想请你把你的真实情况告诉我,因为撒谎是没有益处的,而且你也不能总欺骗下去。你打算哄骗我父王到什么时候呢?我真担心你的阴谋败露,来不及想办法,你就死于我父王的利剑之下。你快把你的真实情况告诉我吧!这样,你只会得到好处,不会受到任何伤害。你怎么敢冒充富商,说你家财万贯,还有大批货物将要运到呢?你说你的货物就要到了,但过了这么长时间,你的货物没有任何消息,而且你整日满面愁容,你的话分明是假的。赶快把你的真实情况讲给我听,我好给你想个办法。"

马鲁夫听妻子这样一讲,说道:"夫人呀,我把实际情况告诉你,你愿意怎么办就怎么办吧!"

"说实话吧!诚实是救生之船。你千万不要撒谎!谎言会让撒谎人丢丑的。有诗为证啊……"

公主吟诵道:

理当吐实言,哪畏火灼肝!
生当苦求索,世间主欣欢;
主怒奴得意,地覆天必翻。

马鲁夫说:"夫人哪,你有所不知,我并不是什么巨商,根本没有什么货物,就连一个线团也没有。我在我的家乡,本是个修鞋匠。我的妻子名叫法蒂玛,人称她为'刁婆'……"

马鲁夫把与妻子之间的争执以及自己不堪虐待逃跑出来的经历,从头到尾讲了一遍。

公主听后一笑，然后说："哦，原来如此！你真是个撒谎的高手啊！"

马鲁夫说："夫人哪，安拉使你掩藏丑陋，解除忧愁。"

"你骗过了我的父王，你用吹牛皮、说大话的手段诱骗我的父王，使他贪婪之心顿生，竟把我嫁给了你这么一个臭皮匠，然后你把他的钱财几乎用光。宰相一直对你疑虑重重，不止一次与我父王谈到你，说你是个骗子，但我父王就是不听他说的那些话，原因在于他曾向我求过婚，我不同意嫁给他，致使他对我父王和我怀恨在心。你我成亲已有一段时间，我父王很是纳闷儿，不了解你的确切情况。父王要我仔细探问你的底细，如今我知道了你的真实情况；假若我父王得知此情况，非处死你不可。不过，你已成了我的丈夫，我不能离开你。假若我把你的情况告诉了我的父王，他知道你是个骗子，还骗了帝王的女儿，挥霍了帝王的钱财。那么，在他那里，你的罪恶是不可饶恕的，他必杀你无疑；而且事情张扬出去，人们知道我嫁给了一个骗子，对我也是莫大的耻辱。如果我父王把你杀掉，也许要把我嫁给另外一个男人，这也是我不能同意的。"

马鲁夫听后，急切地问："夫人，你说该怎么办呢？"

公主说："不要着慌！你马上起来，换上宫奴的服装，带上五千第纳尔，骑上一匹骏马，逃向我父王的权力达不到的地方去吧！你到了那里，做一名商人，然后给我写封信，派信使偷偷送来，也好让我知道你究竟在什么地方，以便在我手头宽裕之时，给你捎些钱去。假若我父王驾崩，我一定会设法通知你，让你光明正大、堂堂正正地回来；如果你不幸丧命，或者我一旦归真，那么，我俩只有来世相见了。只要你活着，我也安好，我绝不会中断与你的书信来往，也会不时地济助你。你趁天还未亮，赶紧上路登程，以免遭杀身之祸。"

马鲁夫听后，说："夫人，看在安拉的面儿上，再让我们亲热一次，然后告别吧！"

"好吧！"

夫妻俩一番交欢，马鲁夫走去洗澡，换上宫奴服装，命令马夫牵来宝马一匹，随后告别妻子，纵身上马，五更时分，出城而去。人们见之，都以为他是一名宫奴，有要事外出，谁也不曾上前问什么话。

次日天亮，国王和宰相来到座厅，派人唤来公主。

公主来到座厅，坐在幕帘后面。国王问女儿："孩子，你有什么话要告诉父王？"

公主说："父王，我要说，愿安拉把宰相的脸涂成黑色！因为宰相有意往我的丈夫脸上抹黑。"

国王说："那是怎么回事呢？"

公主回答："昨天晚上，我的丈夫刚刚回来，我还没有来得及问及那些话，忽见太监福尔吉手里拿着一封信闯了进来，对我说：'报告公主，窗外站着十名奴仆，他们交给我一封信。他们对我说：请代我们吻我们的主人马鲁夫的手，并把这封信交给我们的主人。我们都是他的仆人，是给他送货物来的。我们听说他已当上驸马，特来向他报告我们在路途中的遭遇。'

我接过信，打开一看，只见信上写着：

五百名奴仆致信我们的老爷马鲁夫大人：

老爷可安！

老爷与我们分别之后，忽见一股劫匪向我们冲来，约有两千余名骑士，拦住了我们的去路，一场激战开始了。我们仅有五百名奴仆，真是众寡悬殊。但是，我们没有俯首就擒，而是奋起同他们战斗，激战三十余日，因此迟至今日方到此地。劫匪们抢走了老爷的二百驮布匹，杀死了我们五十名兄弟……"

讲到这里，眼见东方透出黎明的曙光，莎赫札德戛然止声。

❖— 第九百九十五夜 —❖

夜幕垂降，莎赫札德接着讲故事：

幸福的国王陛下，公主读完信，接着对父王说："我丈夫看了信之后，叹道：'这些无用的奴才，何必因为二百驮布匹与劫匪们较量呢？二百驮布匹又算得了什么，不必为那么一点点东西而丢那么多条人命，迟至今日才来报告情况。二百驮布匹才值七千第纳尔，没有什么了不起的。不过，我应该去催促他们一下，让他们快来。劫匪们抢走的那点儿东西，无损于我的一根毫毛，就算我施舍给他们了吧！'我丈夫说罢，满不在乎地离去，并未因损失二百驮布匹而愁眉苦脸，也没有要斩杀他的奴仆。我的丈夫走后，我凭窗朝外一看，看见那十个送信的奴仆，一个个精神抖擞，容貌俊秀，如同月亮，人人身着价值一千第纳尔的漂亮服装。片刻后，我见丈夫和那送信的十个奴仆一道前去看他的货物去了。赞美安拉没有给我机会让我跟他说你交代的那番话。那些话既是戏弄我，也是对父王的嘲笑；说不定那些话会使我的丈夫看不起我，甚至讨厌我呢！所有这些罪责全在父王的宰相身上，正是他说了我丈夫的坏话。"

国王听女儿这样一说，随后对女儿说："孩子，你丈夫的钱财很多很多，他不会因失去那点儿东西而忧伤的。自打他进入我们国家的那天起，他就广济穷人。但愿他的大批货物近日就到；那时候，我们会从他那里得到不计其数的宝贝。"

国王安慰女儿一番之后，转过脸去，痛斥宰相一顿，宰相无言以对，计谋宣告失败。

马鲁夫骑着宝马，乘夜色穿旷野、过荒原，一时不知该奔向何方。因为离开新婚不久的妻子，心中思恋之情如波涛汹涌，禁不住吟诵道：

> 时光背弃我，夫妻各东西；思来心欲碎，似火燃眉急。
> 两眼泪潸潸，因别吾娇妻；此别经多久，相聚待何期？
> 皎洁明月亮，我深深爱你；只因情思深，心碎伴别意。
> 不见该多好，恨不长相依。短暂欢乐后，备尝苦别离。
> 可怜马鲁夫，血肉一躯体；爱她心不变，纵身死异地。
> 灿烂艳阳啊，可知我胸臆？深情马鲁夫，情丝别无寄。
> 借问日与月，重聚可有期？一朝得聚首，彼此皆欢喜；
> 同宿一宫中，吻抱相亲昵。皎洁圆月亮，艳阳映照你。
> 我为爱情乐，忧烦不嫌弃；爱中存幸福，辛酸伏其里。

马鲁夫吟完诗，号啕大哭，只觉得眼前无路可走，决计舍生求死。之后，他因过分狼狈，像醉汉似的踉踉跄跄向前走去。

马鲁夫一直走到正午时分，来到一个小村庄，看见离小村庄不远的地方，有一位农夫正赶着两头黄牛耕地。此时此刻，马鲁夫饥肠辘辘，便朝农夫走去。他走近农夫，开口道："兄弟，你好哇！"

农夫还了礼,然后说:"欢迎你,先生!莫非你是国王的宫奴?"

马鲁夫说道:"正是!"

"那就请下马来,让我们款待你一番吧!"

马鲁夫一听,便知农夫是位慷慨大方的人,于是问道:"兄弟,我看你这里什么东西都没有,你让我吃什么,又怎样款待我呢?"

农夫说:"先生,好东西有的是,你就下马来吧!你看哪,村庄离这里很近,我这就去给你取午饭,为你的马取草料。"

"既然村庄离这里很近,我自己进村庄去,到市场上去买我需要的东西,再吃顿饭,就不必麻烦你了。"

"先生,这个村庄很小,那里没有集市,既没卖的,也没买的,看在安拉的面儿上,就请你就地下马,我快去快回,给我个面子吧!"

马鲁夫离鞍下马,农夫转身离去,为他取吃的去了。

马鲁夫坐在那里等待农夫,心想:"我耽误了这位可怜农夫的耕作。不过,我可以替他耕上两遭,以补偿他耽误的工夫。"

想到这里,马鲁夫站起身,把着犁杖,赶着牲口,耕起地来。可是,他刚刚耕了一节地,犁杖就被一种什么东西绊住了。牲口停下了脚步,他再三鞭打牲口,牲口却一动不动。马鲁夫低下头去,仔细一看,发现犁铧被一个金环挂住了……

马鲁夫俯下身去,把土刨开,发现那金环连在一块磨盘大小的雪花石板上。马鲁夫把周围的土清开,移开那块雪花石板,见底下有个洞口,而且有阶梯直通洞里。他顺阶梯而下,发现那里有一个类似澡堂的地方,有四个大厅:第一个大厅里放的是金子,由地面到屋顶,满满当当;第二个大厅里放的是绿宝石、白珍珠和红珊瑚,从地面堆到屋顶;第三个大厅里放的是玛瑙、蓝宝石和绿宝石；第四个大厅里放的是各种贵重珠宝。四个大厅当中放着一口透明的水晶石匣，匣里满放着一颗颗核桃大小的罕见玮珠；水晶石匣上放着一个柠檬大小的金盒子。

眼见水晶石匣上的小金盒子金光闪烁，马鲁夫惊喜不已。他说："这金盒子里装的究竟是什么东西呢？"

马鲁夫走过去，打开金盒子，发现里面放着一枚金戒指，上面刻着蚂蚁留下的足迹一样的咒符。他取出金戒指，无意识地用手指一搓，只听有人说道："主人，我来啦！你要什么，就有什么！你想建一个镇，还是想毁一座城？想杀死一个帝王，还是想开一条河？莫非还有别的什么想法？不论你有什么要求，只要得到日与夜的创造者、伟大主宰的允许，愿望顷刻就能化为现实。"

马鲁夫问："主造的生灵，你是何许人呀？"

"我就是这枚戒指主人的奴仆；谁掌握了它，我就为谁效力；无论主人有什么要求，我都一律满足，完全按照主人的命令行事。我是万魔之王。我统领着七十二个部族，每个部族里有七万两千朋伴，每个朋伴统率着一千个巨人，每个巨人统管着一千个仆从，每个仆从统辖着一千个妖魔，每个妖魔指挥着一千个精灵；所有这些妖魔鬼怪都服从我的命令，决不违抗我的意志；而我则听这枚戒指主人的命令，决不违背主人的意愿。如今，你已掌握了这枚宝戒指，我也就成了你的奴仆；你想怎么办，我全听你的安排，服从你的命令。你什么时候需要我，不管在陆地还是在海洋，只要一搓戒指，我就会出现在你的面前。不过，我的主人，请你注意，千万不能连续搓两次；如若不然，我就会被天火烧死，到时你后悔莫及。我的情况都讲给你听了，就这么多。"

讲到这里，眼见东方透出黎明的曙光，莎赫札德戛然止声。

第九百九十六夜

夜幕垂降,莎赫札德接着讲故事:

幸福的国王陛下,马鲁夫听了自称是金戒指主人的"奴仆"的自我介绍,问道:"你叫什么名字?"

"我叫艾卜·赛阿达①。"

"喂,艾卜·赛阿达,这是什么地方?谁把戒指放在这个盒子里的?"

"我的主人,在这个地方有一座宝库,名叫舍达德·本·阿德②宝库。舍达德·本·阿德就是建造有高柱的依莱姆城的那位酋长。有高柱的依莱姆城是空前豪华的石头城。他在世时,我是他的侍仆。这枚戒指就是他的,是他放在宝库中的,但今天它已归你所有,你成了戒指的主人。"

"你能把这宝库中的东西搬到地面上来吗?"

"当然能,而且不费吹灰之力。"

"你把宝库中的所有东西都给我搬到地面上去,一点儿不留。"

艾卜·赛阿达用手一指大地,但见大地开裂。艾卜·赛阿达隐去片刻,只见一群童子出来,个个眉清目秀,人人手提金篮子,篮子里装满黄金,倒在地上,旋即回转,再装着满篮子的宝石……就

---

① 艾卜·赛阿达,意为"万福之父"。
② 舍达德·本·阿德,乃阿德之子。阿德即《古兰经》中记载的阿德部落的酋长。

这样,不停地往返穿梭,一个时辰未过,他们便说:"宝库里什么东西都没有了。"

艾卜·赛阿达走出来,对马鲁夫说:"主人,宝库里的东西都搬出来了。"

马鲁夫问:"这些容貌俊秀的小孩子都是谁家的?"

"这些孩子都是我的。因为这项工作很轻松,不值得动员我的仆从,让孩子们帮帮忙也就行了。他们能为你效力,都感到荣幸。你还有别的什么要求,请说吧!"

马鲁夫说:"你能给我牵几头骡子来,再弄几口箱子吗?有了骡子和箱子,把这些金银珠宝装在箱子里,再把箱子捆成驮子,放在骡子背上。"

"这太容易了。"

艾卜·赛阿达一声呼喊,孩子们登时来到他的面前,总共有八百名童子。他对孩子们说:"孩子们,你们一部分变成骡子,一部分变成仆人,然后按照这位主人的命令行事。"

话音未落,孩子们变成了七百头骡子和一百名奴仆。

艾卜·赛阿达又喊了一声,只见众侍从出现在他面前,遂令他们变成一匹匹背荷镶嵌着宝石的金鞍的骏马。眼见骡马成群,奴仆众多,马鲁夫问:"箱子在哪儿呢?"

众奴仆走去,片刻后把无数口箱子搬到了马鲁夫面前。马鲁夫吩咐道:"把金银珠宝分类装箱吧!"

众奴仆一齐动手,扎好箱子,捆成三百个驮子,放在骡子背上。

马鲁夫说:"喂,艾卜·赛阿达,你能给我弄些上等布匹吗?"

艾卜·赛阿达说:"你是要埃及产的布匹,还是沙姆、波斯、印度或罗马产的呢?"

"每个地方的各要一百驮。"

"主公,请给我一个期限,好让我派我的仆从们分赴各地,各弄上一百驮布匹,再变成一百头骡子驮来。"

"需要多长时间?"

"一夜就够了;天亮之前,你所要的布匹就会运到你的眼前。"

"给你一夜时间。"

马鲁夫吩咐他们撑帐篷,他们一齐动手,顷刻间一顶大帐撑好了。

马鲁夫坐在帐篷里,他们立即送来饭菜。

艾卜·赛阿达对马鲁夫说:"主公,请你坐在这里,我的孩子们在此守护你,你什么也不要怕!我这就去召集我的仆从们,让他们分赴各地,为你弄各地产的上等布匹。"

说罢,艾卜·赛阿达转身离去。

马鲁夫坐在帐篷里,面前摆着美味佳肴,艾卜·赛阿达的孩子们作为奴仆、用人和侍从伺候马鲁夫。

马鲁夫正坐着进餐时,忽见那位农夫走来,手里托着一大盘扁豆,肩上背着一口袋大麦。他看见那里撑着一顶大帐,又见帐前站着许多宫奴,个个手扶前胸,以为国王来了,暂时住在帐中,不禁一惊,随后站住,心想:"假若我为国王宰两只鸡,然后红烧一下,那该多好啊!"

农夫想回去宰鸡招待国王,转身要走时,被马鲁夫看到。马鲁夫喊了一声,对奴仆们说:"把他带过来!"

众奴仆走去,把农夫连同扁豆带到马鲁夫的面前。马鲁夫问农夫:"这是什么呀?"

农夫答道:"这是我给你送来的午餐,还有你的骡子吃的草料。请不要见怪!我还以为国王到这里来了呢!假若我知道,一定宰两只鸡,招待国王一番。"

马鲁夫说:"国王没有来,我是国王的女婿。我是受了委屈,逃出来的。国王派宫仆们来找我,为我说和,我现在打算回京城去。你我素不相识,这样款待我,虽然只有扁豆,我也接受你的款待。"

马鲁夫让农夫把盘子放在中间,随后吃了个足饱。农夫则吃了一餐丰盛筵席。

马鲁夫洗过手,允许奴仆们上前就餐,奴仆们走上前去,吃了起来。

盘中的扁豆吃完了,马鲁夫装了一满盘金子递给农夫,并且说:"把这些金子送回家去吧!日后请到京城来,让我款待你一番。"

农夫接过满盘子金子,认为他就是国王的驸马,然后转过身去,赶着黄牛回村去了。

那一夜,马鲁夫过得轻松愉快。奴仆们为他带来许多花容玉貌、婀娜多姿的少女,她们边击打乐器,边翩翩起舞。马鲁夫度过了一生难以忘怀的一个快活夜晚。

第二天清晨,马鲁夫眼见远处尘烟腾起,不晓得发生了什么事情……

顷刻烟尘散去,马鲁夫定睛一看,原来是七百匹骡子驮着七百驮布匹来了,前后左右有骡夫护卫,大队人马浩浩荡荡,威风凛凛。走在前面的是艾卜·赛阿达,骑着一匹骡子,担任总领队。在大队人马的前面,有一顶镶嵌着珍珠宝石的赤金轿子,由四队兵士护卫着。

艾卜·赛阿达来到帐篷前,跳下骡背,向马鲁夫行过吻地礼,然后说:"主公,你所要的东西,我已经如数带回来了。这顶轿子里有一套宝衣，就连帝王都不曾拥有过，请你穿上宝衣，坐上轿子，去往你要去的地方吧！"

马鲁夫说："喂，艾卜·赛阿达，我想写一封信，请你给我把信送到海特阳城，交给国王。但是，你要作为一名温和可亲的信使去见他。"

"遵命。"艾卜·赛阿达随口答道。

马鲁夫写罢信，封好口，交给艾卜·赛阿达。

艾卜·赛阿达带上信，随即起程，片刻到达海特阳城。走进王宫，但听国王对宰相说："相爷，我很为我的女婿担心哪！我真怕他被劫匪杀掉，很想知道他到哪里去了，也好派兵保护他。他走之前，若能告诉我一声，那该多好啊！"

宰相说："国王陛下，愿安拉宽容你这种担心。凭你的头颅起誓，那个人一定是知道了我们在注意他，他怕丑事败露，便逃跑了。他是个骗子。"

就在这时，信使突然出现在他俩面前，向国王行过吻地礼，祝国王荣华富贵，万寿无疆。

国王问："你是谁？有何贵干哪？"

艾卜·赛阿达说："我是陛下驸马的信使。他正带着货物往京城赶，要我提前送个信来。请阅此信！"

艾卜·赛阿达呈上信。国王接过信，打开一看，但见信上写着：

国王陛下：

　　特致安好，受我一拜。我正带着货物日夜兼程，期派兵将前来迎护。

　　再拜！

小婿　马鲁夫敬上

国王阅罢信，厉声对宰相说："相爷，愿安拉把你的脸涂黑！你多次污蔑我的女婿，竟说他是个骗子。如今他已经携带货物日夜兼程奔京城而来。你真是个叛逆之徒！"

宰相低下头去，羞涩满面，说道："国王陛下，我之所以这样说，是因为驸马久去不归，担心他白白把你的钱财用光耗尽。"

国王怒道："你这个叛逆之徒！贤婿的货物一到，我们那点儿钱财还算得了什么？他将要给我的东西，不仅可以弥补上他散去的钱财，还会多出不知多少倍。"

国王下令装点城郭，张灯结彩，准备迎接驸马回返。国王来到女儿那里，对女儿说："孩子，喜事来啦！你的丈夫就要回来了，带着大批货物，已经派信使送来了信。我这就准备迎接他去。"

公主一听，惊异不已。她心想："这可是件怪事呀！莫非他在和我开玩笑，或者用说自己穷来考验我？不过，值得庆幸的是我没有看不起他，更没有慢待他。"

商人阿里见满街张灯结彩，京城笼罩着一片节日气氛，便向人们打听原因何在。人们对他说："国王的驸马马鲁夫的货物到了。"

阿里说："安拉至大！这究竟是哪一计呢？他来见我时，说他是从家中逃出来的，囊中空空，哪有什么货物呢？也许是公主给他出了计谋，担心底被揭露，害怕出丑罢了。帝王们哪，没有办不到的事情，安拉会保护他，不会让他出丑丢人。"

讲到这里，眼见东方透出黎明的曙光，莎赫札德戛然止声。

第九百九十七夜

夜幕垂降，莎赫札德接着讲故事：

幸福的国王陛下，商人阿里见满街张灯结彩，京城笼罩着一片节日气氛，便向人们打听原因何在。人们对他说："国王的驸马马鲁夫的货物到了。"

阿里说："安拉至大！这究竟是哪一计呢？他来见我时，说他是从家中逃出来的，囊中空空，哪有什么货物呢？也许是公主给他出了计谋，担心底被揭露，害怕出丑罢了。帝王们哪，没有办不到的事情，安拉会保护他，不会让他出丑丢人。"

商人们得知马鲁夫的大批货物即到，个个欣喜若狂，人人欢呼雀跃，因为他们有希望收回自己的钱财了。

国王召集人马，准备出城迎接驸马。

信使艾卜·赛阿达离开王宫，很快回到马鲁夫面前，报告信已送到国王手里。

马鲁夫说："准备起程吧！"

马鲁夫穿上宝衣，登上轿子，威风凛凛，庄重严肃，胜过帝王千百倍。

马鲁夫的队伍刚刚走到半路，国王率领的迎接大军赶到了。国王走上前去，见驸马身穿罕见的漂亮宝衣，坐着宝石金轿，不禁五体投地，急忙上前问安。继之，文武大臣们上前向驸马致意。他们都认为马鲁夫是个诚实的巨商，不曾有半句谎言。

马鲁夫率领庞大的队伍进入京城，声势浩大，威风凛凛，足以吓破狮胆。商人们纷纷前来拜见，恭恭敬敬向马鲁夫行吻地礼。

阿里走上前去，对马鲁夫说："喂，骗子爷，你发了大财了！不过，你很配得起这份福气。安拉会使你福上加福的。"

马鲁夫笑了。

走进王宫，马鲁夫坐在宝椅上，说："把金子统统收到国王的金库中去。把布匹都抬进来！"

众奴仆一齐动手，将金子搬进了国王的金库里。之后，他们打开一个个驮子，取出其中的布匹，总共有七百驮。

马鲁夫挑出最好的布匹，对奴仆说："把这些好布给公主送去，让她分赏给宫女、丫鬟们。把这口箱子和宝石交给她，让她分给男女宫仆。"

继之，马鲁夫把部分布匹给了商人们，用以偿还欠下他们的债，通常借一千第纳尔，还价值两千第纳尔或更多的布匹，商人们因此欣喜不已。

接着，马鲁夫拿出大批钱财分给穷人。

所有这些，国王看在眼里，却不能阻拦。

马鲁夫连还债带赠送，直至将七百驮货物发完分光。之后，他望了望兵将们，开始把珍珠、祖母绿、黄玉、红宝石、珊瑚等分送给他们。他散发宝石时，通常大把大把地撒给他们，从不数数。国王见此情景，对他说："孩子，不要再送人啦！所剩的东西已经不多了。"

马鲁夫满不在乎地说："没关系，多着呢！"

马鲁夫的诚实美名因此传开，没有人能够说他撒谎。因为他要什么，金戒指的奴仆都会给他送来，所以他施舍、赠礼之时毫无顾忌。

片刻后,司库走来,对国王说:"国王陛下,金库已经装满,再也容不下什么东西了,剩下的金银财宝放在哪里?"

国王指了一个存放的地方。王后见此情景,欣喜若狂,惊异不已,心想:"这么多金银财宝,女婿都是从哪里弄来的呢?"

商人们得到加倍偿还,一个个兴高采烈,笑逐颜开,喜形于色,连声为马鲁夫祝福祈祷。

阿里见此光景,大惑不解,心想:"一个臭皮匠撒了怎样一个弥天大谎,竟然得到了这么多金银财宝?诗人说得好啊……"

想到这里,阿里暗自吟诵道:

王中王赐赠,切莫问究竟!安拉欲赏谁,守礼莫发问!

国王见马鲁夫弄来那么多金银财宝,广济博施,慷慨无度,心中有说不出的惊异。

一切安排妥当,马鲁夫去见妻子,妻子笑脸相迎,心中有说不出的喜悦。妻子吻了吻他的手,说:"你在拿我开心,还是在用话语考验我?你一口说你一贫如洗,囊中空空,是为了逃避自己的刁婆才远走异乡的,怎么如今情况完全和你说的不同呢?感谢安拉,使我并未亏待你。你是我的爱人;不管你是富翁还是穷人,对我来说,再没有比你更亲的人了。我想问问你,你为什么跟我说那种话呢?"

马鲁夫说:"夫人哪,我想考验考验你,看你是真心爱我,还是为了钱财,或者一心贪图今世享受。现在我已知道你的爱是纯洁的;既然你真心爱我,我就敬重你,同时也知道了你的真正价值。"

马鲁夫自己躲到一个地方,搓了搓金戒指,艾卜·赛阿达立即出现,说道:"我来了!要什么,请说吧!"

马鲁夫说:"给我妻子弄一套宝衣和一套贵重首饰,其中要有一条用四十颗罕见玮珠穿起来的项链。"

"遵命!"

艾卜·赛阿达随即消失得无影无踪。片刻刚过,带来宝衣和首饰。

马鲁夫接过宝衣和首饰,来到妻子面前,递到妻子手中。他说:"夫人,请穿戴起来吧!"

妻子看见宝衣和首饰,欣喜不已,心花怒放。那套首饰包括一副镶嵌着宝石的金脚镯、一副手镯、一对耳环、一条价值连城的嵌玉金腰带。妻子穿起宝衣,戴上首饰,对丈夫说:"夫君,我想把这些留到节日时再穿戴。"

马鲁夫说:"你平日里穿吧!我有的是好衣服和漂亮首饰。"

公主穿戴完毕,宫女们看了都很高兴,相继亲吻马鲁夫的手。

马鲁夫离开她们,独自走到一个角落,拿出金戒指一搓,艾卜·赛阿达出现了。马鲁夫说:"给我弄一百套锦衣、一百套首饰来!"

"遵命!"

艾卜·赛阿达转身走去,片刻后带着一百套锦衣和首饰回来了。

马鲁夫接过锦衣和首饰,一声呼唤,一群宫女应声赶来。马鲁夫给她们每人一套,只见那些姑娘穿戴好,一个个美似天仙。公主走在她们中间,恰似众星捧月。

宫女们走去把情况禀报给国王。国王听后,快步赶来,但见女儿和宫女们个个貌美动人,禁不住惊异万分。

国王离去后,叫来宰相,把刚才发生的事情向宰相讲了一遍,然后问道:"相爷阁下,你对此有何高见呀?"

宰相说:"大王陛下,这种情况通常不会发生在商人的身上,因为商人以赚钱为目的,譬如他能把一块亚麻布存数年,不赚钱他是不卖的。商人哪有这样慷慨的呢？他们又能从哪里得到这么多钱财呢？又从何处弄来连帝王都很少有的奇珍异宝呢？这其中必有原因。如果陛下听从我的意见，我将把事情真相弄明白。"

国王说："相爷阁下，我听你的，你设法弄明事情真相吧！"

"国王陛下，你召见他一次，和他谈话。你对他说：'贤婿，我想和你及宰相一起去游园。'我们到了花园，摆上一桌酒席，我来劝他喝酒，设法用酒把他灌醉。俗话说：酒后吐真言。酒过三巡，待他喝得醉醺醺的时候，我们就问他事情的真相，他定会把秘密告诉我们。酒是揭丑之神，有诗为证：

美酒饮下肚，悄近秘藏处；我对酒神言：且请停脚步！
唯恐酒之光，将我魂征服；在众友面前，我将秘泄露。

"他把真相告诉了我们，我们掌握了真实情况，如何行事，就方便了。这种情况，我担心后果难以预料，说不定他有夺取王位的野心，因为他可以用慷慨施舍拉拢军队，给陛下设障碍，最后从陛下手中夺取王权。"

国王听后，说："相爷说得对！"

讲到这里，眼见东方透出黎明的曙光，莎赫札德戛然止声。

第九百九十八夜

夜幕垂降，莎赫札德接着讲故事：

幸福的国王陛下，宰相对国王说："他把真相告诉了我们，我们掌握了真实情况，如何行事，就方便了。这种情况，我担心后果难以预料，说不定他有夺取王位的野心，因为他可以用慷慨施舍拉拢军队，给陛下设障碍，最后从陛下手中夺取王权。"

国王听后，说："相爷说得对！"

国王与宰相商量妥，决定照宰相的主意办，然后各自安歇。

第二天，国王刚刚到大殿，坐上宝椅，忽见数名宫役、马夫进来，一个个怒容满面，神情慌张。国王问："你们怎么啦？"

他们回答说："国王陛下，马夫们昨天把马和运货来的那些骡子拴得好好的，可是我们今天早晨一醒来，再去看那些骡马时，发现赶骡子的奴仆们把马匹和骡子全都偷走了。我们搜遍马厩，一匹马、一头骡子也没看到。我们再到奴仆们住的地方一看，一个人影也不见了。我们真不知道他们是怎样逃跑的。"

国王听后大惊，大怒道："一千匹牲口，五百名奴仆，怎么一下子能逃掉？难道你们都没有察觉？"

"我们不知不觉，他们就逃掉了。"

"你们都走吧！等驸马起了床，再去向他报告吧！"

宫役、马夫们离开国王那里，呆呆地坐在宫院中，一时不知如何是好。正在他们坐立不安时，马鲁夫从自己的寝宫里走了出来。马鲁夫见宫役们一个个垂头丧气、无精打采、满面愁云，便问道："究竟发生了什么事啦？"

他们把发生的事情向马鲁夫说了一遍。

马鲁夫听后，说："那有什么？何必为此愁眉不展？你们忙自己的事情去吧！"

马鲁夫来到国王面前，自己坐下来，依旧满脸笑意，没有半丝愁容。

国王望着宰相的面孔，悄声说道："这个人究竟是怎么回事？好像在他看来钱财毫无价值，这其中必有原因。"

国王、宰相和马鲁夫交谈了一个时辰之后，国王说："喂，贤婿，我和你，再加上宰相，我们三人到花园里去一游，你说好不好？"

马鲁夫说："好吧！"

三人相携来到御花园里。花园中栽种着各种果树，溪水潺潺流淌，林木繁茂参天，百鸟鸣声悦耳。他们走进"消愁宫"，坐下畅谈起来。宰相不住地讲些稀奇古怪的故事和笑话，妙语连珠，欢意融融。马鲁夫侧耳聆听，不知不觉中，午饭时刻已经到来。宫仆们按时送来饭菜，摆好酒席。

他们吃罢饭，洗过手，宰相斟满一杯酒，递给国王，国王举杯一饮而尽。宰相又倒了一杯酒，递给马鲁夫，并且说："驸马阁下，这一杯酒是献给你的。美酒下肚，其威严足令万心降服。"

马鲁夫问："这是什么？"

宰相答："这是亭亭玉立、婀娜多姿、明艳欲滴的妙龄女子，将把欢乐送入你的心中。正像众诗人所描述的那样……"

宰相欣然随口吟诵道：

斗酒聚朋伴，宾主一举觞。酒与把盏者，灿烂似朝阳。
皓月挂脸面，众星围四方。甜甜美酒味，似溪周身淌。

诗人说得好：

圆月拥抱我，皎洁挂当空。酒杯里艳阳，未曾见出升。

夜观拜火徒,向火把礼行。但见那酒壶,却对我鞠躬。

诗人写道:

酒行关节中,健者疾里行。

诗人吟道:

酿酒者何在?怎么会逝去?他们曾留下,生命水几许!

艾卜·努瓦斯的诗句更美:

请勿责难我,责难是激励。只管用医药,调治我病疾。
痛苦不降在,美酒所在地。石若触摸之,石必被箭击。
站起举酒壶,夜色见迷离。酒美光闪闪,满庭中流溢。
青年轮把盏,时光将头低。欲左右他们,要依他们意。
冒充有知者,一言告诉你:你记一件事,余者皆忘遗。

伊本·穆阿泰兹的诗句比所有这些诗都好:

岛上树繁茂,全靠雨淅沥。修道院落处,萋萋阴凉密。
黎明唤起我,鸟未将巢离。修道士祈祷,声响惊晨曦。
多少美男子,娇媚女难比。访我借夜色,机警步行急。
我用我的颊,为他铺路基。我扯我衣角,凭借自己力。
新月光已现,几将揭我底。若似指甲屑,与指已分离。
过去已过去,不必再提起。他看皆好事,切莫问消息。

诗人写得多妙:

　　一朝我已成,富翁居此方。心中乐开怀,笑意挂面庞。
　　我的金熔化,堪用酒杯量。

诗人吟得好:

　　凭主我起誓,无用乃炼丹。炼丹可延寿?一派荒唐言。
　　杯酒遇苦闷,苦闷顷刻散。待等回来时,满脸带笑颜。

诗人又吟道:

　　杯子空沉重,斟上酒变松。轻时随风飘,体伴魂旋动。

诗人还吟道:

　　杯酒权力大,不应忽视它。我死请埋在,葡萄树底下。
　　好让我的骨,滋养葡萄发。将我埋旷野,我心有一怕:
　　死后尝不到,葡萄酒扬花。

　　宰相吟完诗,不住地劝马鲁夫喝酒,向马鲁夫讲喝酒的好处,间或吟上一首酒诗,讲一段有关酒的故事,马鲁夫终于开始举杯搭唇,继而开怀畅饮。
　　宰相不止地斟酒,马鲁夫不停地举杯,终于喝得大醉,分不清正确与错误。

当宰相看到马鲁夫已经喝得神志不清时，便问道："喂，马鲁夫，凭安拉起誓，我觉得真是奇怪呀！连帝王和科斯鲁都没有那种宝石，你是从哪里弄来的呢？我压根儿没见过像你这样有钱的商人，也不曾见过比你更慷慨的人。你把情况告诉我，好让我知道你的分量和地位。"

宰相百般哄骗马鲁夫，马鲁夫在神志不清的状态下，对宰相说："我既不是商人，也不是帝王。"

马鲁夫把自己的身世从头到尾说了一遍。

宰相听后，说："马鲁夫老爷，看在安拉的面儿上，让我们看看那枚戒指，向我们展示一下它的功能吧！"

马鲁夫在醉醺醺的状态下摘下金戒指，说："拿去……看吧！"

宰相接过金戒指，翻过来掉过去看了一会儿，问道："我一搓戒指，那位妖仆就会出来吗？"

马鲁夫说："是的。你一搓它，妖仆就会出来的……"

宰相一搓金戒指，果见一个妖仆出现，说："主公，我来了！你有什么要求，我都会满足你的。你要捣毁一座城市，还是要建造一座城市，或者杀死某位帝王？不论你提出什么要求，我都不会违抗你的意志，立即行事，决不迟疑。"

宰相指着马鲁夫，对妖仆说："把这个倒霉的家伙背走,把他丢到没有吃、没有喝的荒原上去,把他渴死饿死,不让任何人知道。"

那妖仆背上马鲁夫，旋即腾空而起，飞行在天地之间。

马鲁夫见此情景，相信自己必死无疑，禁不住哭了起来，说道："喂，艾卜·赛阿达，你要把我带到什么地方去呀？"

艾卜·赛阿达说："没有礼貌的东西，我要把你抛到旷野荒原上去！谁掌握了这件宝贝，拿出去让人家看，就难免要倒霉。你是活该受罪，罪有应得，假若不是因为我敬畏安拉，我会把你抛到千里高空,让你还没落在地上时,就被狂风撕烂!"

马鲁夫不再说话了。艾卜·赛阿达把他带到荒原上,将他扔到那里,随即回返。

讲到这里,眼见东方透出黎明的曙光,莎赫札德戛然止声。

第九百九十九夜

夜幕垂降,莎赫札德接着讲故事:

幸福的国王陛下,艾卜·赛阿达背起马鲁夫,旋即腾空而起,飞行在天地之间,并说:"没有礼貌的东西,我要把你抛到旷野荒原上去!谁掌握了这件宝贝,拿出去让人家看,就难免要倒霉。你是活该受罪,罪有应得,假若不是因为我敬畏安拉,我会把你抛到千里高空,让你还没落在地上时,就被狂风撕烂!"

马鲁夫不再说话了。艾卜·赛阿达把他带到荒原上,将他扔到那里,随即回返。

宰相掌握金戒指之后,对国王说:"国王陛下,你看如何呀!我说他是个骗子,陛下就是不信。"

国王说:"相爷阁下,你说对了。安拉为你祈福,把戒指拿来,让我看一看吧!"

宰相怒气冲冲地望着国王,朝国王脸上啐了一口唾沫,说道:"没有头脑的东西,我怎么会把它给你呢?我已经成了你的主人,我怎么还能为你做仆人呢?我再也不让你存在下去了。"

宰相一搓金戒指,妖仆艾卜·赛阿达立即出现。宰相说:"把这个没有礼貌的家伙抛到他女婿所在的地方去!"

艾卜·赛阿达背上国王,随即腾空而起。国王问道:"安拉所创造的生灵啊,我有什么罪呢?"

"我不知道。这是我的主人下的命令;谁掌握了这件宝贝,我就听谁的命令。"

艾卜·赛阿达一直飞到马鲁夫所在的地方,把国王丢在那里,便飞转而回。

国王听到马鲁夫的哭声,随即走近他,把情况述说了一遍,二人都为自己的遭遇而悲伤,坐在那里,相对哭泣,泪流不止,既找不到吃的,也没喝的。

宰相把国王和驸马弄出王宫之后,起身出了花园,派人把文武百官召来,举行朝见仪式,向百官讲了马鲁夫和国王的去向,并把金戒指的故事对他们说了一遍,然后对他们说:"你们若不拥立我为王,我将命令金戒指的妖仆把你们全抛到荒原上去,让你们一个个渴死、饿死。"

百官们异口同声地道:"我们拥立你为国王,决不违抗你的命令!千万不要伤害我们!"

百官被迫拥立宰相为国王,这位新国王立即向百官赠送礼袍。

新国王向妖仆提出种种要求,随时得到所求之物。

新国王坐在宝座上,百官排列两侧。他派人叫来国王的女儿,对她说:"公主啊,我万分想你。我今夜就要和你成亲入洞房,你准备一下吧!"

公主听后哭了,为父亲和丈夫感到难过。她说:"求你宽限我一些时间,等期限过去,再写婚书,让我与你结为合法夫妻。"

新国王说:"我不知道什么期限不期限,我也不想等那么长时间。我不需要婚书，不知道什么叫合法与非法。我今夜一定要和你成亲入洞房！"

公主说："既然这样，那也好，欢迎你。"

这话原来是公主的一种谋略。

新国王听公主这样回答，心中甚是快乐。因为他本来就疯狂地爱着公主。新国王随即令宫仆准备饭菜，大宴群臣。他对群臣说："请大家就餐吧！这就是我的结婚庆典盛宴。我今夜就要和公主成亲入洞房了。"

伊斯兰教长对新国王说："期限未过，你与公主成亲是不合伊斯兰教法律的。你要等到期限过去，才能与她订婚成亲。"

新国王说："我不知道什么期限不期限，你不要多废话了。"

伊斯兰教长默不作声了，怕那个新国王对他采取行动。

教长对众人说："这个人是个不信教的人；他没有信仰，没有宗教。"

夜晚降临，新国王来到公主的房间，见公主身着盛装，首饰分外讲究，打扮得十分漂亮。

公主见新国王进来，笑容可掬地迎了过去，说道："今夜大吉大利大喜之夜。假若你把我的父亲和丈夫都杀掉，那就更好了。"

新国王说："我一定要把他俩杀死！"

公主让他坐下，开始和他亲热、嬉戏起来。公主好言好语和他交谈，对他绽露温馨的笑颜，新国王兴奋不已，神采飞扬。

公主用温情哄骗新国王，是为了把那枚金戒指弄到手；到那时，新国王脸上的欢颜便消失了，眉心间就会绽现出苦恼的愁云。

公主这样对待那位新国王，恰似诗歌中描绘的那样：

    计谋已达到，宝剑未及处。弯腰正好拾，果子业成熟。

新国王见公主温情脉脉，笑容可掬，不禁欲火中烧，想与公主交欢。

新国王刚一接近公主，公主急忙躲开，随即眼泪簌簌落下，哭了起来。她说："主公，莫非你没看见有个男子在偷看我们吗？看在安拉的面儿上，你应该保护我，不要让他看我，你我交欢，多叫人难为情啊！"

新国王勃然大怒道："男子？在哪儿？"

公主说："就在那枚戒指的宝石上，正探着头看我们呢！"

新国王以为是金戒指妖仆艾卜·赛阿达在看他俩，所以笑了起来。他对公主说："你不要怕！他是这枚戒指的奴仆，专听我的命令。"

"我怕妖怕鬼。"公主说，"你把它摘下来，丢得远远的吧！"

新国王摘下金戒指，放在枕头下面，然后上去拥抱公主。公主使尽全力，一脚踢在新国王的心口上，这位自立为国王的宰相当即倒在地上，昏迷过去，不省人事了。

公主一声叫喊，宫女们应声而至，公主说："把他捆起来！"

四十个宫女将宰相捆了起来。

公主拿起金戒指一搓，艾卜·赛阿达立即出现，说道："公主，我来了！"

公主说："把这个叛教徒拖出去，关进牢里，加上镣铐。"

艾卜·赛阿达将宰相拖进牢里，回来禀报说："我把他关押起来了。"

公主说："你把我的父王和丈夫带到哪里去了？"

"我把他俩扔到荒原上去了。"

"我命令你立刻把他俩接回来！"

"遵命!"

艾卜·赛阿达随即腾空而起,片刻后飞抵荒原,降落在地面上一看,发现国王和马鲁夫正在那里相对哭泣,互相倾诉心中之苦。艾卜·赛阿达对他俩说:"二位不要害怕!解脱的时辰到了。"

艾卜·赛阿达把宰相的所作所为向二人述说了一遍,然后说:"我听从公主的命令,已经把宰相关押在了监牢里。公主随即命令我前来接你们二位回去。"

国王和驸马欣喜难抑。艾卜·赛阿达背上他俩腾空而起,不到一个时辰,便来到了公主面前。

公主站起来,上前向父王和夫君问安致意,让二人坐下,端来糖果、点心……一夜不知不觉过去了。

第二天,公主穿起最漂亮的衣服,又让丈夫马鲁夫穿上漂亮的衣服,然后对国王说:"父王,你坐在你的宝座上,像原来一样当国王,让我的丈夫做你的右丞相,把发生的情况如实告诉文武百官。之后,把宰相从监牢里拉出来烧死。宰相是个叛徒,他的行动已经证明了这一点;他没有宗教,没有信仰。你就任命你的驸马做右丞相吧!"

国王说:"女儿啊,我听你的。你把金戒指给我,或给你丈夫吧!"

公主说:"这金戒指保存在父王那里不合适,保存在我丈夫那里也不合适,还是由我保存吧!也许保存在我的手里,比在你们俩那里都合适。你们要什么,随时告诉我就是了,我替你们指挥妖仆,只要我好好的,你们就不用担心什么;我死之后,金戒指随你们俩怎样安排,都没有什么关系。"

国王说:"女儿啊,你的这个意见很好。"

国王说完,带着驸马向议会大殿走去。

文武百官因宰相强娶公主之事,一夜忧虑,未得安歇。宰相那样对待国王、驸马及公主，引起文武百官担忧伊斯兰教法律被毁坏，因为他们明明白白看出来宰相是个叛教徒。百官们聚集在议政大殿，责斥伊斯兰教长说："教长啊，你为什么不阻止宰相强娶公主的荒唐举动？"

教长说："众人啊，你们都看清楚了，那个人是个叛教徒，而且已经成了金戒指的拥有人，你们和我都奈何不得他啊。安拉会惩罚他的。你们不要再说什么了，免得他把你们全杀掉。"

文武百官在那里说话时，国王带着驸马突然出现在他们面前。

讲到这里，眼见东方透出黎明的曙光，莎赫札德戛然止声。

❖─── 第一千夜 ───❖

夜幕垂降，莎赫札德接着讲故事：

幸福的国王陛下，百官们聚集在议政大殿，责斥伊斯兰教长说："教长啊，你为什么不阻止宰相强娶公主的荒唐举动？"

教长说："众人啊，你们都看清楚了，那个人是个叛教徒，而且已经成了金戒指的拥有人，你们和我都奈何不得他啊。安拉会惩罚他的。你们不要再说什么了，免得他把你们全杀掉。"

文武百官气愤难平，正在殿中议论时，忽见国王带着驸马出现在他们面前。

众官员见国王到来，个个欣喜，人人吃惊，纷纷站立起来，向国王行吻地礼。

随后，国王坐在宝座上，把发生的事情告诉了他们，大家心中的忧虑为之一消。国王下令装点城郭，以示庆祝。国王随后命令把宰相从监牢里拉出来。当宰相经过百官面前时，大家无不责骂、诅咒他。

宫役们把宰相拉到国王面前，国王下令将他斩杀。宫役们从命，手起剑落，宰相的首级立即滚落在地，然后用火烧尸，抬出宫外埋掉。诗人有诗说道：

但求慈悲主，怜悯墓冢群；
孟奈二天使，①依今居于坟。

国王随后任命马鲁夫为右丞相。从此，政通人和，百废俱兴，国泰民安，不知不觉五年时间过去了。

第六个年头刚开始，国王驾崩，公主立右丞相为国王，荣登先王宝座，但公主没有把金戒指交给丈夫。就在这期间，公主怀孕，妊娠期满，生下一个容貌俊美、眉清目秀的男孩儿。

小王子在保姆的照看下长到五岁时，不期母亲身患重病。王后将马鲁夫叫到跟前，对他说："我此病自觉难起。"

马鲁夫说："亲爱的，你会好起来的。"

王后说："说不定我哪一天闭上眼睛，关于孩子的事情，用不着我嘱咐你，但我叮嘱你好好保存这枚金戒指，因为我为你和我们的孩子担心。"

马鲁夫说："安拉会保佑我们不受伤害的。"

王后摘下金戒指，递给马鲁夫。

---

① 孟，指孟凯尔；奈，指奈吉尔。孟凯尔和奈吉尔是伊斯兰教信奉的在坟墓里预审死人的两位天使。

第二天,王后便一命归真了。

马鲁夫上朝问政,日理万机,十分忙碌。

有一天,马鲁夫抖了抖手帕,文武百官退朝,各回各家。大臣们离去之后,马鲁夫走到座厅,一直在那里坐到夕阳西下。当夜幕垂降时,一些大臣照例来找他谈天,以期为国王开心取乐,直谈到半夜,他们方才离去休息。

马鲁夫国王正在睡觉时,忽觉床边有个什么东西在活动,当即惊醒过来,随口说道:"但求安拉保佑我免受魔鬼侵害!"

马鲁夫睁眼一看,映入眼帘的是一个面目奇丑的女人,便惊问道:"你是什么人?"

那女人说:"你别害怕,我就是你的老婆法蒂玛。"

马鲁夫仔细打量那女人一番,看到丑脸和龅牙,认出她正是自己的妻子。

马鲁夫问:"你从哪里来到我这里的?是谁把你带到这个国家来的?"

妻子说:"你现在在哪个国家?"

"我现在在海特阳城。你是什么时候离开米斯尔城的?"

"刚刚离开。"

"怎么会呢?"

"我受魔鬼引诱,和你争吵起来,伤害了你,还告到了法官那里。他到处抓你,没有抓到。两天过后,我后悔了,知道错误在我的身上,但后悔已经没用。我坐着哭了几天,后悔不该把你气走。我手里一个钱也没有,为了糊口,只有到处讨饭;自打你离开我那时起,我一直靠讨饭活命,过着极其悲惨的生活。自打那时起,我每夜坐在家里哭泣落泪。因为离开了你,我饱受屈辱、折磨之苦,穷困、失望到了极点……"

妻子把自己的经历讲了一遍,马鲁夫听后十分惊异。

妻子继续说:"我昨天乞讨了整整一个白天,没有一个人给我一点儿东西吃。每当我向一个人讨一点儿碎饼屑时,那个人便骂我一顿,而且什么也不给我。天黑了下来,我晚饭还没有吃上,饥肠辘辘,实在难忍,无法过夜,我难过得坐下哭了起来。就在这时,一个人出现在我的面前,问我:'喂,妇道人家,你哭什么呢?'我对他说:'我有丈夫,全靠丈夫养活我。可是,我的丈夫不见了,不知道他到什么地方去了。我丈夫走后,我尝够了生活苦涩。'那个人说:'你的丈夫叫什么名字?'我告诉他:'我的丈夫叫马鲁夫。'他对我说:'我认识他。你有所不知,你的丈夫现在成了一座城的国王。你如果想找他,我就把你送到他那里去。'我说:'多谢你啦!请把我送到那里去吧!'他背上我,腾空而起,飞行在天地之间,不一会儿,便把我送到了这座宫殿里。他对我说:'你进这个房间去,就会看见你的丈夫正在床上睡觉。'我一进屋,果然看见你睡在这里。我本不希望你抛弃我,因为我是你的结发妻子。感赞安拉,让你我夫妻相聚了。"

马鲁夫说:"是我抛弃你呢,还是你抛弃我?你到了一个又一个法官那里告我,最后竟告到了高等法院,艾卜·泰伯格走出城堡要来抓我,我不得不逃跑。"

马鲁夫把自己逃出家门,直到与公主结为伉俪,以及当上国王的经过向妻子法蒂玛讲述了一遍,并且告诉她公主已经过世,留下一个男孩儿,如今已经年满七岁。

妻子说:"这一切都是安拉预先安排好的。过去的事情就让它过去吧!我诚心忏悔,求你不要抛弃我,施舍给我一条生路,让我跟着你生活吧!"

妻子苦苦哀求,终于打动了马鲁夫的心。他说:"你做了那么多坏事,你彻底忏悔吧!你跟着我生活,一切会让你满意的。假若你再干坏事,我会杀掉你的。如今我不怕任何人,纵然你再告到高等法院,让艾卜·泰伯格来抓我,我也不在乎。因为我是国王,人们都怕我,而我只敬畏安拉,不怕任何人。我有一枚金戒指,只要我一搓它,妖仆艾卜·赛阿达就会出现在我的面前,不管我向妖仆要什么,都能如愿以偿。你如果想回家乡,我就给你足够生活一辈子的钱财,并且马上派人送你回去。你若想留在我这里,我就给你腾出一座宫殿,给你铺上丝绸被褥,安排二十个宫女伺候你,供给你锦衣美食,让你当王后,过上最幸福的生活,直至你我天命终结。你看如何呀?"

妻子说:"我愿意留在你这里。"

随后,妻子亲吻马鲁夫的手,并对自己做过的坏事表示忏悔。

马鲁夫为妻子腾出了一座宫殿,为她安排了专门照顾她的宫女和太监,让她做了王后。

王子活泼,天真可爱,常往来穿梭于王后法蒂玛与父王之间。法蒂玛却讨厌小王子,因为他不是自己的亲生儿子。小王子见法蒂玛脸泛怒色,便悄然躲开,也讨厌起她来。

国王马鲁夫喜欢那些年轻貌美的宫女,根本想不起他那个刁婆法蒂玛,因为她已是个形容丑陋的老太婆,简直比蝮蛇还要难看;加之她把他害得那么苦,使他不得不流落他乡,更使他由衷厌恶她。谚语说得好:"伤树禁伤根,伤人忌伤心。"虐待行为会断绝希望之源,在人心田里播下仇恨的种子。正如诗人所云:

且忌伤人心,须知恢复难。心伤难愈合,破镜不重圆。

马鲁夫留下法蒂玛,并非因为她有什么美德。他之所以那样厚待刁婆,只是为了取悦伟大的安拉。

讲到这里,莎赫札德戛然止声。

妹妹杜娅札德说:"姐姐,这个故事真动人啊!真是奇文妙语!"

莎赫札德说:"妹妹,这与我来晚将要讲的故事相比,就算不上什么奇妙了。如蒙国王陛下厚恩,能再留我一夜,我将讲完马鲁夫与其妻子的故事。"

天亮了,灿烂的阳光照亮了山川、大地和宫殿,舍赫亚尔国王心静神安,欣喜欢悦,等待着莎赫札德讲完马鲁夫与其妻子的故事。国王心想:"凭安拉起誓,我不听完这个奇妙的故事,我是决不杀她的。"

片刻后,舍赫亚尔国王向议政大殿走去。

正当舍赫亚尔国王处理政务之时,宰相照例挟着为女儿莎赫札德准备好的殓衣来到了大殿。

舍赫亚尔国王一直忙碌了一天,夜幕垂降时,照例向后宫走去见莎赫札德。

❖❖ 第一千零一夜 ❖❖

夜幕垂降,国王来到莎赫札德身边。杜娅札德对姐姐说:"姐姐,你给我们讲完《鞋匠马鲁夫》的故事吧!"

莎赫札德说:"如蒙国王许可,我很乐意把故事讲完。"

舍赫亚尔国王说:"我很想听完,你就接着讲吧!"

莎赫札德随即继续给国王讲《鞋匠马鲁夫》的故事：

幸福的国王陛下，马鲁夫从不到原配妻子法蒂玛的房间安歇过夜，他之所以让妻子有吃有穿，完全是看在安拉的面儿上。

法蒂玛见丈夫不接近自己，一心恋的是其他女子，不禁心中醋意横生，邪念骤起，想把那枚金戒指偷到自己的手里，并把丈夫杀死，取而代之，当个女王。

一天夜里，法蒂玛悄悄离开自己的房间，向丈夫马鲁夫的寝宫走去。

说来也巧，也许是安拉的安排，那天夜里马鲁夫睡在一位姿色绝美的妃子那里。马鲁夫敬畏安拉，每当与妃子交欢之时，出于对刻在金戒指上的安拉美名的敬畏，他总是把金戒指摘下来，待洗净身子之后，才把金戒指戴在手指上。刁婆法蒂玛对马鲁夫的这个习惯了解得清清楚楚，所以才选定夜阑更深之时，离开自己住的地方，向马鲁夫的寝宫走去。

此外，马鲁夫还习惯于每当与妃子交欢之时，总是把宫女赶出寝宫，怕那枚金戒指出现什么闪失；而去澡堂洗澡时，又总是把寝宫门锁好，回来之后，再把金戒指戴在手指上，这之后，不管谁进来，也就没有什么不便了。法蒂玛也深知马鲁夫的这个习惯。

那天夜里，刁婆法蒂玛就是想趁马鲁夫熟睡之时，溜进马鲁夫的寝宫，将金戒指悄悄偷走。

刁婆法蒂玛从自己的房间走出来时，王子正好进厕所去解手。当时，夜色昏暗，没有灯光，王子蹲在厕所里，厕所门开着，法蒂玛一走出自己的房间，便被王子发现了。王子蹲在厕所里，留心悄悄观察，发现法蒂玛向父王的寝宫走去。见此情景，王子暗自思忖："天这么黑，这个刁婆溜出自己的房间，蹑手蹑脚地向我父王的寝宫走去，究竟是为了什么？这其中必有原因。"

想到这里，王子离开厕所，悄悄跟踪而去。

王子有一把短剑，剑柄上镶嵌着宝石，是他的心爱宝物，他每逢去父王的宫殿时，必将短剑佩挂在腰间。马鲁夫见儿子总是挂着那把短剑，不止一次说："孩子，这口宝剑真了不起，但可惜不能用于打仗，更不能割下人的首级。"

王子听后说："父王，我一定要用它割下应该遭斩之人的首级！"

父王听后笑了。

这天夜里，王子悄悄跟在刁婆法蒂玛的身后，手里握的就是那把短剑，直追到法蒂玛溜进他父亲的寝宫。

王子站在寝宫门口，见法蒂玛在里面边翻腾边唠叨："他把金戒指放在哪里了……"

王子一听便知她想偷那枚金戒指。王子耐心等待片刻，只听法蒂玛说："可找到啦！"

法蒂玛拿起金戒指想出门时，王子马上藏在门后头。

法蒂玛走出门，看着手中的金戒指，正想用手搓时，王子手起剑落，朝她的脖子砍去，只听她一声惨叫，顿时倒在了血泊之中，一命呜呼了。

马鲁夫从梦中惊醒，急忙走来，眼见刁婆法蒂玛倒在地上，鲜血直流，而王子握着短剑还在旁边站着，便问王子："孩子，这是怎么啦？"

王子说："父王，你曾说过多次：'你这口宝剑真是了不起，但可惜不能用于打仗，更割不下人的首级。'我对父王说：'我一定要用它割下应该遭斩之人的首级！'你看哪，我真的割下了这个该杀之人的脑袋。"

紧接着，王子把法蒂玛偷金戒指的情况向父王说了一遍。

马鲁夫听后，忙去找金戒指，翻腾了一阵，没有找到。他回来查看法蒂玛的尸首时，发现那枚金戒指还紧紧握在她的手里。马鲁夫拿到金戒指，对王子说："孩子，你干得好！你使我彻底摆脱了这个刁婆。安拉会使你今世享受荣华，来世进入天堂。刁婆是枉费心机，自取灭亡，有诗为证啊！"

马鲁夫坦然吟诵道：

　　人得安拉助，万事俱得酬。安拉不助者，苦心付东流。

马鲁夫喊道："来人哪！"

众宫役应声而来，马鲁夫把刁婆的作为向他们讲了一遍，然后命令他们把法蒂玛的尸首放在一个地方。

第二天清晨，宫役们按照国王马鲁夫的吩咐，为法蒂玛洗尸、装殓，然后举行葬礼，最后送入坟茔。

法蒂玛从米斯尔城来这里，却原来是借此方黄土埋葬。诗人说得好：

　　人生路途漫漫，自有前进方向。
　　命中定死一地，不会遗骸他乡。

诗人又写道：

　　到达一方地，一心追求利；不知到头来，是凶还是吉。

时隔不久，马鲁夫派人去请曾经在他逃亡在外款待过他的农夫。农夫来到王宫，马鲁夫任命他做了自己的右丞相，凡事都要同他商量。

马鲁夫得知农夫有位花容玉貌、风姿绰约、性情贤淑、品德高尚的女儿，便纳她为王后。

岁月不居，时节如流，不知不觉王子已长大成人，结了婚，旋即被立为太子。

从此以后，国泰民安，马鲁夫国王及王后生活幸福。太子夫妇家庭美满，直至天年竭尽，各奔东西。

万赞归于长生不老、大慈大悲、全知全能的安拉！

尾　声

莎赫札德讲到这里，天亮了。她共讲了一千零一夜。在这期间，莎赫札德已为国王舍赫亚尔生下三个王子。

莎赫札德讲完故事，站起身来，恭恭敬敬地向舍赫亚尔国王行吻地礼，然后说："国王陛下，你是当世大王，我是你的婢女。在过去的一千零一夜中，我给陛下讲了先人的这些故事，还讲了先贤们的训诫。陛下，现在能允许我向你提一个要求吗？"

舍赫亚尔国王说："莎赫札德，你有什么要求就直说吧！"

莎赫札德唤来保姆和太监，对他们说："把孩子们都带到这里来吧！"

片刻后，他们把孩子们带来了，但见那三个男孩儿：一个已经会跑，一个已会爬，一个还在吃奶。

莎赫札德领过孩子们，将他们都抱到舍赫亚尔国王面前，再次向国王行吻地礼，然后说："国王陛下，这都是陛下的亲骨肉，看在这三个王子的情分上,我求你免我一死。假若陛下把我杀掉,这些孩子也就失去了母亲,他们也便失去了培育他们健康成长的亲人。"

舍赫亚尔国王听莎赫札德这样一说,泪水不禁夺眶而出,随即将三个孩子紧紧搂在怀里,然后动情地说:"凭安拉起誓,莎赫札德,看在你给我生下三个可爱孩子的情分上,我宽恕你了。莎赫札德,亲爱的,我发现你品德高尚,纯洁无瑕,敬畏安拉,学识渊博。安拉为你祝福,为你的父母祝福,为你的亲朋祝福。我求安拉做证,我已免你受任何苦难。"

莎赫札德亲吻国王的双手和双脚,不禁喜泪纵横,兴冲冲地连声说:"国王陛下,安拉为你增寿添福,祝你万寿无疆,威严永存!"

喜讯不胫而走,消息传出王宫,顷刻传遍京城。舍赫亚尔国王和莎赫札德亦沉浸在欢乐之中。

国王令文武百官上殿,片刻后国家重臣及文武百官一起来到王宫大殿。国王向莎赫札德的父亲、当朝宰相赐赠锦袍一身,并且说:"相爷阁下,安拉赐福给你。阁下生养了个好女儿,给我讲了那么多动听的故事,致使我由衷忏悔,不再诛杀平民百姓的女儿。我发现莎赫札德品德高尚,纯洁善良,学识渊博,心地坦诚。安拉让她给我生了三个可爱的小王子,我衷心感谢安拉的恩赐。"

随后,国王向文武百官一一赐赠锦袍,并下令装点城郭,大庆三十天。所有开销,全部由国库支出,不向百姓征收分文。

京城居民欣喜不已,一齐动手,张灯结彩,不多时辰,京城街巷焕然一新。随后,鼓声齐鸣,笛声四起,艺人各献其艺,整个京城一片节日气氛。国王向居民赠送礼物,广济贫民,救助百姓,国民皆得厚待。

从此,舍赫亚尔国王与莎赫札德王后及其子孙们过着幸福、安详、欢乐的日子,直至天年竭尽,各奔东西。

附录

阿里巴巴与四十大盗

相传,很久很久以前,在古代波斯的某城镇里,住着兄弟二人,哥哥名叫卡西姆,弟弟名叫阿里巴巴。他们的父亲很穷,死后没给儿子留下什么财产。兄弟二人分家后,哥哥卡西姆与一富家的女儿结了婚,走上经商之路,生意兴隆,时隔不久,就成了当地的一个大富商。弟弟阿里巴巴,跟一个穷苦人家的姑娘结了婚,家境依旧贫困,住房窄小,收入不足维持生活。

阿里巴巴每日都到山中打柴,依靠三头瘦毛驴把柴运到城中,沿街叫卖,用卖柴所得的钱买回必需的食用之物。

有一天,阿里巴巴正在山中砍柴,无意中抬头远望,忽见远处有一股烟尘升起,渐渐向着自己所在的地方移动。他留神凝视片刻,见烟尘下出现一队人马,不禁一惊,心想:"这些人可能是一帮强盗,说不定会抢走我的毛驴和柴火……"想到这里,阿里巴巴离开驴子,爬上一块巨石旁的大树,藏在浓密的树叶中,暗暗观察那队人马。

阿里巴巴仔细一数,见他们总共四十个大汉,各骑着一匹大马。那伙人骑着马来到那块巨石旁,首领高喊道:"站住!我们要来的地方就是这个山坡。"

大队人马停了下来,大汉们纷纷离鞍下马,从马背上取下沉甸甸的鞍袋,紧紧跟在首领身后,登上山坡,来到巨石下。

首领走到巨石前,大声喊道:"芝麻,开门!"

话音未落，巨石上有一座石门开启了，大汉们一个接一个地走了进去，他们的首领走在最后。首领刚刚进去，石门便关了起来。

那四十个大汉在石洞里待了好长时间，藏在大树上的阿里巴巴未敢作声。

四十个大汉终于出来了。首先走出石洞的是他们的首领。首领看见三十九个同伴都出了石洞，方才大声喊道："芝麻，关门！"

话音未落，石门关闭。

随后，四十个大汉纵身上马，在首领一声呼喊下，相继纵马奔驰下山而去，转眼不见踪影。

眼见大汉们远去之后，阿里巴巴这才从树上下来，拨开灌木丛，走到那块巨石前面，好奇地学着那个首领的语调，喊了一声："芝麻，开门！"

话音未落，只见那座石门开启了。

阿里巴巴本以为是一个山洞，想必又黑暗又潮湿，但进门一看，却发现石洞高大、宽敞且明亮，伸手摸不着洞顶。他仔细观察，发现石洞上方有一道石缝，阳光从那里射进来，照得整个石洞亮堂堂的。

阿里巴巴一进石洞，洞门便关上了。不过，他并不害怕，因为他自认掌握了开门的暗语。

阿里巴巴朝洞中打量了一眼，只见那里堆放着许多粮食，还有成匹的丝绸、锦缎，另有许多华丽地毯及大袋大袋的金币、珠宝，琳琅满目，光芒四射。眼见这么多的金银财宝堆放在那里，阿里巴巴猜想那四十个大汉定是一帮盗贼，而眼前这些财宝，则是数代盗贼抢劫、聚积起来的不义之财。

面对这些财宝，阿里巴巴想到自己只需要钱，于是从山洞中搬出几袋金币，装在箩筐里，上面盖了些木柴。他把箩筐放在驴背上,喊了一声:"芝麻,关门!"

石门应声关上。原来这座石门是一座识别暗语的门:人进入石洞时,要说暗语,它方才开启;人进入石洞后,它会自动关上;人出石洞时,要说暗语,它才开启,人走出石洞后,只有说过暗语,它才会关闭;如若不然,它就总是开着。

阿里巴巴赶着毛驴,回到家中,高高兴兴地喊来妻子,把三筐金币摆在妻子面前。金币光芒四射,照得人难以睁开眼睛。妻子看见这么多金币,又惊又喜,心想:"这么多的钱,我压根儿都没见过……该不是他偷来或抢来的吧?"

阿里巴巴看出妻子的惊喜、恐慌神色,于是把自己看到的情况一五一十地讲给妻子。他讲完,再三叮嘱妻子,千万不要把事情说出去。

妻子听丈夫这样一说,高兴地数起钱来。

阿里巴巴说:"这么多金币,你怎么能数得过来呢?我们还是赶快想个办法,把钱藏起来吧!我这就去挖个坑,把金币埋起来,免得人们看见。"

妻子说:"你说得对,是要赶快把金币藏起来,免得人家看见。不过,我们总要知道一下有多少才好哇!我这就去借一个量器,量一量再藏吧!"

"好吧!"

说罢,妻子来到卡西姆家,卡西姆不在家,只有他的妻子在家。阿里巴巴的妻子说:"嫂子,我借你们一件东西用用!"

卡西姆的妻子说:"他婶子,你就挑有用的拿吧!"

"嫂子,我想借你家的箱子和升用用。因为我买了一些面,没有地方盛,想量量有多少。"

卡西姆的妻子一听,心想:"阿里巴巴,穷光蛋一个,没有多少

T. 达尔齐尔 绘

钱，能买多少面？我一定要知道他们究竟要量什么，然后就知道我该怎么办了。"

想到这里，卡西姆的妻子在升底上抹了一点儿蜂蜡，而且认定不易被人发现。

片刻后，卡西姆的妻子把箱子和升递给弟媳，并且说："他婶子，你用完就还我。"

阿里巴巴的妻子接过箱子和升，笑着说："大嫂，我用完就来还您。"

阿里巴巴的妻子拿着箱子和升，快步回到家中，夫妻俩立即忙了起来。夫妻俩把金币量好，然后挖了一个坑，埋了起来。

埋好金币，阿里巴巴的妻子急忙拿起箱子和升去还给卡西姆家。但是，她没有想到，升底下还粘着一枚金币。

阿里巴巴的妻子递过箱子和升，说："大嫂，谢谢您啦！"

阿里巴巴的妻子刚刚离去，卡西姆的妻子拿起升，往底上一看，发现蜂蜡上粘着一枚金币，不禁大吃一惊，心中嫉妒之火油然而生，心想："这是怎么回事儿？阿里巴巴这个穷光蛋怎么一下子富了起来，金币多得数不过来，还要用升量呢？"

卡西姆回到家中，妻子马上迎上去，说："喂，当家的，你不要以为自己的钱太多！阿里巴巴家里的钱比你不知多多少倍！人家的钱数都数不过来，要用升量啦！"

听妻子突然冒出这么一句话，卡西姆一时不知道发生了什么事。于是问道："究竟出了什么事儿啦？这话从何讲起呢？"

妻子拿着升，指着底上粘着的那枚金币，说："你瞧瞧呀！"

接着，她把阿里巴巴的妻子借箱子和升的事儿从头到尾向丈夫讲了一遍。

卡西姆拿过那枚金币，翻过来掉过去看了又看，发现那是一枚古币，认不出是哪朝哪年铸造的。

卡西姆听说刚才发生的事情，瞧着那枚金币，断定弟弟果然有了钱，但他并不为弟弟感到高兴，而是和他妻子的心态一样，嫉妒之火在心中燃烧。

卡西姆一夜没合眼，第二天天刚亮，他便来到阿里巴巴家。他一进门便喊："喂，阿里巴巴，你平时赶驴上山打柴，你家里却有的是金币。你妻子昨天去我家借升和箱子干什么用啊？怎么升底上还粘了一枚古金币呢？"

阿里巴巴听哥哥这样一说，知道事情掩盖不住，内心里只怪妻子太笨，竟然那么粗心大意，把秘密泄露出去了。事情已经到了这个地步，埋怨又有什么用呢？阿里巴巴自想无计可施，只得老老实实把昨天看到的情况，一五一十地向哥哥讲了一遍，并且表示，愿把金币分给哥哥一些，还要他严加保密，千万不要对外人讲。

卡西姆听后，得意地说："你瞧瞧，果然不出我之所料。阿里巴巴，你要告诉我，那些金币、财宝究竟藏在什么地方，你还要领着我去看看那个地方；如若不然，我定到官府去告你，到那时候，你不仅再弄不到金币，就是已经到手的东西，也是保不住的。我嘛，官府会因为告发有功，还可能要赏给我一大笔钱呢！"

阿里巴巴生性忠厚善良，未必是怕哥哥告到官府，倒是愿意让哥哥得到些钱财，不仅把那山洞的地点说了个一清二楚，还把开门的暗语也告诉了他。

第二天，卡西姆贪财如命，天还没亮，他就起床了。一切准备妥当，他赶着十头毛驴，驮着十口箱子，向山林进发了。他走了不多久，就来到了那块坡地，看到了弟弟提到的那棵大树和那块巨大岩石。卡西姆行至巨石前，大声喊道："芝麻，开门！"

石门应声开启。卡西姆见石门开了，立即走了进去，刚一跨进门,石门立即关上了。

卡西姆走进门一看,不禁惊喜万分,只见那里堆满了布匹、绸缎,金银财宝不计其数,自觉比弟弟说的还要多。卡西姆眼见财宝,贪心倍增,真想永远睡在洞里,日夜伴着那些宝贝。继之,他把大袋大袋的金币往洞口搬。因为太兴奋,竟然把开门的暗语忘了,心神慌乱不堪,胡乱喊道:"大麦,开门!"

石门纹丝不动。卡西姆又喊道:"高粱,开门!"

"豌豆,开门!"

"萝卜,开门!"

"花生,开门!"

……

卡西姆几乎把所有庄稼的名称都喊遍了,唯独想不起"芝麻",石门始终一动不动。

卡西姆慌了神,放下沉甸甸的钱袋,挖空心思回想开门的暗语,无论如何也想不起来"芝麻"。他走去用力推搡石门,石门一动不动;此时此刻,他已心乱如麻,不知所措,时而望望石洞的金银财宝,时而望望紧闭的石门……

时近正午,盗匪们纵马向石洞方向走来。他们老远便发现石洞门前有数头毛驴,每头毛驴驮着一口箱子,断定有什么情况发生,于是快马加鞭急赶而来。

身在石洞中的卡西姆听到马蹄声,知道有人来了,心里更加慌乱。

盗匪的首领离鞍下马,站在石门前,高声喊道:"芝麻,开门!"

石门应声开启。卡西姆见石门打开,急忙向外冲去,与盗匪首领撞了个满怀,顿时跌倒在地。一个盗匪一个箭步冲上去,手起剑落,卡西姆顿时倒在血泊之中。

盗匪们进洞一看,发现有几袋金币在门口堆着,立即将之搬回到原地。他们发现洞中的金币确实少了一些,但并不在意,只是觉得奇怪的是,此石洞周围地势险要,常人很难来到这个地方,谁又能得知这个开门的暗语,竟能闯进洞中来呢?

盗匪们思来想去,不知道开门的秘密是怎样泄露出去的,一气之下,将卡西姆的尸首截为四块儿,石门的两侧各挂两块儿,凭以警告来洞中盗财宝之人。

盗匪们一阵忙碌之后,走出石洞,盗首喊了一声:"芝麻,关门!"石门应声关上。他们获悉一支商队打附近经过,一个个翻身上马,扬鞭策马拦截商队去了。

T.达尔齐尔 绘

当天夜里，卡西姆的妻子左等右等不见丈夫回来，心中甚是不安。她跑到阿里巴巴家，对阿里巴巴说：“兄弟，你哥哥到现在还没回来，我真有些担心哪！你哥哥去哪儿了，你是知道的，我真怕他会出什么事儿……”

阿里巴巴猜想卡西姆肯定遇到了什么麻烦，如若不然，他不会这么晚还不回来。但阿里巴巴显得很镇静，安慰嫂子说：“嫂子，或许哥哥怕别人看见他，有意绕道回城，会迟些时候才到家的。你耐心等一会儿吧！”

卡西姆的妻子回到家中，心急火燎地等着丈夫回来。可是，时已深更，仍不见人回，禁不住低声抽噎起来，暗暗自责道：“都是我不好……我为什么把阿里巴巴的秘密泄露给他，致使他财迷心窍，自找罪受。”

卡西姆的妻子忐忑不安，如坐针毡，一夜没有合眼。

第二天一大早，卡西姆的妻子来到阿里巴巴家，求弟弟去找卡西姆。

阿里巴巴安慰嫂子一番，随后赶着三头毛驴，向山中走去。

阿里巴巴来到巨石前，见那里有血迹，立即意识到凶多吉少。他走近石门，高声喊道：“芝麻，开门！”

石门应声开启。他走进石洞，眼见哥哥卡西姆的尸首被分割成四块儿，石门两旁各挂两块儿，不禁惊恐万分。他急忙收起卡西姆的碎尸，又搬了几袋金币，绑成两个驮子，用柴火掩饰好，念了暗语，关上石洞门，赶着驴子下山了。

阿里巴巴把驮着金币的毛驴赶回自己的家中，吩咐妻子把金币藏起来，只字未提卡西姆的情况。接着，他又把驮着哥哥卡西姆碎尸的毛驴赶到嫂子家。

走来开门的是卡西姆家的女奴，名叫麦尔加娜。

麦尔加娜聪明伶俐，颇会办事。阿里巴巴把箩筐卸下来之后，将麦尔加娜拉到一旁，小声对她说："我有要事对你说，你千万不要对外人讲。"

麦尔加娜说："我会照你的话做的。"

"你家老爷的尸首就在这箩筐里，我们一定要按照他寿终正寝来安葬他；我想，你一定知道该怎么办。"

"你放心就是了。"

随后，阿里巴巴走去见嫂子。嫂子一见他便问："他叔叔，你哥哥的情况怎样？"

阿里巴巴把情况一五一十地讲了一遍，并叮嘱她说："嫂子，千万不要把事情的真相泄露出去！"

阿里巴巴说："该发生的事情，是一定要发生的，事情已成这样，我们只有好好保密，才能保住我们的财产。"

卡西姆的妻子听说丈夫已死，泪流满面地对阿里巴巴说："生死由命，富贵在天，我记住了，一定好好保密。"

"安拉安排的事，人是无法改变的，赞美安拉，给了我一笔财产，够我使用的了。待你守丧期满，我便娶你为妻，会使你得到幸福的。我的妻子善良贤惠，不会嫉妒你，也不会和你过不去的。我们要好好安葬我的哥哥；当然，我也会为此事而尽力的。"

卡西姆的妻子听阿里巴巴这样一说，心想阿里巴巴有了钱，说不定比自己的钱还多；再说，他发现了宝库，日后不愁钱花，于是说道："既然你觉得这样好，就照你的意思办吧！"

说罢，阿里巴巴离开那里，去找麦尔加娜商量了安葬哥哥卡西姆的事情，然后才牵着毛驴回自己家去。

阿里巴巴走后，女奴麦尔加娜来到一家药铺，说给一个神志不清的人买一剂药，药铺老板问："你家谁病了？"

麦尔加娜说:"我家主人卡西姆老爷病了。几天以来,他吃不下饭,喝不下水,看上去很危险呀!"

老板给了她药,她转身回家去了。

次日早上,麦尔加娜又来到药铺买了一剂药。老板问她:"你家老爷的病情如何?"

麦尔加娜叹了口气说:"不大好啊!恐怕这剂药还没吃下去,人就不在了。"

那天,邻居们看见阿里巴巴和他的妻子不住地出入卡西姆的家门,满面愁容,忙了整整一天。麦尔加娜买药回来时,卡西姆家传出一阵悲痛的哭泣声。麦尔加娜对人们说:"想不到,我家老爷连这剂药都没来得及服,他就归真了。"

第三天清早,麦尔加娜来到一家修鞋铺,找到老皮匠穆斯塔法,给了他一枚金币,然后说:"老人家,跟着我到我家去一趟吧!但要蒙上你的眼睛。"

老皮匠说:"我可不去干那种见不得人的事情啊!"

麦尔加娜说:"我怎会让你去干那种事呢?那是安拉不允许的。"

说罢,又往老皮匠手里塞了一枚金币,并说:"你只管放心,跟我去就是了。"

麦尔加娜拿出手帕,把老皮匠的双眼蒙上,领着他来到了主人家。她把老皮匠带到停尸房,那里黑洞洞的。她给老皮匠解下手帕,说道:"皮匠师傅,你把这具碎尸缝合起来!做完活儿,我再给你一枚金币。"

老皮匠穆斯塔法按照麦尔加娜的叮嘱,把碎尸缝合好,麦尔加娜给了他一枚金币,然后用手帕把他的双眼蒙上,把他送回修鞋铺去。麦尔加娜叮嘱老皮匠不要把此事告诉别人,然后离开那里;怕人盯梢，她走了一段弯路之后，方才放心回家。

回到主人家中，她与阿里巴巴一起，用热水洗过卡西姆的尸首，将其放在干净的地方，做好埋葬前的一切准备，才去清真寺向伊玛目报丧，请求他为死者诵经、祈祷。

伊玛目随麦尔加娜来到家中，为死者祈祷、诵经之后，由四个人抬着棺木，向坟茔走去。

麦尔加娜走在队伍的前面，只见她披头散发，捶胸顿足，痛哭失声。走在最后面的是阿里巴巴，由一些邻居陪伴着。

他们一直把死者送到坟茔，埋葬完毕，方才各自回家。

卡西姆的妻子一直待在家中，吊丧的人络绎不绝，劝她节哀。由于阿里巴巴和麦尔加娜的巧妙安排，关于卡西姆丧命的真实情况，外人一无所知。

四十天丧期过去了。阿里巴巴拿出四分之一的家产作为聘礼，娶嫂子为妻，因为这在当时当地是件普通、平常之事，没有引起人们的任何议论。

阿里巴巴有一个儿子，跟着一个大商人学做生意，颇得门道。卡西姆原来经营的那家店铺，由阿里巴巴的儿子重新开业经营。阿里巴巴向儿子许诺，如果他能把店铺经营好，日后一定给他娶个好媳妇。

一天，盗匪们来到石洞前，发现碎尸不翼而飞，而且金币也少了几袋。盗匪首领说："看来我们的秘密被人发现了；如不查出发现我们秘密的那个人，我们这些金银财宝总有一天会丢光的。"

盗匪们听首领这么一说，都表示一定要把那个得知开门暗语的人抓来杀掉。

首领又说："要想查出那个人，最好的办法是派一个人进城去探听消息；弄明情况后，我们再派人去抓他。不过，我有话说在前头,谁能完成这项任务,定有重赏;若完不成,那就只有提着自己的脑袋来见我。"

话音未落,一个盗匪站起来,说:"我去完成这项任务!若完不成任务,甘愿听候首领发落,就是为此豁出一条命,我也认为是给自己增光添彩。"

首领说:"好样儿的!"

那盗匪经过一番精心化装,当天夜里潜入城中。

第二天天刚亮,盗匪便来到了大街上。他发现只有一家修鞋铺开着门。盗匪走进铺子,说:"老人家,你好哇!天这么黑,你就开始做活儿,能看得见吗?"

老皮匠穆斯塔法说:"你是外乡人吧!别看我这么大年纪,眼

T. 达尔齐尔 绘

神好着呢！前些天，我还在一间黑洞洞的屋子里，给人家缝合了一具碎尸呢！"

盗匪一听，觉得自己的任务完成有望，故意不相信地说："老人家，你真会开玩笑，你该是在黑屋子里为死人缝制了一身殓衣吧？"

"不是殓衣，而是碎尸。这件事与你无关，我用不着细说了。"

"老人家，我不想打听什么秘密。不过，我有些不大相信，天下竟有这样的新鲜事儿。这样的事儿出在哪家呀？"

说着，盗匪掏出一枚金币，塞在了老皮匠的手里，然后问道："你前些天给谁家做了那样一件新鲜活儿？"

老皮匠把情况向盗匪讲了一遍，盗匪说："你能带我到那里去一趟，或者能把那个地方告诉我吗？"

老皮匠说："不过，当时我的眼睛被蒙着，有人领着我去的。"

盗匪说："就是蒙着眼睛，想必走了多少路，你会记得的。这样吧，我把你的眼睛蒙上，我跟着你一道走，说不定会走到那家门前。"

说着，盗匪又往老皮匠手里塞了一枚金币。

两枚金币拿在手，老皮匠真动心了。他说："走了多少路，我倒记得。既然你来求我，我就试一试吧！"

穆斯塔法把两枚金币装在口袋里，让盗匪用手帕把他的眼睛蒙住，随后离开铺子，带着盗匪来到麦尔加娜给他蒙眼睛的地方。老皮匠边走边数着步子，对盗匪说："那个女仆带我来的地方就在这里。"

这时，老皮匠和盗匪站的地方就是卡西姆的宅门前；而如今换了主人，住在这里的是卡西姆的弟弟阿里巴巴。

盗匪知道那是老皮匠缝碎尸的地方，断定晓得开启石门秘密的人就住在这里，于是掏出白粉笔在门上画了个记号。之后，盗匪解下蒙在老皮匠眼睛上的手帕，说道："老人家，你帮了我的大忙，伟大安拉会嘉奖你的善行的。请告诉我，谁住在这里呀？"

老皮匠说："说实话，我不知道。因为我很少到这里来，不熟悉这里的情况。"

盗匪为自己完成了任务而感到高兴，再三谢过老皮匠，打发老皮匠回去，自己急匆匆赶回山洞去了。

盗匪和老皮匠离去不久，麦尔加娜有事外出，刚跨出大门，无意中看见门上有白粉笔画的记号，立即想到有人盯上了主人的家门，不禁暗自一惊。她思考片刻，走去拿来白粉笔，在好几家邻居的门上全都画上了同样的记号，却没有在男女主人面前提这件事。

盗匪回到山洞中，向首领报告了情况。首领听后，决定立即带人下山去抓那个偷碎尸和金币的人。

盗匪数人化装赶至那个探匪做过记号的地方，发现家家门上都有用白粉笔画的记号，而且一模一样，连那个探匪也认不出哪个记号是自己画的。首领问："几家门上都有记号，究竟哪家是呀？"

那个探匪说："我只在一家的门上画了记号，怎么现在家家门上都有呢？我实在认不出哪个记号是我画的。"

众盗匪只得返回，不敢贸然闯入任何一家。

盗匪们回到山洞，首领说："我们白白跑了一趟，险些暴露了我们的身份。我已有言在先，完不成任务者，只能提着脑袋来见我。"

说罢，首领示意手下人将那个进城探听情况的盗匪拉出洞外杀掉了。

首领接着对众盗匪说："为了保住我们的金银财宝，我们必须把那个晓知开门暗语的人抓到。谁愿意去完成这个任务？"

一个盗匪站起来,对首领说道:"我愿意去!我相信我一定能完成这个任务!"

首领立即表示同意派他去,而且强调说完成任务有重赏;不然,只有提着脑袋来见他。

第二个盗匪满怀立功受赏的希望,当夜进入城中。他采用同样的办法,买通了老皮匠,轻易地找到了卡西姆的住宅,在常人不大留意的门柱上,用红粉笔画了个记号,之后迅速返回山洞,得意扬扬地向首领报告说:"我已准确地找到了那家人的住宅,在人不留意的地方画上了红记号,一眼就能认得出来。"

那个盗匪刚离去不久,麦尔加娜出门时,仔细观察自家大门,发现门柱上有红粉笔画的记号,立即悟到事态严重,遂走去拿了一支红粉笔,在好几家的门柱上画了同样的记号,与上次一样,没有对主人讲此事。

第二个探匪回山洞报告了情况,首领决定马上进城。

盗匪们进入城中,来到第二个探匪侦察到的地方,却发现家家户户的门柱上都画着红粉笔的记号,无法下手,只有回返山洞。

两次打探活动失败,盗匪首领心想:"两个探子,连续失败,先后丧命,看来没有人敢去了。我必须亲自下山,方才能探听清楚。"

盗匪首领决心下定,随即策马进城。

盗匪首领找到那个老皮匠,塞给他许多枚金币,老皮匠领着盗匪首领找到了缝碎尸的那家门口。盗匪首领知道画记号是没有用的,只是仔细观察了那家住宅周围的环境,牢记在心中,然后快马返回山林。

盗匪首领赶回山洞,对众盗匪说:"我已把地点侦察清楚,这一下就可以抓到盗我们宝库的那个人了。"

接着，首领把下山的计划和安排向盗匪们讲了一遍，众盗匪立即分头开始行动。他们从周围村庄里买来十九头毛驴和三十八口大坛子，其中一口坛子里装满油，另外的三十七口坛子，每口坛子里藏一个盗匪，每头驴子驮两口坛子。一切准备就绪，盗匪首领化装成商人模样，带着队伍下山了。

盗匪首领带着驴队进入城里，天色正好暗了下来。

盗匪首领的驴队穿小巷过大街，来到了阿里巴巴住宅门前。

当时，阿里巴巴刚刚吃过晚饭，正在门外散步。盗匪首领走过去，问好之后，说："我是贩油的商人。我打外地贩来几坛子油，准备明天到市场上卖。今天天色已晚，想在你府上借宿一夜，喂一喂牲口，明天一早好上市场，老乡能给个方便吗？"

阿里巴巴不久前在大树上看见的那个喊"芝麻，开门"的盗匪首领就是眼前要求借宿的这个人，但他已完全认不出来了。他听说来人想借宿一夜，没有多加考虑，马上说："没有什么不方便的，欢迎，欢迎！"

说完，阿里巴巴领着"商人"及其驴队进了自己的宅院，并且吩咐家仆："喂，麦尔加娜，来客人啦！赶快给客人准备饭菜，安排客房！"

盗匪首领卸下驮子，摆放整齐，给驴子喂上草料，然后吃饭去了。

盗匪首领吃完饭，阿里巴巴又叮嘱麦尔加娜："好好招待客人，不要怠慢他们！明天一早，我要去澡堂沐浴，给我准备一套干净衣服，让家仆阿卜杜拉给我送来。此外，还要熬锅肉汤，以备我回来后吃。"

麦尔加娜说："老爷，我都记住了。"

阿里巴巴随即回卧房休息去了。

T. 达尔齐尔 绘

匪首吃过饭,又去看了看他的牲口和"油"坛子。

匪首见主人已睡,便走到那些坛子跟前,悄声对藏在坛子里的盗匪们说:"夜半时分,我以掷石子儿为号,你们立即出来,听我指挥!"

匪首离开牲口圈,在麦尔加娜引领下,穿过厨房,走到为他安排好的客房,麦尔加娜说:"还需要什么东西吗?"

匪首说:"谢谢!不需要什么啦!"

麦尔加娜离去,匪首便上床休息。

麦尔加娜为主人取出一套干净衣服,交给男仆阿卜杜拉,然后开始给主人熬肉汤。

过了一个时辰,麦尔加娜发现油灯不亮了,一看才知道灯里的油点尽了。她正发愁没有灯油之时,阿卜杜拉进来,说:"后面不是放着几十坛子油吗?"

麦尔加娜手里拿着罐子,来到油坛子前,忽听坛子里传出人的低声问话:"到时候了吗?"

麦尔加娜一惊,慌忙后退了一步,急中生智,随机应变,悄声说:"还不到时候。"

麦尔加娜心想:"原来这坛子里不是油,藏的是人……肯定不是什么好人,那商人也不是什么好商人,一定有什么阴谋。"她急忙走到每口坛子跟前,小声说了"还不到时候"。她联想到几天以来门口出现的白、红两色粉笔记号,心想:"我们主人的秘密定是被匪徒们发现了,他们要来进行报复……"

麦尔加娜走到最后一口坛子前,发现里面装的是油,于是弄了一满罐子油,回到厨房,架在火上将油烧开。麦尔加娜把滚烫的油装在罐子里,走去将藏在坛子里的盗匪一一浇死在坛子里,无一能够幸免。

麦尔加娜悄悄用滚开的油浇死了众盗匪，然后不声不响地回到厨房，拨小灯头，继续为主人熬肉汤。

一个时辰未过，盗匪首领推开窗子，向油坛子投了一个石子儿，却不见动静。片刻后，他又投了一个石子儿，仍不见有反应。接着，他投出第三颗石子儿，依旧静寂无声。他心想："也许他们睡着了……"于是急忙走去。

匪首走到坛子跟前，一股油腥味儿喷鼻而来。他朝坛子摸去，发现伙伴们都已被热油烫死。他再去看那装油的坛子，发现里面的油没有了。他立即意识到自己的阴谋已经败露，如果不马上逃离，恐怕自身难保，于是急匆匆冲入花园，翻墙而过，狼狈逃命去了。

麦尔加娜听到了投石子儿的声音，而且看见盗匪首领走出了房间，却久久不见他回来，断定他跳墙逃跑了。这时，她的心方才安静下来，走去上床休息了。

次日一早，阿里巴巴在男仆阿卜杜拉的陪伴下前往澡堂沐浴，对昨晚发生的事情一无所知。

阿里巴巴洗澡回来，太阳已经升起。他看见驴子和油坛子都在原地，觉得很奇怪，心想："为什么不赶早收拾东西到市场上去呢？"

于是他走去问女奴麦尔加娜："喂，麦尔加娜，客人为什么不带着自己的货物到集市上去呢？"

麦尔加娜说："老爷，愿安拉为你延年添寿，让你活一百三十岁！老爷，你到后面去看看那个商人的货吧！"

麦尔加娜领着主人来到一口坛子前，说："老爷，你看看这坛子里装的是什么东西吧！"

阿里巴巴走近仔细一看，见里面藏的是一个男子，吓得转身就跑。

麦尔加娜说:"老爷,不要害怕!那里面都是死人。"

"我们的大祸刚刚过去,怎么又有人来暗算我们呢?"

"老爷,过一会儿,容我给您慢慢讲来。老爷先看看这些大坛子里装的都是些什么东西吧!"

阿里巴巴走去一看,发现每口坛子里都是一个全副武装的家伙,但都已被沸油烫得面目全非。阿里巴巴看过,不禁目瞪口呆。过了一会儿,他才问:"那个油商到哪里去了?"

麦尔加娜把阿里巴巴领进屋子,让他坐下,然后说:"老爷,看来那个人并不是什么贩油的商人,而是一个坏蛋。"

阿里巴巴说:"何以见得呢?"

"老爷,过一会儿,我再给您细讲。肉汤已经炖好,我这就去端来,请老爷先用一点儿吧!"

麦尔加娜端来肉汤,阿里巴巴喝了一碗,然后说:"麦尔加娜,究竟发生了什么事情,给我从头到尾仔细讲一遍吧!"

"老爷,昨天晚上,您吩咐我炖肉汤并令我准备干净衣服之后,就去休息了。我准备好衣服,交给阿卜杜拉,接着便进厨房点火炖肉汤。时隔不久,我发现油灯头渐小,一看才知道灯里没油了。我正发愁之时,阿卜杜拉走来,知道我在因灯里没油而发愁,他就说:'后面的坛子里不全是油吗?'他这一提醒,我才想起那些坛子。我走到坛子旁,忽听坛子里有人说:'到时候了吗?'我听后一惊,慌忙后退了一步,心想那油商不是什么好人,定有什么预谋。于是,我走过去,小声说:'还不到时候。'我走过一口一口大坛子旁,向坛子里的人都说了一遍。这时,我相信他们是一帮坏人,是来谋害老爷的。当我走到最后一口坛子跟前时,发现那里面装的是油,我便从里面弄出一大罐子油,回到厨房,弄来油锅,将油烧开,然后把滚烫的油浇进坛子里。就这样,把那些家伙全烫死了。

之后,我回到厨房,把灯头拨小,静静地注视着那个自称商人的家伙的举动。大约半夜时分,那个商人往坛子群里投了三次石子儿,都没有听见藏在坛子里的人有什么动静,他这才走去看。我想,他知道他的人都已被沸油烫死,也就不敢行动了……"

"他现在在哪里?"阿里巴巴急切地问。

"我没有听见开门的响声,猜想他跳墙逃走了。"

"是这样……"阿里巴巴惊魂仍未安定下来。

麦尔加娜又说:"前些日子,还发生过一件事,我当时未敢惊动老爷。"

"什么事呢?"阿里巴巴问。

"我连续两天发现门上有用白、红粉笔画的记号;当时,我就想八成我们家的门被坏人盯上了,他们用画记号的办法认我们的家门。所以,我也效仿他们的办法,把邻居家的门上也都画上了记号,而且一模一样,他们也就认不出来了。老爷说看见了四十个盗匪,恐怕这帮家伙就是那些坏蛋。他们已死了三十七个,还有三个人活着,定会来进行报复的,老爷必须提防才是。"

阿里巴巴听麦尔加娜这样一说,觉得她的猜想是有道理的,打内心感激不尽。他说:"麦尔加娜,好机警、聪明的姑娘!我该怎样感谢你呢?"

"我是您的女奴,理当为老爷效力。依奴之见,快把那些死尸埋掉吧,免得秘密泄露出去。"

阿里巴巴唤来男仆阿卜杜拉,令他在花园的树旁挖个大坑,把尸体全部埋了起来。之后,又让阿卜杜拉把驴子牵到集市上,分批卖掉。

阿里巴巴相信麦尔加娜的猜测,认为尚有三个盗匪活着,因此时刻保持警惕,以防不测。

盗匪首领只身一人逃回山林，想到四十个人就只剩下自己，自觉好不凄凉。他简直再不敢进石洞看他们抢劫的那些金银财宝。

那匪首终于冷静下来，心想："我一定要报这个仇；如若不然，这石洞中的宝物也保不住，总有一天会让那个阿里巴巴拿光。"于是，他又想出了一个计谋。

几天之后，匪首更名改姓，化名盖赫沃吉·哈桑，扮作绸布商，来到城中，开了一家绸布店，与阿里巴巴的儿子经营的那家店铺正好相对。

盖赫沃吉·哈桑运来大批绸缎，铺面显得颇为像样，与临店诸家老板来往甚多，待人接物亦很慷慨大方，很快和大家混得很熟。他得知对面那家店铺的小老板是阿里巴巴的儿子，便对他格外热情

T. 达尔齐尔 绘

起来，不时地请他来店坐上一坐，常常送点儿小礼物，一块儿吃饭交谈。

阿里巴巴的儿子觉得绸布店老板盖赫沃吉·哈桑对自己甚好，便对父亲说了，并求父亲置备酒席，请绸布店老板来家里做客。阿里巴巴一口答应。

第二天，阿里巴巴的儿子请盖赫沃吉·哈桑去他家吃饭。

说来也怪，当盖赫沃吉·哈桑跟着阿里巴巴的儿子来到阿里巴巴的家门口时，心想报仇的机会终于来临了，但却身不由己，不想进门。

这时，阿里巴巴走了出来，向盖赫沃吉·哈桑问好，并且说："尊贵的客人，你对我的儿子那么好，使我感激不尽。既然来到家门口，怎么不进来一坐，容我们款待贵客一番呢？"

盖赫沃吉·哈桑不好推辞，只好说："你的儿子很懂事，言谈举止非同一般，而且很会做生意，前途无量，我很喜欢他。不过，我今天不便久坐，日后再来拜访吧！"

阿里巴巴说："尊贵的客人，我有意招待你，你怎好不赏光呢？"

"主人先生，您有所不知，我因身体欠佳，不能吃放盐的饭菜，故不便在贵府做客。"

"不吃盐，这事好办。现在厨娘正在准备饭菜，我告诉她不加盐就是了。"

这个伪装为绸布商的盗匪首领见报仇的时机已来到，也就同意进门做客了。宾主坐下，阿里巴巴走去吩咐正在准备饭菜的麦尔加娜，说道："喂，麦尔加娜，今天的客人不吃盐，菜里千万不要放盐。"

麦尔加娜一听，便知道了不吃盐的意思，心中一惊，忙问：

"不吃盐？这位客人是谁？"

"管他是谁！你听我的吩咐就是了！"

"遵命！我一定照办！"

麦尔加娜备好饭菜，男仆阿卜杜拉走去摆好座位。

麦尔加娜端菜上饭时，一眼认出今天那位不吃盐的"客人"并不是什么绸布商，而是那个寻机报复的盗匪头子，不禁心中一惊。她稍稍留心一看，发现他外袍里藏着一把短刀，心想："好一个不吃盐的家伙，来者不善啊！我今天绝不能放过他！"

阿里巴巴陪盖赫沃吉·哈桑吃罢饭，洗过手，麦尔加娜和阿卜杜拉收拾好碗碟，又端上酒杯、酒壶和水果、甜点。一切摆置停当，麦尔加娜和阿卜杜拉一起退下。

盗匪头子盖赫沃吉·哈桑眼见面前只剩下阿里巴巴和他的儿子，心想："机会来了……杀死这两个人，我就可以像上次那样跳墙逃走……不过，要等到那两个仆人都去休息后再动手为妙……"他不时地摸摸袍下的那把短刀。

麦尔加娜暗中盯着那匪首的举止，心想："这一次绝不能让这个强盗头子逃掉！"想到这里，她脱去外衣，换上一件舞裙，头上缠起一块色彩鲜艳的头巾，戴上面纱，腰间束上一条绸带，别上一把手柄上镶嵌着珍珠宝石的匕首。之后，她让阿卜杜拉拿着铃鼓，二人来到客厅，说："老爷，尊贵的客人，让我为你们跳个舞，为你们开怀畅饮助兴吧！"

阿里巴巴说："尊贵的客人，这是我家的女奴和男仆，请勿见笑。"

麦尔加娜得到主人的同意，阿卜杜拉敲起铃鼓，麦尔加娜且歌且舞。

盖赫沃吉·哈桑眼见这个舞女在自己的面前转来转去，不停地舞蹈，不住地歌唱，心想："这岂不是白白断送了我动手报仇的良机……"

麦尔加娜的舞兴特别浓，舞姿显得格外优美，动作潇洒自如，时而拔出腰间的匕首显示出自己的英姿，时而又像要把匕首插向自己的胸膛，使人看后，觉得眼花缭乱，猜测不出舞姿的含义。

一阵急促的铃鼓声过后，麦尔加娜的舞蹈结束了。她气喘吁吁地从阿卜杜拉手里接过铃鼓，一手拿着匕首，一手端着铃鼓就像卖艺人向观众讨钱那样，一一走过宾主面前。阿里巴巴首先向铃鼓中投了一枚金币；继之，他的儿子也向铃鼓里扔了一枚金币；匪首正要往铃鼓里搁金币时，麦尔加娜手疾眼快，举起匕首一下刺入了他的胸膛，只见鲜血直流，这位"客人"登时一命呜呼。

阿里巴巴及其儿子见客人死去，不禁大惊失色。过了好大一会儿，阿里巴巴才说："麦尔加娜，你这个该死的丫头！你闯下大祸啦！你毁了我，也毁了我一家呀！"

麦尔加娜说："老爷，不是的，我救了您，也救了您一家。您掀开他的袍子看一看，他身上带的是什么！"

阿里巴巴走去一掀客人的袍子，见他身上揣着一把短刀，这才恍然大悟。

麦尔加娜说："老爷，您今天招待的不是什么贵客，也不是绸布商，而是前两天来过的那个油贩子，就是那四十个盗匪的头子。他说不吃盐，意思是说不到您家做客，要到贵府寻机报仇。"

阿里巴巴终于想起自己在山中第一次看见盗匪的情景，又想到卡西姆的碎尸，不禁出了一身冷汗。他说："麦尔加娜，好姑娘，你两次从盗匪头子的手下救出了我的性命，我应该报答你的救命之恩哪！"

阿里巴巴思考片刻，然后说："麦尔加娜，我的好姑娘，我现

T.达尔齐尔 绘

在宣布释你为自由人，不再是我的女奴了。你忠诚、老实、勇敢，我要把你许配给我的儿子，愿你俩成为恩爱夫妻。"

阿里巴巴转过脸去，对儿子说："孩子，麦尔加娜是个聪明、善良、勇敢的姑娘。她胆大心细，两次救了我的性命，功劳非同寻常。我今天才认清了这个假绸布商、真盗匪头领的面目。正是麦尔加娜姑娘救了我们一家人。你就与她结为百年之好吧！"

儿子欣然同意父亲的安排。

之后，他们一起动手，把盗匪头领的尸体埋在花园的树下。他们对此事一直严格保密，没有向外人透露任何消息。

过了几天，阿里巴巴请来法官和证人，为儿子和麦尔加娜写了婚书。一切准备就绪，便择定吉日良辰，为儿子举行隆重的结婚典礼，摆筵席，请宾客，张灯结彩，鼓乐齐鸣，热闹非常。

四十名盗匪，只死去三十八个，还有两个下落不明。因此，阿里巴巴整整一年时间，没有到山里去，唯恐发生不测。

一年过去，那两名盗匪都不曾露面，故阿里巴巴认定他俩已经死去，这才来到石洞前，大声喊道："芝麻，开门！"

话音未落，石门大开。阿里巴巴走进山洞，见那里的东西不曾有人动过，甚感放心。这时，阿里巴巴才相信自己是世上唯一掌握宝库秘密的人，庆幸自己运气好，由一个卖柴为生的穷苦人，一下子变成富翁。阿里巴巴带着几袋子金币，回家去了。

后来，阿里巴巴把石门的秘密告诉了儿子，儿子又告诉了孙子，子子孙孙都过着富裕的生活。

阿里巴巴的子孙都很珍惜他们的好运气，从不骄奢淫逸，所以代代兴旺，久为后世人传诵。

（译自贝鲁特书局单行本）

阿拉丁与神灯

相传,很久很久以前,在遥远的中国的一座都城——因为中国地域辽阔,列国争雄,我记不起那座都城叫什么名字——有一位勤劳的裁缝,名叫穆斯塔法。

穆斯塔法的日子过得很穷,为了养活妻子和儿子,终日在自己的裁缝铺里辛苦劳作。因为他十分贫困,所以没有能够积攒下供妻儿生活的钱财。

裁缝穆斯塔法膝下只有一个独生子,名叫阿拉丁。

穆斯塔法非常喜欢自己的儿子,然而他却没有钱供儿子读书。从小就让阿拉丁整天在外面度过,和那些调皮捣蛋的顽童一起玩耍,致使阿拉丁学了一身坏习气;一段时间过后,阿拉丁也变成了一个贪玩、懒惰的坏孩子。

阿拉丁尽管很聪明,但十分顽皮、任性。父亲劝他不要和那些坏孩子在一起玩耍,要他离他们远一点儿,竭力想教他一门手艺,也好让他长大之后谋生。但阿拉丁根本不听父亲的劝告,父亲的一番良苦用心白白付之东流。

当父亲用软办法劝说阿拉丁改邪归正无效时,被迫采取惩罚、责斥的硬办法,然而阿拉丁根本不把父亲的惩罚放在心上,训斥与责备也未起到任何作用,致使父亲感到很失望,觉得没有力量再教育阿拉丁了。

穆斯塔法终于用上最后一招,把阿拉丁带到自己的裁缝铺里,教他学裁缝。

A.B.霍顿 绘

穆斯塔法竭尽全力让阿拉丁喜欢学裁缝，然而刚刚把他领到铺子里，没有多大工夫，他便逃了出去，和那些顽皮的小伙伴一玩就是一整天。

穆斯塔法知道自己无力使儿子学好，只有把希望寄托在时间老人身上了。他相信艰苦的生活将教训他的儿子，使他改邪归正，步入正道。正如诗人所云：

父未教育者，日月必教之。

过了一些日子，穆斯塔法眼见儿子阿拉丁不识教导，无望成材，不禁大失所望，一病不起，不久一命归真。

裁缝穆斯塔法身后留给妻儿的只有那个小铺子。

寡母眼见儿子阿拉丁无意继承父业，依旧整日贪玩，便把那个小铺子卖掉了。凭着卖掉的钱度日；过了相当长时间，才把卖掉的钱用完。

寡母为了养活自己和儿子，不至于被活活饿死，开始纺线。寡母整日操着纺车，不停地纺线，然后拿着纺好的线到集市上去卖，用换得的钱维持母子两个人的生活。

父亲去世之后，阿拉丁觉得没人管束，更加放肆无羁，终日与一帮顽皮的孩子一起玩耍，整天整天地不回家。就这样，阿拉丁一直玩儿到十五岁。

父亲穆斯塔法在世时，竭尽努力都未能使儿子阿拉丁改变恶习，更未能使他爱上一个行业，剩下寡母一人，更是无计可施了。寡母眼见阿拉丁这样不争气，只得把事情交给安拉，终日为儿子祈祷，但期安拉引导他走上正路。

一天，阿拉丁像平日一样，正与伙伴们一起玩耍，忽见一个异乡人从他身边走过；一看其相貌和衣着，便知道他不是中国人。

那个异乡人看见阿拉丁，停下脚步，仔细打量他。

这个异乡人是位有名的妖术师，生长在非洲的一个国家。他自幼苦研妖术，终于成了出色的妖术师，因此人们都称他为"非洲妖术师"。

这位非洲的妖术师于两天前来到中国。他看见阿拉丁就仔细打量、观察阿拉丁的面纹，研究他的相貌，然后向一个孩子打听阿拉丁的姓名。

非洲的妖术师把一个孩子拉到一旁，指着阿拉丁的后背，问道："小朋友，那个孩子叫什么名字？"

那孩子答道:"他叫阿拉丁。"

听说那个孩子就是阿拉丁,妖术师兴奋不已,自认自己的愿望就要化为现实,自己的努力一定会得到成功。

原来这个妖术师曾在一本妖术书上读到这样一段文字:

在中国有一座举世无双的宝库。那座宝库里有一盏神灯,上面刻着鬼符;人用手一搓神灯,神灯的魔仆就会出现,有求必应。

妖术师从书中得知,那神灯的魔仆是一个最强大的神王,也是领兵最多的神将。他还得知,除了中国某个地方一个名叫阿拉丁的青年,任何人都无法打开或进入那座宝库;阿拉丁的父亲名叫穆斯塔法,是个裁缝。妖术师就是为找阿拉丁而来中国的。

妖术师看见阿拉丁正与孩子们一道玩耍,心中不胜高兴;听说他名叫阿拉丁,确信他就是自己千里迢迢寻找的那个青年人。

妖术师走到阿拉丁的跟前,问他:"小伙子,你的名字是不是叫阿拉丁?"

阿拉丁说:"是呀!我的爸爸、妈妈都这样叫我。"

妖术师说:"你不就是裁缝穆斯塔法的儿子吗?"

阿拉丁说:"是的,先生。我父亲已去世几年了。"

妖术师听后,一声大喊,随之哭了起来,边哭边说:"天哪!穆斯塔法归真啦?好可怜呀!我怎么没有再见他一面,他就离开了这个世界呢?"

妖术师眼里含着泪水,拥抱、亲吻阿拉丁,痛苦不堪,连声哀叹。

阿拉丁想起父亲对自己的脉脉温情,心中痛苦难抑,也和妖术师一起难过起来。

阿拉丁见这位素不相识的陌生人为自己的父亲落泪，心中觉得奇怪，于是问道："叔叔，你哭什么呢？"

妖术师说："孩子，你有所不知，你的父亲穆斯塔法是我的亲兄弟；你就是我的亲侄子，我就是你的亲叔叔呀！孩子，我平生酷爱旅行，不断地乘船过海，遍走各个国家。后来，我思念起家乡来，想探望我的哥哥，于是回来了。不过，安拉无意让我在你父亲生前看到他；他这一切都是安拉安排定的，我们无可奈何。但求安拉怜悯你爸爸的在天之灵。不过，值得庆幸的是，我从你的面容上看到了你父亲的相貌，这给我带来了安慰，使我能够忘掉一些痛苦。孩子，你就是我的希望，因为你取代了你父亲的位置；人留下后代，就是命已归真，灵魂仍然活在世间。"

妖术师的这番话把阿拉丁骗住了。阿拉丁信以为真，忙吻了吻妖术师的手，对他的温情和安慰表示感谢。

妖术师问："孩子，你现在住在哪里？"

阿拉丁随手向妖术师指了指自家所在的方向及自己和母亲住的宅院。

妖术师随后掏出两枚金币递给阿拉丁，并且说："阿拉丁，你赶快回家去吧！你回到家中，告诉母亲，就说如果有可能，我明天晚上去看你俩，也好看看我哥哥穆斯塔法生前住的房子，以及他身后长眠的地方。"

阿拉丁接过两枚金币，飞也似的向家里跑去。他看见母亲，惊喜地问道："妈妈，妈妈，请告诉我，你知道我有个叔叔吗？"

母亲觉得好生奇怪，说道："孩子，你既没有叔叔，也没有舅舅呀！"

阿拉丁把妖术师的那番话向母亲说了一遍，随后便把两枚金币递到母亲的手里。

A.B.霍顿 绘

母亲觉得奇怪,对阿拉丁说:"不过你爸爸生前对我说过他有一个弟弟,但他从未见过,早就死了;也许这个人就是你爸爸说的那个死去的弟弟。"

妖术师告别阿拉丁,回到住处,一夜兴奋不已,为自己意外找到阿拉丁而欢喜,久久未能入睡。

第二天,妖术师早早起了床,急急忙忙去找阿拉丁。他来到昨天孩子们玩耍的地方,等了一会儿,才见阿拉丁走来。

妖术师看见阿拉丁,马上走上前去拉住他,又是拥抱,又是亲吻,随后从口袋里掏出两枚金币,递到阿拉丁手里,说:"阿拉丁,我的好侄子,你回去告诉你的母亲,就说我今天到你们家吃晚饭。"

"好极了!"阿拉丁说。

"孩子,到你家去怎么走呀?"

"你跟我来吧!"

妖术师跟着阿拉丁,一直走到他家门口,二人方才分手。

阿拉丁快步走进家门,把两枚金币递给母亲,把妖术师要来家里吃饭的事儿告诉了母亲。

母亲接过钱,到市场上,买了肉和菜,又从邻居那里借来漂亮的盘子和碟子,立即动手,准备了一顿丰盛的晚餐。

天色暗了下来,母亲对阿拉丁说:"孩子,天色已黑下来,也许那位叔叔不认识我们的家门,你去接接叔叔吧!"

"好的!"

阿拉丁转身走去,刚要开门时,便听到了敲门声。

阿拉丁一开门,见来者就是那位"叔叔"妖术师,但见他带着一名脚夫,脚夫手里提着满篮子的水果和酒。他打发走脚夫,随阿拉丁进了门。妖术师一看见阿拉丁的母亲,便装出十分悲伤的样子，哭了起来。他说："嫂子，请你告诉我，我哥哥生前总是在哪个地方坐呀？"

阿拉丁的母亲指着放在房间一个角落里的高腿椅子，说："他生前常常坐在那把椅子上。"

妖术师走近那把椅子，然后伏在地上，边吻地板边喃喃祈祷，哭得更厉害了。他说："我亲爱的哥哥，我真是不幸啊！我们连最后一面都未能见上，真叫人难受呀……"

妖术师哭得死去活来，几乎昏迷过去。

阿拉丁的母亲见此情景，由衷感动，上前将他扶起来，要他坐在那把椅子上，并且说："人已不在，你再难过也是没用的。你在这把椅子上坐吧！"

妖术师装作十分难过的样子，说："嫂子呀，我不能坐我哥哥坐的地方，因为在我看来，我哥哥现在还活着，他就坐在这把椅子上，在和我们交谈，而且他那纯洁的灵魂在看着我们。愿安拉怜悯我的好哥哥。"

见妖术师哭得如此伤心，阿拉丁的母亲相信他真是小叔子。

一番好言劝慰之后，三个人坐了下来。妖术师说："嫂子，请不要见怪。哥哥在世时，你我不曾见过面，互不认识呀！我漂洋过海，远走他乡，已有四十个年头了。我到过印度，到过波斯，还到过巴格达城；后来又去了非洲，到过埃及，那里可是一个好地方啊！最后，我旅行到马格里布，在摩洛哥定居下来，一住就是三十年。有一天，我独自静坐，想起家乡，想起我的哥哥；人在异乡，最难以忍受的是思念故乡之苦。想到家乡，想到哥哥，我在那里再也住不下去了，决计回返家乡。我常想，我这个人真是苦命人。我独自远离故土，离开唯一的亲兄弟，究竟流落到哪年哪月算是头呢？想到这里，我决计在自己的有生之年，告别异国，回返故里，来见哥哥。人无千日好,花无百日红,祸福无常,谁能保证不出意外呢?要是活着不能见到哥哥,那才叫人难过呢!说不定哥哥现在还等着下锅的米,要是我能立即回到他的身边,幸好我手头还有些钱,还能济助他一下,帮他渡过难关……

"想到这里,我思念故土和亲兄弟的心情难以抑制,立即准备好行装,诵读过《古兰经》的'开端章',便骑马踏上了归程。非洲离家乡遥远得很哪!我一路历经艰险,不知吃了多少苦头,穿沙漠、越荒原、过大河、行大川,托安拉的福,总算安全回到了家乡。路途的艰辛,一言难尽呀!

"我回到家乡一看,变化可真大呀!几乎都认不出路来了。前天,我正在街上打听哥哥的住处时,忽见阿拉丁正在和一伙小朋友玩,我一眼便认出他就是我的侄子,心里真是说不出的高兴。我把长途跋涉的辛苦忘了个一干二净。我一问阿拉丁才知道我的哥哥已不在人世,我一时难过得差点儿昏迷过去;我当时的悲痛心情,也许阿拉丁已对你说过了。

"不过,值得庆幸的是我有了阿拉丁这个侄子。常言说得好:人有后代,虽死犹生。这话一点儿也不错。"

这句话使阿拉丁的母亲想起了丈夫,不禁泪水簌簌落下。

妖术师见此情景,立即把目光转向阿拉丁,心想:"我的计划可以实施了……"他问阿拉丁:"孩子,你是学什么手艺的?现在正干什么?挣的钱能够养活母亲吗?"

听妖术师这样一问,阿拉丁登时无精打采,耷拉下脑袋。

母亲答话了:"唉,别问他学什么手艺了!凭安拉起誓,这真是个不懂人事的孩子。我压根儿没见过比他更没有用的孩子了。他整天往街上跑,跟着那伙坏孩子玩耍,什么也不会,什么也不学,吊儿郎当,不务正业。他爹就是被他活活气死的。我也没有几天的活头了。我现在没日没夜地纺花车子,纺几两线,到集市上卖几个钱,买点儿粮食糊口。他叔叔,你不是外人,我什么话都能对你说。这孩子没有出息,只有肚子饿了才回家;别的时候,连他的影子也看不到。我老早就想把他赶出家门,让他找个谋生的门路。如今,我上了年纪,心有余而力不足,生活越来越困难,真觉得过不下去了。"

妖术师听后,装出一副同情的样子,对阿拉丁说:"孩子,你怎么这样呢?你这样下去,难道不怕别人笑话?阿拉丁,你已是个小伙子了,又这么聪明伶俐,且出生在这么好的一个家庭中,不走正道,不务正业,老是靠人家养活自己,这多不像话呀!你如今已长大成人,应该自谋生路,自己养活自己了,感谢安拉,在我们这里有很多能工巧匠,你一定能够学到一门挣饭吃的本领。你父亲生前是做裁缝的,你若不喜欢裁缝这一行,可以另学别的;不管学哪一门手艺,只要下决心干下去,我一定会帮助你的。"

阿拉丁没有吱声,妖术师看得出阿拉丁的心思还在贪玩上,于是又说:"阿拉丁,我的好侄子!我说的这些话,你也听不进去吗?你若是不愿意去学手艺,那也没有什么不好。我可以给你开个店铺,让你经营布料和绸缎,这样过不了多久,你就会成为城里有名的商家了。这样,你看好不好呀?"

阿拉丁听妖术师这样一说,不禁笑逐颜开,似乎觉得自己马上就能成为一名商人,吃好的,穿好的,自自在在,无忧无虑了。这时,阿拉丁笑眯眯地向妖术师点了点头,表示同意这位叔叔的安排。

妖术师见阿拉丁上路了,接着说:"阿拉丁,我的好侄子,既然你想经商,那就自己开个店铺,好好地干吧!你要真像个男子汉,好好干一番事业,搞出点儿名堂来让人们看看。明天,我带你到市场去，买一套华丽服装，穿起来也像位老板。然后，我再帮你物色一处像样的铺面。"

阿拉丁的母亲眼见这位初次见面的小叔子如此大方厚道，心里觉得热乎乎的，连声道谢，并且谆谆叮嘱儿子不要再顽皮贪玩，要听叔叔的话。

说罢，她端来酒肴，三个人边吃边喝，妖术师向阿拉丁大谈起生意经来。

吃饱喝足，天色已晚，妖术师起身告辞，约好明日再来。

当天夜里，阿拉丁兴奋不已，未能合眼入睡。

第二天天刚亮，便听到敲门声。阿拉丁的母亲走去开门，见妖术师站在门外。阿拉丁急忙迎接叔叔，热情亲吻他的手。随后，妖术师领着阿拉丁向市场走去。

二人来到市场，走进一家服装店，妖术师拿出最华贵的衣服让阿拉丁挑选。阿拉丁见叔叔如此慷慨，便从中挑了一套自己最喜欢的华丽服装。之后，妖术师又把阿拉丁带进澡堂。二人洗完澡，阿拉丁换上那套漂亮衣服，走出澡堂，心中有说不出的欢乐，禁不住连连亲吻叔叔的手，以示感激之情。

妖术师带着阿拉丁来到市场，走了一家又一家店铺，让阿拉丁看商家经商的情况。妖术师说："阿拉丁，你明天就要当老板了，也和这些老板一样，平起平坐。这些店铺，你要常来些，跟老板们学上几手。"

"遵命！"阿拉丁不知该说什么。

妖术师领着阿拉丁一一参观名胜古迹、亭台楼阁、寺院古庙。不知不觉之中，午饭时间已经来临。妖术师带着阿拉丁走进一家饭庄，只见那里用的盘碟碗筷全是银的。妖术师要了酒肴，二人开怀畅饮，不觉已是酒足饭饱。

A.B.霍顿 绘

二人出了饭庄，妖术师带着阿拉丁参观王宫和皇家园林。之后，他又领着阿拉丁来到了他下榻的客栈。妖术师请来许多商人一道吃晚饭，他指着阿拉丁，对众商人说："诸位商界朋友，我给你们介绍一下，这是我的侄子阿拉丁，请诸位多多关照！"

夜幕垂降，妖术师把阿拉丁送回家中。

母亲见儿子身穿一套阔老板的华丽礼服，不禁喜出望外，热泪盈眶，连声说："托安拉的福，你的心真好，叫你侄子沾光了。我真不知道如何报答你才好！"

妖术师说："嫂子，这点儿小意思，何劳你说好呢！我哥哥不在了，阿拉丁就是我的儿子，我理当尽做父亲的责任。以后的事情，就不用嫂子为他挂心了。"

阿拉丁的母亲说:"感谢安拉,苍天有眼啊!他叔叔,我有你这样一个好兄弟,你的侄子就有希望了。祝你长命百岁。说不定这个顽皮的孩子不服别人,就听你的话,日后他在你的调教下,能成为一个有出息的人,也好对得起你一片好心。"

妖术师说:"阿拉丁长大了,已经不是个孩子了。他日后若能成就一番事业,无疑对你也是一个莫大的安慰。明天恰好是星期五,店铺关门,我答应物色店铺的事儿也就办不成,要等后天再办。明天,我一早来叫阿拉丁,领他去逛逛花园,看看名胜古迹,在那里可以见一些商人和商界头领,认识他们一下,日后用得着他们。"

说罢,妖术师告辞回客栈去了。

回忆一天接连到来的好事儿……买衣服,逛宫殿,吃宴会,阿拉丁心花怒放,欣喜难眠。

第二天,阿拉丁早早起了床,听见敲门声,便去开门迎接叔叔。

妖术师把阿拉丁紧紧抱住,吻了吻他的面颊,然后说:"阿拉丁,今天叔叔带你去看看那些你从来没有见过的玩意儿,你说好不好?"

"那太好啦!"

妖术师带着阿拉丁出了门,穿过城区,转眼之间来到城外。但见那里树木繁茂,亭台错落,修竹参天。阿拉丁还是第一次看到这样的美景,禁不住高兴地跳了起来。

二人信步走去,离城渐近,都有几分倦意。就在这时,他俩走进一座花园,只见那里溪水流淌,水清见底,小溪两侧有数尊铜狮,目光炯炯有神,闪闪发亮,如同耀眼的金光。二人便坐下来歇息。妖术师拿出一包瓜果点心,摊在地上,对阿拉丁说:"阿拉丁,肚子饿了吧，吃点儿东西吧！"

二人吃了些点心，休息片刻，妖术师说："阿拉丁，走吧，前面还有好玩儿的地方呢！"

二人走过一座漂亮的花园，来到一座山下。阿拉丁问："叔叔，我们还往哪里走呢？这里没有花园，只有大石头山，没什么好玩儿的地方了，我们回城里吧！我太累了。"

妖术师说："阿拉丁，一个男子汉，走这点儿路算得了什么！我想再带你看一处世外桃源，那里的风景要比这里美上十倍，天下任何一位帝王都没有那样的花园。"

妖术师为了让阿拉丁忘掉疲倦，不住地给他讲些神奇古怪的故事，边说边走，终于来到了妖术师要来的地方；那正是这个非洲的妖术师不远万里从马格里布而来要寻找的地方。

妖术师说："阿拉丁，我们要找的地方就在这里。你可以坐下来，歇息一下了。我马上给你看几件宝贝，都是平常人不曾见过的东西。"

片刻过后，妖术师说："阿拉丁，你去拾些干柴来，我们生着火，你就能看到我带来的稀世珍宝了；我就是为了让你看见那些东西，才把你带到这里来的。"

阿拉丁不知道这位叔叔葫芦里究竟卖的是什么药，便拖着疲惫的身子，走进林中捡了些干树枝，抱了回来。

妖术师点着干树枝，火焰升腾而起，随后他掏出一个小盒子，从中取出一撮沉香丢入火堆，同时口中振振有词，念起咒语。霎时间，天昏地暗，大地抖动，顷刻开裂，露出一块方形石头，中间有一只铁环……

阿拉丁见此情景，吓得魂不附体，拔腿就跑。

妖术师一把抓住阿拉丁，狠狠抽了他一个耳光，险些把阿拉丁的牙齿打掉。阿拉丁当即昏倒在地,不省人事了。

妖术师掏出玫瑰水,往阿拉丁的脸上一洒,阿拉丁方才慢慢苏醒过来。阿拉丁睁开眼睛,哭着问道:"叔叔,我有什么罪呀,致使你这样惩罚我?"

妖术师说:"难道我不是你的叔叔?你为什么不听我的话?"

妖术师一番好言劝慰之后,说:"我既是你的叔叔,与你的父亲亲如手足,你父亲不在了,你就该听我的。只要你照我说的办,你就将成为比帝王更富有的人。我的魔力巨大,能够打开地宫之门。在这个石头盖下面,有一座宝库,只有你才能打开,只有你能够掀开石盖,沿着石阶走下去。你若照我的吩咐行事,你我就可以平分宝库里的钱财。"

听妖术师这样一说,阿拉丁又惊又喜,完全忘掉了刚才被抽耳光的疼痛,眼泪也止住不流了。阿拉丁说:"叔叔,我一定听你的话!你叫我怎么办,我就怎么办。"

妖术师上前亲吻阿拉丁一下,然后说:"孩子,你是我的亲侄子,我没有别的亲人,我的一切都是你的。我正是为了你才万里归来。我希望你成为世界上最大的富翁。孩子,你去抓住石盖上的铁环,把石盖拉开吧!"

阿拉丁说:"叔叔,我哪有那么大的力气!咱俩一起拉吧!"

"不能啊,孩子!我一帮忙,事情就糟糕了。你一个人,轻轻一拉,石盖就会移开。要记住,拉住铁环时,要同时说出你和你父母的名字。记住了吗?"

"记住了!"

阿拉丁为自己找到一座宝库而感到高兴,吻了吻妖术师的手,感谢他的良心善意。

阿拉丁走去抓住铁环，边喊父母和自己的名字，边用力一拉，出乎意料地轻轻松松就将石盖移开了。他朝下面一看，原来石盖下有一个地道口，那里有十二级台阶直通地下。

妖术师对阿拉丁说："阿拉丁，你要注意，一定要听我的指挥，千万不要粗心大意！进了洞口，到了台阶尽头，你就会看到那里有四个厅堂，那厅堂里不是放着四个金坛子，就是放着四个银坛子，每个坛子都盛着价值连城的宝贝。看见金银坛子，你不要动它们，还要注意不要让你的衣角蹭着坛子，也不要挨着墙壁。你只管往前走，不要左顾右盼，不要有片刻停留；如若不然，你将大祸临头，顷刻就会变成一块黑石头。当你走进第四个厅堂时，会发现那里有一道紧锁着的门；看见那道门，你缓步靠近它，就像掀石盖时那样喊着你父母的名字，轻轻推开那道门。进了那道门，便有一座花园出现在你的面前，园中种满各种果树，各色果实挂在枝头。到了花园里，你顺着当中那条园中甬路往前走，大约走上五十步，就会看见一座大厅，那是一座富丽堂皇的大厅，大厅的天花板上吊着一盏油灯，厅里有一架梯子，有三十根横撑，你慢慢爬上梯子，取下油灯，把灯里的油倒掉，然后把灯揣在怀里，原路返回。那灯里的油不是平常的油，不脏衣物，也不会伤人，你不必害怕。你走出大厅，到了花园里，如果你喜欢树上的果子，你可以摘一些带回来。阿拉丁，只要你把那盏灯握在你的手里，这整座宝库里的金银财宝就都属于你了。"

妖术师一口气叮嘱完，随后从手指上取下一枚戒指，把它戴在阿拉丁的食指上，然后说："阿拉丁，这枚戒指是你的护身符，它将保护你不受任何东西的伤害。你不用担惊害怕。不过，我刚才的那番叮嘱，你要牢记在心里，千万不要忘记。阿拉丁，你已长大成人，不再是顽童了。孩子，振作精神，下去吧！你将赢得一座宝库,顷刻成为天下最富有的人。"

阿拉丁按照妖术师的吩咐,沿着石阶而下,行至尽头,果然那里有四个厅堂。厅堂里放的不是金坛子,就是银坛子。他小心翼翼,继续往前走,走到第四个厅堂,果然见那里有一道紧关着的门。他按照叮嘱,喊着父母的名字,轻易地推开了门,进了一座花园。他沿着中间的甬路走了五十步,果然见一座富丽堂皇的大厅,一切都像妖术师描绘的那样……他攀梯而上,取下油灯,倒掉灯里的油,将灯揣在怀里,开始往回走。

来到花园中,眼见果树繁茂,硕果挂满枝头,耳听百鸟鸣啭,自感如入仙境。他仔细朝果树上看去,但见上面结的全是宝石果子,红的、黄的、白的、粉红的,五彩纷呈,光彩耀眼夺目;在那些果子面前,就是正午的艳阳也显得黯然失色。更加出奇的是,那些宝石果子个大无比,就是帝王们拥有的最大宝石,也不过只有那些果子的一半大。

其实,果园中的果树全是宝石树,上面结的果子有的是红宝石,有的是绿宝石,有的是蓝宝石,有的是黄宝石,有的是玛瑙,有的是珍珠,有的是水晶石,有的是金刚石,各种名贵宝石,样样俱全。可惜阿拉丁年纪太小,不知道这些都是无价之宝,仅仅会欣赏它们的颜色,以为那些都是大玻璃球,便顺手采摘了一些,准备带回家去玩儿。

阿拉丁采了一些宝石果子,直至口袋里塞得鼓鼓的,方才进入那座厅门。他小心走过那四个厅堂,没有去动那些金银坛子,衣角也没有蹭到任何东西。

当阿拉丁将登到最后一级台阶时,由于带的东西太重,再加上那最后一级台阶特别高,他觉得有些力不从心,于是大声喊道:"叔叔,叔叔,拉我一把吧!"

妖术师听到喊声，凑上前去，说道："你先把那盏灯递给我！你带的东西太重了，把你的腰都压弯了。"

　　"叔叔，这灯并不重，但揣在我的怀里，拿不出来；等你把我拉上去，我就把灯给你。"

　　妖术师迫不及待地要那盏灯，而阿拉丁因为口袋里装满了宝石果子，整个身子动弹不得，一时掏不出灯来。

　　妖术师见阿拉丁久久不把灯递出来，不禁火冒三丈，向熊熊的烈火里投了一些沉香，念了一阵咒语，只见那石盖缓缓移向洞口，最后照原样把洞口盖得严严的，将阿拉丁盖在了洞里头。妖术师继而用沙石掩埋洞口，打算把阿拉丁困死在洞中。

　　先前说过，那妖术师是从非洲马格里布来的异乡客人，是个有名的妖术师，根本不是阿拉丁的叔叔。他之所以到中国来，就是因为在妖术书上看到了有关宝库、神灯的记载，做着发财的美梦，才不远万里来到了中国。

　　妖术师本是非洲马格里布地区土生土长的摩尔人①。他从小醉心于巫术，苦心钻研，常亲自进行试验。因为妖术传播，当地居民中常出现轻生丧命之事。这位妖术师喜欢古籍，研究各方巫术，日积月累，竟然成了一名巫术界高手。经过四十年的钻研，他对辨别符咒颇得窍门，造诣很深。一天，他从古巫术书中看到一篇文字，说是在中国的卡萨拉城郊外有一座山，山下有一座地下宝库，金银财宝无数，任何帝王的财宝都不能与之相比，而宝物中最神奇的就是那盏神灯。书中记载，谁掌握了那盏神灯，谁就是不可战胜的强者，要金有金，要银有银，要宫有宫，要人有人；在那盏神灯面前，天下的帝王将相，都显得矮小无能。

---

①　摩尔人，泛指非洲西北地区阿拉伯化的柏柏尔人的后裔。

A.B.霍顿 绘

这个妖术师得知,能开启那座宝库的只有一个小孩子,那就是当地一个裁缝的儿子,名叫阿拉丁。

妖术师经过一番周密思考、安排之后,收拾行装,起程上路,穿沙漠,越荒原,行巨川,经过千辛万苦,终于到达了中国,找到了阿拉丁。他用欺骗手段,将阿拉丁带到那座山下,苦心安排阿拉丁到宝库里去,一心想把那盏神灯拿到手。

然而不巧的是,因为阿拉丁先把神灯揣在怀里,一时掏不出神灯,无法递给那个别有用心的妖术师,结果妖术师大怒,一气之下,焚沉香,念咒语,把宝库的石盖封上,用沙石堆好,企图将阿拉丁活活困死在宝库里面。

妖术师自感无望得到神灯,垂头丧气地离开中国,回返非洲老家去了。

阿拉丁在地下宝库里大声呼救,求叔叔拉他一把,却听不到一声回答。阿拉丁终于明白了,原来自己受了妖术师的诱骗,他根本就不是自己的叔叔,而是另有图谋。

阿拉丁感到生还无望,禁不住伤心地哭了起来。他出不去,只好往下走,期望能找到一个出口。但他走到最下一层台阶,发现那里一片黑暗,伸手不见五指。他发现所有的通道都堵死了。通往花园的厅门也关得死死的,此时此刻,他求生无路,只有转身回到台阶那里,坐下等待死期到来。

有道是天无绝人之路。就在阿拉丁坐在那里等死之时,忽然想起了下地道时妖术师给他戴上的那枚戒指,并且想起妖术师对他说的那几句话:"阿拉丁,这枚戒指是你的护身符,它将保护你不受任何东西的伤害,你不必担惊受怕。"原来这枚戒指是安拉借妖术师之手来保护阿拉丁免遭丧命之灾的法宝。就在阿拉丁万分失望之时,他下意识地一搓手,搓到了食指上的那枚戒指,忽见一个巨大精灵出现在面前。说道:"我的主人,奴才来啦!有什么吩咐,请说吧!我是这枚戒指的奴仆,谁是这枚戒指的主人,我就服从谁的指挥。"

阿拉丁抬头一看,发现面前站着的这位精灵身材高大,相貌如同传说中的苏莱曼大帝的妖仆一样。眼见巨大精灵,阿拉丁吓得周身抖作一团。

那精灵说:"主人,你需要什么,只管开口就是。因为你是神戒指的主人,我也就成了你的仆人,我一定听从你的吩咐。"

阿拉丁听精灵这样一说,心神稍觉平静。他又想到妖术师的那番话,猜想那枚戒指发挥作用可能就在这样的时刻。想到这里,阿拉丁喜出望外地说:"神戒指的仆人,请把我送回到地面上去吧!"

阿拉丁话音未落,但见大地开裂,自己一下便站在了宝库所在的山下。因为他在黑暗地洞里待了三天,刚上地面,阳光灿烂,一时不敢睁眼。过了好大一会儿,阿拉丁方才慢慢睁开眼睛,好奇地观看大地上的一切。当他寻觅宝库的铁环石盖时,发现那里地面平平,没有任何痕迹。他静静地站在原地,思考片刻,回想自己来到山下的情形,认为自己所在的地方就是看到宝库铁环石盖处。

阿拉丁向着自己原先走来的方向望去,但见那里有自己曾经游逛过的花园,依稀认出了自己走来的那条路。

阿拉丁缓步向花园走去,暗自庆幸自己大难不死,感谢安拉救命之恩。他边往回走,边回忆自己走来时所经过的地方和景物,终于看到了城郭,心中有说不出的高兴。

阿拉丁穿大街过小巷,一口气跑回家中,来到母亲面前;因为惊惧,喜悦过度,又挨了三天饥渴,终于感到疲惫不堪,难以支持,昏倒在地,不省人事了。

自打阿拉丁离开家那天,母亲就一直放心不下。天黑之后不见儿子归来,心中更是焦急不安。儿子一连三天没有音信,母亲哭成了泪人。阿拉丁突然回到家中,母亲又惊又喜,却万万没有想到儿子会突然昏倒在地。眼见此情此景,母亲惊慌至极,忙到邻居家借来玫瑰水,往阿拉丁脸上洒了洒,阿拉丁方才缓缓苏醒过来。

阿拉丁刚一醒来,便说:"妈,我已经三天没有吃饭,也没有喝水了。"

母亲急忙取来食物,摆在阿拉丁面前,说:"孩子,你坐起来,慢慢吃吧!你先不要说话,因为你太累了。"

阿拉丁吃喝过,精神好了许多。母亲问:"孩子,你这几天到哪儿去了?"

阿拉丁说:"妈妈,听我慢慢给你讲来。"

"孩子,你慢慢说,不要着急。"

"妈,那个自称是我叔叔的人根本不是一个好东西。他的阴谋都是事先安排好的,存心要把我害死。他的花言巧语,全是骗人的鬼话。他是世上最恶毒的人,任何妖魔鬼怪都比不上他的心毒。他口里说的是一套,实际干的是另一回事。他想拿我的命去换取他的富贵,幸得有安拉的搭救,如若不然,妈妈就见不到我了。"

接着,阿拉丁把妖术师如何带他去游览名胜古迹、皇家园林的经过向母亲讲述了一遍,又说到妖术师怎样把他带到一座山下,然后拾来干柴、干草,点着火,把沉香投入火中,口中念咒等情况一一讲给母亲听。阿拉丁边哭边说道:"那个坏蛋点着火,口里念了几句咒语,忽听一声巨响,山摇地动,顿时天昏地暗,大地开裂。当时,我吓得要死,拔腿就想跑,但那个坏蛋一把把我抓住,狠狠抽了我一耳光,差点儿把我的牙打掉。过了一会儿,我看见一个带铁环的石盖子,那就是地下宝库的入口。那座地下宝库,只有我才能进去，那个坏蛋是进不去的。他打了我之后，又好言好语安慰我，让我喊着爸爸和妈妈的名字，把石盖移开，然后他从自己的手指上摘下一枚戒指，戴在我的手指上，说那是我的护身符。之后，我沿着台阶向宝库里走去，直下到最后一个台阶，见那里有四个大厅，每个厅堂里不是放着四个金坛子，就是放着四个银坛子。他嘱咐我不要去触摸那些坛子，就连衣角也不能蹭着，走到最后一个厅堂，见到一道门，我喊着你和爸爸的名字，轻轻推开门一看，一座树木繁茂的花园出现在我的面前，那些树上结着各种颜色的果子，都是玻璃球的。穿过园中的一条甬道，走进一座大殿，殿顶上挂着一盏油灯。我爬上梯子，将那盏油灯摘了下来，倒掉灯里的油，便把灯揣在了我的怀里。之后，我走出大殿，在花园里采了些果子带在了身上……"

说到这里，阿拉丁从口袋里掏出那些宝石果子，又从怀里掏出那盏油灯，放在母亲面前，让母亲看。其实，那些宝石果子都是价值连城的稀有宝石，就连帝王也没有，而那盏油灯是一盏神灯，魔力无边；所有这些，阿拉丁一概不知底细。

阿拉丁接着说："妈，我带着灯和那些果子原路而回，然后登上台阶，还有一级台阶就到洞口时，因为带的东西太沉，也没有力气了，就大声叫喊：'叔叔，拉我一把！'但那个坏蛋就是不拉我，而是说：'你先把灯递给我。'那灯在我的怀里揣着，上面压了许多果子，实在掏不出来，我就说：'灯掏不出来，等我上去，就把灯给你。'原来他想要的就是这盏油灯。我没有给他，他就把宝库盖子盖上了。他想把我困死在地下呀！他根本不是我的叔叔，而是个大坏蛋！"

听罢儿子这番话，母亲气愤地说："你说得对，那是个坏人。幸得神灵搭救，你才没有被他害死。这个没有良心的东西，当初我真以为他是你的叔叔呢!"

阿拉丁一连三日被困在地下,没有吃饭,没有喝水,实在疲惫不堪,一觉睡到次日中午方才醒来。

阿拉丁一醒来,便对母亲说:"妈,我饿啦!"

母亲说:"孩子,家里什么吃的东西也没有了,都叫你吃光啦。你等一会儿,我把纺好的纱拿去卖了,再给你买些吃的东西回来。"

"妈,先把纱放一放,不如把我带回来的那盏油灯卖掉,我想总比那棉纱卖的钱多。"

母亲取来油灯,发现灯很脏,外面全是油腻,便说:"把灯擦干净些,也许能多卖几个钱。"

她说着,弄来了沙子,加上少许水,就要擦灯,可是,她抓着沙子,刚朝灯上一擦,只见一个巨大的妖怪出现在她的面前。用洪亮的声音说:"我的主人,我来了!我是你的奴仆,也是这盏神灯主人的奴仆;不仅如此,这盏神灯的其余奴仆也都是神灯主人的奴仆。"

阿拉丁的母亲从来没有见过这样的怪物,不禁惊恐万状,张口结舌,随即昏倒在地上。

阿拉丁曾在宝库里见过巨怪,听到声音,立即赶来,从母亲手里接过神灯,对巨怪说:"神灯的奴仆啊,我肚子饿得厉害,给我弄点儿吃的东西来吧!"

灯神随后影迹全无。眨眼间,灯神又出现在面前,头顶着一个银托盘,托盘里放着十二个金盘子,盘子里尽是美味佳肴,另有两瓶清香醇酒,还有雪白的馒头,灯神把盘子放在阿拉丁的面前,随后隐身而去。

阿拉丁见母亲昏倒在地,便取来玫瑰水,往母亲的脸上洒了洒,母亲慢慢苏醒过来。

阿拉丁说:"妈,神灵给我们送来了吃的东西,坐起来吃点儿吧!"

母亲坐起来,见金盘银盘和美味佳肴摆在面前,惊喜不已,随口问道:"孩子,这是哪位慷慨的大恩人得知我们挨饿受穷,给我们送来的救命饭菜呀?真是好心肠的善人,叫我们感激不尽啊!恐怕是皇帝得知我们生活穷苦,特地赏给我们这些吃的吧!"

"妈,不管是谁送来的,我太饿了,快来吃吧!"

阿拉丁把母亲扶起来,将托盘端到母亲面前,母子俩津津有味地吃了起来。因为肚子太饿,加上饭菜可口,都是不曾见过、更不曾吃过的上等饭菜,故觉得特别香甜,尤其是那精美的金银餐具,更是不曾梦见过的东西,究竟价值几何,母子俩根本无从知晓。

母子俩吃饱喝足,见盘子里剩下的食物还足够当晚和明日三顿吃的,二人洗过手,开始坐着谈天。

母亲望着儿子,说:"孩子,你是怎样把那个巨怪打发走的?多亏神灵可怜我们,给我们送来这么多好吃的东西,今后再也不会饿肚子了。"

阿拉丁把母亲擦灯后出现巨怪,直到母亲昏倒在地的情况,向母亲说了一遍。母亲听后,惊诧不已,说道:"神怪显灵的事情听人说过,但我从未见过。我想救你出洞的八成是这位神灵。"

"妈,不是的,那是另外一个神仆,而出现在你面前的这一个是神灯的奴仆。"

"孩子,这是怎么回事呀?"

"这两个妖怪的模样不大一样。救我出地洞的是神戒指的奴仆,而你刚才见到的是神灯的奴仆。"

母亲听后,大惊失色,忙说:"那巨怪一出现在我面前,差点儿把我吓死;原来他是这盏灯的奴仆呀!"

"是的。那个巨怪是神灯的奴仆。"

"孩子,看在我对你养育之恩的面儿上,你赶快把这盏灯和那枚戒指扔掉吧!因为把这样的东西留在我们的身边,只会给我们带来灾难。我实在不愿意再看到这种可怕的情景了。孩子,你要知道,同妖魔鬼怪打交道,可是犯王法的呀!先贤和圣人们告诫过我们,要对神妖鬼怪多加提防才是。"

"妈,我是你的儿子,论理我应该听你的话。可是,我实在舍不得这盏神灯和这枚宝贝戒指,你已亲眼看到,我们饿的时候,多亏这盏神灯给我们帮忙,给我们送来了这么多好吃的东西。我下宝库时,那四个厅堂里满是金银珠宝,那个骗子却没有让我去拿那些,偏偏让我走过放金银的坛子,去摘这盏油灯。由此可见,这盏

A.B.霍顿 绘

油灯不是一盏普通的灯,而是一件无价之宝。如若不然,他怎会从那么老远的地方,来到我们这里找这盏油灯呢?你再想想,我眼看就要出洞口,他非向我要这盏油灯不可,我没有给他,他就把我关在地下,这都是为什么呢?我不能扔掉这盏神灯,要好好保管它;有了它,我们就再也饿不着肚子了;另外,千万不要让邻居看见这盏灯。这枚戒指,我也不能扔掉;若不是这枚戒指的神力,我非死在那金银宝库里不可。日后我若遇到什么磨难,这枚戒指还会救我的。妈,你不喜欢这两件东西,我就先把它藏起来。"

"好吧!我再也不想看见那种可怕的情景了。"

一连两天,母子俩吃着神灯的奴仆送来的饭菜。

第三天,家里的东西吃光了,阿拉丁便拿着一个盘子到市场上去卖,他并不知道那是纯金盘子。

阿拉丁来到市场,遇到一个犹太银匠。那犹太银匠是个狡猾、吝啬的家伙。他见阿拉丁手里拿着一个盘子要卖,便截住阿拉丁,拉到一边,仔细打量那个盘子。犹太银匠发现那是一个赤金盘子,想把它买到手,心想:"这个小孩子知不知道这盘子的价值?能不能轻易把这个东西买到手?"想到这里,他开口问:"喂,小先生,你这个小盘子要卖多少钱?"

阿拉丁说:"多少钱?你应该最清楚。"

银匠听小孩子的回答颇像行家,一时不知道该给多少钱了。起初,银匠只想花几个铜板就把盘子买到手,但又担心卖主识货,未敢冒昧开口。银匠思考片刻,心想,也许眼前这个孩子根本就不知道盘子的实价,于是从口袋里掏出一枚金币,对阿拉丁说:"我出一枚金币,卖给我吧!"

阿拉丁眼见一枚光灿灿的金币,便接在手中,飞也似的向市场跑去。

银匠见小孩子那样痛快,后悔自己竟花去一枚金币。

阿拉丁走去买了馒头,然后带着剩下的钱跑回家中,把馒头和剩余的钱一并交给母亲。

母亲拿着钱到市场买了一些吃的和零用东西,家中吃的和用的都不缺了。

就这样,阿拉丁每当没有钱用时,就拿着一个盘子,到那个犹太银匠那里卖一枚金币花。因为那个犹太银匠第一次是用一枚金币买下来的,所以以后也就没有再敢还价,唯恐阿拉丁另找买主。就这样,阿拉丁终于把十二个小盘子都卖掉了,然后决定去卖那个大托盘。

因为那个大银托盘很重,拿着不方便,阿拉丁便把那个犹太银匠带到家中看货。银匠见是一个大银盘,便付给阿拉丁十二枚金币。这是不小的一笔钱,足够母子俩花用一段时间了。

过了一段时间,钱又花光了,阿拉丁因怕母亲看见灯神出现的情景,便利用母亲不在家的机会,拿出神灯,用手一搓,巨神顿时出现在眼前,并且说道:"主人,奴仆来了,有什么吩咐,请说吧!我是你的奴仆,谁是这盏灯的主人,我就为谁效力。"

阿拉丁说:"我饿了,快像上次那样,送盘吃的东西来吧!"

灯神隐去,片刻后头顶出现一个大托盘,盘中放着十二个小盘,盘盘都是美味佳肴,另有馒头和美酒。

过了一会儿,母亲回来了,眼见一盘美味摆在家中,喜出望外,同时又感到害怕。阿拉丁见母亲又惊又喜,说道:"妈,你看这盏神灯好处多大呀!当初你让我把它扔掉;现在看来,还是不扔掉的好吧!"

母亲说:"愿天神救助我们!但我不喜欢再见到那种吓人的情景。"

母子俩开始进餐,二人吃饱喝足,把剩下的东西放起来,留着明天再吃。

两天过去了,饭菜吃光,阿拉丁怀里揣着一个小盘子,准备去卖给那个犹太银匠。

说来纯属凑巧,阿拉丁路过市场时,遇到一位老金匠;那是一位善良的匠人,诚实可敬,他买卖公平,世人皆知。金匠叫住阿拉丁,说:"小孩子,有什么东西要卖吗?我常看见你与那个犹太银匠打交道,卖给他数件东西,让我看看,我保证给你一个好价钱,绝不会让你吃亏。"

阿拉丁掏出盘子,递到金匠手里。

金匠老人问:"你卖的盘子都是这样大小的吗?"

"是的。"

"他给你多少钱?"

"一个盘子一枚金币。"

老金匠一惊,说道:"好一个黑心鬼!那个犹太银匠真是个该诅咒的家伙!他常常贱买贵卖,坑害善良人,致使很多人上他的当。孩子,他把你愚弄了,每个盘子至少可卖七十枚金币。你若想卖,我就给你七十枚金币。"

"卖给你吧!"

老金匠给了阿拉丁七十枚金币,阿拉丁高高兴兴地回家去了,庆幸自己遇到了好人,万分感激老金匠的一片善心。

就这样,阿拉丁把钱花完了,就去卖盘子,母子俩过上了宽裕的日子。虽然家境大有好转,但母子俩仍然过着省吃俭用的生活,从不大手大脚,更不挥霍浪费。阿拉丁也好像长大成人了,不再与那些游手好闲、不三不四的人来往,而是找生意人交朋友,经常出入市场,学习经营本领,一心开辟生意门路。阿拉丁还经常去珠宝市场，观看那里陈列的名贵珠宝，留心商人们做买卖的门道。通过日常的交往和观察，阿拉丁的知识面宽了，见识广了，这才知道自己从宝库花果树上摘下来的那些果子不是什么彩色玻璃球，而是一颗颗巨大的稀世宝石，颗颗价值连城，自感自己成了世上最富有的人。他仔细观察之后，发现自己最小的宝石，也比珠宝店里最大的宝石要大数倍。

阿拉丁在与商人的交往中，学到了做生意、交朋友的本领，一天比一天熟悉市场，一月比一月熟悉行情，一心一意做个出色的生意人。

有一天，阿拉丁正在城中走着，忽听传令官高声嚷道："当朝至圣皇上诏谕，今日布杜尔公主去澡堂沐浴熏香，店铺必须关门，居民必须回避，违令者，格杀勿论。"

听说皇帝的女儿白德尔·布杜尔公主要出来，阿拉丁心中不禁大喜，因为他早就听说，那位公主天生丽质，容貌姣好，秀目含娇，笑容甜美，正所谓国色天香，沉鱼落雁，明艳动人。因此，阿拉丁很想借机看公主一眼，暗自下决心："朝中的官员都说公主倾国倾城，我非一睹她的姿容不可。"

阿拉丁思考片刻，认定到澡堂里去看最好，于是快步走到澡堂，躲在过厅的门后，静等公主来临。

白德尔·布杜尔公主在众宫女的簇拥下，穿过街道，边走边看，然后进了澡堂。她进门后取下面纱，向过厅走去，藏在过厅门后的阿拉丁悄悄望去，果见公主花容玉貌：一对明眸亮如艳阳；两弯眉毛恰似新月；面若玉盘，白里透红，红里透白；牙齿整齐洁白，正所谓朱口含玉；风姿绰约，风度翩翩，明艳欲滴，真乃是一位下凡的仙女，举世无双。阿拉丁暗自赞叹道："人们都说公主美

A.B.霍顿 绘

如天仙，真是名不虚传！"

阿拉丁一眼便爱上了公主，呆呆地站在原地，失魂落魄，一时不知如何是好。

日落时分，阿拉丁方才慢步回到家中，无精打采，呆若木鸡。母亲问他为什么这么晚才回来，他好像没有听见母亲的问话，径直朝自己的房间走去。

一夜过去，第二天早上，母子俩一起吃早饭时，母亲问："孩子，你怎么啦？莫非有什么不舒服？怎么不说话呀？"

此时此刻，阿拉丁还在想着公主的俊秀容貌。虽然平日听人们说过公主如何漂亮，但阿拉丁并不晓得什么叫"漂亮"，只是见到公主之后，才动了心，只觉得公主的影子总在眼前晃动，睡不着，吃不香，神志恍惚，不知如何是好。

听母亲再三问他，他才说："妈，你就别问啦！"

饭菜端上了桌，阿拉丁仍然失神地呆坐在那里，不动筷子。母亲问："孩子，你闹什么病了吧？有什么不舒服，只管跟妈说；有什么不顺心的事，只管对妈讲！"

"妈，我想独自静一会儿！"

在母亲一再劝说下，阿拉丁吃了几口饭，便回自己的房间躺着去了。

一天过去，阿拉丁仍然不吃不喝。

一夜过去，阿拉丁躺在床上，辗转反侧，未曾合上眼。

几天过去，母亲见阿拉丁六神无主的模样，问："孩子，你究竟是怎么啦？如果有什么不舒服，就请大夫来看看，听说有位阿拉伯御医来到了我们这里，医道很高明。"

阿拉丁说："我没有病。妈，我以前以为天下女人都跟你一样。可是，我昨天看到了白德尔·布杜尔公主，亲眼看到了她的模样，长得真叫俊秀,就像天上下凡的仙女,举世没有这样漂亮的姑娘。妈妈,我一见她便爱上了她,我要向皇帝去求婚,求他把公主嫁给我;如果不同意嫁给我,我真的就活不成了。"

母亲听罢,猜想儿子是疯了。母亲忙说:"孩子,愿神灵保佑你。孩子,那是皇帝的女儿,我们怎能攀得上呢?你该是发疯了吧?"

"我没有疯!我决心已定,娶不到公主,我的心难得安宁。我要去见皇帝,向公主求婚。"

"孩子,不要胡思乱想了!街坊邻居听你说出这样的话,一定会说你着了魔。你不要异想天开了!你想想,谁敢向皇帝提这门亲事?谁敢给你说这门子媒?你让谁给你说媒?"

"妈,有你在,我还能让别人去为我说媒吗?我最相信的就是你,你去给我提亲说媒吧!"

"老天爷不准许这样行事。你以为妈妈也像你一样头脑发热、失去理智了吗?你真是不知道天高地厚。孩子啊,你好好想一想,你的爸爸是一个穷裁缝,你的妈妈也不是大家闺秀,你怎能想到向皇帝的女儿求婚呢?一位公主,一定会嫁给一个门当户对的名门望族的公子,绝不会嫁给一个穷裁缝的儿子。"

"妈妈,这些情况我想过了。不管怎样,我也要向公主求婚。你若疼爱自己的儿子,就求你亲自跑一趟,成全我的这桩美好姻缘;如若不然,我娶不上公主,我也就不活了。妈妈,你不要忘记,我是你的儿子呀!"

听儿子这样一说,母亲不禁泪水簌簌落下,边哭边说:"是啊,孩子,我是你的生身母亲,妈只有你这么一个儿子。你能成亲,我当然会很高兴的。不过,要找一个门当户对、家境相当的姑娘才行啊!你想想,如果不是这样,人家问起你家有多少财产,靠经商还

4166

是靠手艺谋生,我怎么开口答话呀?孩子,去普通人家求亲,我都难以启齿,向当今皇上求亲,怎么敢呢?皇上是天子,身边的人都不敢放在他的眼里,何况我们呢!再说,一个堂堂的公主,怎会嫁给一个穷裁缝的儿子呀?我去向皇上求婚,明明是自讨没趣,弄不好惹怒皇上,你我母子性命难保。孩子,我们怎好为了一门亲事,拿性命去冒险呢?我有什么办法去见皇上?就算我能进入皇宫,见了皇上,我开口说什么?我说裁缝的儿子向皇上的女儿求婚,说不定皇上大怒,立即把我当疯子抓起来。就算皇上能接见我,我能给皇上什么见面礼呀?孩子,也许皇上是个宽宏大量、慷慨无比的明君,会体谅、怜悯平民百姓。不过皇上的恩典和赐赠,只限于给那些有战功的英雄和为国家有贡献的良才。可是你呢,我的孩子,你有什么战功?你有什么贡献?孩子,你的心很高啊!你所追求的东西,我劝你不要让我去冒这种险,因为你拿不出像样的礼品给当今天子。"

阿拉丁听过母亲的这段长长的劝告,对母亲说:"妈妈,你说得有道理,我全明白,而且能够记在心里。不过,我真的爱上了公主;我娶不上她,难以活下去。至于觐见皇上求亲的见面礼,我们有啊!我从地下宝库花园里采摘的那些宝石果子,颗颗都是无价之宝,价值连城,就连皇帝的宝库里也没有。近一段时间以来,我走访了许多位珠宝商,学了一些关于宝石的知识,知道我采回来的那些宝石都是最名贵的宝石,都是稀世珍品。我记得咱家有个大盘子,你把宝石果子放在大瓷盘里,拿去献给皇上,便可借机向皇上求亲。你带上如此珍贵的礼品觐见皇上,管保你成功。我同珠宝商打了一些交道,知道这些宝石的真实价值。目前市面上顶好的宝石,价格只能相当于我的宝石的四分之一;我敢说,世上没有再好的宝石了。妈妈,你快去把大瓷盘取来,把宝石摆上一看,你就知道它的贵重之处了。"

母亲走去取来大瓷盘，放在阿拉丁的面前。

阿拉丁把采来的那些宝石果子摆放在瓷盘里，但见那些宝石光彩夺目，煞是耀眼，令人眼花缭乱。

阿拉丁说："妈，你瞧见了吧！谁还能找到比这更贵重的见面礼？把它往皇上面前一摆，我担保当今天子会把你当作上宾款待。妈，你赶快带着这些宝石进宫吧！"

母亲仍然怀疑这些宝石是无价之宝，但却认为帝王没有这种稀世珍宝也许是事实。

母亲思考片刻，然后说："孩子，我相信它们都是稀世珍宝，一般帝王不会有这种东西。可是，你想想，谁敢在皇上面前，向公主求婚呢？到了皇上面前，皇上问我：'你有什么事吗？'我怎敢说'我是为我儿子向公主求婚的'；到那时，我的舌头会像被绳子捆住似的，说不出话来。就算我敢斗胆说'陛下，我的儿子阿拉丁想娶陛下的女儿白德尔·布杜尔公主为妻'，宫役们定会认为我是个疯子，说不定会把我拖出宫去，割下我的脑袋。孩子，没有了我，也同样给你带来不幸，我不能去冒这种险。不过，孩子，为了你，不管怎样，我也应该走一趟。假若皇上真的接见我，看到我送上的珍贵宝石，我也说明了自己的来意，皇上随后打听你的职业、地位、品德和收入，我该怎样回答皇上呢？"

阿拉丁听母亲这样一问，思考片刻，然后说："妈，你就放心吧！皇上看见这些光芒四射的稀世珍宝，根本就没有心思问别的什么事了。只要你把这些宝物献给皇上，然后再开口替我向白德尔·布杜尔公主求婚，可能事情并不像你想象的那么难。你要知道，我有这盏宝贝神灯，要什么，就会有什么，一切都不用发愁。不过倒有一个问题，假若皇上真向你问起我的职业等问题，如何回答他，应该想个万全之策。"

母子俩一直商量到夜深人静,方才歇息。

第二天一大早,母亲起床梳洗打扮完毕,便准备去见皇帝了。她知道家中有盏神灯,有求必应,需要什么东西,用不着发愁。

阿拉丁向母亲讲了神灯的用途之后,又叮嘱母亲说:"妈,这盏神灯是我们家中最宝贵的东西,千万不能说给外人听;如若不然,会有人打这盏神灯的主意,不是被偷走,就是被抢走,我们的幸福也就无望了。这盏灯是我们幸福生活的源泉。"

母亲听后,说:"孩子,这个我明白。"

说罢,她用一块丝巾将那盘宝石包起来,然后捧在手上,向皇宫走去。

阿拉丁的母亲来到皇宫前,见前来早朝的文武百官相继步入皇宫,她也尾随着他们进了大殿。她看到文武官员向皇帝行礼后,分站两厢,垂手肃立,大臣们奏本过后皇帝起驾回后宫,大臣们也相继退下,并没有人问起自己。君臣们退朝之后,她这才离开大殿,捧着那盘宝石,无精打采地向家门走去。

阿拉丁见母亲又带着礼物回来了,并没有立即问母亲出了什么事情。

母亲放下那盘宝石,把去皇宫的情况向阿拉丁说了一遍,然后说:"孩子,我今天壮着胆子进了皇宫,但那里奏本的文武大臣太多了,我根本就没有机会跟皇上说话,更没有呈上礼物的时间。孩子,我今天去了一趟,觉得有胆子了,不害怕了。明天,我再到皇宫去,但愿我能有机会向皇上送上这份重礼,接着谈求亲的事。"

听母亲这样一说,阿拉丁心里很高兴。

第二天,阿拉丁的母亲捧着那盘宝石赶至皇宫大殿,发现殿门紧闭。她向宫仆们一打听,才知道皇上每星期只有三次临朝听政,她只得离开皇宫，转回家中。

从此以后，阿拉丁的母亲天天去皇宫。大殿的门开着时，她就站在殿里等机会向皇上献礼、说话，但等来等去等不到机会，只好原路回返。大殿关门，皇帝不接受群臣朝见时，阿拉丁的母亲就离开那里。就这样，不知不觉四十天过去了。

有一天，皇帝听罢群臣奏本，群臣相继离去，皇帝把宰相叫到自己的跟前，说："相爷阁下，每次朝见中，我总看见一位老太太站在大殿上，双手还捧着什么东西，她是何人呀？她来听政大殿，有什么事啊？"

宰相说："陛下，女人吗，能有什么大事！无非是受丈夫的虐待，或许与人有什么争执，想向陛下诉诉心中的冤屈罢了。"

皇帝不以为然，说道："未必吧！等她下次再来，你带她来见我。"

"恭敬不如从命。"宰相随口答道。

第二天，皇帝见阿拉丁的母亲站在皇宫听政大殿，满面倦意愁容，便对宰相说："相爷阁下，我昨天说的就是这位妇人。你把她领到我面前来问问她有什么事，满足她的要求就是。"

宰相走去，把阿拉丁的母亲领到皇帝面前。阿拉丁的母亲即向皇帝行跪拜礼，上前吻皇帝的手，祝福皇帝万寿无疆，荣华富贵。

皇帝说："老妇人，我见你多次来听政大殿，站立许久，似有话要说。你有什么话，有什么要求，只管对寡人说就是了。"

阿拉丁的母亲再次向皇帝行跪拜礼，再次祝福皇帝万寿无疆，然后说："皇恩浩荡，奴婢沾福。皇上，我求你赦我无罪，我方才敢于单独向陛下表述我的来意和要求。"

皇帝听她这样一讲，立即喝退左右大臣，只留下宰相，这才对她说："老妇人，赦你无罪，保你平安。有什么话，只管讲给寡人听吧！"

"陛下，奴婢的话若有什么不当，乞求皇上宽谅。"

"老天保佑，有话只管讲就是了。"

"陛下，我有个儿子，名叫阿拉丁。一天，他听传令官说陛下的女儿白德尔·布杜尔公主要去澡堂沐浴，便决心一睹公主的美貌。因为公主天生丽质，婀娜多姿，人美心善，我儿子阿拉丁早有所闻。阿拉丁躲在澡堂的过厅门后，终于看到了公主的美丽容颜，竟一见便深深爱上了公主。从那天起，阿拉丁坐卧不宁，食不甘味，夜不成寐，一心恋着公主。整日里六神无主，不知如何是好。阿拉丁苦苦哀求我来向皇上求亲，期望与公主结为百年之好，共枕鸳鸯。我已多次劝他，要他放弃这种幻想，但他就是不听我的劝告，却说如果不能与公主成亲，他就难以活命。我求皇上开恩，宽恕我这孤儿寡母的奢望。"

皇帝听后，笑眯眯地说："你手上捧的是什么东西呀？"

阿拉丁的母亲发觉皇帝听完她的话之后，不但没有发火，反倒看她带来的礼物，心中热乎乎的。随后，她揭开丝巾，只见一大盘宝石呈现在皇帝的面前，五彩纷呈，光彩夺目，顿时大殿四壁生辉。

皇帝眼见满盘子的稀世宝石，五颜六色，煞是诱人，不禁万分惊异，情不自禁地说："珍宝，珍宝！我有生以来，还是第一次见到如此精美的宝石。在我的珍宝库里，没有一颗可与此媲美的宝石。"

皇帝把目光转向宰相，说道："相爷阁下，你见过这样的奇珍异宝吗？"

宰相说："回圣上，臣压根儿就没见过这样硕大的宝石。我想，就是陛下的宝库里，也找不出能与这盘子里最小的宝石相媲美的宝石。"

皇帝说："照这样说，把白德尔·布杜尔公主许配给这些宝石的主人，那是再合适不过的了。"

宰相听皇帝这样一说，顿时方寸大乱。因为皇帝已答应把公主许配给他的儿子。

宰相凑到皇帝跟前，悄声对皇帝说："皇上，恕臣提醒陛下，当初陛下已答应将公主白德尔·布杜尔许配给犬子。我恳请陛下给臣子三个月的限期，让我筹措一份厚礼献给陛下，作为迎娶公主的聘礼。"

其实皇帝完全明白，即使给宰相再长的时间，他也弄不到眼前这位老妇人献来的宝贝。但皇帝不愿驳宰相的面子，一口答应了宰相的请求。

皇帝随后把目光转向阿拉丁的母亲。对她说："老妇人，告诉你的儿子，我答应将公主许配给他；不过，要让你的儿子再等三个月，允许我为女儿准备一份嫁妆。"

阿拉丁的母亲听皇帝这样一口答应下这桩婚事，大喜过望，连连拜谢皇帝，然后告辞回家去了。

阿拉丁见母亲回来两手空空，又见她满面春风，心想八成如愿以偿。阿拉丁说："妈，怎么样？皇上收下那些宝贝了吧？皇帝都跟你说了些什么？你向皇上说到我的婚事了吗？"

母亲掩盖不住内心的欢喜，把皇帝收下礼品的前前后后向儿子讲了一遍。母亲说："皇上答应了！皇上答应把白德尔·布杜尔公主许配给你。不过，皇帝听宰相耳语了几句，然后告诉我，要过三个月，你才能与公主成亲。孩子，我担心宰相要出什么坏点子，想改变皇上的主意；如果是那样，事情就麻烦了。"

阿拉丁听母亲说皇帝答应把公主嫁给自己，即使须等上三个月，心里仍然有说不出的高兴。他说："既然皇上已经答应把公主许配给我，即使等上三个月也是件大喜事。"

A.B.霍顿 绘

阿拉丁再三感谢母亲辛苦奔波,接着说:"妈妈,说真的,几天前,我简直就像躺在坟墓中的死人;经你这番奔波,让我起死回生了。我现在是世上最幸福的人。"

阿拉丁喜在心里,乐在脸上,耐心等待着自己与白德尔·布杜尔公主洞房花烛喜日的到来。

阿拉丁掐着手指头,计算着大喜日子的来临,好容易才熬过了两个月。

一日傍晚,阿拉丁的母亲去市场打油,发现店铺关门,家家门前张灯结彩,整个城市装点得焕然一新,手举火把的达官贵人骑着高头大马在街上往返穿梭,街巷明灯高悬,将城区照得通明。眼见此景此情,阿拉丁的母亲一时十分纳闷儿,走近油铺,问店老板:"师傅,这大街上这么热闹,火把将街巷照得通亮,究竟有什么喜事呀?"

店老板说:"大概你不是本地人吧?"

"我是本地人呀!"

"今天晚上是皇上的女儿白德尔·布杜尔公主与宰相的儿子结婚的吉日良辰。现在,宰相的儿子正在澡堂沐浴,兵士们正为他巡逻守卫。过一会儿,他就要与公主共享天伦之乐了。"

听店老板这样一说,阿拉丁的母亲险些晕过去,一时心乱如麻,好久理不出个头绪。她想:"皇上已经当面答应我把公主许配给我的儿子……我的儿子已经苦苦等了两个月时间……我回去如何开口对儿子讲这件事呢?"她终于清醒过来,快步回到家中,推开儿子的房门,惊慌失措地对儿子说:"阿拉丁,大事不好,你听了一定受不了。"

阿拉丁急忙追问:"妈妈,出什么事儿啦?"

"皇上说话不算话,又把公主许配给宰相的儿子了,今夜就要成亲。"

"这消息是从哪里听来的?"

母亲把消息的来路以及街上的热闹情况向阿拉丁说了一遍,然后说:"我对你说过,宰相对皇帝耳语了几句,准是要出什么坏点子,果不其然,我担心的事情真的发生了。"

阿拉丁听后,怒火满胸;片刻,他想到神灯,心情平静下来。他对母亲说:"妈,我有办法,让那宰相的儿子今晚享受不到洞房花烛之乐。妈,你不用担心,快去做饭吧!我们吃完饭,待我想个办法,我是有希望与公主结亲的。"

吃完饭,阿拉丁走到自己的房间,锁上门,取出神灯,轻轻一搓,灯神马上出现在他的面前。灯神说:"主人,我来了。有什么吩咐,请讲吧!"

阿拉丁说:"神仆听好,我已向皇帝的女儿白德尔·布杜尔公主求婚,皇帝也答应将公主许配给我,定于三个月后成亲。可是,皇帝言而无信,出尔反尔,竟一女许配二男,公主今夜就要与宰相的儿子成亲。你如果是我可靠的神仆,我命令你今夜趁新郎新娘双双躺在床上之时,把他俩连人带床一起带到我这里来。至于之后怎么办,就由我处理了。"

灯神答道:"奴仆明白!还有什么事要做吗?"

"没有啦!"

灯神顿时隐去。阿拉丁把神灯收藏好,走出房门,照常跟母亲谈天。

过了一会儿,阿拉丁觉得灯神该回来了,便回到房间,关好房门。片刻后,灯神抱着新郎新娘连同新床回来了。

眼见此景,阿拉丁欣喜不已,对灯神说:"把这个该死的新郎给我关到库房里去,让他到那里去过夜!"

灯神立即行动，把新郎抱进库房，向他吹了一口气，将他冻僵在那里。

灯神旋即回到阿拉丁面前，问道："主人，还有什么吩咐？"

阿拉丁说："明早再来，然后把他们送回宫中去。"

"遵命！"

旋即灯神消失得无影无踪。

阿拉丁简直不敢相信这一切都是现实。房间里只剩下他和公主两人，他炽热地爱着公主，却并没有因此而做出越轨行为。他走到公主床前，对公主说："美丽的公主，不要以为我把你弄到这里来会侵犯你的贞节。老天在上，我绝不会做那样的事。我之所以这样安排，原因在于令尊大人已把你许配给我。你不要惊惶，安心休息就是了。"

白德尔·布杜尔公主睁开眼睛，眼见自己置身于一个黑洞洞的地方，又听阿拉丁说了那样几句话，心里害怕，一时不知道该说什么。

片刻后，阿拉丁脱下外衣，躺在公主的身边，当中放了一把出鞘的宝剑。

公主又惊又喜，一夜未曾合眼。宰相的儿子被关在库房里，冻得周身战栗，自然难以入睡。

次日清晨，阿拉丁一搓神灯，灯神当即出现，灯神说："主人，我来了，有何吩咐，请讲。"

阿拉丁说："把新郎新娘送回皇宫里去吧！"

灯神受命，抄起新郎新娘的新床，眨眼之间，便把人和床送回到皇宫的新房里，来无影，去无踪，但谁也没有弄清是怎么回事儿。

天亮了，皇帝走来看公主，祝贺女儿、驸马新婚之喜。

宰相的儿子被冻了一夜，刚刚想钻进被窝暖和一下，不期岳丈已到洞房前，急忙穿好衣服去迎接。

皇帝进到新房，亲吻一下女儿的眉心，问夫妻俩是否恩爱，却见女儿双眉紧锁，一声不吭。皇帝几次询问，公主就是不开口，他只得离开那里，回到皇后身边，把女儿不高兴的事儿向皇后说了一遍。

皇后听后，说："唉，新娘子嘛，新婚之夜不免羞答答的，有什么好说的呢！原谅她吧，很快就会好的。我这就去看看她。"

皇后穿戴完毕，来到公主新房里，轻轻亲吻了女儿的眉心，随后问女儿安好。但是，公主像皇帝说的那样，一声不吭。皇后问："孩子，出什么事儿啦？你怎么显得这样六神无主、魂不守舍呀？不管什么事儿，告诉我吧！"

公主这才抬起头来，对母亲说："母亲，请原谅女儿失礼。母亲呀，请允许我把昨夜发生的事情向母亲说一遍。我昨夜过得好不开心呀！"

"怎么不开心呀？"

"我们刚刚上床，不知怎的，也看不清是什么人来了，把我俩连人带床搬出了新房，然后落在一个黑漆漆的小地方……"

公主把一夜的经历从头到尾向母亲讲述了一遍。公主最后说："今晨天快亮时，我们也不知道是谁，把我们连人带床又送回到新房中来。我们刚刚落下，父皇就来问早安了。父皇来时，不知怎的，有话也说不出口，父皇问了许多话，我什么也没有答。母亲，请代我向父皇致歉，请父皇原谅女儿失礼。"

皇后说："孩子，这件事可不要告诉别人，免得人家听说皇帝的女儿疯了。这样的事，你没告诉父皇是对的。我再叮嘱你一遍，不要让父皇知道这件事。"

"母后，女儿我神志健全，没有疯。女儿说的全是真话；你如不信，可以问问我的丈夫。"

4177

"孩子，不要胡思乱想了。你快起来，到外面去看看为你举行的盛大庆祝活动吧！整个京城，处处张灯结彩，鼓乐齐鸣，热闹极了，都在庆贺你的大喜日子。"

皇后吩咐宫女、侍女去给公主梳妆打扮，自己回到皇帝身边，对皇帝说女儿做了个噩梦，身体不大舒适，请皇帝不要生气。之后，皇后把宰相的儿子叫来，问道："白德尔·布杜尔给我说的那件事情是真的吗？"

宰相的儿子怕说出真相会因此失去新娘子，躲躲闪闪地说："母后，这件事我可不大清楚。"

听新郎这样一说，皇后相信公主做了一个噩梦，因而产生了幻觉。

喜庆活动持续了整整一天，宫内宫外，锣鼓喧天，人们载歌载舞，热闹非常，整个京城沉浸在节日气氛之中。

皇后、宰相竭力把气氛搞得热烈一些，不时地跟公主逗乐，以期驱散她心中的愁闷。可是，事情并非如他们所愿，公主总是无精打采，失神地想着昨晚发生的事情。

其实，宰相的儿子昨夜更难受，因为他被锁在库房里，一夜冻得周身几乎僵硬了，但他不敢透露事情的真相，唯恐失去眼前这位美貌的新娘子，荣华富贵也因此与自己无缘。

阿拉丁当天外出观看大街小巷的热闹景象，心里却在暗暗发笑；他听人们说宰相的儿子成了皇帝的驸马，更是觉得滑稽，暗自说："你们这些可怜的蠢货，根本不知道那位公主昨夜怎么度过的。"

阿拉丁回到家，待夜幕垂降时，走到自己的房间，将房门关好。他拿出神灯一搓，灯神立即出现在他的面前，灯神说："主人，我来啦！主人有何吩咐？"

A.B.霍顿 绘

阿拉丁吩咐灯神照昨夜那样,新郎新娘一上床,就把二人连人带床一并搬来。灯神立即行动,连人带床顷刻间移到了阿拉丁的房间,继之将新郎关进库房,一夜冻得他有说不出的难过。阿拉丁照样与公主躺在一张床上,当中放着那口出鞘的利剑。天亮之后,灯神照样把二人连床一起送回皇宫。

阿拉丁眼见自己的计划顺利实现,心里甚为高兴。

清晨皇帝起来,急于去看自己的女儿,看看她是否还像昨天那样不开心。于是穿好衣服,便向女儿房间走去。

宰相的儿子一夜受冻,四肢无力。听到皇帝敲门,只得勉强挣扎着下床开门。他见皇帝是专门来看女儿的,便随仆人一起回相府去了。

皇帝来到罗帐前,吻了吻女儿的眉心,问女儿早安。他发现女儿依然紧锁眉头,一声不吭。

皇帝见此情景,很是生气,猜想女儿定有什么事情瞒着自己,不禁勃然大怒,抽出宝剑,厉声对女儿说:"白德尔·布杜尔,你究竟怎么啦?快把实情告诉我!如若不然,我就要结束你的性命!我一连两天清早来看你,你却一言不发,对父皇如此无礼,该当何罪?"

公主一看父皇真发脾气了,面对着明晃晃的利剑,周身抖作一团。公主说:"父皇陛下,求你千万不要动怒!这两夜我是怎样熬过来的,你若得知真实情况,一定会怜悯我、宽恕我的。我知道你是非常疼爱自己的女儿的。"

紧接着,白德尔·布杜尔公主把两个晚上所发生的事情从头到尾向父亲讲了一遍。公主说:"父皇,我说的全是实话;你若不信,就请问我的丈夫,他会把一切告诉你的。不过,在那里和我睡在一起的不是他;至于他被带到什么地方,情况如何,我一点儿也

A.B.霍顿 绘

不知道。"

皇帝听后,又气又恼,眼泪都快掉下来了。他把宝剑插入鞘里,轻柔地吻了吻女儿,然后说:"孩子,为何不早对我讲呀?若我早知道这种情况,我会设法保护你的。孩子,你不要怕!快起来吧,不要多想这些事了。我今夜派人来保护你,以免你再受折磨。"

皇帝说罢,转身离开女儿的房间,回到自己的寝宫,马上派人把宰相叫来。皇帝对宰相说:"相爷阁下,公子把前两夜发生的事情告诉你了吗?"

"陛下,这两天没有看见我的儿子。"

皇帝把公主新婚两个夜晚的遭遇向宰相讲了一遍,然后说:"你去找儿子了解一下夜晚所发生的事情吧!我的女儿吓得魂不附体,也许你的儿子与她的情况不大相同。但是,我相信女儿说的全是实话。"

宰相告辞,快步回到相府,派人把儿子叫来,把皇帝说的情况向他说了一遍,然后问他发生了什么事。

在宰相的追问下,儿子不敢不说。儿子告诉父亲:"公主说的全是实话。在过去的两夜里,我们根本就没有尝到洞房之夜的快活,都让意外的灾难给破坏了。我的处境更糟。我不但未能与新娘同床共枕,反倒被关在一个库房里,那里漆黑一片,臭气熏人。我的骨头都快被冻酥了,险些把命送掉。"

说到这里,宰相的儿子眼含泪珠,几乎要哭出声来。他又说:"父亲,你去跟皇上求个情,解除我与公主的婚约吧!我能娶皇帝的女儿为妻,本来是一件无上荣光的好事,何况我爱慕公主达到了不惜生命的地步。可是,像前天和昨天晚上的那种经历,我实在忍受不下去了。"

宰相听儿子这样一说，不禁大失所望，忧愁缠心。他之所以与皇家联姻，目的在于使儿子成为驸马，也好飞黄腾达，平步青云。如今得知儿子处境如此不妙，困惑不已，一时不知如何是好。儿子提出退婚，更是出乎他的意料，心中不胜惋惜。他安慰儿子说："孩子，你不用着急！看看今夜的情况，然后再考虑别的事情吧！今夜我会派人为你守夜的。你要知道，你是唯一能得到这种殊荣的人，是他人可望而不可即的。你千万不能轻易抛弃这种崇高地位呀！"

宰相离开儿子，回到皇帝面前，禀报说公主说的话千真万确。皇帝说："既然如此，就马上解除婚约吧！"

随后，皇帝宣布解除婚约，下令停止婚礼庆祝活动。

事情的变化来得这样突然，人们大惑不解。宰相与其儿子满面愁云，走出皇宫，人们见之，不禁面面相觑。当人们得知公主与宰相儿子的婚约已经解除时，无不感到惊异，只有阿拉丁知道其中奥秘，暗暗笑在心里。

皇帝解除了公主与宰相之子的婚约，但把自己向阿拉丁的母亲许下的诺言忘了个一干二净。

三个月期限过去了，阿拉丁要母亲进宫去谒见皇帝，催促他实现自己的诺言。

阿拉丁的母亲来到皇宫大殿，皇帝倒是一眼认出了她，这才想起对她许过的诺言。皇帝对宰相说："相爷阁下，我曾对这位老妇人许下诺言，答应三个月后公主同他的儿子阿拉丁成婚。你看哪，老妇人来了，想必是为了这桩婚事，你看怎么办呢？"

宰相走过去，把阿拉丁的母亲领到皇帝面前。

阿拉丁的母亲首先向皇帝行跪拜礼，继之祝福皇帝富贵荣华，万寿无疆。"

皇帝问她:"老妇人,此次前来,有何事呀?"

阿拉丁的母亲说:"陛下,您曾答应把白德尔·布杜尔公主许配给我的儿子阿拉丁,如今三个月期限已到,该让他们成婚了。"

皇帝听阿拉丁的母亲这样一说,一时不知如何是好。在皇帝的眼里,面前这位老妇人分明是贫家妇女,衣着平平常常,但首次送来的那份礼物,却是价值连城的奇珍异宝,相比之下,与其身份不大相称。

皇帝转过脸去,对宰相说:"相爷阁下,我确实答应过这桩婚事,老妇人说的是实话。可是,她看上去出身贫寒,难让人看得起呀!阁下,你说我该怎么办呢?"

宰相因儿子与公主的婚姻夭折而恼怒,听说阿拉丁要娶公主,不禁嫉妒之意横生。他心想:"我当朝一品官的儿子都没有娶上公主,这样的穷小子怎配与皇家结亲呢?"想到这里,他对皇帝说:"陛下,要对付这样的人,还不是一件轻而易举的事情吗?陛下是一国之君,将公主嫁给这样一个穷小子,门不当,户不对,人言可畏呀!"

皇帝说:"我已答应过她,如何能回绝人家呢?皇帝金口玉言呀!"

"陛下,既然如此,就要设法要聘礼,要他准备十个金盘子,每个盘子里都要装满像前次那样的稀有珍贵宝石,再令四十名白肤色的婢女,在四十名黑肤色太监的护送下,送进皇宫,作为公主的聘礼;他若送不来这些聘礼,陛下也就不用担当不守诺言的责任了。"

皇帝听宰相这样一说,喜不自禁,说道:"相爷高见。这样一下就把她难住,别的话也就不用多说了。"

随后,皇帝对阿拉丁的母亲说:"老妇人,回去告诉你的儿子吧,寡人说话说一不二,愿意把公主许配给你的儿子。不过,要送聘礼才行。"

"送什么呢?"阿拉丁的母亲问。

"要你的儿子拿出四十个纯金盘子,每个盘子里装满像上次送来的那种稀有珍奇宝石,由四十名白肤色的婢女捧着,在四十名黑肤色的太监护送下,送到皇宫里来;有了这份聘礼,公主与你儿子就可以成婚了。"

阿拉丁的母亲一听,大惊失色,转身离开皇宫,无精打采地向家门走去。她边走边想:"我那可怜的孩子,到哪里去弄纯金盘子和那些宝石呢?就算他能再去地下宝库一趟,弄来金盘子和那些宝石,可是那四十名白肤色婢女、四十名黑肤色太监又到哪里去请呢?"

母亲回到家中,见阿拉丁正等着她,便对儿子说:"孩子,你根本没有能力娶那位公主,赶快打消这种想法吧!"

"为什么呢?"阿拉丁问。

"皇上提出的条件,我们满足不了哇!"

"什么条件?"

"孩子,我这次进宫,皇上倒是马上就想起了他许下的诺言,对我也很和气,只是那个宰相不怀好意。我对皇上说:'陛下规定的期限已满,让公主与我的儿子成亲吧!'皇上马上征求宰相的意见,宰相小声和皇上嘀咕了一阵儿,皇上这才把条件说给了我。"

接着,她把皇帝要的聘礼向儿子说了一遍,然后说:"孩子,皇上正等着你的回话,你怎样回答他呢?"

"妈,皇上就要这么一点儿聘礼?你认为事情难办,无法回答皇帝?妈,你只管放心,不必着急,我自有办法。你赶快做饭去吧!皇帝要聘礼,想难为我一下,目的在于拒绝我与白德尔·布杜尔成婚。不过,他要的这份聘礼不算什么,比我想象的要少得多。

妈,你先做饭去,不用发愁,我有办法满足皇帝的要求。"

母亲上街买菜,阿拉丁趁此机会,走进自己的房间,关好门,取出神灯一搓,灯神立即出现,问道:"主人,我来了,有何吩咐?"

阿拉丁说:"我要与皇帝的女儿白德尔·布杜尔结亲,皇帝提出要聘礼。你现在给我拿四十个纯金盘子,每个净重十斤,盘中要装满像地下宝库果园中果树上的宝石果子那样的宝石,由四十名白肤色婢女捧着,在四十名黑肤色太监护送下,送到皇宫里去。你要快去快回!"

"遵命!"

灯神随即隐去。

一个时辰过后,灯神带着阿拉丁要的金盘子、宝石、婢女和太监到来,一样不缺,一人不少。灯神说:"一切齐备,主人还有何吩咐?"

阿拉丁眼见聘礼齐备,心中高兴,回答灯神:"有事我随时唤你。"

灯神应声隐去。

母亲从市场上回来,眼见屋里屋外站满了白肤色婢女、黑肤色太监,又见金盘子、宝石闪闪放光,心中惊喜不已,情不自禁地说:"老天搭救,神灯功劳太大了!"

母亲还未来得及摘下头巾,阿拉丁便说:"妈,趁皇帝还没有退朝,你就把他要的聘礼送到皇宫去,亲自交给皇帝吧!皇帝看到这些东西,就会知道他难不住我;即使再多要些宝贝,我也能办到;与此同时,他也会知道自己上了宰相的当,再阻拦我与公主成亲也是徒劳无益的。"

"好吧!"母亲随口答道。

阿拉丁走去打开街门,母亲带着婢女和太监们,捧着金盘排着长长的队伍,向皇宫走去。当他们路过街巷时,行人无不停下脚步,出神地望着那一个个花容月貌的婢女,眼见她们身着嵌金缀玉的锦袍，无不啧啧称绝。人们看见闪闪放光的金盘子，无不惊异万分；更令人开眼的还是金盘子里的硕大宝石，虽然用丝帕盖着，依然放射出耀眼的光芒。

阿拉丁的母亲领着送聘礼的队伍，浩浩荡荡进入皇宫。侍卫们看见那些面白如玉的婢女，个个睁大眼睛，人人目不转睛，惊叹她们是天仙下凡，认为即使隐士们看见她们也会动心。宫女和宫仆们虽然都是见过世面的人，但他们眼见姑娘们顶着一个个金托盘，盘中满放着光彩夺目的宝石，也感到新奇罕见；尤其令宫女们感到羡慕的是那些姑娘的衣着，那嵌金缀玉的锦袍，是她们做梦都未想到过的天衣。

侍卫们忙去禀报皇帝，皇帝听后大喜，即令送礼队伍进殿。

A.B.霍顿　绘

阿拉丁的母亲令队伍来到大殿，一起向皇上行跪拜礼，祝皇帝荣华富贵，万寿无疆。

姑娘们把满盘的宝石摆到皇帝面前，揭开丝帕，然后后退站两厢。

皇帝见姑娘们一个个身材苗条，花容月貌，天生丽质，风姿绰约，不禁惊喜万分，久久打量之后，方才把目光移向金盘子里的宝石。皇帝眼见金盘子放光，宝石色彩夺目，一时说不出一句话来，心想求婚的小伙子果然有本事。

过了好大一会儿，皇帝才吩咐宫女、宫仆们把金盘子、宝石送到白德尔·布杜尔公主的闺房里去。

阿拉丁的母亲走上前去，对皇帝说："陛下，我儿阿拉丁送上这薄礼一份，实在与白德尔·布杜尔公主的高贵身份不相称，还请陛下见谅。我的儿子本应送上更贵重的聘礼。"

皇帝听妇人这样一说，转过脸去，问宰相："相爷阁下，能在几个时辰之内筹措这样丰厚的聘礼，难道还不应该做我的驸马吗？阁下，你有什么话要说呀？"

宰相见那闪闪放光的金盘子以及色彩纷呈的硕大宝石，心中愕然，一时不知道该说什么。他见皇帝已把注意力转向阿拉丁，心中嫉妒之情顿时强烈起来。宰相说："陛下，纵然把天底下的珍宝都收集起来，也休想换得白德尔·布杜尔公主剪下来的一屑指甲。陛下把这些微不足道的礼品看得太重了，不值得呀！"

皇帝听出了宰相的嫉妒之意，未去理会，转过脸去对阿拉丁的母亲说："老妇人，告诉你的儿子，寡人收下了他的聘礼，而且说话算数，我将招他为驸马。请他进宫来，让我见见他。日后，我会照顾他的。我今晚就要为他和公主举行隆重的结婚庆典。老亲家，快去告诉阿拉丁，不要耽搁。"

阿拉丁的母亲听后，心中无比快乐，告辞转身离去，走出宫门。遂快步如飞，向家中走去。

老妇人离去，皇帝在侍卫的陪同下，来到白德尔·布杜尔公主的闺房，命宫女们把聘礼拿到公主跟前，让她过目。

白德尔·布杜尔公主眼见金盘子和五颜六色的宝石，又惊又喜，说道："人世间再没有比这更珍贵的宝物了！"她又望着那些容颜俊俏的少女，得知那都是未婚夫送来的婢女，心中更是欣喜，笑逐颜开，脸上的愁云消失得无影无踪。

皇帝眼见女儿精神焕发，愁容消失，不胜高兴。他对女儿说："这些聘礼，你满意吗？依父之见，今日向你求婚的阿拉丁，比宰相的儿子更适合做你的夫君。你们婚后的生活定是幸福美满的。"

阿拉丁的母亲兴冲冲回到家中。阿拉丁一见母亲满面堆笑，猜想大功已经告成，情不自禁地说："妈，你一定带来了好消息。我的愿望就要实现了。"

母亲说："是啊，孩子！你这下如愿以偿了。皇上收下了聘礼，白德尔·布杜尔公主就要做你的新娘了，皇上说要看看你，让你马上进宫，不要耽搁。皇上还说，他日后会好好照顾你的。妈的心尽到了，以后的事情就由你自己做主了。"

阿拉丁兴奋不已，热烈亲吻母亲的手，连声向母亲道谢。旋即，阿拉丁回到自己的房间，取出神灯，轻轻一搓，灯神便出现在他的面前。灯神说："主人，我来了。有何吩咐？"

阿拉丁说："把我带到一座世上无双的澡堂去，让我痛痛快快洗个澡，再给我准备一身连世上帝王都未曾穿过的镶金嵌玉锦袍。"

"遵命！"

说罢，灯神背起阿拉丁，当即腾空而起，眨眼之间落到一座澡堂里，但见那里四壁彩绘，金碧辉煌；澡池用雪花石和玛瑙石砌成，周围是金银铸成的走兽塑像，嘴里不住地向池中喷水；屋顶上悬挂着各种宝石，五彩纷呈，五光十色，真是一座人间天堂。偌大的澡堂里空无一人，只有一个凡人模样的魔仆为他搓背、冲洗。

阿拉丁洗浴罢，跟着魔仆来到更衣室，发现原来的衣服不见了，一身镶金嵌玉的锦袍放在那里。

这时，魔仆给阿拉丁端来果汁和掺有龙涎香的热咖啡，还送来了美酒佳酿。阿拉丁饮过美酒，喝过咖啡，精神异常振奋。片刻后，走来一队黑肤色仆人，为阿拉丁穿衣戴冠，喷洒香水。

经过仆人们的一番着意打扮，阿拉丁容光焕发，一扫昔日穷裁缝儿子的贫穷面貌，变成了一位白马王子。

阿拉丁穿戴完毕，灯神出现，随即将阿拉丁送回家中，然后说："主人，你还有何吩咐？"

阿拉丁说："给我送来四十八个仆人，组成卫队，身着盛装；鞍辔和衣饰必须是世间罕见稀有的，连帝王宝库中也找不到。另给我选一匹波斯科斯鲁骏马，鞍辔要镶嵌着珍珠宝石。准备四万八千枚金币，每个卫队员身带一千枚。一切齐备之后，马上陪我进宫谒见皇帝。此外，还要物色十二名绝色侍女，个个身着艳丽的节日盛装，让她们陪着我母亲进皇宫；另要让每名侍女携带一身适于皇后穿的锦衣。"

"遵命！"

灯神隐去片刻，把阿拉丁所要的一切全部带来了。但见灯神牵着一匹高头大马，就连纯种阿拉伯良驹都无法相比，且配有金鞍，上面镶嵌着珍珠宝石，闪闪放光，耀眼明亮。

阿拉丁走去唤来母亲，让她换上华丽宫服，令十二名侍女陪伴着她。

阿拉丁随后派一魔仆去皇宫了解国王的情况。魔仆片刻回来禀报说:"报告主人,皇帝正等着主人前往!"

阿拉丁骑着高头大马,卫队前呼后拥,大队人马浩浩荡荡向皇宫进发了。队伍威武雄壮,行人无不停下脚步,把惊羡的目光投向他们。尤其令人注目的是阿拉丁,只见他骑着高头大马,相貌堂堂,落落大方,风度翩翩,泰然自若。卫兵们掏出大把大把的金币,向人们撒去,众人赞声不绝。

阿拉丁之所以有今天,靠的是那盏神灯。神灯是万宝之源;谁成了神灯的主人,谁就掌握了天堂宝库,从而也就成了世界上最幸福、最富有、最慷慨的人。阿拉丁因为成了神灯的主人,便成了最慷慨好施的人,赢得了人们的交口称赞。人们虽然知道阿拉丁本是穷裁缝穆斯塔法的儿子,眼见他今日成了最富有的人,但谁也不嫉妒他;恰恰相反,人们都说阿拉丁时来运转,应该得到幸福,并纷纷为他祈祷祝福。

皇帝召集满朝文武百官,告诉他们已向阿拉丁的母亲许下诺言,并说当夜即为阿拉丁和白德尔·布杜尔公主举行结婚庆典,令文武大臣、名流士绅一律到宫门外按官级大小、地位高低的次序站好,迎候新郎阿拉丁的到来。

过了不大一会儿,新郎阿拉丁的队伍便来到了皇宫门外。到了"文官落轿,武将下马"的石碑前,阿拉丁正要准备离鞍之时,忽见皇帝的钦差礼仪官走上前来,说道:"驸马爷阁下,皇上有令,阁下可骑马直入宫门,在正殿前再下马。"

阿拉丁说:"请前面带路!"

文武百官在前面引路,阿拉丁及其队伍在后面跟随,排排场场进入皇宫大门,片刻后来到正殿前。宫仆们走上前来,有的扶马镫,有的牵马缰,有的扶阿拉丁下马。

阿拉丁离鞍之后,在众官员簇拥下步入正殿大厅。阿拉丁行至皇帝面前，正要向皇帝行跪拜礼，皇帝立即离开宝座，上前抱住阿拉丁，亲切地吻了吻他，然后让他坐在自己的右侧。

阿拉丁先祝皇帝万寿无疆，荣华富贵，继之接着说："陛下，蒙您厚爱，将白德尔·布杜尔公主许配给我，实在使我感到荣幸之至。我衷心祈求苍天保佑陛下，恭祝陛下万事如意，万寿无疆。陛下对我恩重如山，情深似海，实令我感激不尽。我谨祈求陛下赏我一块土地，以便让我为白德尔·布杜尔公主建造一座宫殿，凭以表达我对公主的敬爱之意。"

皇帝仔细打量阿拉丁周身，但见他锦袍合体，珠玉闪光，比皇家的官服还要漂亮，心中有说不出的惊异；再凝视阿拉丁的容貌，但见小伙子眉清目秀，英姿勃勃，举止大方，风度翩翩，不禁由衷赞叹。皇帝又看阿拉丁的卫队，但见个个身材魁梧，人人精神抖擞，皆为自己见所未见，更不曾拥有过的好汉。

就在皇帝欣赏阿拉丁的装束、举止和卫队出神之时，阿拉丁的母亲在十二名侍女的簇拥下来到了宫中，只见老妇人衣着华美，雍容华贵，侍女们个个花容玉貌，人人步履轻盈，如同下凡的天仙，均令皇帝惊羡难言。

阿拉丁口齿伶俐，满腹经纶，谈吐文雅，使皇帝欣喜不已，博得文武大臣的交口称赞，只有宰相心中的嫉妒之火炽燃，难以熄灭。

皇帝眼见阿拉丁气度非凡，颇得王公大臣们好评，一时心情激动难抑，上前拥抱阿拉丁，边吻边说："我的好驸马，寡人今日才能得以与你相见，真有相见恨晚之感。"

宰相见皇帝与阿拉丁如此亲热，心里不是滋味，不知如何是好。

皇帝令乐师奏乐，顿时悠扬的乐声回荡在大殿之中。

A.B.霍顿　绘

皇帝拉着阿拉丁的手,缓缓步入宴会大厅,但见那里的酒席盛筵已经摆好。文武官员、王公贵人、名流士绅相继入席。皇帝落座后,让阿拉丁坐在自己的右边。宴会开始,大厅里乐曲回荡,笑语欢声此起彼伏。席间,皇帝与阿拉丁边吃边谈,阿拉丁从容应对,与皇帝交杯换盏,酒令不断,仿佛阿拉丁根本不是贫寒人家出身,早就是皇家宫廷一员。皇帝见阿拉丁妙语连珠,出口成章,气质过人,自然倍感欣慰,乐在心中,喜在眉梢。

宴会结束,皇帝令法官和证婚人进殿,要他们为阿拉丁和白德尔·布杜尔公主写婚书。法官和证婚人进来,订婚仪式开始,婚书顷刻写就。

这时,阿拉丁起身告辞,皇帝急忙拉住他,问道:"贤婿,结婚庆典马上就要开始,你还要到哪里去呢?"

阿拉丁说:"陛下,我要为白德尔·布杜尔公主建造一座新宫殿,让她居住,以便适合她的公主身份,借以表达我对公主的爱慕与敬重。尽管我期望早日与公主共享洞房花烛之欢乐,但是,我不建成一座新宫殿,我是不能迎娶公主的。为了让白德尔·布杜尔公主生活幸福,我必须首先为她建造一座新宫殿。"

皇帝听阿拉丁这样一说,沉思片刻,然后对阿拉丁说:"好吧!地方嘛,由你任意挑选。孩子,依我之见,皇宫对面那片空地倒是一个理想地址;你若看得上,就在那里建造你们的新宫殿吧!"

"如能在皇宫附近建造新宫殿,那是再好不过的了。"

说罢,阿拉丁离开大殿,走出宫门,飞身上马,在卫队的护卫下,离开皇宫,转回家去。一路上,人们见之,无不向他欢呼,称赞他正直善良。

阿拉丁回到家中,走进自己的房间,取出神灯,轻轻一搓,灯神当即出现在他的面前。

"主人，我来了。有何吩咐？"灯神问。

阿拉丁说："有件急迫事情请你立即动手，越快越好。你要在最短的时间内，在皇宫前面的空地上为我建造一座宫殿，使其富丽堂皇之至，成为天下奇观，宫内要陈设豪华，令帝王称奇叫绝。"

"遵命！"灯神即刻隐去。

次日清晨，灯神出现在阿拉丁面前，禀报道："报告主人，新宫殿已经落成，请随我一同前往观看。"

阿拉丁站起来，灯神背着阿拉丁腾空而起，飞上天空，片刻后落在一座新宫殿前。

阿拉丁抬眼一看，但见眼前的这座大建筑物全用碧玉、雪花石、大理石等石料砌成，煞是巍峨壮观。灯神领他进入宫殿，开始察看每个宫室：进入储藏室，只见那里放的全是金银珠宝，价值连城；走进餐厅，只见那里放的餐桌、餐具，诸如杯盏、碗筷、盘碟等全是金的，金光闪闪；进入厨房，阿拉丁发现那里的厨具全是银的，光亮耀眼；走进一个库房，只见那里摆放着成箱成箱的丝绸锦缎，其中有中国产的，也有印度产的，精美华丽，难以描述；之后走进一间卧室，只见那里摆放着镶嵌着各种宝石的金床、银柜，陈设考究，富丽无比，光彩夺目，令人眼花缭乱。最后，灯神把阿拉丁领到马厩，但见那里拴着无数匹纯种骏马，一匹匹膘肥体壮；在其隔壁的马具间里，放着镶金嵌玉的鞍鞯、辔头等，件件精美绝伦，价值无法估计。所有这一切都是灯神一夜之间创造出来的。新宫殿宏伟壮观，内部陈设富丽堂皇，全是当世君王梦想不到的。因此，阿拉丁看后惊诧不已。

新宫殿不仅建筑精美，陈设豪华，而且那里奴婢成群，往来穿梭，尤其是那些婢女，个个风姿绰约，亭亭玉立，人人身材苗条，酥胸高耸，就是虔诚的圣徒见了，也会神魂颠倒，眷恋凝视。

在这座新宫殿中,令人叹为观止的是楼上那个装有二十四扇美人靠的圆形观景厅;美人靠用红、绿宝石镶嵌而成,其中的一扇美人靠尚未镶嵌红、绿宝石,那是阿拉丁故意留给皇帝,让皇帝整修的,凭以测试皇帝的能力。

阿拉丁站在圆形观景厅里,向着皇宫望去,一片美景尽收眼底。阿拉丁回过头去,对灯神说:"还有一件事,我忘了交代……"

灯神说:"主人还有什么事,请讲!"

"给我织一条加金线的锦缎地毯,由新宫殿门口一直铺到皇宫,好让白德尔·布杜尔公主踩着地毯走进新宫殿,脚下一尘不沾。"

"遵命!"

灯神隐去,仅片刻,便出现在阿拉丁面前,禀报道:"报告主人,我已把地毯铺好!"

阿拉丁走出新宫殿,眼见一条金光闪烁的长地毯从新宫殿大门一直铺到皇宫,不禁连声叫绝称妙。随后,灯神把阿拉丁送回到家中。

次日清晨,皇帝起床后,推开寝宫窗子向外望去,只见一座巍峨宫殿突入眼帘,心中好生奇怪。他揉了揉眼睛,凝神仔细观看,确实看见皇宫前耸立着一座新宫殿,雄伟壮观,且有一条金光闪闪的地毯从皇宫大门一直铺到那座华丽宫殿门前,不禁万分惊异。皇帝还发现宫殿门前有仆役守卫,个个英姿勃勃,人人服饰华贵,与皇宫里的公仆相比毫不逊色。

片刻过后,宰相进宫早朝,忽见皇宫前出现一座崭新宫殿,且看见从皇宫大门到新宫殿大门之间铺着一条金丝地毯,心中十分纳闷儿。

宰相进入宫中,向皇帝行过跪拜礼,便谈起皇宫对面的那座新宫殿。宰相说:"说真的,古今帝王都没有建造过这样漂亮的宫殿,堪称雄伟壮观之至啊!"

皇帝得意扬扬,对宰相说:"相爷阁下,那是阿拉丁建造的新宫殿。你这下该承认阿拉丁配做我的驸马了吧!那座新宫殿巍峨壮观,富丽堂皇,出乎人们意料,令人难以想象,你看清楚了吗?"

宰相难以抑制心中的嫉妒之意,说道:"陛下,这样堂皇的宫殿,只有神仙才能建造出来;至于人,就是世界上的巨富和最有权势的帝王,一夜之间也不可能建造出这样的宫殿。"

"相爷呀,看来你嫉妒阿拉丁呀!阿拉丁要我给他一块土地,说他要为我女儿造一座宫殿,当时你也在场,都听见了。你想呀,他能送那样世间罕有的宝石,自然也就能够一夜之间建成这样一座华美宫殿。"

宰相听皇帝这样一说,深知皇帝十分偏爱阿拉丁,虽然心中嫉妒之火炽燃,但没再敢说什么,只好强打精神,跟着皇帝,带着文武百官,在众宦官和宫女的簇拥下走去,准备参加阿拉丁与白德尔·布杜尔公主在新宫殿举行的盛大结婚典礼。

就在这天清晨,阿拉丁一睁眼便想到今天是他同白德尔·布杜尔公主结婚的喜庆日子,心中不胜欢乐。他取来神灯,轻轻一搓,灯神即刻出现在他眼前,说道:"主人,我来了,有何吩咐?"

阿拉丁说:"今天是我大喜的日子,快给我送十万金币来。"

灯神隐去,片刻后送来十万金币。

阿拉丁骑上高头大马,带上金币,在卫队护卫下向皇宫进发了。一路上,阿拉丁不时地把大把大把的金币撒向聚集在路两旁的人们。人们捡起金币,向阿拉丁欢呼喝彩,为他祝福祈祷。

阿拉丁的队伍来到皇宫前,文武百官立即迎上前去,并派人向皇帝禀报驸马已经到达皇宫门外。

皇帝听后,赶忙离开宝座,喜迎驸马。

阿拉丁进了宫门，来到大殿前，翻身下马。皇帝走上前去，热烈拥抱、亲吻阿拉丁，然后把阿拉丁领进正堂大殿。

整个皇宫乃至整个京城，到处张灯结彩，装点一新，共庆阿拉丁与白德尔·布杜尔公主的大喜日子。乐师们弹奏起欢快的乐曲，人们翩翩起舞，欢声笑语此起彼伏，宫内宫外沉浸在一片欢乐、喜庆的节日气氛之中，一直到正午时分，皇帝方才下令摆上筵席。

皇帝一声令下，宫仆、宫女们一阵忙碌，筵席摆好。皇帝带着阿拉丁及文武百官、名流士绅等进入宴会大厅，按位次坐好，宴会在优美的乐曲声中开始了。酒席菜肴丰盛，应有尽有；高朋满座，盛友如云，官民同欢。贺喜的人们络绎不绝，从皇宫到新宫殿之间的路两旁挤满了人，欢声笑语直上云霄，盛况空前。

眼见此情此景，皇帝忽然想起阿拉丁的母亲初次来皇宫时的形象，一个破衣褴褛、谈吐拘束的老妇人的模样油然浮现在他的眼前……昔与今比，大有隔世之感，不禁感慨万千。

看热闹的人不计其数，在新宫殿前流连忘返，眼见那座一夜之间拔地而起的堂皇建筑物，心中惊羡万分，赞词不绝于口。他们异口同声地说："阿拉丁得天独厚，愿苍天保佑他荣华富贵，佳运长久！"

宴会结束，阿拉丁起身向皇帝告别，然后纵身上马，由卫队护卫，转回新宫殿，准备迎接白德尔·布杜尔公主。一路上，人们高声欢呼："阿拉丁！阿拉丁！安拉保佑你长命百岁，富贵荣华！"

阿拉丁频频向欢呼的人们招手致意，并把大把大把的金币撒向人们。

来到新宫殿门前，阿拉丁翻身下马，步入会客厅休息。他喝过婢女们送来的果汁，随后吩咐宫中男仆女婢做好准备，随时迎候白德尔·布杜尔公主到新宫殿中来举行结婚典礼。

红日偏西，天气稍见凉爽，皇帝令宰相和文武百官随他到宫外的演兵场上,观看骑术和武艺表演。阿拉丁得令,纵身跃上一匹众人都未见过的骏马,率众护卫来到演兵场。阿拉丁首先参加赛马。但见他跃马扬鞭,一路领先,第一个跑到终点。接着,阿拉丁参加叼羊比赛,只听鼓声一响,万马飞奔,又见阿拉丁扬鞭催马,倾身叼羊,身手不凡,一举夺冠,赢得满场喝彩。

此时此刻,白德尔·布杜尔公主坐在皇宫中自己闺房的阳台上,透过美人靠,凝视观看阿拉丁参加比赛的情景,眼见阿拉丁英姿勃勃,在各项比赛中每每独占鳌头,心中的爱慕之情难以言表。

随着一声锣响,各项比赛宣告结束,阿拉丁成为众人皆服的赛场高手。之后,皇帝率文武百官回宫,阿拉丁则在众护卫簇拥下向自己的新宫殿走去。

傍晚时分,数位大臣陪阿拉丁前往澡堂沐浴。阿拉丁沐浴完毕,换上锦衣华冠,骑上骏马,在大臣和护卫们的前呼后拥下,向新宫殿走去。阿拉丁的前后左右有四个荷盾持剑的骑士护卫,前面有热情的众人引路,他们敲锣打鼓,吹笙鸣笛,一直把阿拉丁的队伍引至新宫殿门前。

阿拉丁离鞍下马,请那些大臣进新宫殿会客大厅休息,吩咐婢女们端来果汁、糖浆等饮料招待他们。新宫殿外面聚集着道贺的人们,欢呼声此起彼伏,一片喜庆气氛。阿拉丁见此情景,欣喜不已,遂令护卫们将大把大把金币撒向人群。

皇帝回到宫中,吩咐宫中官员及男仆女婢立即做好送亲准备。宫女们陪伴白德尔·布杜尔公主更衣,换上结婚礼服。继之,开始在皇宫中举行传统的送亲仪式,由文武百官、宫役、宫女组成的庞大送亲队伍开始行动。宦官、宫役、宫女们手持蜡烛走在送亲队伍的最前面,接着是文武官员、王公贵人及他们的妻妾,之后是陪阿拉丁的母亲来皇宫送金盘宝石的四十名白肤色婢女,她们每人举着一只镶嵌着珍珠宝石的金蜡台,上面插着散发龙涎香味的特大蜡烛。这支庞大送亲队伍,簇拥着白德尔·布杜尔公主步出皇宫大门,脚踩金丝地毯,踏着轻快欢乐、热情洋溢的乐曲声,向着阿拉丁的新宫殿走去,无数支明灯、蜡烛将天空照得通亮,队伍浩浩荡荡,蔚为壮观。

白德尔·布杜尔公主来到新宫殿,婚礼正式开始。在男女傧相的陪伴下,在众人的欢呼声中,新郎新娘拜天地,夫妻对拜,然后双双进入洞房。

在新房里,首先迎接白德尔·布杜尔公主的是她的婆婆——阿拉丁的母亲。婆婆站在新娘身边,阿拉丁揭下妻子的盖头,婆婆仔细打量自己的儿媳,发现公主面目姣好,肤色洁白,明眸皓齿,文文静静,风韵可人,和气可亲,确信儿媳是天下少有的绝代佳丽,不禁深深喜在心中。

新娘环视四周,但见洞房内灯火辉煌,一只只金蜡台上镶嵌着红绿宝石,不由得暗自思忖:"人总以为皇宫是绝顶富丽堂皇的,但与此相比,就算不了什么了。这样的豪华宫殿,恐怕连波斯科斯鲁们也没有见过。一夜之间能建成这样的华丽宫殿,人力焉能胜任……"

新娘正在沉思之时,婚筵开始了。宾客们相继入席,开怀畅饮;与此同时,八十名乐女怀抱各种管弦乐器走进宴会厅,旋即坐下,吹弹起来,美妙乐声顿时回荡在大厅之中。新娘暗自赞叹道:"好悦耳的乐声,我有生以来第一次听到啊……"只见她不由自主地放下筷子,出神地欣赏着那动人的乐曲。

宾客举杯,开怀畅饮。笑声与乐声把婚礼推向高潮。新郎阿拉丁站起来斟满一杯酒,恭恭敬敬地递给新娘。白德尔·布杜尔公主接过杯子,一饮而尽。宾客们度过了极其快乐的一夜;在他们看来,就连亚历山大大帝生前也未经历过这样快乐的夜晚。

A. B. 霍顿 绘

婚筵结束，宾客散去，阿拉丁与白德尔·布杜尔公主相携进入洞房，共享新婚洞房花烛之乐。

第二天早晨，管家给阿拉丁送来一套极为考究的宫服。阿拉丁穿戴好，喝了几口加龙涎香的咖啡，然后骑着高头大马，向皇宫走去。

皇帝得知阿拉丁进宫，急忙起身相迎。皇帝一见阿拉丁，就像对待亲生儿子那样，热烈拥抱、亲吻自己的驸马，将阿拉丁接进正殿，让他坐在自己的右侧。

阿拉丁刚刚坐稳，早朝的大臣们相继而至，向皇帝和驸马贺喜。过了一会儿，皇帝吩咐宫仆端上早餐。早餐完毕，阿拉丁对皇帝说："陛下，岳丈大人，孩儿请陛下率文武大臣驾临新宫殿，与公主共进午餐，陛下可否赏光？"

皇帝欣喜不已，随口说："贤婿慷慨大方，令老夫不胜欣慰！"

旋即，皇帝率文武百官，与阿拉丁并驾离开皇宫，来到阿拉丁为白德尔·布杜尔公主建造的新宫殿。

皇帝举目细观，但见新宫殿全用碧玉、玛瑙、大理石、雪花石等名贵石料砌成，惊异之意难以表述。又见宫内装饰富丽堂皇，华美绝伦，皇帝只觉得眼花缭乱，目不暇接，情不自禁地对宰相说："相爷阁下，你有何话要说呀？你可曾知道古今帝王中有谁能建造这样豪华的宫殿吗？"

宰相迟疑片刻，方才说："陛下，这的确是一座气势恢宏、无比壮丽的宫殿，不仅古今帝王没有能力建造，就是集天下所有人的才智和金钱，都建造不出这样的华美宫殿，因为人间根本没有这样的能工巧匠。我已对陛下说过，这样富丽堂皇的宫殿，只有神仙才能建造出来。"

皇帝一听便知宰相的嫉妒心丝毫未减。皇帝认为，宰相这样说，显然是想让大臣们相信，眼前这座华丽宫殿并非阿拉丁所建，而是借魔力、妖术建成的。皇帝不耐烦地说："相爷阁下，你的意思我全明白，够啦，不用说了！"

阿拉丁带着皇帝及其大臣们参观宫殿，最后登上顶层的圆形观景厅。他们到那里一看，只见美人靠皆用红、绿宝石镶成，玲珑精美，世所罕见，君臣无不称奇叫绝。他们凭窗远眺，但见京城美景尽收眼底，如同身临仙境，心中似乎有一种难以言状的快慰感。当他们转着圈儿观景时，皇帝无意之中发现一扇美人靠尚未完工；那就是阿拉丁故意留给皇帝来修整的，以便考验皇帝的能力。皇帝见之，大惊道："喂，我的驸马爷，怎么这里还有一扇没有完工的美人靠？美中不足啊！"

皇帝回头望了望宰相，问道："相爷阁下，这扇美人靠还没完工，你知道原因何在吗？"

宰相说："陛下，依臣之见，因为陛下急于让阿拉丁办婚事，时间紧迫，没有来得及完工……"

皇帝同宰相交谈时，阿拉丁下楼向白德尔·布杜尔公主报告了皇帝驾临的消息。阿拉丁回到皇帝身边，皇帝问："孩子，这观景厅里有扇美人靠尚未完工，原因何在呀？"

阿拉丁回答道："陛下，岳父大人，因为婚期近，一时找不到能工巧匠，故没有能够完全竣工。"

"孩子，这未完工的美人靠，就由我来完成它吧！"

"如蒙陛下厚恩，孩儿将感激不尽，陛下的圣迹也将永远留在公主的宫中，令天下后世之人万古传诵。"

皇帝责令宰相立即召来能工巧匠，金银、宝石等材料全由皇家宝库供应，要他们限期把那扇未完工的美人靠装修好。

得知父皇驾临，白德尔·布杜尔公主特来楼上见父皇。

皇帝见女儿走来，亲切拥抱她，并亲吻她的前额。随后，皇帝领文武官员一起下楼，步入大厅。大家按照位次坐好，阿拉丁和白德尔·布杜尔公主坐在皇帝的两旁，午餐宣布开始。一道道菜肴相继端上桌，色香味俱佳，皇帝边吃边称赞美味可口。席间，有八十名乐女操着各种管弦乐器，整个大厅里回荡着轻快柔美的悦耳乐曲，气氛热烈，令人心神愉快，分外惬意。皇帝情不自禁地说："啊，这一切都是世间帝王和波斯科斯鲁所想不到的。"

宾主们无拘无束，开怀畅饮，直至酒足饭饱，然后洗过手，进入休息大厅，喝茶谈天，品尝糖果和水果。

皇帝急于知道那扇美人靠的装修进程，迫不及待地上楼去，却发现那些工匠笨手笨脚，与其余二十三扇美人靠的精湛工艺相比，简直有霄壤之别，不可同日而语。尽管如此，工匠们却报告说皇家库里的宝石已经用完。皇帝听后，下令取出宫中大宝库里的宝石，并且吩咐，如果还不够用，也可把阿拉丁送来的那些宝石用上。

工匠们从命，取出所有宝石，结果那美人靠还没装修好一半，宝石就全部用尽了。

皇帝得知宝石告罄，遂令宰相及文武百官将家藏宝石全部献出来，以供工匠装修那扇未完工的美人靠。宰相及百官不敢怠慢，迅速拿来各自家中的宝石，结果仍然不够用。

次日清晨，阿拉丁去圆形观景厅察看，发现那扇美人靠仅装修好一半。见此情景，阿拉丁勒令工匠立即停工，将征用来的宝石全部归还原主。

工匠们向皇帝禀报了阿拉丁要他们停工的情况，皇帝问："你们仅装修了一半，为什么命令你们停工呢？"

"启禀陛下，驸马爷不仅命令我们停工，而且还要我们把装修上去的宝石拆下来，然后归还原主；至于为什么，我们就不得而

A.B.霍顿 绘

知了。"

皇帝听后,立即令侍卫鞴马,然后骑上马,离开皇宫,向阿拉丁的新宫殿走去。

阿拉丁打发走工匠,回到自己的房间,取出神灯,轻轻一搓,灯神即刻出现在眼前,说道:"主人,我来了。有何吩咐?"

阿拉丁说:"新宫殿观景厅中的那扇美人靠,你现在可以去完成它了。"

"遵命!"

灯神悄然隐去,片刻后出现在阿拉丁面前,禀报说:"主人阁下,美人靠已经装修好啦!"

阿拉丁来到圆形观景厅,那扇美人靠确实已经装修好,工艺精湛，与其余的二十三扇一模一样。

阿拉丁正留神欣赏那扇美人靠时，一个宫役跑来报告说："皇上驾到，已在院中！"

阿拉丁忙下楼迎接皇帝。

皇帝一见阿拉丁，便问："孩子，你怎么啦？为什么让那些工匠停工呢？为什么留下那扇美人靠装修呢？"

阿拉丁说："陛下，那扇美人靠是我故意留下来的。我之所以留下一处未完工的地方，并非因我没有能力完成，也不是存心让陛下看到一座有缺点的宫殿，只是希望陛下与众大臣视察宫殿时，亲眼发现美中不足之处，以便指示我应该再怎样进行修补罢了。"

说着，阿拉丁陪皇帝沿楼梯拾级而上，来到圆形观景厅。皇帝再看那二十四扇美人靠，发现均已完美无缺。眼见此景，皇帝惊喜万分，抱住阿拉丁，热烈亲吻，并且说："孩子，你这精湛手艺是从哪里学来的呢？工匠们苦苦奋斗，耗上几个月都完不成的工程，你仅在一夜之间便完成了，真是奇迹呀！世上再也找不出可与你相提并论的人了。"

"陛下过奖，孩儿不敢担当。愿苍天保佑陛下事事如意，万寿无疆！"

"孩子，说真的，你的确技艺超群，理当受到赞扬。"

皇帝与驸马相携下楼，来到白德尔·布杜尔公主的新房。公主见父皇驾到，忙起来迎接。皇帝见女儿的房间华丽舒适，又见女儿面浮温馨的笑容，知道她生活幸福，身心安康，由衷地感到快慰。皇帝与女儿交谈片刻，然后离开阿拉丁的新宫殿，径直回皇宫去了。

阿拉丁新婚之后，生活幸福安定，夫妻和睦，相敬如宾。

从此，阿拉丁每日骑马走街串巷，带着随身侍从若干名，一路上将大把大把的金币撒向人们，借此方式，广济博施，因而赢得本国人和外来客的普遍赞扬。阿拉丁尤其关心那些孤苦无援的穷人、修道苦行僧及乞丐，时常亲自派人带着钱财去接济他们。因阿拉丁从善如流，乐善好施，故而美名远扬。名门贵族、公侯达官慕名而来，成为阿拉丁门下的食客；不论地位高下，都与阿拉丁亲密交往。白德尔·布杜尔公主也因此更加钦佩、爱慕自己的丈夫，尤其想到丈夫解救自己摆脱宰相之子的纠缠，感激之情无法表述。

阿拉丁的声誉和地位日益显赫，名闻遐迩，但他依旧保持着过去的生活习惯，与老友交往不断。阿拉丁还经常去皇宫旁的演兵场练习骑马射箭，参加皇帝主持的马术比赛。白德尔·布杜尔公主颇喜欢看马术比赛；每当看见丈夫阿拉丁得胜夺冠时，总有一种难以描绘的爱慕之情溢于言表。

阿拉丁不但因乐善好施扬名四方，而且勇猛超众，博得皇帝及朝野人士的爱戴。

时隔不久，一天，忽报外敌压境，皇帝立即集结大军，任命阿拉丁担任统帅。阿拉丁率大军出征，开赴边境，与来犯之敌交战。阿拉丁纵马驰骋疆场，挥矛舞剑，直冲敌阵，英勇无比，仅经几个回合，便把敌军打得丢盔卸甲，狼狈逃窜。阿拉丁的大军带着许多战利品，凯旋还朝，在京城受到了隆重而热烈的欢迎，皇帝亲率文武大臣出皇宫相迎；在一片欢呼声中，皇帝把阿拉丁紧紧抱在怀中。

皇帝与驸马阿拉丁相携回到新宫殿。白德尔·布杜尔公主早已在那里迎候。她见阿拉丁离鞍下马，立即走上前去，亲吻丈夫的眉心，然后请父皇进宫休息。令女仆送上果汁、甜点。

阿拉丁御敌有功，战功卓著，更令满朝文武刮目相看。为庆祝阿拉丁得胜而归，皇帝颁布诏令，传告举国张灯结彩，装点街巷，欢庆抗击外敌的伟大胜利。阿拉丁因此名扬天下,成了人们心目中的英雄,人们情不自禁地高呼:"天上有神灵,下有阿拉丁!"

阿拉丁广济博施,从善如流,早已为人们熟知,颇得人们爱戴,加之他御敌有功,更加得到人们的崇敬,因此成了人们言必称道的豪杰,也是人人崇拜的英雄。

让我们回过头来看看那个非洲妖术师的情况。

阿拉丁回到地下宝库洞口,妖术师要阿拉丁把神灯先递上来,但阿拉丁一时拿不出揣在怀里的神灯,无法递给妖术师,妖术师便焚香念咒,地下宝库的石盖应声盖上,将阿拉丁关在洞里。妖术师虽万里奔波,辛苦难言,但并未得到神灯,又无可奈何,只得返回非洲老家去了。

妖术师每当想到这段经历,不胜懊恼之至。妖术师心想:"阿拉丁那个小东西无疑死在地下宝库里了……神灯嘛,还会安然保存在宝库里,我日后再想办法把它弄到手就是了。"

一天,妖术师拿来沙盘,准备占卜一卦,以便占测阿拉丁的下落和神灯所在方位。他绘好图,挂在墙上,然后抹平盘中的沙粒,边念咒语,边微微震动沙盘。片刻之后,他观察沙盘中沙粒的聚散情况,却什么也看不出来,从而宣告第一卦占卜失败。随后,妖术师开始卜第二卦,也未得出结果,不禁怒火中烧。当他卜第三卦时,终于得知阿拉丁并未死在地下宝库中,而是凭借他给他的那枚戒指的魔力,出了宝库,安全回到家中,而且已经成了神灯的主人,有呼风唤雨的本领。这时,妖术师心想:"我为神灯万里奔波,吃尽苦头,却未能如愿以偿……而这小家伙却一下子成了神灯的主人!到底是谁把神灯的秘密告诉他的呢?"

妖术师还想知道阿拉丁当前的情况,于是摆出沙盘,再次占卜。沙盘卦象显示阿拉丁不仅成了巨富,而且当上了驸马,地位显赫,众人爱戴。

这一卦,令妖术师对阿拉丁忌恨在心,决计再赴中国,设巧计智取神灯,以期另展宏图。

妖术师立即备好行装,踏上征程,一路艰辛跋涉,终于到了中国,进入了阿拉丁所居住的京城。

妖术师找了一家客栈住下,随即换上衣服,走到大街上探听消息。他发现人们三五成群,都在议论着阿拉丁:有的说阿拉丁的新宫殿富丽堂皇,世上无双;有的说阿拉丁仪表堂堂,风度翩翩,英姿勃勃;有的说阿拉丁乐善好施,慷慨无比,德高望重……妖术师走进一家茶馆,听人们边喝茶边谈天,许多人也在谈论阿拉丁。妖术师凑近一张茶桌,问一个青年人:"喂,小伙子,你们说的那个阿拉丁,究竟是一个什么人哪?"

那小伙子回头一看,见妖术师不像本地人,便说:"老先生,你不是本地人吧?是不是刚从外地来到本城啊?"

"是的。"妖术师不敢说假话。

"就算你是异乡人,也该听到过阿拉丁的英名啊!阿拉丁建造的那座宫殿名闻四海,远近谁不知道?阿拉丁可与我们的皇上平起平坐,名扬九州,谁人不晓呢?你连阿拉丁都不知道是谁,多新鲜呀!"

"那座宫殿在何处?能带我去观赏一下吗?"

"可以呀!走,跟我来!"

小伙子带着妖术师向阿拉丁的新宫殿走去。

妖术师一见那座新宫殿,立即想到神灯的魔力。他望着壮观的新宫殿,心想:"一个穷裁缝的儿子,曾经为一顿饭发愁的穷小子,只因为有了神灯,竟阔到了这般地步,我一定要让他重受昔日之苦，让他的老妈妈再操纺车！愿命运之神助我一臂之力。"

妖术师满怀忌恨之情回到客栈，随即取出木沙盘，开始撒沙占卜。他从占卜中得知，那神灯就在新宫殿里，阿拉丁并未带在身上。这结果使妖术师心花怒放，心想："机会来了，机会来了，我自有妙计骗得那盏神灯……"

妖术师离开客栈，来到一家铜匠铺，对铜匠说："喂，师傅，给我赶制这样几盏铜油灯吧！越快越好，我会给你多加几个工钱的。"

铜匠说："好说，好说，你明天一早来取。"

次日清晨，妖术师取了油灯，果然多付了一倍工钱，然后带回客栈，将油灯装在一个篮子里，手里还提着几盏油灯，开始走街串巷，边走边叫喊："有旧灯的换！旧灯换新灯！换灯喽！"

人们听见他的叫喊，都觉得奇怪，纷纷议论道："这个人八成是疯子！如若不然，怎么会用新灯换旧灯呢？"

看热闹的人多了起来，小孩子们跟在妖术师的身后，也随着他不住地叫喊着："都来看老疯子喽……"

妖术师满不在意，照旧边喊边走，不多时来到了阿拉丁新宫殿前，高声喊道："有旧灯的换喽！旧灯换新灯！换灯喽！"

尾随的孩子们则大声喊："都来看老疯子喽！"

说来也巧，此时此刻白德尔·布杜尔公主在新宫殿顶上的圆形观景厅里，坐在美人靠后观看宫外景色。她听到宫外的叫喊声，便差一个女仆出去看看发生了什么事。

女仆回来报告说："公主，街上有个换油灯的老头儿，说用旧灯可以换新灯，还有一群孩子跟着乱喊，说什么'都来看老疯子'。"

公主听后，笑了起来。女仆们七嘴八舌，说什么的都有。一个女仆说："拿旧灯换新灯，是真的吗？"

A. B. 霍顿 绘

另一个女仆说:"我见主人房中有盏旧灯,咱们不妨拿去换一换,就知道是真是假了。"

阿拉丁一时疏忽,没有收好神灯,所以那个女仆看到了。白德尔·布杜尔对那盏神灯的魔力一无所知,更不晓得那灯会使阿拉丁一步登天,由一个穷裁缝的儿子,一跃而成为当朝驸马,住上了举世无双的豪华宫殿。因此,公主对女仆说:"好吧!把那盏旧灯拿来,让我看看!"

公主所以动心换灯,只不过是出于好奇心,想弄明白那个换灯人说的话是真是假罢了。

女仆拿来灯,公主接过来一看,见灯上满是油泥,立刻对大管家说:"拿去换盏新灯来吧!"

公主万万没有想到非洲妖术师的计谋,更不曾料到这一举动会给她带来多大灾难。

管家拿着灯下楼去,片刻后换了一盏新油灯回来。公主看见新油灯,不禁喜形于色,暗笑那换灯人愚笨。

妖术师一眼认出那正是妖术书上提到的那盏神灯,连忙把它揣在怀里,随后将手中剩下的那几盏铜灯丢给了尾随他的那些小孩子。

妖术师甩掉那些小孩子,快步跑到城外,行至一片空旷地带,耐心等到夜幕垂降之时,方才掏出神灯,轻轻一搓,灯神立刻出现在他面前,说道:"主人,我来了。有何吩咐?"

妖术师说:"神灯的魔仆,我令你把阿拉丁的新宫殿,连房子带人和陈设,全部运往非洲,将之停放在我的庭院花园之中;不要忘记让我也随宫殿一同飞回家乡。"

灯神说:"遵命!请合上眼睛;再睁开眼时,一切都到了你所想的地方。"

妖术师合上眼,仅过片刻,睁开眼一看,果然自己和阿拉丁的新宫殿已坐落在自家的庭院花园当中了。

次日清晨,皇帝像平日一样,起床洗漱完毕,即推开窗子,眺望阿拉丁的新宫殿。不料他推开窗子一看,映入眼帘的竟是一片空地,阿拉丁的新宫殿不见了,不禁大惊。他揉了揉双眼,凝神细看,只见那片地空荡荡的,不见块石片瓦,心中十分纳闷儿。皇帝派人叫了宰相,宰相见皇帝满面愁云,遂开口说:"陛下,臣祝陛下万寿无疆。陛下因何事而闷闷不乐呢?"

皇帝说:"出事啦!你还不知道出了什么事吗?"

"说真的,臣一无所知。"

"难道你没注意到阿拉丁的新宫殿?"

"我没有注意,大概到现在还关着门吧!"

皇帝不禁泪水簌簌落下,泣不成声地说:"你再看看吧!那宫殿在哪里?你怎么还说关着门呢?"

宰相凭窗望去,发现新宫殿所在的地方已变成一片空地,心中一惊,呆站了一会儿,方才回到皇帝面前。

皇帝问:"相爷,你知道我为何落泪了吧!阿拉丁的新宫殿到哪儿去了呢?你怎么还说没开门呢?"

"陛下,我曾跟陛下说过,那宫殿是妖术的产物,不是什么好兆头。"

"阿拉丁,他现在在哪里?"

"他出城打猎去了。"

皇帝当即命令侍卫官带领数名骑兵去抓阿拉丁,并叮嘱说:"给他戴上镣铐,从速押解回城!"

"遵命!"

A. B. 霍顿 绘

侍卫官立即带兵士出发，直奔阿拉丁打猎的山中。

他们找到阿拉丁，对他说："驸马爷，请原谅！我们奉皇上圣命前来抓你，让我们给你戴上镣铐，从速将你押至京城。圣命难违，我们只好执行。"

阿拉丁一惊，大惑不解，不知出了什么事，一时不知该说什么是好。过了一会儿，阿拉丁方才问道："诸位兄弟，你们可知道皇上为何抓我吗？我清白无辜，既不曾触犯皇上，也没有干过危害国家的事啊！"

"驸马爷，我们对此一无所知。"

阿拉丁离鞍下马，对侍卫官说："既然皇上有令，那就请执行圣命吧！"

他们给阿拉丁戴上镣铐，反绑起双臂，随后押解回京城。

京城的百姓们见阿拉丁被反绑着押解回来，无不觉得奇怪。猜想凶多吉少。因阿拉丁平时对百姓甚厚，慷慨好施，颇得百姓爱戴，所以阿拉丁被抓的消息传开，百姓们都十分难过，纷纷拿着刀剑，聚集在一起，想看看那些兵士如何对待阿拉丁。也有的兵士很同情阿拉丁，想问问皇帝下令抓阿拉丁的原因，设法为他求情。

侍卫官带着兵士把阿拉丁押送到宫中，向皇帝报告了抓阿拉丁的经过，皇帝立即下令斩杀阿拉丁。

刽子手得令，立即铺好接血的皮垫子，然后用布蒙住阿拉丁的双眼，让他跪在皮垫上，举起砍刀，只等皇帝下执行死刑的命令。

皇帝下令斩杀阿拉丁的消息传出宫外，百姓们当即手持刀剑冲进皇宫，派人去见皇帝，并对皇帝说："假若阿拉丁有个好歹，我们将一齐动手，把皇宫夷为平地，让陛下及您的臣僚一并丧命在废墟之中。"

宰相见百姓怒潮势不可当，急忙对皇帝说："陛下，若斩杀驸马，必将给我们带来灭顶之灾，还是求陛下收回圣命吧！因为百姓拥戴阿拉丁的程度远远胜过拥戴我们。"

皇帝朝窗外望去，果然见百姓黑压压一片，大有黑云压城城欲摧之势，担心发生意外之事，不得不收回斩杀阿拉丁的命令，遂令传令官向公众宣布："大家回去吧，皇上宽恕驸马阿拉丁了……"

兵士们取下阿拉丁身上的镣铐，阿拉丁走去跪在皇帝面前，说道："陛下，您免我一死，儿臣不胜感激。我恳求陛下向儿臣明示我犯了什么罪，致使陛下龙颜大怒，非杀儿臣不可。"

皇帝怒气未减，说道："好个叛贼，你竟敢佯装不知？"

皇帝对宰相说："你领他去看看他的新宫殿！"

宰相领着阿拉丁来到新宫殿原址一看，只见那里空荡荡一片，块石片瓦都看不到了。眼见此景，阿拉丁感到吃惊，不知出了什么事。

阿拉丁回到皇帝面前，皇帝怒问："你的新宫殿到哪里去了？我的女儿哪里去了？我只有那么一个女儿呀！"

阿拉丁说："父皇息怒！儿臣不知宫殿和公主的去向，实在不知道发生了什么事情。"

"阿拉丁，我之所以暂时不杀你，是为了让你把事情查清楚，把我女儿的下落弄明白。你下次要带我的女儿来见我；如若不然，我非砍下你的脑袋不可。"

"陛下，请给我四十天的期限吧！若期限到时，我还没有把公主找回来，那么，我甘愿听凭陛下的处置。"

"就这样，给你四十天期限。不过，你不要自以为能逃出我的手掌！我可以告诉你，你就是逃到天上去，我也能把你抓回来！"

阿拉丁侥幸得以活命，百姓们看见他安然走出皇宫，都为他感到高兴。不过，在阿拉丁自己看来，深感自己丢了面子，特别是幸灾乐祸者的脸色和言论，更令他感到不快。他无精打采，在城中游荡了两天，不知道怎样设法去找自己的妻子，更不知道如何去寻找他的新宫殿。这两天里，幸得百姓给他送些吃的和喝的，使他方才得以充饥度日。

两天过后，阿拉丁觉得百无聊赖，便离开城街，不由自主地向城外走去。他心乱如麻，总也理不出个头绪，不知不觉来到一条河旁，恨不得投河自尽，一死了之。他忽然想起自己在地下宝库里的遭遇，心想："我在那样的艰苦环境之中都活过来了，现在又为什么轻生呢？"他蹲下去，双手捧起河水，想洗脸时，正巧擦着那个妖术师送给他的那枚戒指，忽见一个精灵出现在他的面前，说道："主人，我来了！有什么事，请只管吩咐。"

阿拉丁看见精灵出现在面前，欣喜不已，忙说："宝贝戒指的神仆，请你把我的妻子、宫殿和宫中的全部东西找回来！"

精灵说："那是我的能力无法办到的，而是灯神责任范围内的事。"

"既然这样，你就把我带到我的宫殿那里去吧！"

"遵命！"

精灵背起阿拉丁腾空而起，转瞬间飞至那座新宫殿附近，见白德尔·布杜尔公主的寝室就在眼前。时值黑夜，眼见自己那座新宫殿出现在自己眼前，阿拉丁心上的愁云顿时消散了。他心情激动，回忆起自己在走投无路时，幸得神戒指的精灵相助，找到了新宫殿，自认这是天意。几天以来，他由于心事沉重，不曾合眼，困倦难耐，于是躺在宫殿旁的一棵大树下，舒舒展展地进入了梦乡。

阿拉丁一觉睡到天亮，树上的鸟雀叫声将他从梦中唤醒。

阿拉丁醒来后，起来走到小溪边，洗了洗手和脸，然后合掌祈求老天助他一臂之力，让他顺利见到自己的妻子。随后，他走到妻子寝室的窗下，靠着墙坐在那里。

A.B.霍顿 绘

白德尔·布杜尔公主受妖术师胁迫，离开中国，来到了非洲，远离丈夫和父亲，整日忧愁缠心，睡不着，吃不下，泪眼不干。那天早晨，贴身女仆走来，给她穿好衣服，然后推开窗子，让公主眺望窗外景色。也许是命运的安排，女仆推开窗子，往外一看，发现窗子下坐着一个人，再留心细看，认出那是阿拉丁，不禁喜出望外，转脸对公主说："公主，公主，你来看哪！窗下坐的那个人不是我们的阿拉丁老爷吗？"

　　公主即刻走近窗子，往下一看，果然见那是自己日夜思念的丈夫阿拉丁，情不自禁地喊道："阿拉丁，阿拉丁，亲爱的，快上来呀！你要从旁门进来，因为妖术师不在那里！"

　　公主让女仆下楼，打开旁门。

　　阿拉丁径直上楼来到妻子的房间，夫妻久别重逢，相互紧紧拥抱在一起，不禁热泪滚滚淌落，互相亲吻不止。

　　阿拉丁问："亲爱的，请你告诉我，我出城上山打猎，把一盏旧油灯留在了我的房间里，你看见那盏灯了吗？"

　　听丈夫这样一问，公主长长地叹了一口气，说道："亲爱的，正是那盏旧油灯使我们遭到这么大磨难呀！"

　　"究竟怎么啦？"

　　公主把事情的经过从头到尾讲了一遍，说到了用旧灯换新灯的前前后后。公主说："第二天早晨，我们突然发现自己来到了这个陌生的地方。那个骗走我们那盏旧灯的人说他是非洲摩尔人，还说他之所以能够连宫殿带人一下搬到这里来，凭借的就是那盏神灯的魔力。我们现在就在他的家乡。"

　　"亲爱的，那个可恶的家伙还对你说过什么？他打算把你怎么样？"

　　"那个该死的老东西，每天都来纠缠我，向我求婚，叫我忘掉你,不要因为离开你而难过。他还说,我的父亲已将你杀掉。他说你本是个一无所有的穷苦人,依靠他才有了钱财。他说了很多好话安慰我,但我整天哭泣、流泪,从未给过他半句好话。"

"他把神灯放在哪里了?"

"他总把神灯带在身上,从不放下,只有一次从怀里掏出来,让我看了看。"

阿拉丁听后,高兴地说:"公主,有办法了!我这就离去,另换一套衣服,然后来见你。你看见我改了装,不要惊奇。你让女仆守在刚才开的那个旁门那里,看见我后,就放我进来。我已有妙计在胸,足以杀死这个坏蛋妖术师。"

说罢,阿拉丁离开宫殿,向着城里的方向走去。

阿拉丁没走多远,遇见一位农夫。阿拉丁上前向农夫问好,然后说:"好兄弟,你我换换衣服好吗?"

农夫说:"我是个农夫,你的衣服这么好,我怎么穿呢?"

阿拉丁伸手硬把农夫的衣服扒下来,将自己的衣服给他穿上,他则穿起农夫的衣服,向城里走去。

阿拉丁来到香料市,买了一包蒙汗药,随后回来,从旁门进了宫殿,来到妻子的房间。他对白德尔·布杜尔公主说:"亲爱的,你换上一套漂亮的衣服,还要装出满心欢喜的样子;等那个摩尔人来到你的房间时,你就笑脸相迎,热情周到,好像把丈夫和父皇都忘得一干二净,和他一同吃喝,祝他健康长寿,对他表示亲爱之情,让他以为你真爱上了他。等他三杯酒下肚之后,你趁他不注意之时,把这包蒙汗药放入酒杯里,和他换杯饮酒;只要他把这蒙汗药一喝下肚,马上就会变成一摊泥,倒在地上,不省人事。"

白德尔·布杜尔公主说:"这个戏可不容易做呀!不过,为了挣脱这个坏蛋的折磨,我不得不这样。这种人就该挨刀杀!"

A.B.霍顿 绘

阿拉丁与妻子商量妥，一起吃过饭，便从旁门走出宫殿，隐藏起来。

白德尔·布杜尔公主随即叫来贴身女仆为她梳洗打扮；顷刻之间，公主美若天仙。

过了不大一会儿，非洲妖术师来了，公主上前迎接，笑容满面。

妖术师见公主打扮得像一朵花，往日的愁容完全不见了，不禁心中欢喜，欲火中烧。

公主从容大方，让妖术师坐在自己的身边，对他说："亲爱的，如果你有兴趣，今晚就到我这里，一块儿吃顿饭吧！几天以来，我苦闷、寂寞到了极点。我离开父皇之后，我猜想父皇因看不见我而难过，就把阿拉丁杀掉了。阿拉丁已死，我再苦恼，他也不会起死回生。如今，我心中只有你了。让我俩今宵痛痛快快喝上几杯，也好开开心、解解闷哪！我很想喝上几口非洲的好酒，想必比我们的家乡酒更香甜可口。我这里有很多酒，但都是从家乡带来的。"

妖术师听公主这样一说，喜不自禁，果然以为她把阿拉丁忘到脑后去了。他说："亲爱的，你的愿望，我当然要把它化为现实。我家中有非洲好酒一坛，埋在地下已有八年之久。我这就去取，让我们痛痛快快喝一场吧！"

公主说："亲爱的，不必劳你去取酒了，派个仆人去取！你一走，我一个人在这里太孤单。"

"亲爱的，那酒坛埋的地方只有我一个人知道，我去取了酒就回来。"

妖术师离开不多时，便搬来了一坛酒。

公主说："亲爱的，劳你辛苦了！"

妖术师说："哪里，哪里！为你效劳，是我的光荣。"

公主和妖术师坐下，女仆端上酒菜，公主为妖术师斟上一杯酒，递给他，祝他健康；妖术师接过杯子，喜形于色，举杯一饮而尽。

公主一面细语柔声跟妖术师交谈，一面频频为他斟酒。妖术师见公主对他情意绵绵，不由自主地一杯杯频频下肚，以为公主已经顺从了他，得意扬扬，笑眯了眼睛，根本不去思考公主有何用意，把世间的一切都抛到脑后去了。

公主见妖术师已有几分醉意时，说道："亲爱的，我们中国有一种习惯，不知你们这里有没有？"

妖术师醉醺醺地说："在我们这里，情侣对饮之时，要彼此交换酒杯，然后一口饮尽，以示亲上加亲，情上添情。这就叫作'交杯酒'。"

"咱们也来个交杯酒！"

公主趁妖术师醉眼迷离之时，把蒙汗药悄悄放入自己的杯子里，又让女仆把他的杯子斟满，公主这才端起自己的杯子站起来，轻轻地拉住妖术师的手，把自己的杯子递给他，接着端起他那杯酒，说："亲爱的，祝你我亲情地久天长，福寿安康，你喝我那杯，我喝你这杯，咱们喝个交杯酒吧！"

妖术师眼见公主对自己这样好，话语又那样甜，不胜欣喜，飘然自得，好像自己已经成了当年不可一世的亚历山大大帝，举起杯子，仰脖子一饮而尽。这个诡计多端、阴险毒辣的妖术师万万没有想到这是一杯送命酒；酒刚下肚，他便瘫倒在地，不省人事了。

女仆立即跑下楼去，打开宫殿旁门，阿拉丁快步上楼，眼见妖术师躺在地上，像个死人一样，抑制不住内心的激动，紧紧把妻子搂在怀里，边亲吻边说："干得好，干得妙！你和女仆们先退下，其余的事情由我一个人来完成。"

白德尔·布杜尔公主和女仆们躲入内室，阿拉丁把门关好，然后走到妖术师身旁，伸手从他的怀里掏出神灯，随后从自己的腰间拔出短刀，朝妖术师的胸膛狠狠刺去，一刀结束了这个干尽坏事的家伙的性命。

阿拉丁轻轻一搓神灯，灯神立即出现在他的面前，说道："主人，我来了。有何吩咐？"

阿拉丁说："把我的这座宫殿搬回中国去，仍然摆放在皇宫前的那个地方。"

"遵命！"

灯神隐去之后，阿拉丁进入内室，与妻子拥抱、亲吻，共庆重聚。片刻后，公主吩咐女仆端来饭菜，夫妻共进晚餐，边吃边喝边谈，直至喝得有几分醉意，方才脱衣上床，同枕共眠。

次日一早，阿拉丁醒来，唤醒公主。女仆们走来，为公主梳洗

A.B.霍顿 绘

打扮。阿拉丁洗漱后，换上华丽衣衫。白德尔·布杜尔公主打扮得漂漂亮亮，显得格外兴奋，因为她就要见到自己的父皇了。

皇帝免阿拉丁一死，给他四十天期限，要他找回白德尔·布杜尔公主，自那天之后，皇帝终日心神不安，如坐针毡，期盼着女儿早日回到自己的身边。他每天起床后，总要凭窗远眺；映入眼帘的仍是一片空地，想到不明去向的女儿，泪水都哭干了。

就在那天早晨，皇帝起床后，照例推开窗子，向皇宫前的那个地方一望，眼前出现一座宫殿。他简直不敢相信自己的眼睛，定睛凝神细看，只见正是阿拉丁的那座新宫殿，不禁喜出望外。皇帝立即令宫仆鞴马，赶往驸马新宫殿。

阿拉丁透过窗子，见皇帝已经起驾，迅速出宫相迎。

阿拉丁搀扶着皇帝，领他进入公主的房间。父女久别，亲情难述，皇帝紧紧把公主搂在怀里，连连亲吻她的前额，父女俩泪流在了一起。

皇帝问女儿情况可好，公主说："父皇啊，一言难尽呀！昨天，我见阿拉丁时，才算有了生的希望；正是阿拉丁把我从妖术师的魔爪中救了出来。那个妖术师阴险毒辣，诡计多端，还是阿拉丁使了个妙计，除掉了那个坏蛋；如若不然，你我父女就见不着了。"

接着，公主把妖术师如何用新灯换旧灯的诡计骗走了神灯，以及后来发生的事情的经过，详细给皇帝说了一遍。公主说："一夜之间，我和女仆们连同新宫殿都到了非洲。那个妖术师天天纠缠我，使我度日如年。直到我丈夫赶到那里之后，想出脱身巧计，买来蒙汗药，放在酒中，让那个妖术师喝下肚去，他才瘫倒在地上。阿拉丁趁他不省人事之时，不知用了什么办法，我们不知不觉平安回到了这里。"

皇帝问:"阿拉丁,你用的是什么办法呀?"

阿拉丁说:"陛下,我趁那妖术师不省人事之时,让公主和女仆们躲到一个房间,我走近妖术师,从他的怀里掏出那盏神灯,接着轻轻一搓,灯神随即出现在我的面前。我命令灯神把宫殿搬回中国,仅仅眨眼工夫,我们就连同宫殿回到了这个地方。"

阿拉丁停顿片刻,又对皇帝说:"陛下如若不相信,请看看那个非洲妖术师的尸首吧!"

阿拉丁把皇帝领进一个房间,果见妖术师的尸首停放在那里。皇帝看后,立即命令将尸首烧掉,把骨灰撒向空中。

皇帝这时才醒悟到自己亏待了阿拉丁,愧疚地把阿拉丁抱住,说:"孩子,请原谅父皇!我不知道捣鬼的是这个可恶的妖术师,险些使你丧命。原谅我吧,孩子!你有所不知,对于我来说,女儿的生命比国家的命运还重要;天下父母一条心,恋子爱女古今一理。"

"陛下,你做出那样的决定,是情有可原的。我并没有做对不起陛下的事情。一切罪恶都在这个可恶的妖术师的身上。"

皇帝听阿拉丁这样一说,如释重负,即令装点城郭,街巷张灯结彩,大摆筵席,庆祝阿拉丁和白德尔·布杜尔公主双双平安归来。

圣命一出,京城立即沉浸在节日的欢乐之中,庆典活动一直持续了一个月。

阿拉丁报了仇,妻子和宫殿都回到了手中,但却未能得以安生,虽然妖术师已被焚尸扬灰,但他还有个哥哥,人称"妖术大师",妖术胜弟弟一筹。这兄弟俩就像是一颗黄豆的两个豆瓣,又像是一根藤上的两个苦瓜。兄弟俩各居一方,专门利用妖术坑骗世人，干尽伤天害理的坏事。

一天，妖术大师突然想起弟弟，想知道弟弟现在何处，情况如何，于是摊开沙盘，开始占卜。他卜了一卦，便知弟弟已不在人世，禁不住大惊。他又卜了一卦，得知弟弟丧命非洲，在中国被焚尸扬灰，心中有说不出的难过。当他卜第三卦时，得知弟弟死在一个名叫阿拉丁的年轻人手中，于是决计为弟弟报仇。

妖术大师备好行装，立即起程上路。他越沙漠，跨荒原，翻大山，行大川，经过几个月艰苦跋涉，方才到了中国，好容易才进了京城。他在一家客栈住下，稍作休息，即上街探问消息，设法为弟弟报仇。

妖术大师来到一座茶馆，见那里坐满了人，打牌的，下棋的，听说书的，干什么的都有，热闹非常。

妖术大师凑到一伙人跟前，听人们争相谈论一个叫法蒂梅的修道姑。他听人们称赞法蒂梅专心修功悟道，廉洁虔诚，且医术高超，有妙手回春之嘉誉，尤其乐于救助无依无靠的人。

妖术大师听人们如此赞誉道姑法蒂梅，暗暗感到高兴，心想："有办法报仇了！我就要通过这个道姑，为我的弟弟报仇！"想到这里，他向一位老人打听说："老人家，他们说的那位道姑，她现在在什么地方？"

老人打量妖术大师一阵儿，问道："你不是本地人吧？道姑法蒂梅这样有名，你怎么会不知道呢？这位道姑心肠善，医道高明，每个月都进城来，你才听说？"

"是的，我是外乡人。我昨天才到本城。就请你把详细情况给我讲讲吧！眼下我正是背运之时，身心状态都不好。若得道姑的医术相助，为我禳灾祛难，乃我毕生大幸，必感恩戴德不尽。"

老人听他这样一说，怜悯之心顿生，遂将道姑的情况一一讲给他听。说罢,老人领妖术大师走到城西的山中,把通往道姑庵的小路指给了他。妖术大师认清了通往道姑庵的那条小路,然后与老人一同返回城里。

妖术大师回到客栈,做好第二天拜访道姑的准备。

次日一大早,妖术大师即起床出城,向西山离去。说来也巧,那天正是道姑进城的日子。妖术大师刚一出城,走了没有多远,便看见一个地方聚集着许多人。他走上前去一看,见人们围着一个道姑;那些都是身患疾病的人,正求道姑为他们医病除疾;他发现道姑神通广大,手到之处,百病皆除,断定她就是道姑法蒂梅。见道姑离去,他跟在后面,一直随道姑到了山上,看到了姑子庵,方才原路返回城中。

妖术大师耐心等到日落,遂走到一家酒馆喝了一碗酒,然后向山中的姑子庵走去。他走进姑子庵,见道姑睡在席子上,便走上去骑在她的身上,同时拔出短刀,将道姑唤醒。

道姑法蒂梅从梦中惊醒,眼见一个大汉骑在自己的身上,手里握着短刀,不禁恐慌万分。

妖术大师厉声说:"不许喊!不然,我就把你一刀杀死。你马上起来,听我的吩咐,我叫你怎么办,你就怎么办!"

道姑坐起来,妖术大师对她说:"把你的衣服给我穿上!"

道姑只得把自己的衣裙、头巾等都给妖术大师穿上。妖术大师又说:"给我抹点儿粉,涂点儿胭脂,把我化装得跟你一样!"

道姑只得从命,帮他涂脂抹粉,为他好好化装。经过一番涂抹,看上去妖术大师很像道姑了。

随后,道姑又把自己的手杖递给他,还教他如何走路,进城后该干什么,并把一串长念珠挂在他的脖子上,最后递给他一面镜子让他照一照,说道:"你照照镜子,可以看到你真像我了。"

A.B.霍顿 绘

妖术大师接过镜子一照,发现自己果然很像道姑,心中暗暗高兴。随后,他向道姑要了一条绳子,立即下毒手,将道姑勒死,把尸体丢入山沟里,然后回到庵里,在那里睡了一夜。

次日天一亮,妖术大师离开姑子庵,进城后,来到阿拉丁的宫殿旁。

人们见他像道姑法蒂梅,以为是道姑下山为人们禳病祛疾来了,纷纷围拢上去。妖术大师模仿道姑的动作,口中振振有词,一时忙得不亦乐乎。

人们越聚越多,喧闹声渐大,声音终于传进阿拉丁的新宫殿里。

白德尔·布杜尔公主听到喧闹声,对女仆说:"你出去看看,外面在喧嚷什么?"

女仆到宫门外看了一眼,回来禀报说:"道姑法蒂梅来行医了。人们在围拢着她说话呢!道姑医道不凡,手到病除。公主若想把她请来,我这就下去请她。"

公主说:"好的!把她请进来吧!我早就听说她品德好,医术高明,很想见她一面,求她替我祈祷一番。我总是听人们交口称赞她。"

女仆走去把道姑请进了宫殿。他哪里是什么道姑,而是穿着道姑衣服、浑身道姑打扮的妖术大师,一心为弟弟报仇的坏家伙。

他来到公主跟前,念了一段经文,为公主祈祷一番,祝公主长命百岁。周围的女仆都认为他是道姑法蒂梅。

公主向他问了好,然后让他坐在自己的身边。公主说:"道姑婆婆,我真希望你能住在我的宫殿里,与我朝夕相处;若能这样,我就能通过你沾天之福,也可学着你修功悟道,以你的品德作为楷模,广济博施,从善如流。"

其实，妖术大师正希望如此。但是，他却说："公主啊，我是个出家之人，习惯于在山中苦苦修行，不宜住进豪华宫殿之中呀！"

"道姑婆婆，若嫌不静，我可以单独给你安排个房间，让你一个人在那里修功悟道，不让任何人打扰你。这样，你不是和住在山中的姑子庵里一样清静吗？"

"既然公主有此善意，我也就只好从命了。人言圣命难违，其实公主也是金口玉言，同样不能反驳。但是，我希望吃喝和休息都在自己的房间里，以保持绝对寂静，不让人来打搅。我素来生活简单，每顿饭有两个馍馍，再让女仆送些凉水也就够了。"

妖术大师之所以请求独占一间房子，不让人进去，原因在于怕露出马脚，更怕被揭掉面纱，露出胡楂儿，导致阴谋败露。

公主听后，说："道姑婆婆，你只管放心就是了。一切由我安排。我现在就让你看我为你安排的房间。"

白德尔·布杜尔公主把乔装改扮的假道姑领到一个房间，对他说："道姑婆婆，你就住在这里，静心修道，安身立命吧！日后，我将以你的名字命名这个房间。"

"善哉！善哉！说实话，再没有比这更漂亮的房间了。"假道姑说。

随后，公主领着这位假道姑参观了宫殿的各个部分，最后把他带到顶部有二十四扇美人靠的圆形观景厅。公主得意地说："道姑婆婆，这宫殿建得还可以吧？"

假道姑说："说真的，这宫殿真是太漂亮了，天下没有可与此相比的地方。不过，公主，容婆婆说句实话，这里少了一件东西；若再加上那件东西，这宫殿就算尽善尽美、无与伦比了。"

公主问："还缺少一件什么东西？"

"依我之见，这里还缺少一枚大鹏鸟蛋。若能弄来一枚大鹏鸟蛋悬在这圆形观景厅的圆顶中央,这座壮丽宫殿就会成为名冠天下、举世无双的人间天堂。"

"大鹏鸟?那是一种什么鸟?又从哪里找大鹏鸟蛋呢?"

"大鹏鸟是一种神鸟,展翅可飞翔九万里,它力大无比,爪子可抓起骆驼和大象,从容自若地飞翔在天空。这种鸟栖息在嘎夫山中。只有建造这座宫殿的那个人,才能找到大鹏鸟蛋。"

说话间,不知不觉午饭时间到了,女仆端出饭菜,公主想陪假道姑进午餐,但妖术大师婉言拒绝与公主一道吃饭,公主只得让他回房间去,吩咐女仆把饭菜给他送到房间去。

黄昏时分,阿拉丁打猎归来。阿拉丁见到妻子,吻了吻她,但发觉她心神不安,似有什么心事,便问:"爱妻,你怎么啦?"

公主说:"我没怎么呀!我这不是好好的吗?不过,我看我们的新宫殿还缺少一件东西;若添上那件东西,我们的宫殿就完美无缺、无与伦比了。"

"缺少什么东西呢?"

"缺少一枚大鹏鸟蛋;若得一枚大鹏鸟蛋,将之挂在圆形观景厅的圆顶上,我们的宫殿就将成为举世无双的人间天堂。"

"这样一件小事,何必为之心神不安呢!你想要什么,只管开口就是了。不论你要什么东西,即使藏在无人知道的地方,我也能很快把它弄来,保你满意开心。"

阿拉丁走进自己的房间,取出神灯,轻轻一搓,灯神立即出现在他的面前,说:"主人,我来了。有何吩咐?"

阿拉丁说:"我要你给我弄来一枚大鹏鸟蛋来。将之挂在圆形观景厅中央,以装点宫殿。"

灯神听后,顿时勃然大怒道:"好一个不知好歹的家伙!我带领神灯的魔仆为你效力,曾为你做过多少好事,但你仍不知足。大鹏鸟是我们的王后,你如今想要我们王后的蛋来玩儿,岂有此理!凭天起誓,你的要求太过分了。你们夫妇二人胆大妄为,本应受到严厉惩罚,落得个焚尸扬灰的下场。不过,念你二人不明真相,天真无邪,我宽恕你们这一次。真正的罪人是那个妖术师的胞兄,名唤'妖术大师'。他勒死善良的道姑法蒂梅,穿上道姑的衣服,男扮女装,冒充能医病的道姑。如今已混进你的宫中。那妖术大师接近你,就是为了把你杀死,凭此为他的弟弟报仇。你的妻子就是受了他的唆使,才来要我们王后大鹏鸟的鸟蛋的……"

阿拉丁听罢灯神这番话,顿感头晕目眩,四肢无力,周身颤抖。他强打精神,镇静下来,沉思片刻,终于想到道姑法蒂梅是以治病救人而闻名的,决定利用这一点实现自己的心愿。

阿拉丁托着脑袋来到妻子的房间,妻子问:"亲爱的,你怎么啦?"

阿拉丁说:"我头痛得厉害。"

妻子听说丈夫头痛,即派女仆去请道姑法蒂梅。阿拉丁问:"法蒂梅是什么人?"

公主把道姑法蒂梅以及接道姑进宫殿的情况,从头到尾向阿拉丁讲了一遍。阿拉丁听后,恍然大悟。

女仆把假道姑、真妖术大师请到公主的房间,阿拉丁装作一无所知,站起身迎接,上前吻他的袖口,并且说:"道姑婆婆,我头痛极了,求你给我诊治一下。我久闻婆婆医术高明,手到病除。"

妖术大师听到这番赞语,心想:"机会到了!"他模仿着道姑法蒂梅为人治病的动作,伸出左手,抚摸着阿拉丁的头,口中念着咒语,右手缓缓伸进袍下,从腰间拔出短刀……阿拉丁眯缝着眼,暗暗注意着他的动作。就在妖术大师拔出短刀的那一刹那,阿拉丁眼疾手快,一把抓住他的右手,夺过短刀,手起刀落,一刀扎进了妖术大师的胸膛，只见鲜血直流，妖术大师登时一命呜呼。

公主见血流满地，大惊道："阿拉丁，你这是怎么啦？道姑法蒂梅德高医术更高，从善如流，闻名京城，你怎么把她杀了呀？难道你不怕老天报应，竟敢如此妄杀无辜？"

阿拉丁站起来，对妻子说："这不是道姑法蒂梅，而是杀害法蒂梅的凶手。他是那个把你和宫殿一道带往非洲的妖术师的同胞兄弟，人称'妖术大师'。我杀死了他的弟弟，他对我怀恨在心。他万里迢迢来到我们这里，先下毒手杀死了西山庵里的道姑法蒂梅，然后扮作道姑的模样，用花招儿骗得了你的信任，潜入了我们的宫殿，寻机要杀死我，以便为他的弟弟报仇。他之所以要你向我提出

A.B.霍顿 绘

寻找大鹏鸟蛋,就是为了置我于死地。你若不信,就揭去他的面纱,看看他究竟是什么人吧!"

阿拉丁说罢,弯下腰去,用手撩开他的面纱……公主走上前去一看,发现那是一个长着胡楂儿的男人,不禁大吃一惊,一下便明白了真相,连忙对阿拉丁说:"亲爱的,这是我第二次险些送你一死了。"

阿拉丁说:"亲爱的,不要紧的。你不必难过!为了你,我甘愿承担任何风险。"

公主把阿拉丁紧紧搂在怀里,亲了又亲,吻了又吻,说:"亲爱的,我真粗心,两次都险些闹出大乱子来,你又总是在关键时刻把我救出,真使我感激不尽。"

阿拉丁紧紧抱住妻子,不住地亲吻,夫妻之间的感情更加深了。

这时,皇帝驾到。阿拉丁和公主把发生的事情讲述了一遍,并把那个妖术大师的尸体指给皇帝看。

皇帝看后,立即吩咐宫仆,将妖术大师的尸首烧掉,将骨灰扬到空中。

阿拉丁先后粉碎了妖术师兄弟的阴谋,斩杀了两个坏蛋。从此,夫妻俩过着无忧无虑的生活。

不知不觉几年过去了,皇帝驾崩,阿拉丁继位,登上皇帝的宝座,白德尔·布杜尔公主做了皇后。

阿拉丁当政的岁月里,勤于问政,善于治国,精于安邦,公正廉明,深得百姓爱戴。阿拉丁与白德尔·布杜尔夫妻和睦,相敬如宾,白头偕老。

(译自贝鲁特书局单行本)

睡着与醒着

相传,哈里发哈伦·拉希德执政时期,有一个商人,他有一个儿子,名叫艾卜·哈桑·海里阿。父亲过世,留给艾卜·哈桑大量钱财。艾卜·哈桑把钱财分成两等份:存起来一半,花另一半。

艾卜·哈桑喜与富人及商贾的儿子们交往,吃喝玩乐,挥霍无度,终于将手头的钱财全部花光耗尽。这时,他便去找昔日的同伴和酒友,向他们说明自己的情况,告诉他们自己手中缺少钱花,结果谁也不瞧他一眼。

艾卜·哈桑心灰意冷、垂头丧气地回到家中,把外出告借、处处遭到冷遇的情况向母亲说了一遍。母亲听后,说:"艾卜·哈桑,当今的孩子们就是这个样子呀!你有钱时,他们就接近你;你要是什么东西都没有了,他们就疏远你了。"

母亲为儿子感到难过。艾卜·哈桑长吁短叹,泪水下淌,边哭边吟诵道:

　　无人捧我场,只因我钱少。一日我钱多,争与我结交。
　　我有多少友,为钱投我好。我钱耗尽时,个个将我抛。

之后,艾卜·哈桑来到储藏另一半钱财的地方,把钱财挖出来,依靠那些钱财,过着平静美好的日子。他立誓,自那之后,不再与他认识的任何人交往,只与异乡人交友,而且只限一个晚上,第二天清晨,便各奔东西,如同路人,不再相访。

自那之后,艾卜·哈桑每夜坐在桥头上,观望每一位过往的行人。每当他看见一位外乡人时,便上前叫住,将之请入家中,一夜对饮畅谈,直到次日天明,然后将客人打发走,既不再去访问,更不与之接近往来。

此后一整年的时间,艾卜·哈桑就是这样度过的。

有一天,艾卜·哈桑照习惯坐在桥头上,等待外乡人来,以便接到家中过夜。正在这个时候,突然哈里发哈伦·拉希德带着掌刑官迈斯鲁尔,像往常一样,身着便装,谁也认不出来。艾卜·哈桑站起身,上前对二位说:"你们二位愿意到寒舍一访,随便吃点儿发面饼、烤羊肉,喝点儿葡萄美酒吗?"

哈里发哈伦·拉希德马上婉言谢绝。艾卜·哈桑则非请二位去家里不可,热情地说:"看在安拉的面儿上,就请先生跟我走吧!你就是我今夜的客人,千万不要让我失望啊!"

艾卜·哈桑坚持再三,哈里发终于答应了他的要求。艾卜·哈桑大为高兴,急忙在前面带路,边走边谈,不多时便来到家中。

二人相继进了厅堂,哈里发令其随从坐守门外。哈里发哈伦·拉希德坐下之后,艾卜·哈桑端来一些美食,和客人一起吃了起来。吃完后,撤去桌子,二人洗完手,哈里发坐了下来。哈里发十分钦佩青年的慷慨好客和良好作为,他说:"喂,小伙子,向我作个自我介绍吧,我日后也好报答你呀!你究竟是什么人?"

艾卜·哈桑微笑着,说:"先生啊,过去的事情难回返;除了此时,你我相聚难上难哪!"

哈里发问:"那是为什么?你为何不把情况讲给我听呢?"

"先生,你有所不知,我的故事十分离奇。此事自有原因哪!"

"什么原因?"

"因为一条尾巴。"

T. 达尔齐尔 绘

哈里发一听，笑了起来。

艾卜·哈桑说："先生，听我给你讲讲《游民与厨师》的故事吧！"

"请讲！"

从前有个游民，有一天，他变得一无所有，生活没有着落，再也忍耐不下去，便睡着了。他一直睡到太阳升得老高，只见他嘴上满是泡沫。他站起来走去，饥肠辘辘，身无分文。

游民走过一家饭馆，见厨师已架好锅灶，锅里炖着肉，热气腾腾，香气扑鼻；厨师站在锅旁，时而擦秤，时而刷碗，时而扫地，时而洒水。

那游民走进饭馆，向厨师问了安好，然后对厨师说："给我称五毛钱的肉，两毛钱的菜，再来两毛五的发面饼。"

厨师如数称好，把游民所要的东西送到桌上。

游民转眼将要的饭菜全部吃完，并且把碗舔了个精光。吃喝完毕，游民坐在那里，一时不知如何是好，不晓得该怎样付那份饭钱。他坐在那里，四下张望，打量饭馆里的每一件东西。他突然发现一口锅扣在地上，于是走过去，把锅掀了起来，看见锅下扣着一条鲜血淋淋的马尾巴。

游民看见那条马尾巴的血迹未干，断定厨师在挂羊头卖狗肉，将马肉混在牛羊肉里卖，欺骗顾客。

那个游民得知厨师这一过失，心中高兴不已，于是走去洗了洗手，头一低，便走出了饭馆。

厨师见那个游民未付饭钱就走，急忙喊道："喂，鲁莽汉！喂，鲁莽汉！"

游民停下脚步，回过头去，说："你在喊我？魔鬼呀，你就用这种话喊我？"

厨师大怒，出了饭馆门，对着那个游民说："你喊我什么？你吃了肉，吃了饼和菜，怎么一拍屁股就走呢？你连饭钱都不付，怎么好像什么事儿也没有发生呢？"

游民说："你这个坏东西，你在说谎呀！"

厨师上前揪住游民的衣领，高声喊道："喂，穆斯林兄弟们，今天我刚一开张，就遇到了这么一个人，他怎么吃了饭不付钱呢？"

人们纷纷聚拢围观，个个责备那个游民。他们异口同声地说："吃了人家的饭，快给人家钱吧！"

游民说："我进馆子之前，就付给了他一迪尔汗。"

厨师说："假若你给我一分钱，安拉就会把我今天卖的全部东西化为不义之财，凭安拉起誓，他分文未付，而是吃了饭，站起身来就走了。"

游民说："不对！我给了你一迪尔汗。"

游民开始骂厨师，厨师则与他对骂起来。游民上去给了厨师一巴掌，继之两个人揪在一起，相互厮打。

人们见此情景，便围上去，说："你俩为什么打起来啦？原因何在呀？"

游民说："凭安拉起誓，当然有原因了！原因是一条尾巴！"

厨师恍然大悟，连忙说："凭安拉起誓，你现在才让我想起了你给的那一迪尔汗。是的，凭安拉起誓，他确实给了我一迪尔汗。快来，还有余下的钱找给你呢！"

游民一提起"尾巴"，厨师便明白了原因所在。

讲到这里，艾卜·哈桑对哈里发说："兄弟，正像我刚才讲过的故事，我之所以这样行事，也是有原因的。"

哈里发哈哈大笑，然后说："凭安拉起誓，这个故事实在有趣。你就讲讲你自己的故事，谈一谈原因吧！"

"遵命！"艾卜·哈桑说，"尊敬的客人，你有所不知，我名叫艾卜·哈桑·海里阿。父亲去世了，给我留下大笔钱财。我把钱财分成两等份，一半储存起来，一半用于日常开销。我结交了很多朋友，常和商贾的子弟们一起玩耍，逢友必吃喝。在结交活动中，那一半钱财便很快花完了，一点儿都没有剩下。当我的日常生活都面临困难时，我便去求我曾为他们花过钱的那些朋友，但期他们能同情我，帮我一把，我访遍了结交的那些朋友，结果徒劳无益，谁也不曾施舍给我一块发面饼。

"我开始为自己的处境感到难过，便走到母亲那里，向母亲讲述了我的情况。母亲对我说：'朋友嘛，就是这个样子，你有钱时，他们纷纷聚到你的周围，吃你喝你；你没钱时，他们便纷纷离你而去，疏远你，还会驱赶你。'借贷无门，我便取出了我那另一半钱财花用。我已立过誓言，每个朋友只招待一夜，第二天早晨便把他打发走，中断关系，永不来往，所以我说：过去的事情难回返；除了此时，你我相聚难上难。"

哈里发听完艾卜·哈桑这段长长的谈话，一阵大笑，然后说："兄弟，凭安拉起誓，在这件事情上，你是情有可原的。至于我嘛，但愿安拉默助，我不会与你中断来往的。"

艾卜·哈桑说："朋友，我刚才不是对你说过，过去的事情难回返吗？不管是哪位朋友，我仅仅与他交谈一夜，天亮就打发他走。"

二人正谈着，仆人们端上一桌美味，其中有烤鹅和烤全羊。艾卜·哈桑坐下，将肉撕开，哈里发坐下吃了起来。二人吃饱后，仆人送来脸盆、水壶和碱草，供二人洗手。

之后,艾卜·哈桑走去点燃三支蜡烛和三盏灯,摆上酒桌,取来纯正葡萄酒,酒香扑鼻,如麝香四溢。艾卜·哈桑斟满第一杯酒,对哈里发说:"喂,我的好朋友,我们之间就不必拘束客气了。有你的奴仆伺候,且请痛饮吧!"

艾卜·哈桑举杯一饮而尽,立即斟上第二杯,递给客人。哈里发喜欢主人的慷慨行为和美好话语。心想:"凭安拉起誓,我一定要好好报答他。"

艾卜·哈桑又满上一杯,递给哈里发。他边递酒,边吟诵道:

若知您光临,用心眼铺路;再铺上面颊,任贵客信步。

哈里发听完主人的诗,从主人手中接过酒杯,举杯一饮而尽,然后把空杯递给了艾卜·哈桑。

艾卜·哈桑接过空杯,再度斟满杯子,自己喝下,然后斟满酒,递给哈里发,同时吟道:

您到乃我之大幸,我们承认这光荣。
若缺你们谁填空?更无来者助我兴。

二人轮流把盏,对坐同饮,直至夜半。哈里发哈伦·拉希德说:"喂,兄弟,你有什么愿望想实现,有什么忧伤想排除吗?"

艾卜·哈桑说:"凭安拉起誓,我心中并没有什么忧伤。不过,一旦让我发号施令,我要做我心中所想的事情。"

"哦,兄弟,你心中有什么想法,只管对我说就是了。"

"我本希望安拉默助我向我的邻居报仇。我家附近住着四个老头儿。每当我的客人来时,他们总是给我添麻烦,粗言粗语对待我,并且还常常威胁我,说他们要到信士们的长官那里去控告我。他们对我刁难太多了。我真希望安拉有一天做出判决,让我抽那四个老头儿每人四百皮鞭。惩罚就在他们家门口举行,我将派传令员在巴格达全城呼喊:'这就是破坏他人幸福、快乐者的下场!'我只希望这一点,没有别的要求。"

哈里发说:"安拉一定会满足你的要求。我们快痛饮吧!让我们一直喝到东方吐亮。明天晚上,我还到你这里吃晚饭。"

"那比登天还难。"艾卜·哈桑说。

哈里发斟满一杯酒,将麻醉药悄悄放入了杯中,递给艾卜·哈桑,并且说:"喂,兄弟,这杯酒是我敬你的,请喝下去吧!"

艾卜·哈桑说:"以你的生命起誓,你敬的酒,我非喝不可!"

艾卜·哈桑接过杯子,仰脖一饮而尽。片刻过后,倒在地上,如同死人一般。

哈里发走出屋门,对掌刑官迈斯鲁尔说:"你进去,把这位房主背出来。出来后,把房门关好,把这小伙子给我送到宫中去。"

说罢,哈里发哈伦·拉希德就走了。

迈斯鲁尔进了厅堂,将艾卜·哈桑背起来,关上房门,跟着哈里发走去。

迈斯鲁尔一直把小伙子背进宫中。此时,黑夜将尽,雄鸡的啼鸣声响彻夜空。

迈斯鲁尔背着艾卜·哈桑进了宫殿,放在哈里发哈伦·拉希德的面前;哈里发望着熟睡的艾卜·哈桑,由衷地笑了。

片刻后,哈里发派人叫来宰相贾法尔·巴尔马克,吩咐他说:"你要认准这个青年人!假若明天他坐在我的宝座上,替代我的职位,穿着我的服装,你要站在他的面前,恭恭敬敬地为他效劳,并且还要叮嘱文武百官、公侯将军及我的贴身侍卫们,都要尽心尽力伺候他,服从他的命令。至于你嘛,也不能例外,他有什么事情令你办,你马上去办,完全听从他的吩咐,不得违抗。"

贾法尔立即表示:"遵命!"

说完,便转身离去了。

哈里发哈伦·拉希德来到宫女们当中,对她们说:"这个熟睡的人,明天他醒来时,你们要对他行吻地礼,好好服侍他,围着他转,给他穿上国王的服装,要像服侍哈里发那样伺候他,丝毫不能怠慢,并且要对他说:'你就是哈里发。'"

接着,哈里发把要说的话向宫女们口授了一遍。之后,哈里发进入自己的寝宫,放下帷幔,旋即进入了梦乡。

艾卜·哈桑仍然在熟睡之中,一直睡到东方吐白、红日将出之

T. 达尔齐尔 绘

时。一个宫女走来,对艾卜·哈桑说:"主公,晨礼时间到啦!"

艾卜·哈桑听宫女这样对他说话,他笑了。艾卜·哈桑睁开眼睛,朝四周打量一番,但见宫殿金碧辉煌,耀眼夺目。墙上金黄与天蓝两色相间;天花板赤金点点如繁星闪烁;窗与门均垂挂着金丝绣花绸缎幔帘;金器、瓷器、水晶玻璃器皿比比皆是;华丽地毯满铺地面;宫女、彩女、男仆、女婢、侍卫、童仆,成群结队,往返穿梭,忙碌不息……见此情景,艾卜·哈桑一时不知如何是好。他说:"天哪,凭安拉起誓,我究竟是醒着,还是在梦中呢?我究竟是在天堂,还是在巴格达城呢?"

艾卜·哈桑合上眼,又睡了起来。仆人喊道:"信士们的长官,尊敬的哈里发,这可不是陛下的习惯呀!"

片刻后,宫女们全都来了,把他扶起来。他发现自己坐在一个比地面高一腕尺的御床之上,被褥全用丝绒填充。

宫女们把艾卜·哈桑扶上宝座,把靠枕给他垫好。艾卜·哈桑眼见宫殿富丽堂皇,明亮宽敞,仆奴无数,宫女成行,争相伺候自己,禁不住自我嘲笑道:"凭安拉起誓,好像我是醒着,不是在梦中。"

艾卜·哈桑时而站起,时而坐下,宫女们无不感到好笑,纷纷窃窃私语。

艾卜·哈桑眼见宫女们个个含着笑意,不禁张皇失措,一时不知如何是好。他使劲咬了自己的手指头,顿感疼痛难忍,连连大声呼喊。

哈里发哈伦·拉希德藏在幕帘后,望着艾卜·哈桑的狼狈相,笑眼迷离。

艾卜·哈桑把一个宫女叫到面前,问道:"喂,小婢女,凭安拉起誓,我是信士们的长官吗?"

"是的！凭安拉起誓，此时此刻，您就是信士们的长官。"

"你在说谎啊！"

艾卜·哈桑又把一个男仆叫到自己的面前，那男仆走过来向他行吻地礼，然后说："信士们的长官，有何吩咐？"

"谁是信士们的长官呢？"艾卜·哈桑问。

"就是您呀！"

"你撒谎了！"

艾卜·哈桑又走到一个太监面前，问道："喂，我的大宦官，你说我是信士们的长官吗？"

那太监说："是的！凭安拉起誓，此时此刻，您就是信士们的长官，世人的大王。"

艾卜·哈桑感到自己好笑，只觉得头脑糊里糊涂，不晓得周围的一切到底是怎么回事。他说："昨天我还是艾卜·哈桑，今天怎么就成了信士们的长官了呢？"

大太监走上前去，说："启禀主公，安拉令你做了信士们的长官，成了百王之王。"

宫女、男仆在艾卜·哈桑的周围，细心照料，周到伺候，无微不至，使艾卜·哈桑感到惊异不已，大惑不解。

仆人把一双丝绒镶金绣花拖鞋递给艾卜·哈桑，但见他将拖鞋放入衣袖中。仆人忙说："启禀陛下，这是拖鞋，是让陛下穿在脚上，进厕所用的。"

艾卜·哈桑羞红了脸，立即把拖鞋从衣袖里甩出来，穿在脚上。藏在幕帘后的哈里发哈伦·拉希德见此情景，笑得前仰后合，只是不敢出声。

仆人领着艾卜·哈桑向厕所走去。

艾卜·哈桑做过大解，回到宫殿里。宫女们送来金盆银壶，给艾卜·哈桑的手上倒水，让他做小净。之后，给他铺上礼拜毯，让他做晨礼。

艾卜·哈桑跪下，边数着边叩头二十次，然后说："凭安拉起誓，我真的成了信士们的长官。这不是梦，因为梦境不是这样的。"

艾卜·哈桑确信自己就是信士们的长官，心情方才平静下来。

礼拜完毕，宫女们打开包裹，取出哈里发的朝服，给艾卜·哈桑穿上，递给他一把宝剑，接着在大太监的引领下，众婢仆簇拥着艾卜·哈桑出了寝宫门，来到朝廷，让他坐在哈里发的宝椅上。

艾卜·哈桑坐上宝椅，放眼望去，只见长长的拱廊里挂着四十道垂帘，那里站满了人：阿基利、拉卡什、阿巴丹、吉迪姆、纳吉姆等各个部族的人均有，个个腰佩利剑。人人手握弓箭，如虎似狮，威武雄壮。那里有波斯人、阿拉伯人、土耳其人，还有迪拉姆人。文武百官、王公大臣、国家要员们分站两厢。此时此刻，艾卜·哈桑仿佛看到了阿拔斯帝国的雄姿和先知的威严。

艾卜·哈桑端坐在哈里发宝椅上，怀抱着宝剑。所有的人一齐向他行吻地礼，并且异口同声高呼，祝他万寿无疆。

宰相贾法尔·巴尔马克走上前去，行过吻地礼，然后说："天下的哈里发，诸国的统治者，愿安拉使天堂成为您的宿身地，而把地狱变成敌人的遭难所。愿任何邻居不再与您为敌，愿希望之光永不熄灭。"

艾卜·哈桑听完，当即责斥贾法尔："喂，巴尔马克家族的一条狗，你带上本城执政官，立即去某某街某某巷，给艾卜·哈桑·海里阿他妈送去一百第纳尔，并且代我问她安好。另外，还要抓住那附近住的四个老头儿，各抽四百鞭，然后让他们骑着牲口，游遍大街小巷，最后将他们驱逐出本城。此外，还要令传令官大声吆喝：'都来瞧，都来看，这就是多嘴多舌、扰乱邻居、干涉人家生活的人应得的最轻惩罚!'"

贾法尔立即行吻地礼,表示坚决服从命令。之后,贾法尔起身离去,按照艾卜·哈桑的指示,一一照办,不折不扣。

艾卜·哈桑端坐在哈里发宝椅上,令行禁止,直到红日西沉。经过他的允许,文武百官方才退去,各忙自己的事去了。之后,宫仆们来到艾卜·哈桑身旁,齐声祝福他万寿无疆,永远健康,富贵荣华,心情舒畅。

宫仆们为艾卜·哈桑撩起幕帘,簇拥着他走向寝宫。他见那里烛光通明,弦乐齐奏,歌声飞扬,一时若坠入五里雾中,简直不知如何是好。他说:"我,凭安拉起誓,真的成了哈里发!"

艾卜·哈桑走来,宫女们立即站起来迎接,将他接入宫殿,紧接着端来满桌的丰盛菜肴。

艾卜·哈桑吃饱饭后,唤来一个宫女,问道:"你叫什么名字?"

"我叫麦斯卡。"

艾卜·哈桑又问另一个宫女:"你呢?"

"我叫塔尔珐。"

他又问第三个宫女:"你的名字呢?"

"我叫图赫珐。"

艾卜·哈桑一一问过宫女们的名字,然后离开那里,走到酒桌旁坐下。他发现那里一切摆放得整整齐齐,十分规矩,极为考究,十个大盘中放着各种水果。艾卜·哈桑每样都尝了一点儿。

片刻过后,一群歌女姗姗走来。宫女们也坐了下来,而男仆们则纷纷站起身来。歌女们开始歌唱,歌喉悠扬,乐曲悦耳,整个大厅里回荡着甜润的歌声,铃鼓手们时而击鼓,时而和唱;四弦琴声清亮优雅,响彻大厅的角角落落。此时此刻,艾卜·哈桑自感似在

T. 达尔齐尔 绘

T.达尔齐尔 绘

天堂，不胜心旷神怡，欢快异常。之后，他一一向宫女、歌女们赐赠锦衣、金钱，主仆沉浸在极度的欢乐之中。

藏在幕帘后的哈里发哈伦·拉希德，见此情景，笑得肚子直疼。

夜半时分，哈里发哈伦·拉希德吩咐一个宫女将麻醉药投入酒杯中，然后让艾卜·哈桑喝下去。宫女得令，把药投杯，然后递给艾卜·哈桑。

艾卜·哈桑仰脖而尽，顿时两脚朝天，躺在地上。

哈伦·拉希德微笑着从幕后走出来，喊来迈斯鲁尔，吩咐道："把这个小伙子送回原来的地方去！"

迈斯鲁尔背起熟睡的艾卜·哈桑，一路小跑，把他送回他家的

4250

厅堂,然后转身出去,关好门,回到宫中,向哈里发报告任务已经完成。哈里发听罢,放心地睡到次日大天亮。

艾卜·哈桑一直睡到大天亮,方才苏醒过来,边揉眼睛边高声呼唤:"喂,麦斯卡……喂,图赫珐……"

他一直叫喊不停,喊声终于传到了母亲的耳中。母亲走来,对儿子说:"艾卜·哈桑,孩子,醒醒呀,孩子,你在做梦吧?"

艾卜·哈桑睁开眼睛,见身边站着一个老太婆,便坐起身来,问道:"你是谁呀?"

"我是你妈。"

"坏老太婆,你在撒谎呀!我是信士们的长官。"

母亲一声大喊,说道:"你清醒一点儿吧!孩子!你不要说胡话了!你这种话,被人听见,报告官府,不但我们的命保不住,财产也会被没收的,到头来落个人财两空。"

艾卜·哈桑站起身,见母亲和自己都在自家厅堂中,一时糊涂了。他说:"妈妈,凭安拉起誓,我做了个梦,梦见自己在王宫里,宫女、宫仆成群,都在伺候我。我坐在哈里发宝椅上,执掌王权,发号施令,令行禁止。妈妈,这都是我亲眼见的,好像不是梦。"

艾卜·哈桑沉思了足有一个时辰,然后说:"是的,我是艾卜·哈桑·海里阿。我所见到的,确乎是在梦中,梦见我成了哈里发,发号施令,执掌大权。"

艾卜·哈桑又想了想,说道:"毫无疑问,这不是梦。我就是哈里发,信士们的长官,我还向奴仆们赐赠过锦衣和金钱呢!"

母亲说:"孩子啊,你就不要瞎费脑筋了,以免人们把你送到疯人院去!你所看到的东西,都是魔鬼的安排,那是噩梦。魔鬼常常戏弄人的头脑,让人走火入魔。"

母亲停顿片刻,又对艾卜·哈桑说:"孩子,昨天晚上你这里

T. 达尔齐尔 绘

来过人吗?"

艾卜·哈桑思考片刻,回答道:"来过一个人,还在我这里过夜了呢!我把我的情况告诉了他,向他讲述了我的经历。毫无疑问,他就是一个魔鬼。妈妈,你说得对,我是艾卜·哈桑。"

母亲说:"孩子,向你报告个好消息吧!昨天,宰相贾法尔来了,打了我们那四个邻居老头儿每人四百皮鞭,并且把他们赶出了本城。拉他们游街时,人们大声喊道:'这就是多嘴多舌、扰乱邻居、干涉人家生活的人应得的惩罚!'宰相还派人给我送来一百第纳尔,并且代你向妈妈问好。"

艾卜·哈桑听后,一声大叫,对母亲说:"喂,刁老太婆,你还跟我争论,说我不是信士们的长官。命令贾法尔打那四个老头儿,并且罚他们游街的,就是我呀!我还派人给你送来一百第纳尔,还让他代我问候你。老太婆呀,我真的是信士们的长官,我真是哈里发。你,老太婆,你是骗子!你年老昏聩,胡说八道。"

说着,艾卜·哈桑抄起核桃木棍子,向母亲打去。母亲高喊:"喂,穆斯林们,穆斯林们……"艾卜·哈桑使劲地打他的母亲。人们听到喊声,都跑来了。艾卜·哈桑边打边说:"刁老太婆,你说我不是信士们的长官,你在戏弄我呀!"

赶到的人们一听艾卜·哈桑这样说,便纷纷议论:"这真是个疯子呀!"

人们断定艾卜·哈桑是疯子,立即上去把他抓住,接着捆绑起来,将他送进了疯人院。

院长问:"这个小伙子怎么啦?"

"他是个疯子。"众人异口同声。

艾卜·哈桑说:"凭安拉起誓。我不是疯子,我是哈里发,信士们的长官。"

院长说:"可怜的疯子,撒谎的是你。"

说完,剥去艾卜·哈桑的衣服,把一根粗锁链套在他的脖子上,然后将他拴在一个高大的窗户下,开始用重板相抽,夜以继日。

就这样,十天过去了。母亲来到儿子身边,对他说:"孩子,艾卜·哈桑,你清醒清醒吧!你恢复理智吧!这都是因为你着了魔。"

艾卜·哈桑说:"妈妈,你说得对。有你做证,我对我说的那些话已经忏悔了。我的疯狂已经消退。我都快要死了。妈妈,救救我吧!"

母亲找到院长,救出了艾卜·哈桑,将他领回自家厅堂。

一个月过去了,艾卜·哈桑想喝酒,于是又照原来的习惯,将厅堂布置一番,备下酒和菜肴,然后到桥头上去等酒友来家里与他对饮。

一天,哈里发哈伦·拉希德从他面前经过。艾卜·哈桑未向哈里发问好,而是说:"我不欢迎你了,因为你是魔鬼。"

哈里发朝他走来,说道:"兄弟,我不是对你说过我还会再来吗?"

"我不需要你了。谚语说得好:'远者香,近者臭;眼不见,心不烦。'兄弟,你那一夜来和我一起对饮,仿佛魔鬼造访我,把那一夜搅得不能安宁,好像我着了魔似的。"

哈里发哈伦·拉希德说:"谁是魔鬼?"

"你就是魔鬼!"艾卜·哈桑毫不迟疑地回答。

哈里发微微一笑,坐在了艾卜·哈桑的身边,和声细气地对他说:"喂,兄弟,我打你那里出来,忘记了关门,说不定魔鬼真的进去和你捣乱了呢?"艾卜·哈桑说:"那天的事情,简直用不着再提了。你为什么没有把门关好,致使魔鬼入宅,把我弄得魂不附体,胡言乱语呢?"

接着,艾卜·哈桑把那天发生的事情,从头到尾,一五一十地向哈里发哈伦·拉希德说了一遍。

哈里发听了,只是暗笑,不敢笑出声来。

哈里发对艾卜·哈桑说:"赞美安拉,他已消除了你所讨厌的东西。我看你现在挺好的。"

艾卜·哈桑说:"我不能把你当作我的酒友和座上客,谚语说得好:'谁被石头绊倒,回去再踢石头一脚,到头来只有埋怨自己。'喂,兄弟,我不能与你对饮,也不能与你交朋友。因为我看不出你能给我带来什么吉祥如意。"

T.达尔齐尔 绘

哈里发好言善语劝说,并且称赞一番之后,说:"我是你的客人,你不能拒绝客人呀!"

艾卜·哈桑只得把哈里发带进自家厅堂,先端上饭菜,接着一番好言安慰。之后,艾卜·哈桑把后来发生的事情如实讲述了一遍。哈里发听后,笑得前仰后合。

撤下饭菜,摆上酒席,斟满杯盏,艾卜·哈桑连呷三口,方才斟满杯子递给哈里发,并且说:"朋友,有奴仆伺候,只管畅饮,不必拘束,你不会受骗,不要背后骂我!"

说罢,艾卜·哈桑欣然吟诵道:

夜色昏沉沉,把盏灯明亮。对饮过三巡,头靠酒杯上。
美酒乐自在,如同艳阳光。消除愁与闷,欢悦漫心房。

哈里发听完艾卜·哈桑吟诵的诗歌,欢快异常,立即接过杯子,一饮而尽。二人把盏对饮,你一杯,我一杯,且饮且谈,直至各有几分酒意。

艾卜·哈桑对哈里发说:"喂,我的好朋友,说真的,我对刚过去的事真有些迷惑不解,仿佛我当过信士们的长官,执掌过大权,慷慨赐赠,轰轰烈烈。兄弟,那不是梦。"

哈里发说:"这是个梦,毫无疑问。"

说着,哈里发偷偷地将一小块麻醉药溶入杯中,随后递给艾卜·哈桑,并且说:"看在安拉的面儿上,你把这杯酒喝下去。"

艾卜·哈桑说:"你斟的酒,我当然喝。"

哈里发哈伦·拉希德喜欢艾卜·哈桑那股爽快劲儿和诚挚的品性。心想:"我一定要把他当作我的酒友和座上客。"

艾卜·哈桑从哈里发手中接过酒杯,仰脖一饮而尽,酒刚下肚,艾卜·哈桑便仰身躺在地上。

哈里发立即叫来迈斯鲁尔,吩咐他说:"把这个小伙子背进宫去。"

迈斯鲁尔背起艾卜·哈桑,一路小跑,送到宫中,放在哈里发哈伦·拉希德面前。哈里发命令宫女、奴仆们好好照顾艾卜·哈桑,随后隐藏在一个地方;在那里,他可以看见艾卜·哈桑,而艾卜·哈桑却看不到他。

哈里发命令一名歌伎怀抱四弦琴,在艾卜·哈桑的头旁弹奏乐曲,其余歌伎各操乐器一起合奏。玉指轻弹,乐声悠扬,萦绕画堂。

夜色将尽时分,艾卜·哈桑慢慢苏醒过来,听到四弦琴、铃鼓发出的悦耳声和歌伎们的歌声,睁开眼睛,发现自己身处王宫之中,周围奴婢成群,惊惧不已。他说:"无能为力,只有依靠伟大的安拉了!我害怕疯人院,害怕我在那里的那种遭遇。谁知道像第一次那样,魔鬼又把我弄到这里来了!啊,安拉啊,赶快驱赶魔鬼吧!"

艾卜·哈桑合上眼睛,蒙上头,笑了笑,又掀起蒙头布,眼见王宫灯火辉煌,耳听歌伎们的美妙歌喉,不知如何是好。

片刻过后,一个奴仆走到艾卜·哈桑跟前,说道:"信士们的长官,请坐起来,看看您的宫殿和奴婢吧!"

艾卜·哈桑说:"凭安拉起誓,我真是信士们的长官,还是你们在撒谎?昨天,我既没有出来,也没有执掌大权,我只是喝过酒,便睡觉了。如今,这个奴仆反倒要叫我起来!"

艾卜·哈桑虽然嘴上这样说,还是坐了起来。这时,他开始回想不久前发生的事情:如何对母亲说,如何打母亲;后来,又怎样被送进疯人院……他眼见疯人院院长打他留下的疤痕还在身上,一时不知如何是好。他心想:"天哪,我真不晓得自己怎么啦!究竟是谁把我弄到这个地方来了呢?我的遭遇是谁造成的呢……"

T. 达尔齐尔 绘

艾卜·哈桑望着一个宫女，说道："我究竟是什么人？"

"您是哈里发，信士们的长官呀！"

"灾星啊，你在说谎！假若我是信士们的长官，你就来咬我的手指头。"

宫女走上前去，用力咬了艾卜·哈桑的手指头，他立即说："够啦！"

艾卜·哈桑又问大太监："我是何许人？"

"您是哈里发，信士们的长官呀！"

艾卜·哈桑离开大太监走去，只觉得如坠五里雾中，糊里糊涂，不知如何是好，不晓得究竟发生了什么事情。

艾卜·哈桑又来到一个小奴仆跟前，说道："你来咬一咬我的耳朵！"

艾卜·哈桑低下头去，把耳朵凑近小奴仆的嘴，小奴仆年纪小，不大懂事，真的使劲地咬住了艾卜·哈桑的耳朵，差点儿把他的耳朵咬下一块。那小奴仆不懂阿拉伯语，咬住耳朵不松嘴。每当艾卜·哈桑说一声"够啦"，小奴仆就用劲儿咬一咬，以为在对他说"咬断"，以致他把艾卜·哈桑的耳朵咬得鲜血淋漓。

藏在幕帘后的哈里发哈伦·拉希德见此光景，笑得前仰后合，终于笑晕了过去。

片刻过后，哈里发哈伦·拉希德苏醒过来，走出幕帘，对艾卜·哈桑说："喂，艾卜·哈桑，你这个该死的，你把我笑死了！"

艾卜·哈桑一转脸，认出了他的这位酒友，说道："凭安拉起誓，正是你，害苦了我，害苦了我的母亲，还害苦了我的邻居那四位老翁！"

哈里发走近艾卜·哈桑，一番好生劝慰，将他留在宫中，为他成亲，让他做了自己的酒友，位居哈里发的十位座上客之首。

T.达尔齐尔 绘

艾卜·哈桑福星高照,成了哈里发的爱臣,比所有的王公将相的地位都高。他常与哈里发哈伦·拉希德及王后祖贝黛对坐谈笑。

艾卜·哈桑与一个名叫努兹菡·福阿德的侍女结为鸳鸯。这对新人生活幸福、美满、快乐,直到将手中的钱财全部花光。

一天,艾卜·哈桑喊道:"喂,努兹菡·福阿德!"

"来啦!"努兹菡答应道。

"我想对哈里发耍个小手腕,你跟王后玩儿个小计谋;你我一齐下手,立刻就能弄来二百第纳尔和两匹绸子。"

"随你的意吧!"

片刻后,努兹菡问艾卜·哈桑:"你打算怎么办?"

T. 达尔齐尔 绘

"我们装死,这就是计谋。我先装死,僵直地躺在这里,你弄一块绸子盖在我的身上,用缠头巾盖住我的脸,再把我的双脚捆上,之后在我的心口上放一把快刀和少许盐。所有这些布置完毕后,你就披头散发,撕破衣衫,跑到祖贝黛王后那里,批打自己的面颊,高声哭叫呐喊。王后一定会问你:'你怎么啦?'你就对她说:'艾卜·哈桑死啦!'王后一听,肯定会为我离开人世感到难过,她会流泪啼哭,然后吩咐身边的女管家给你一百第纳尔和一匹绸子,并且还会对你说:'去为他裹尸送殡吧!'你拿上一百第纳尔和一匹绸子,转身就回来,你回来之后,我起来,你就躺在我躺的地方,我去向哈里发报丧,而且弄乱胡子,撕破衣服,高声对哈里发说:'努兹菡,努兹菡……她死啦!'哈里发也一定会为你的死感到难过,马上命令司库说:'给艾卜·哈桑一百第纳尔和一匹绸子!'然后对我说:'去为努兹菡装裹送葬吧!'我转身就回来见你。"

努兹菡一听,高兴地说:"这个计谋真妙呀!"

说完,努兹菡让艾卜·哈桑闭上眼睛躺下,捆上他的两脚,给他盖上身子,蒙上头,一切按他嘱咐的办妥。随后,努兹菡撕破衣服,披头散发,边哭喊边跑到祖贝黛王后那里。

祖贝黛王后见此情景,问道:"努兹菡,究竟出什么事啦?你哭什么呢?"

努兹菡边哭边诉:"王后啊,艾卜·哈桑……他死啦!"

祖贝黛王后听后,难过地说:"可怜哪,艾卜·哈桑!"

王后哭了一会儿,吩咐女管家给努兹菡一百第纳尔,外加一匹绸子,并且说:"努兹菡,去为艾卜·哈桑装裹送葬吧!"

努兹菡接过一百第纳尔和一匹绸子,高高兴兴地返回住处。见到艾卜·哈桑,将刚才的情况一一告诉他。

艾卜·哈桑听完，兴高采烈，站起身来，手舞足蹈，伸出手去接过一百第纳尔和一匹绸子。

过了一会儿，艾卜·哈桑让努兹菡躺下，像努兹菡为他捆脚、盖身、蒙头那样，为努兹菡安排了一遍，然后弄乱了胡子，撕破衣服，边哭边喊地向哈里发跑去。

坐在宝座上的哈里发见艾卜·哈桑哭喊着跑来，忙问："喂，艾卜·哈桑，你怎么啦？"

艾卜·哈桑哭着说："我已不是你的酒友，也不是刚才的我了。"

"艾卜·哈桑，你究竟怎么啦？快告诉我！"

"努兹菡……她，她死啦！"

"万物非主，唯有安拉！"哈里发边说，边拍巴掌。

哈里发安慰艾卜·哈桑一番，然后说："艾卜·哈桑，别难过！我再许配给你一个侍女就是了。"

随后，哈里发吩咐司库给艾卜·哈桑一百第纳尔，再加一匹绸子。

司库遵嘱如数交给艾卜·哈桑，哈里发说："回去给努兹菡办装裹，给她举行一个像样的葬礼。"

艾卜·哈桑接过钱和绸子，转身离去，高高兴兴地回到家中，见到妻子便说："起来吧！我们的目的达到了！"

努兹菡站起来，艾卜·哈桑把钱和绸子递给妻子，妻子欣喜非常。之后，夫妻俩边谈边笑不止。

艾卜·哈桑离去之后，哈里发深为努兹菡暴卒而悲痛伤心，立即宣布退朝。他在迈斯鲁尔的搀扶下，去向王后祖贝黛报告侍女努兹菡的噩耗。进门一看，却见祖贝黛王后坐在那里啼哭，正等着哈里发，以便向他报告艾卜·哈桑不幸去世的消息。

T.达尔齐尔 绘

哈里发哈伦·拉希德说:"你的侍女努兹菡死了!"

王后说:"我的侍女努兹菡平安无事,你的酒友艾卜·哈桑死啦!"

哈里发微微一笑,对迈斯鲁尔说:"喂,迈斯鲁尔,你瞧瞧呀!女人嘛,真是头发长,见识短!凭安拉起誓,艾卜·哈桑刚才还在我那里呢!"

王后怒中带笑地说:"你别说笑话了!难道说死个艾卜·哈桑还不够,连我的侍女努兹菡也要带上?一下死两个,还说我头发长,见识短!什么话!"

哈里发说:"死的是努兹菡。"

王后说:"也许刚才艾卜·哈桑还在你那里,不过我没看见他。

刚才在我这里的只有努兹菡。我见她撕破了衣服,哭得死去活来。我好言安慰过她,给了她一百第纳尔,还给了她一匹绸子。我在这里坐等你来,是为了向你报告艾卜·哈桑的死讯的。"

哈里发哈哈大笑,说道:"死的只是努兹菡。"

王后说:"哈里发陛下,只有艾卜·哈桑不在人世了。"

哈里发气得眼直瞪,大声对迈斯鲁尔说:"你到艾卜·哈桑家去看看,究竟谁死了!"

迈斯鲁尔转身跑去。

哈里发对王后说:"你敢跟我打赌吗?"

"我敢跟你打赌,我说死的是艾卜·哈桑。"

"我也敢跟你打赌,我说是努兹菡死啦。我们就以花园和雕像宫为赌注吧!"

夫妻俩坐在那里,静等迈斯鲁尔尽快带回消息来。

迈斯鲁尔离开哈里发那里,一路小跑,好容易才跑到艾卜·哈桑住的那条胡同。

艾卜·哈桑依窗而站,无意中朝胡同里望去,见迈斯鲁尔正向自家门口跑来,于是回过头去,对努兹菡说:"我离开哈里发宝殿时,哈里发已宣布退朝,准是去祖贝黛王后那里去了,王后听完,站起身来,对哈里发说:'艾卜·哈桑已经归真了!'哈里发不信,说道:'归真的是努兹菡。'王后争辩道:'死去的是你的酒友艾卜·哈桑。'哈里发坚持说:'是努兹菡死了。'二人争论不休,而且哈里发和王后还打了赌。喂,努兹菡,你赶快躺下,好让他看见你就走,去告诉哈里发,让哈里发相信我的话是真的。"

努兹菡立即躺下,艾卜·哈桑给她盖好,坐在她的床头啼哭流泪。

迈斯鲁尔走进艾卜·哈桑家,问过安好,见努兹菡僵挺挺地躺在床上,走上前去撩开蒙头布看了看,说道:"万物非主,唯有安拉。我们的姐妹努兹菡魂归安拉了。天命难违,愿安拉怜悯你,宽恕你的过错!"

迈斯鲁尔回到宫中,见到哈里发和王后痴笑不止。哈里发说:"你这个该死的,现在哪是笑的时候?快告诉我们,究竟是谁死了?"

迈斯鲁尔对哈里发说:"主公,凭安拉起誓,艾卜·哈桑好好的,只有努兹菡死了。"

哈里发对祖贝黛王后说:"你的宫殿花园赌输了,我的王后!"

哈里发笑了。然后又对迈斯鲁尔说:"把看到的情况跟王后讲一讲,说详细些!"

迈斯鲁尔对祖贝黛王后说:"王后,我说的是实话。我一口气跑到艾卜·哈桑家,见努兹菡僵直地躺着,而艾卜·哈桑则坐在床头啼哭。我向艾卜·哈桑问过安好,安慰了他一番,然后在他的身边坐下。我又撩开努兹菡的面纱一看,只见她已经死了,脸有些肿。我对艾卜·哈桑说:'为她祈祷送葬吧!'艾卜·哈桑回答说:'好吧!'然后,我便离开那里,回来向你们禀报。"

哈里发听完,笑着说:"对头发长、见识短的太太再说一遍。"

祖贝黛王后听完,生气地说:"只有轻信奴仆的人,才是见识短呢!"

王后骂哈里发,哈里发则得意扬扬,笑个不止。

迈斯鲁尔对哈里发说:"俗语说得好,女人头脑简单,信念薄弱。"

祖贝黛王后说:"信士们的长官,你要笑我,拿我开心还不满足,还要让这位奴仆耍弄我!我马上派人去一趟,看看究竟谁死了。"

王后叫来管家老太婆,对她说:"你到努兹菡家去一趟,看看谁死啦!快去快回,不要耽搁。"

T. 达尔齐尔 绘

管家婆转身出门,哈里发和迈斯鲁尔笑个不止。

管家婆进了胡同,艾卜·哈桑便打窗口认出了她,急忙回头对妻子努兹菡说:"喂,努兹菡,好像祖贝黛王后也派人看谁死了。因为她不相信迈斯鲁尔说是你死了的那些话,所以才派管家婆来打探消息的。我躺下,以便让祖贝黛相信你说的是真话。"

艾卜·哈桑躺下,直挺挺的,努兹菡给他捆上脚,盖好,坐在床头哭了起来。

管家婆进门见努兹菡坐哭丈夫,边哭边颂扬艾卜·哈桑,急忙走上前去。

努兹菡看到管家婆走到自己身边,一声呐喊,然后对管家婆说:"你看我命多苦!艾卜·哈桑死了,孤零零地丢下了我自己。"

她边喊,边撕衣服。努兹菡又对管家婆说:"阿姨,没有比艾卜·哈桑更会体谅人的了。"

管家婆说:"是啊,你们俩都已经相互适应了。"

管家婆把迈斯鲁尔与哈里发、王后的情况述说了一遍,然后对努兹菡说:"迈斯鲁尔说的那些话,几乎引起哈里发与王后之间的一场大战。"

努兹菡对管家婆说:"阿姨,什么大战?"

"孩子,迈斯鲁尔对哈里发和王后说你死了,艾卜·哈桑还好好的呢!"

"阿姨,我刚才还在王后那里,她给了我一百第纳尔,还有一匹绸子。你瞧瞧我,我不是活着吗?我只一个人,真不知道该如何办。假若我能和艾卜·哈桑一道死,那该多好!"

说着,努兹菡哭了起来,管家婆也跟着流出眼泪。

管家婆走到床边,掀起蒙头布,见艾卜·哈桑两眼紧闭,脸微肿,便又盖了起来。

管家婆安慰努兹菡一番之后，走去向祖贝黛王后报告了自己看到的情况。祖贝黛王后笑着说："你去告诉哈里发！他说我头发长、见识短，现在该说什么呢？"

迈斯鲁尔听罢管家婆的讲述，说道："这老婆子撒谎！我亲眼看见艾卜·哈桑好好的，努兹菡僵死地平躺在床上。"

管家婆说："撒谎的是你。你想制造哈里发和王后之间的大战。"

"老太婆，只有你才是骗子，王后还轻信了你的谎言。"迈斯鲁尔毫不相让。

祖贝黛王后听后怒不可遏，哭了起来。

哈里发对王后说："我说谎，我的奴仆也说谎；你说谎，你的

T.达尔齐尔　绘

管家婆也说谎,依我之见,我们四个人一块儿去看看吧!到那时,我们就知道谁说的是实话了。"

迈斯鲁尔说:"走吧!到时候,我一定要痛打这老太婆一顿!"

管家婆说:"老昏头,莫非你的智力和我一样?你的头脑简直就像老母鸡的头脑。"

迈斯鲁尔大怒,想打老太婆,祖贝黛王后忙劝阻道:"谁撒谎,谁正确,马上就见分晓了!"

四个人边相互打赌,边走出宫门,来到艾卜·哈桑的家门口。

艾卜·哈桑看见他们,立即对妻子努兹菡说:"俗语说,'瓦罐打水,并不是每次都完好无损。'这句话一点儿也不错。老太婆走去,向王后讲述了我们的情况,和迈斯鲁尔发生了口角。他们就我们的死亡一事打了赌。你看哪,哈里发、迈斯鲁尔、王后祖贝黛和老太婆一起来了。"

努兹菡惊坐起来,问艾卜·哈桑:"怎么办呢?"

艾卜·哈桑说:"我俩全都装死,僵挺挺地躺下,憋住气,不要呼吸。"

说完,二人马上捆好自己的脚,躺在床上,盖上斗篷,合上眼睛,憋住气。

哈里发、祖贝黛王后、迈斯鲁尔和管家老太婆进了房门,见艾卜·哈桑和努兹菡死挺挺地躺在床上,王后开口说话了:"他们加害我的侍女,致使她也死了。不过,我猜想艾卜·哈桑的死使她感到难过,所以死去了。"

哈里发说:"你别把话说倒了!努兹菡死在艾卜·哈桑之前。艾卜·哈桑到我那里去时,胡子乱蓬蓬的,衣服撕得稀烂,捶胸顿足,哭叫不止。我给了他一百第纳尔,还给了他一匹绸子,并且对他说:'去为她送葬吧!我将匹配给你一个更好的姑娘,以代替努兹菡的位置。'看来，因为失去妻子，艾卜·哈桑自感孤单，所以跟着努兹菡死去，事情很清楚，我赢了，你输了。"

祖贝黛王后对哈里发说了许多话，二人争辩不休。

哈里发在两个人的头旁边坐下，说："凭安拉的使者和我家列祖列宗的坟墓起誓，谁能告诉我他俩谁死在前，我将赏给他一千第纳尔。"

艾卜·哈桑听哈里发这样一说，立即一跃而起，对哈里发说："信士们的长官，是我先死的，请您实践自己的许诺，给我一千第纳尔吧！"

这时，努兹菡也站了起来，将她的谋略对哈里发和王后讲了一遍，大家都为他俩平安感到高兴。王后热烈拥抱努兹菡，为她的平安而欢欣。

哈里发和祖贝黛王后祝贺艾卜·哈桑和努兹菡安然无恙，知道他俩之所以搞这么一场恶作剧，只是想获取金钱罢了。

祖贝黛王后对努兹菡说："你换一种办法向我要钱不更好吗？也免得我心急火燎。"

努兹菡说："王后，说实话，我有些害羞。"

哈里发笑得几乎晕过去。他说："喂，艾卜·哈桑，你还要放肆无羁，制造这种奇闻怪事吗？"

艾卜·哈桑说："信士们的长官，这仅是我花光了你给我的钱后的一个小小计谋而已。因为我羞于再向你第二次伸手要钱。想当初，我是一条光棍儿的时候，尚且管不住自己的钱，如今你又给我娶了这位侍女，更没管钱的能力。假若你的那些钱都归我调用，我就不会死了。当我手里的钱全花光时，我就想出了这个办法，以便从主公那里拿到一百第纳尔和一匹绸子。那就算主公的施舍吧！主公陛下，就请赶快给我一千第纳尔，实现你的诺言吧！"

T. 达尔齐尔 绘

哈里发和王后都笑了。

哈里发偕王后回到宫中，给了艾卜·哈桑一千第纳尔，并对他说："拿去吧！祝贺你死而复生，安然无恙。"

(译自贝鲁特生活书店版本)

善良人与嫉妒者

相传，很久很久以前，在一座城中，住着一位善良人，过着宽裕幸福的生活。他有一个邻居，起初很羡慕那位善良人，后来却嫉妒起人家来了。这个邻居的嫉妒心愈来愈强烈，终于产生了坑害善良人的心理，日夜苦思冥想，一心想置善良人于死地，弄得自己吃不下饭，睡不着觉。

那位善良人觉察到邻居的嫉妒目光，为防万一，便离开那座城，迁到另一座城市居住。临行时，善良人叹息道："凭安拉起誓，因为他……我不得不离开此地，远走异乡！"

善良人在新城中购置了一块地，盖了一座房子，家具陈设置备一齐，并且在宅院旁的一口枯井边上建造了一座小礼拜堂。

平日里，善良人常在小礼拜堂向安拉顶礼膜拜，过着清净、安稳、舒心的生活。一些虔诚的信士常与他来往；因结交广泛，他的名声不胫而走，成了远近闻名的信士。

一天，善良人原来的那位嫉妒心很强的邻居获悉此情况，便跟着人们前来，到小礼拜堂看望原来的老邻居。

那个嫉妒者看见善良人，说道："老邻居，我远道而来看望你，有喜讯相告啊！请跟我到堂外去，听我说给你吧！"

善良人没有多加思考，拉着原来的那位老邻居的手，漫步走出小礼拜堂，来到那口枯井旁。就在善良人毫无戒备的情况下，那个嫉妒者狠劲儿一推，将善良人推下枯井去了。随后，嫉妒者转身离去，以为善良人已经命丧枯井之中。

其实，那口枯井是神仙栖身之地。善良人还未落到井底，就被神仙用手接住，然后把他放在石板上，因而他安然无恙。

那位神仙问同伴们："你们知道他是谁吗？"

同伴们异口同声地回答："不知道。"

"这就是躲避嫉妒者的那位善良人。他不久前迁入我们这座城中，专门建造了一座小礼拜堂，终日修行，不停地赞美伟大安拉，常常诵读《古兰经》，给我们带来极大的安慰。今天，他原来的那个嫉妒心很强的邻居来到这里，佯装看望他，实则想加害于他，将他推进这枯井里。闻名的国王已经知道他的大名；为公主的事，国王明天要来拜访他。"

同伴们惊问："公主有什么事？"

"公主着了魔，恰巧这位善良人有妙方可医治公主的病；其实，妙方上的那味药并不难寻。"

"公主该服什么药？"

"这位善良信士养了一只黑猫，尾巴上有一块钱币形白斑。只要从那块斑上拔下七根白毛，用火点着，在公主的面前一熏，公主当即就可痊愈，病魔就会立刻远离。"

善良人把神仙的话牢牢记在心中。

翌日清晨，善良人出了枯井，捉住他那只黑猫，从尾巴上的白斑处拔下七根白毛，准备去给公主治病。

旭日刚刚升起，国王便带着众大臣和卫队来到善良人家里。善

A.B.霍顿 绘

良人走上前去，恭恭敬敬地迎接国王，说道："陛下大驾光临，能容我猜一猜陛下的来意吗？"

国王说："善良的信士，请猜吧！"

"陛下亲临，必定是为公主之事。"

"正是啊！"

"请陛下派人把公主接来，但期安拉默助，人到病除。"

国王听后，欣喜不已，连忙派侍从去接公主。

戴着镣铐的公主由侍从带到善良人的家宅。

善良人让公主坐下，用布将公主掩遮起来，然后拿来从猫尾巴上拔下的白毛，用火点着，在公主面前一熏，公主慢慢清醒过来，随后捂着自己的脸，说："我这是怎么啦？谁把我带到这里来啦？"

国王眼见女儿神志清醒过来，非常高兴，随即弯下腰去，亲吻女儿的眉心。片刻后，国王转过脸去，吻善良人的手，继之望着众大臣，说："你们说，我们应该如何报答这位为公主治好病的善良信士？"

众大臣说："应该把公主许配给他。"

"你们说得对！"

国王果然把公主许配给了善良人。时隔不久，宰相去世。国王问众大臣："谁来担任宰相职务呢？"

"就由驸马出任宰相吧！"众大臣异口同声。

善良人在众大臣拥戴下荣任宰相不久，国王驾崩，众大臣相互议论道："国不可一日无君，谁来出任国王呢？"

大臣们齐声说："就由我们的宰相担任我们的国王吧！"

善良人由众大臣拥戴登上了国王的宝座。

善良人登上王位，发号施令，为王公正，广济博施，不愧为贤明君主。

有一天，国王在文武百官陪同下外出巡视，国民夹道相迎，盛况空前，热闹非常。

就在这时，国王无意中发现那个嫉妒他、推他下井的坏邻居也在人群当中，于是对宰相说："相爷阁下，你把那个人带来见我！"

宰相从命，将那个人带到国王面前。国王说："相爷阁下，你去国库取出一千第纳尔金币，并备上十驮货物，一并赏给这个人，然后派人送他回家。"

国王与嫉妒他的那个人客气话别，未曾提及任何往事。

（译自基督教"洁本"）